그녀는
미끼였어

# 그녀는 미끼였어

초판 1쇄 찍은 날 § 2010년 1월 15일
초판 1쇄 펴낸 날 § 2010년 1월 23일

지은이 § 홍윤정
펴낸이 § 서경석

편집장 § 문혜영
편집책임 § 유경화
편집 § 조수희

펴낸곳 § 도서출판 청어람
등록번호 § 제1081-1-89호
등록일자 § 1999. 5. 31
어람번호 § 제5-0247호

주소 § 경기도 부천시 원미구 심곡 2동 163-2 서경B/D 3F (우) 420-822
전화 § 032-656-4452  팩스 § 032-656-4453
http://www.chungeoram.com
E-mail § eoram99@chollian.net

ⓒ 홍윤정, 2010

ISBN 978-89-251-2059-1 03810

hungeoram romance novel

홍윤정 지음

# 그녀는 미끼였어

도서출판 청어람

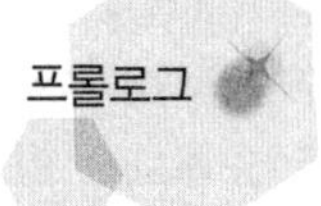

# 프롤로그

"오빠가 이런 저질 속물이라는 게 너무나 창피해!"

눈물범벅이 된 얼굴로 한나가 소리를 질렀다. 코를 훌쩍이며 눈물을 후두둑 흘리는 그녀는 정말로 큰 충격을 받은 것 같았다. 평소의 애교 많고 귀염 떨던, 철없는 동생의 모습과는 많이 다른 모습. 몹시도 격앙된 채 가슴까지 들썩이며 씩씩거리고 있는 동생을 한준은 아무런 동요 없이 바라보며 천천히, 말 한마디 한마디를 곱씹듯 뇌까려 물었다.

"저질, 속물?"

"오빠 때문에 창피해. 오빠가 이런 사람인 줄 몰랐어. 이렇게 변해 버린 줄 몰랐다고! 어떻게 이럴 수 있어? 어떻게 오빠가 나

한테 이래? 오빠 이런 사람 아니었잖아! 내 오빠, 이한준은 절대
로 이런 사람 아니었다고!"

고래고래 고함을 내지르는 동생과는 달리 한준은 고요했다.
냉정하고 괴팍하기 짝이 없는 성향만큼이나 그는 어둡고 날카
로운 눈빛으로 동생을 노려보고 있었다. 바늘로 찔러도 피 한
방울 나오지 않을 것 같은 냉혈한 사업가의 모습 그대로 자리에
앉아, 그는 낮고 차분하면서도 잔인할 정도로 싸늘하게 중얼거
렸다.

"이제껏 넌 내가 번 돈으로 먹고, 입고, 공부하고, 쇼핑하고,
놀러 다녔어. 네 머리부터 발끝까지, 내 돈이 들어가지 않은 게
없다. 내가 널 먹여 살리고 있단 말이야. 알아?"

일순 한나의 숨소리가 충격으로 얼어붙었다. 훌쩍 열린 눈동
자에서 주르르, 차갑게 식어버린 눈물이 흘러내렸다. 옆에 서서
남매의 치열한 신경전을 처음부터 쭉 지켜보고 있던 비서, 현성
은 차마 더 이상은 지켜볼 자신이 없어 차라리 두 눈을 감아버
렸다.

"무슨 뜻이야? 오, 오빠 그럼 나더러 갚으라고 할 셈이었어?
길러준 값이라도 하란 말이었어?"

"은혜는 갚으라고 있는 거다. 사람이 염치가 있어야지."

한준은 짜증 섞인 목소리로 결론을 내려 버렸다. 한나는 천천
히 가슴을 들썩이기 시작했다. 충격이 점차 사라지고 있는 그녀
의 얼굴에 서서히 독기가 떠올랐다. 배신감에 치인 얼굴, 원망

이 가득한 목소리로 한나는 표독스럽게 입술을 놀렸다.

"그래, 갚으라면 갚아야지. 어린 날 오빠 혼자 지금까지 키워 온 것에 대한 거라면, 백번 천 번도 갚고 싶어. 어차피 갚으려고 했었어, 언젠가는. 오빠가 아니었으면 난 고아원으로 갔어야 했을 테니까. 갚을 거야. 꼭. 하지만……."

한나는 주먹 꽉 쥔 손을 들어 손등으로 거칠게 눈물을 훔쳤다.

"그 남자랑은 결혼 못해."

"서림그룹 셋째 아들이야. 원래대로라면, 너 같은 건 댈 수도 없는 자리란 말이야. 내가 어떻게 해서 얻어낸 기회인데 네깟 게 감히 걷어차겠다는 거야?"

"난 사랑하는 사람이 있단 말이야!"

한나가 더욱 큰소리로 외쳤다. 눈물이 쉴 새 없이 흘러내렸다. 역시 한나에겐 무리였나. 아직은 감수성이 예민한 스물셋 아가씨에게 정략결혼이란 죽을 만큼 끔찍한 일일지도 모를 일. 현성은 한준을 돌아보았다. 이쯤 되면 포기해야 옳았다. 현성이라면 그렇게 했을 것이다. 죽을 만큼 싫다는데, 평양 감사도 싫다면 그만 아닌가. 다른 일도 아니고 결혼이다. 싫다는 사람과 억지로 결혼시킬 수는 없는 일이었다. 한데도 한준은 여전히 무표정하고 엄격한 얼굴이었다.

"그 보따리장수 말이냐?"

묘하게 비아냥거리며 한준이 묻는다.

"보, 보따리……?"

"문신혁 강사 말하는 거 아니야?"

"오빠가 교수님을 어떻게 알아?"

역시 그렇군. 현성은 조용히 고개를 가로저었다. 서림그룹 셋째 아들을 걷어차고 월수입이 일용직 노동자만도 못한, 가난하고 나이 많은 대학 강사를 사랑하겠다는 한나는 더 이상 가망이 없어 보였다. 조금만 더 괜찮은 조건의 남자를 좋아했다면, 한준도 손톱만큼의 융통성을 발휘할 가능성이 있었겠지만 이건 좀 아니었다.

한준의 지시로 알아본 바에 의하면, 문신혁은 서른다섯 살의 노총각에 Y대 시간 강사였다. 시골 출신으로 머리만 좋아 공부 하나 열심히 해서 강사의 길로 들어선 듯했지만 돈도 연줄도 없는 그가 정식 교수가 되는 건 아직도 심히 요원해 보였다. 결혼도 일종의 투자고 돈을 위해선 인생마저 이용할 수 있다고 여기는 전형적인 사업가 타입의 한준에겐 가망없는 남자를 사랑이란 이름만으로 선택하려는 한나가 지극히 한심해 보일 것이다.

"띠동갑이다. 나보다도 더 나이가 많아."

"좋은 분이셔. 정직하고 성실하고, 무엇보다 날 아껴준다고."

현실을 차갑게 일깨워 주는 한준을 한나는 감상적인 말로 물리쳤다.

"그 사람 월급이 네 한 달 용돈만큼도 안 돼. 그런 사람과 며칠이나 살 수 있을 것 같아?"

"세상에 돈이 전부야? 결혼까지도 돈벌이 수단이 되어야 해?"

"넌 세상을 몰라. 돈 없으면 아무것도 못하는 게 세상 이치라고."

"난 교수님을 사랑한단 말이야!"

한나가 두 주먹을 불끈 쥐며 소리쳤다. 하지만 한준은 눈 하나 깜짝 않고 동생을 찔러보며 냉혹한 채찍질을 계속했다.

"사랑은 널 책임져 주지 않아. 사랑이 밥 먹여줘? 네 카드 값을 사랑이 메워줄 수 있을 것 같아?"

"교수님을 사랑한다고. 도대체 그것 외에 어떤 이유가 더 필요해?"

"정신 차려. 서림그룹 셋째 아들은 MIT 출신에 경영 능력까지 출중해 서림그룹의 새로운 실세로 떠오르고 있는 재원이야. 그런 사람을, 고작 그런 비루한 시간 강사 때문에 포기한다는 게 말이 된다고 생각해?"

"오빠……!"

벽에 부딪친 기분이었을까? 한나의 표정에는 절망이 떠 있었다. 그 어떤 말로도 오빠를 설득할 수 없다는 걸 느낀 것이다. 한나는 그 커다란 눈으로 닭똥 같은 눈물을 뚝뚝 흘렸다. 후드득, 두 볼을 타고 흐른 눈물방울이 턱 밑으로 떨어지고 감정을 꾹 억누르고 있는 입술은 덜덜덜 떨리고 있었다. 안쓰럽기 그지없는 모습인데도, 한준은 꿈쩍하지 않았다. 오히려 싸늘한 말 한마디 내던질 뿐.

"한심한 것."

그는 자리에서 벌떡 일어나더니, 두 손을 양복 주머니에 찔러 넣은 채로 동생을 내려다보았다.

"네 주제에, 서림그룹 며느리 자리가 쉬울 줄 알아? 내가 아니었으면 어림없었어."

"……."

"네 인생을 위한 충고다. 일주일 후야. 그때까지 주제 파악이나 하고 얌전히 있어. 굴러들어 온 복 스스로 걷어찰 생각 하지 말고."

"싫어."

어느새 고개를 숙이고 흐느껴 울고 있던 한나가 분연히 고개를 쳐들고 대거리했다. 눈물이 범벅된 얼굴, 상처를 받을 대로 받은 눈동자. 한없이 여리디여려 보이는 한나였지만 순순히 물러서지 않겠다는 결심만큼은 그 누구보다도 더 결연한 것 같았다.

"뭐라고?"

순식간에 심기가 불편해진 듯 한준의 눈썹이 확 가운데로 모여들었다. 눈물로 인해 엉망이 되어버린 동생을 보고 마음이 약해질 법도 하건만, 그는 매섭게 동생을 찔러보았다.

"싫다고. 난 교수님이 좋아."

"이한나!"

"나더러 은혜를 갚으랬지? 청구해. 아빠 엄마가 돌아가신 시점부터 지금까지 나 때문에 들어간 돈, 모조리 다 합산해서 청구해 줘. 몇 년이 걸리든 갚을 테니까."

"너 지금 그걸 말이라고 해?"

"왜? 오빠 뭐든지 돈으로 계산하잖아. 사랑도 결혼도, 모두 다 사업의 일환이잖아."

"너 정말, 유통기한 고작 삼 년밖에 안 되는 사랑 따위로 인생을 망치고 싶어?!"

한준의 목소리가 조금 커졌다. 그의 목소리가 커졌다는 건 화가 아주 많이 났다는 거다. 그는 웬만해선 큰소리를 내지 않는 타입이었다. 현성은 긴장했다.

"돈 몇 푼에 내 감정을 팔고 싶지 않은 것뿐이야. 오빠 정말 내가 그랬으면 좋겠어? 내가 정말……."

한나는 말끝을 흐리며 손등으로 눈물을 훔쳐냈다. 겨우 열여섯 살밖에 안 되는 어린 나이에 고아가 되어 일곱 살짜리 여동생을 데리고 세상을 힘들게 살아와야 했던 오빠를, 조금은 이해하는 눈물이었다. 어린 나이였지만 한나는 모두 기억했다. 오빠가 자신을 지키기 위해 얼마나 많은 고통을 감수했어야 했는지.

그들에게 남겨진 유산을 차지하려는 친척들 때문에 몸 고생, 마음고생을 수차례 치렀던 한준이다. 돈이 아니면, 힘이 없다면, 자기의 것은 아무것도 지켜낼 수 없음을 한준은 뼈저리게 느꼈다. 세상에 의지하고 믿을 것이라곤 돈. 오로지 돈밖에 없다는 것을 고작 열여섯 살의 어린 나이에 몸으로 터득한 것이다. 겨우 친척들 손에서 빠져나와 독립한 이후, 그는 한나를 키우며 낮에는 공부하고, 밤에는 날품팔이 생활을 했다. 돈을 아끼느라 끼니를 숱하게 굶는 생활이었고, 그러면서도 한나를 위해서 그는 자신의 학업마저도 포기했다.

한나도 안다, 오빠가 얼마나 자신을 지극정성으로 키워왔는지. 사업에 필요한 돈줄을 잡기 위해 동생을 이용하는 것 같지만, 실은 이것마저도 동생을 걱정하고 위하는 마음이 들어 있다는 걸 아주 잘 안다. 하지만 싫다. 사랑을 버리고 돈 많은 남자와 결혼하라는 오빠의 명령은 절대로 따를 수 없다. 그녀 자신을 위해서, 그리고 점점 인생을 시궁창으로 만들고 있는 오빠를 위해서.

세상은 생각한 것만큼 더럽고 위험한 곳이 아님을 이제는 한준도 알아야 한다. 이만큼 왔으니, 이제 그도 인생을 여유있게 즐길 때가 되었다. 돈이 아닌, 그보다 더 값지고 의미있는 것으로 인생을 채워 나갈 수 있어야 했다. 한나는 진심으로 한준이 그럴 수 있기를 바라고 있었다.

"난 못해. 미안하지만, 오빠가 시키는 대로 할 순……."

한준이 이렇게까지 된 데에는 자신에게도 일말의 책임이 있다고 느껴서일까. 사랑이란 감정이 얼마나 중요하고 고귀한 것인지 전혀 모르는 한준이 불쌍하게 느껴져서일까. 또다시 울컥 슬픔이 밀려왔다. 한나는 두 눈을 똑바로 뜨고 끝맺지 못한 말을 마저 이었다.

"그럴 순 없어."

“이한나, 도대체 몇 번을 얘기해야…….”

“오빠도 사랑을 하게 되면, 언젠가 사랑이란 걸 하게 되면, 내 마음 이해할 수 있을 거야.”

“이한나!”

한준이 외쳤지만 한나는 뒤도 돌아보지 않고 서재를 나가 버렸다. 쾅! 벼락같이 문이 닫히자, 긴 한숨 소리가 서늘한 서재를 가득 메웠다.

휴우—

“답답한 녀석.”

한준이 중얼거리며 의자에 몸을 날렸다. 털썩, 주저앉은 그는 무거워진 머리를 의자 등받이 뒤로 깊이 젖혔다. 한나가 저렇게까지 고집스럽게 나올 줄 몰랐던 모양이었다. 어리석은 동생 때문에 일을 그르치게 생겼으니 골치가 지끈지끈 아파오는 것이다. 현성은 그의 마음이 어떨지 짐작할 수 있었다. 이번 프로젝트에 회사의 명운이 달려 있음을, 그가 이 프로젝트에 인생을 걸고 매진하고 있음을 그 누구보다도 잘 알고 있기에.

프로젝트를 성공으로 이끌기 위해선 대기업인 서림그룹의 힘이 꼭 필요했다. 서림그룹의 푸시를 받을 수만 있다면 무슨 짓이라도 할 거란 게 솔직한 한준의 심정일 것이다. 동생을 미끼로 넣는 것? 못할 것도 없다. 만약 서림그룹 최 회장에게 딸이 있었다면 그가 스스로 미끼가 되었을지도 모를 일이다. 그만큼 서림의 도움이 절실한 게 현재 한준의 상태였다.

“내가 너무하다고 생각해?”

한준이 중얼거리듯 물었다. 질문인 듯 혼잣말인 듯 뇌까리는 식은 이한준 특유의 말투였다. 현성은 언제나 그렇듯 객관적인 의견을 제시했다.

“한나에겐 그렇게 느껴지겠지.”

“세상 사람들 다 붙들고 물어보라고 해. 어떤 오빠가 허락할 수 있는지.”

“맞아, 형. 내가 형 입장이라도 그랬을 거야.”

“사랑? 하! 대체 저 자식을 어떻게 해야 하지? 온실 속 화초처럼 오냐오냐 길렀더니 세상 물정을 몰라도 너무 몰라.”

한준은 정말로 걱정스러운 듯 기운 없는 목소리로 중얼거렸다. 여전히 고개를 뒤로 한껏 젖히고 두 눈마저 감은 모습이었다. 빚쟁이처럼 한나를 향해 은혜를 갚으라고 호령했지만 마음은 썩 개운치 못할 것이었다. 그럴 수밖에 없는 게 한준은 한나를 제 딸처럼 아꼈다. 세상의 더럽고 악한 모든 것들로부터 막아주기 위해 스스로를 방패막이 삼아 정말로 헌신적으로 키워왔다. 그래서 더욱 이 상황이 안타까운지도 모를 일이었다. 딸 가진 아비의 심정 같달까. 표현은 거칠고 투박하지만 마음만큼은 진실했다.

“고집을 꺾을 때까지 기다리는 수밖에 없을 것 같아.”

“그 마이동풍이 제 고집을 꺾을 때까지 기다리라고?”

한준의 말에 현성은 저도 모르게 피식 웃고 말았다. 한나가 얼마나 고집이 센지 잘 알고 있는 사람만이 지을 수 있는 웃음이다. 얼굴은 인형처럼 예쁘고 깜찍하게 생긴데다 평소엔 순종적이고 애교만발인 한나에게 그런 고집이 있는 건, 웬만큼 가까운 사람이 아니면 알 수 없었다. 고집만 센 게 아니라 남의 말조차 귀담아듣지 않는 독불장군 스타일이라서 더 황당하다. 한번 꽂힌 일에는 물불 안 가리고 끝까지 밀어붙이는 기질은 딱 오빠인 이한준을 닮았다. 한나가 여자 이한준이라는 건 한준도 알고 있었다. 그래서 더 답답해하는 것이겠다. 쉽게 포기하지 않을 거란 걸 아니까.

"쉽게 포기하지 않을 거다. 내가 강력하게 반대하는 걸 알았으니, 아마 그 반발심으로 더욱 집념을 불태울 거야."

"그럼 제풀에 쓰러질 때까지 기다려야 하나?"

"그러기엔 시간이 너무 부족해."

한없이 기다려 줄 수 있는 상황이 못 되었다. 이번 프로젝트의 핵심은 1년 앞으로 다가온 국책사업에 있었다. 1년. 최소 1년 안에 모든 것을 끝내야만 하는 것이다. 과연 한나가 1년 안에 꼬리를 내리고 굴복할 것인가에 대해서는 아주 회의적인 한준이다. 한나가 보기엔 '부모 말 잘 들을 것 같은 아기' 같지만, 역시 이씨 피가 흐르다 보니 은근히 독종 같은 구석이 있었다. 결코 절대 만만하게 봐선 안 되는 상대란 뜻이다.

"여자, 한 명 알아봐."

여전히 몸을 뒤로 젖힌 채 한준이 불쑥 말을 뱉었다. 여자라고? 현성은 한쪽 눈썹을 치뜨며 되물었다.

"무슨……?"

"적당히 예쁜 여자. 문신혁이 좋아할 만한."

문신혁 교수에게 여자를 붙이겠다는 뜻인가? 약간 놀라면서도 현성은 눈치 빠른 비서답게 즉시 대답했다.

"알았어."

"최대한 빨리."

그는 서림그룹의 자금이 절실히 필요했다. 삼선 국회의원인 박천희까지 끌어들인 대형 프로젝트를 그깟 돈 때문에 포기할 수 없었다. 이 자리에 오기까지 얼마나 힘들었는데. 온갖 짓을 해왔었다. 힘있는 사람에게 아부하기도, 뇌물을 주기도, 비리를 저지르기도 했었다. 굴욕스러운 일을 당하면서도 버텨왔던 건 오로지 돈 때문. 돈과 권력을 얻기 위해 지금까지 그 어떤 수모도 모두 견뎌내고 여기까지 왔는데 어떻게 이대로 주저앉을 수가 있단 말인가. 그렇게는 절대 못한다.

지금으로선 한나를 서림그룹에 시집보내는 게 최선이었다. 그것만이 그와 회사, 한나를 위하는 최고의 길이었다. 그러기 위해선 문신혁을 걷어내는 게 제일 시급했다. 한나의 마음을 쥐고 흔드는 가난뱅이 따위는 그의 사업에 방해가 될 뿐이었다. 겨우 그깟 녀석에게 주기 위해 입을 것 못 입고, 먹을 것 못 먹고 애지중지 키웠던 게 아니란 말이다.

현성이 자리를 뜨자, 한준은 짜증스레 한숨을 토해냈다. 열린 노트북 화면으로 중요한 서류들이 떠 있었다. 깨알 같은 숫자들을 눈으로 훑으며 그는 천천히 마우스를 쥐었다. 한나는 한나고, 일은 일. 오늘도 그는 밤을 새며 일에 몰두해야 했다.

"쯧."

혀를 차며 그는 찜찜하게 뇌리에 들러붙은 한나의 오열하는 모습을 재빨리 지워냈다.

제1장 엑스트라 윤민예

 

지배인의 특별 배려로 룸에 불려온 민예는 자신을 찾아온 손님의 말을 가만히 듣고 있었다. 처음 보는 남자는 인상이 수더분하고 말투도 사근사근했으며, 무엇보다 부드럽고 예의있어서 특별히 거부감이 느껴지지 않는 사람이었다. 사실 민예가 일하는 생맥주집은 대학교 앞에 위치한 곳이라 대부분의 손님이 학생이었지만, 그래도 명색이 술집. 간혹 저질스러운 손님들이 치근덕거리는 바람에 때려치우고 싶은 마음이 하루에도 열두 번씩 드는 민예였다. 그런 그녀에게 이 사람은 매우 호감이 가는 남자였다. 물론 처음에만.

신사적이고 온유한 분위기의 남자는 첫인상과는 전혀 달리,

매우 이상한 소릴 하기 시작했다. 처음엔 긴가민가 싶어 정신을 바짝 차리고 얘길 들어보았으나, 아무리 들어도 얘긴 그 수준. 이젠 슬슬 그의 정신 상태가 의심스러워지고 있었다. 정말 미친 게 아닐까? 세상에 이런 일자리는 처음 듣는다. 오만 가지 알바를 다 해본, 산전수전 공중전까지 다 겪었다고 자부하는 그녀의 상식으론 도저히 있을 수 없는 일. 이 아저씨, 만화를 너무 많이 본 거 아니야?

"그러니까 저더러…… 남자를…… 유혹해 달라는 건가요?"

말하면서도 찜찜해 민예는 잔뜩 뜸을 들이며 물었다. 이 남자의 얘기를 모두 종합해 본 결과 민예의 머릿속에 들어온 정보는 딱 '남자 유혹하기' 였다. 어떤 남자가 있다. 그 남자는 한 여자를 만나는 중이다. 두 사람의 사이를 떼어달라. 그건 남자를 유혹해 두 연인 사이를 찢어놓으라는 것이었다.

"유혹이라는 위험한 단어는 쓰지 말기로 하죠, 우리."

인상 부드러운 남자가 차분히 웃으며 말했다. 유혹이란 말이 듣기 거북한 모양이다. 양심은 있으신가? 민예는 퉁명스럽게 대답했다.

"어찌 됐든 그 여자한테서 교수님을 떼어놓으라는 거잖아요. 그건 교수님을 유혹하라는 말 아니에요?"

"잠깐 문신혁 씨의 관심을 돌려놓아 달라는 것뿐입니다."

말만 부드럽게 바꿨을 뿐, 그게 그거였다. 엎어치나 메치나. 결국은 문신혁을 꼬시라는 거 아닌가? 민예는 그가 자신의 비도

덕적인 제안을 고상하게 포장하려는 것 같아 뱃이 꼬이는 것 같
았다. 차라리 대놓고 꼬셔달라고 하지 그러세요. 그럼 얄밉지나
않을 텐데.

"제가 그 일을 맡을 거라고 생각하세요?"

"이익이 될 테니까요, 윤민예 씨에겐."

"어떻게요?"

이미 하고 싶은 마음은 사라졌지만 민예는 물었다. 도대체 무
슨 이익을 얼마나 던져 주려는 건지 얘기나 들어보자, 하는 심
정이었다. 하지만 이미 그녀의 눈에 이 남자는 사이코였다. 남
자를 유혹하면 돈을 주겠다는 제안을 정상인이 할 리는 없으니
까. 민예가 궁금한 건 어떻게 이런 사이코가 자신을 알고 찾아
왔느냐였다. 정말 묘하게도, 문신혁이란 교수는 민예가 다니다
휴학한 대학의 교수였다. 이미 한 번 수강을 받아본 적도 있는,
안면이 있는 사이란 말이다. 이 정체불명의 남자는 민예가 문신
혁을 알고 있다는 사실을 이미 알고 있는 게 분명했다. 그 때문
에 민예에게 접근했을 수도.

"윤민예 씨가 스크린에 데뷔할 수 있도록 힘써 드리겠습니
다."

"네?"

민예는 순간 자신의 귀를 의심했다. 방금 이 사람이, '데뷔'
라고 말한 거 맞아? 스크린에 데뷔할 수 있게 해준다고? 이건
진짜 엄청난 제안이었다. 상대를 정신병자 사이코라고 여겼던

생각을 단번에 바꿔 버릴 정도로. 귀가 번쩍 뜨이는 제안에 민예는 두 눈을 훌쩍 키웠다.

"윤민예 씨가 연기자란 걸 압니다. 방송 활동도 꽤 하신다고 들었는데요."

"혹시 연기학원에서 추천받아 찾아오신 거예요?"

"추천을 받은 것까진 아니고, 그냥 좀 윤민예 씨에 대해 알아보다가 자연스럽게 알게 됐습니다."

"그럼 제가 엑스트라급 배우라는 것도 잘 아시겠네요."

민예는 조심스럽게 대답하며 상대의 눈치를 살폈다. 배우 지망생이긴 해도 특별한 기회를 잡지 못해 원샷 한 번, 대사 한 줄 없이 스쳐 지나가는 행인으로 활동하는 수많은 단역배우들. 민예는 그들 중 한 명이었다. 이렇다 할 경력은 쥐뿔도 없는 자신이 연기자란 말을 들으니 양심이 욱신욱신 찔려왔다. 딱 사기꾼이 된 기분.

"꽤 솔직하시네요."

"거짓말하면서까지 일을 맡고 싶은 생각은 없으니까요."

"걱정 마세요. 저희 사장님께서는 윤민예 씨의 경력 같은 건 별로 신경 쓰지 않으십니다."

그가 희미하게 웃었다. 그녀가 마음에 든 표정이었다. 하지만 민예는 순간적으로 날카롭게 새로운 정보를 캐치했다. 사장님이라고 했다. 그렇다면 이 남자의 배후에 또 누가 있다는 뜻이다. 도대체 뭐가 어떻게 돌아가는 속내야? 사장님은 뭐고, 이 남자는 뭔데? 왜 멀쩡하게 훈남 이미지인 문 교수님 연애를 파투 내려는 건데?

머릿속이 복잡해지는 민예다.

"사장님은 윤민예 씨가 이 일에 적격이라고 생각하십니다. 연기 쪽에는 전문이시니, 저 역시 훌륭하게 소화해 내실 거라고 믿습니다."

"연기라고요? 이게요?"

설마 그 일을 연기라고 생각하는 건가? 말도 안 돼. 어떻게 실제 벌어지는 일을 두고 연기라고 생각할 수 있어? 연기가 뭔지 몰라? 드라마나 영화, 연극, CF 등등. 상대 배우와 합의된 상태에서 합의된 내용을 가지고 하는 게 연기다. 하물며 액션 연기도 완벽하게 '합'을 짠 다음에 숏이 들어가는데, 무슨 이런 말도 안 되는 논리를 들이대시나?

"큰 의미에선 연기라고 할 수 있겠죠. 연기라는 게 어차피 사기 아닙니까? 가짜를 진짜처럼 믿도록 만드는."

"아, 예."

웃기고 자빠졌네. 민예는 속으로 중얼거리며 억지웃음을 지었다. 마음속으론 '저 사람, 분명 돌+아이다' 결론을 내리는 중이었다. 아무리 세상일이 자기 뜻대로 안 된다지만, 어떻게 사람들을 감쪽같이 속이고 자기 마음대로 상황을 요리할 생각을 다 하니. 이런 일을 생각해 낸 장본인은 분명 사이코패스일 게 분명했다. 아니면 성격파탄자거나 사회부적응자일 수도. 어쨌든 제정신은 아닐 것이다.

"기분 나쁘셨다면 죄송합니다. 그건 제 사견일 뿐이니 신경 쓰지 마십시오."

민예의 표정이 일그러지는 걸 느꼈는지, 남자가 부드럽게 웃으며 사과를 건네왔다. 웃으니 인물이 훤히 나는 것이 꽁했던 마음이 일시에 풀리는 것 같다. 민예는 고개를 가로저으며 떨떠름하니 대답했다.

"아, 뭐. 괜찮아요. 그렇게 생각하실 수도 있죠."

"어쨌든 저희 입장에선 여러 가지를 고려하고 숙고해서 윤민예 씨를 선택한 것입니다. 일이 진행되는 상황을 봐서 진행비도 따로 챙겨 드릴 생각이고, 일이 성공적으로 마무리되었을 때는 그에 합당하는 보수도 더 지급해 드릴 것입니다. 거기에 윤민예 씨가 그리도 원하셨던 스크린 데뷔라는 보너스까지. 어때요? 저희 쪽에선 꽤 신경을 쓴다고 썼는데. 맡아주실 수 있으시겠습니까?"

제정신이 아닐 게 빤한 사이코패스, 성격파탄자, 사회부적응자, 아무개 사장은 돈도 무진장 많은 게 틀림없었다. 입이 떡 벌어지는 조건을 들이대는 걸 보면. 돈에 쪼들리고 성공에 목이 마른 민예의 상태를 너무나도 잘 알고 있는 듯하다. 구미가 심하게 당기네. 별것 아닌 일에 이렇게나 많은 혜택이 주어질 줄이야. 눈 딱 감고 수락하고 싶어지게 만드는 떡밥이었다.

"어, 그런데……."

눈 질끈 감고 수락하고 싶은 마음이 굴뚝같은데, 차마 그리 못하는 이유는 딱 하나다. 자신의 이익을 위해서 사람들을 속이고 기만해야 한다는 사실. 사랑하는 남녀 사이를 갈라놓는 건 정말 못된 짓이 아닌가. 사람들이 왜 드라마 속 악역 조연들을 오징어 씹듯 잘근잘근 씹으며 흉보는데? 민예도 오늘 아침, 아침 드라마를 보며 신나게 조연 양을 씹지 않았던가. 이 일을 맡게 되면 딱 그런 나쁜 여자가 되는 것이었다. 연기라고 생각하면 할 수도 있겠지만, 그렇게까지 나쁜 짓을 해야 되나, 싶은 마음이었다.

"윤민예 씨가 망설이는 이유, 잘 알고 있습니다. 뭘 걱정하시는지도."

말문을 열어놓고도 말을 못하고 주저하는 그녀를 보며 남자가 말했다. 마치 민예의 마음을 다 꿰뚫고 있는 듯한 얼굴로. 약간 뜨끔하여 민예는 '예?' 하고 멍청하게 반문하고 말았다. 그는 다 이해한다는 듯 평온한 미소를 띤 채로 다음 말을 이어갔다.

"적절한 선은 저희 쪽에서도 원하는 바입니다. 윤민예 씨에게 계약 조건 외의 개인적인 희생을 요구할 생각은 전혀 없어요. 저흰 저희가 금전적으로 보상해 드릴 수 있는 수준의 일만을 원합니다."

무슨 말을 하려는 거야?

"예……."

고개를 주억거리며 민예는 알아들은 척을 했다. 하지만 이 잘나고 허우대 멀쩡하신 양반이 무슨 소릴 하는지 전혀 못 알아듣고 있었다. 적절한 선이라니? 무슨 선? 금전적 보상을 해드릴 수 있는 수준의 일이 뭐라는 거야?

"만약 그런 걸 원했다면 그쪽 경험이 많은 분들을 고용했겠죠. 그냥 배우가 아니라."

그쪽 경험? 일순 번쩍, 하며 머릿속으로 드라마 장면 몇 개가 후딱 지나갔다. 남자를 유혹하기 위해 몸을 던지는 저렴한 스토리의 케이블 드라마. 옷 입고 나오는 컷보다 벗고 나오는 컷이 더 많은 싸구려 심야 영화. 뜨악스러운 얼굴로 민예는 앞에 앉아 있는 남자를 찔러봤다. 상상하는 것하고는.

'누가 그런 거 걱정했다고.'

당근 그딴 걱정한 게 아니다, 민예는. 그런 쪽의 일이었다면 당연히 연기자를 찾지 않았겠지. 한심한 엑스트라보다 꽃뱀을 수소문하는 게 훨씬 빠를 거란 건 민예도 알 수 있는 일이다. 아무리 사이코패스, 사회부적응자여도 머리는 있을 테니 돈 많은 사장님께서도 거기까진 생각하셨을 것이다. 민예가 주저하는 이유는 양심상의 문제 때문이다. 양심이 찔리니 선뜻 수락을 못 하겠다, 이 말이다.

"우리 쪽에서 원하는 건 단 한 가지입니다. 최소 6개월 이내에 문신혁 교수가 윤민예 씨에게 빠지는 것, 그래서 지금 만나고 있는 아가씨와 떨어지는 것입니다. 그 목적만 달성된다면 과정이 어떻든 개의치 않을 것입니다. 이래도 결심, 못하시겠습니까?"

"확실히…… 데뷔는 되는 거예요?"

양심이 찔려서 수락 못하겠다고 생각하면서, 입으론 잘도 나불대는 윤민예. 너, 뭐냐? 수락할 거야? 진짜 교수님과 애인 사이를 찢어놓을 테야? 그런 짓을 진짜로 할 거냐고. 양심이 미친 듯이 소리치자 민예의 입술이 제멋대로 움직였다.

"제가 좀 나이가 있거든요. 또 오디션에선 번번이 떨어지고요. 재능이 좀 없다는 평을 받고 있는데, 그래도 데뷔가 가능하나요?"

"……네?"

현성은 의도를 알 수 없는 여자의 헛소리에 잠시 멍해졌다. 오디션에서 번번이 떨어지고 재능이 없다는 말은 굳이 이 자리에서 할 필요가 없는 말 같은데……. 오히려 이 일을 맡기 위해선 숨겨야 정상인 말이었다.

"제가 카메라 울렁증도 있고, 보다시피 마스크도 그저 그래요."

"……."

"저보다 훌륭한 배우들이 너무나 많아서 지금까지 데뷔도 못하고 있죠. 고등학생 때부터 배우 지망생이었는데, 벌써 스물여섯 살이니 알 만하죠? 얼마나 재능이 없으면 지금까지 이렇게 살고 있겠어요. 한심스럽죠, 많이. 예. 제가 이 일을 맡으면 아마 금세 탄로날 수도 있을 거예요. 워낙 연기가 안 되어서……."

횡설수설하는 윤민예의 얘길 귀 기울여 듣다 현성은 훗, 웃음을 터뜨리고 말았다. 그러니까 지금 윤민예는 이 일을 거절하기 위해 핑계를 대고 있었다. 차마 제 입으로 거절하기 힘이 드니 상대가 포기하길 은근히 바라고 있는 것이다. 한낱 재능없는 배우일 뿐이니 다른 사람 알아보는 게 상책일 거라고, 그녀의 눈이 말하고 있었다. 이거 은근히 재미있어지는걸? 당장 맡겠다고, 잘할 수 있다고 달려들 줄 알았더니만. 갑자기 현성은 이 일을 꼭 윤민예에게 맡기고 싶어졌다.

"윤민예 씨."

"연기가 발연기예요, 완전. 제가 생각하기에도…… 에?"

한참 자신의 연기를 신랄하게 비판하던 민예가 멈칫하며 현성을 바라봤다. 처음엔 똑똑 여물고 세련되어 보이던 눈빛이 지금은 어쩐지 맹하고 순진해 보였다. 세련되고 똑똑할 것 같다던 첫인상은 외모에서 풍기는 이미지 때문이었을까? 아무튼 뭔가를 기대하게 만드는 여자였다.

"아까도 말씀드렸다시피 저희 쪽에서 윤민예 씨를 선택한 건 아주 면밀히 검토하고 숙고한 결과입니다. 단순히 연기력이 좋은 연기자를 원했다면, 좀 더 유명하고 아름답고 인지도 있는 여배우를 섭외했겠죠. 하지만 저희가 원하는 연기자는 문신혁 교수와 자연스럽게 만날 수 있는, 친근하고 신선한 인물이었습니다. 윤민예 씨, 문신혁 교수가 재직 중인 학교 학생이 아니던가요?"

"아, 예. 휴학했어요."

"복학하면 자연스럽게 만날 수 있겠군요."

"그렇겠…… 죠?"

"그리고 저희 사장님은 본인께서 하신 약속은 꼭 지키시는 분입니다. 데뷔가 되느냐, 마느냐의 문제는 걱정하지 않으셔도 됩니다. 그쪽 계통에선 꽤 영향력이 있으신 투자자이시니 충분히 데뷔까지 지원해 드릴 수 있을 겁니다."

"아, 예……."

몹시 실망한 듯 말끝을 흐리는 윤민예. 빠져나갈 구멍이 더 이상은 없어 보였다. 정 하기 싫다면, 단호하게 거절하는 수밖에. 하지만 현성은 장담했다. 윤민예는 절대 제 입으로 거절 못한다. 수년 동안 무명으로 지내온 설움을 알기 때문에. 스타가 되고 싶은 욕망이 그 누구보다도 클 것이다.

"정 못 믿으시겠다면, 미리 계약서에 써넣도록 하죠."

"아, 뭐 못 믿는 건 아니고……."

말끝을 흐리며 민예는 인상을 있는 대로 잔뜩 구기며 고개를 숙였다. 어떻게 해야 할지 판단이 안 섰다. 민예 역시 사람이기 때문에 마음이 갈대처럼 흔들렸다. 아무리 양심상 절대로 수락하면 안 되는 일이라고 생각해 보았지만, 이 일만 잘해내면 연기자의 꿈을 이룰 수 있다는데 어떻게 거절할 수가 있는가. 이건 공자가 아니라, 공자 할아비라도 무시 못할 엄청난 유혹이었다. 스무 살 때, '나랑 잘래? 아니면 스폰서랑 잘래?' 라고 묻는 모 기획사 사장의 제안을 거절한 이후, 내내 무명으로 꿋꿋이 이겨낸 보람이 이렇게 갑작스런 기회로 되돌아온 것만 같아서 자꾸만 덥석 받아들이고 싶어졌다.

"시, 실패하면 어떻게 되는 거예요?"

거의 80퍼센트 정도는 '하겠다' 쪽으로 마음이 기울어진 상태에서 민예는 다시 물었다. 만에 하나의 경우, 실패를 하게 되는 수도 있으니까. 솔직히 자세히 기억나는 건 아니지만, 기억 속에 희미하게 남아 있는 문신혁 교수의 이미지는 약간 차갑고 이지적인 느낌이었다. 쉽게 다가서기 힘든 타입이라고나 할까.

"실패하더라도 손해배상 같은 건 청구하지 않을 겁니다. 그게 걱정이라면 안심하세요."

불안해하는 민예의 표정을 보며 현성이 나긋하고 친절하게 대답해 준다.

"어차피 청구해 봤자 윤민예 씨에겐 배상해 줄 능력이 없다는 걸 저희 사장님도 잘 알고 계십니다."

헉! 배상해 줄 능력이 없다는 걸 안다고? 뭐야, 이 사람들? 대체 뭐 하는 사람들인데 남의 재정 상태까지 다 파악하고 있는 건데? 민예는 뜨악한 얼굴로 현성을 빤히 바라보았다.

민예는 가난하다. 두말할 것도 없이, 그냥 가난하다. 타고났다. 어머니와 아버지는 지방 소도시에서 조그만 슈퍼를 운영하시는데 다들 알다시피 동네 구석구석 체인 할인점들이 진출해 있는 작금의 현실엔 근근이 살아가고 있다는 표현이 맞는 말일 게다. 다행히 그녀의 남동생은 지방대학에서 장학금을 받으며 공부하고 있고, 지금은 그나마도 군에 입대해 있어 한숨 돌리고는 있지만, 가난하다는 현실을 부인할 수는 없다.

그런 주제에 배우라니, 솔직히 민예에겐 가당찮은 꿈인지도 몰랐다. 하지만 엄연히 꿈은 꿈. 가난하다고 자신의 꿈까지 포기하란 법은 없지 않은가? 그녀는 할 수 있는 한 도전해 볼 것이다. 꿈이니까. 그런 민예의 마음을 가족들도 모두 이해하고 있다. 특히 부모님은 민예가 TV에 나오는 걸 무척이나 뿌듯해한다. 엑스트라이지만 꾸준히 노력하면 조그마한 배역이라도 따낼 수 있을 거라고 격려까지 해주시는 걸 뭐.

"알면서도 저한테 이 일을 시키겠다는 거예요? 실패할 수도 있잖아요. 교수님이 저한테 관심을 두지 않을 수도 있는데, 뭘 믿고 절……."

"실패할 위험은 언제든 존재합니다. 윤민예 씨가 아니라도. 그건 저희 쪽에서 당연히 감수해야겠죠. 그 위험이 가장 적은 쪽을 선택하는 게 저희 쪽이 할 수 있는 최선이라고 생각합니다."

"그게 바로 저란 말인가요?"

미심쩍은 얼굴로 민예는 물었다. 현성은 빙그레 웃으며 부드러운 어조로 대답해 주었다.

"남자라면 한 번쯤 윤민예 씨처럼 예쁜 아가씨에게 유혹받아 보고 싶지 않을까요?"

"예?"

허거거. 민예는 약간 당황해 두 눈을 훌쩍 키웠다. 예쁜 아가씨라니, 대놓고 이런 칭찬을 듣기는 머리털 나고 처음이었다. 늘 평범한 얼굴이라며, 그런 주제에 배우가 되겠다고 하는 거냐며, 관계자들로부터 괄시받아 왔었던 그녀였다. 솔직히 민예가 생각하기에도 자신의 얼굴은 평범했다. 작은 얼굴, 큰 눈, 오뚝한 코, 작고 도톰한 입술, 이목구비 하나하나 예쁘장한 얼굴인 건 사실이지만. 배우에게 가장 필요한 '개성'이란 항목이 결여되어 있는 페이스였다. 대중을 사로잡는 카리스마가 부족하다고나 할까. 이런 얼굴은 대한민국에 수천, 수만 명도 더 있을 거라는 게 그녀의 자평이었다.

"젊고 예쁜 여자 분이 관심을 보이는데 싫어할 남자가 있겠습니까?"

또다시 아무 사심 없는, 아주 객관적인 말투로 현성이 말한다. 너무나 사심이 없는 말투라서 더 민망한 민예다. 민예는 어색하게 이마를 매만지며 시선을 다른 쪽으로 돌렸다.

"그, 그래도…… 그분한텐 애인이 있는 상태잖아요……."

"문신혁 교수 말입니까? 그분이라면, 애인 없을 텐데요. 아직은."

"네? 아까는 있다고……."

있다고 하지 않았나? 만나는 여자가 있고, 그 여자와 문 교수의 사이를 찢어놓는 게 미션이라 했을 텐데.

"문 교수와 문제의 그 여자 분은 아직 정식으로 사귀는 단계가 아닙니다."

"아까는 만난다고 하지 않으셨나요? 그랬는데."

서로 사귀고 있고 좋아하는 사이라고 들었다. 그래서 양심이 어쩌고 하며, 섣불리 수락 못하고 있지 않나. 그런데 애인이 없다니. 정식으로 사귀는 단계가 아니라니. 무슨 이런 말이 다 있어?

"네. 만나고 있긴 하죠. 그냥 만나기만."

엥? 뭐야— 이런 실없는 상황은?

"진짜 만나기만 하는 단계란 말이에요? 만난단 말이, 사귀고 있다는 뜻 아니었어요?"

"아닌데요. 그냥 만나는 사이, 맞습니다. 다만 여자 분께서 워낙 적극적이셔서요. 아까도 말씀드렸다시피 남자들은 젊고 예쁜 여자 분이 관심을 보이면 거절을 못하는 법이죠. 조만간 위험해질지도 모른다는 게 저희 사장님 생각입니다."

"아— 그래서 미리 손을 써두시려고……."

"그런 셈이죠."

그러니까 뭐야. 정리를 좀 해보자. 문 교수는 미스터리의 여인 ■를 만나고 있다. 그런데 그 여인이 문 교수를 과도하게 집착하며 좋아하고 있다. 한데 의뢰인인 사장이라는 사람은 문 교수와 여인의 사이를 갈라놓고 싶어한다.

'아리송하네.'

어떻게 되어가는 상황인지 알 수가 없었다. 처음엔 무작정 사랑하는 사람들을 갈라놓으려고 한다고만 생각했는데, 얘길 듣고 보니 아닐 수도 있다는 생각도 들어서 말이다. 그 미스터리의 여인 '■'가 바람을 피우는 것일 수도 있지 않을까? 사장이란 남자는 애인이거나 남편일 가능성도 있었다. 아내가 다른 남자와 만나는 걸 보고만 있을 수 없어서 찢어놓으려는 것일 수도…….

"사장님은 '빅스타'의 투자자 중 한 명이십니다."

열심히 혼자 추리하느라 골몰하는 사이, 불쑥 현성이 입을 열었다. 여전히 그녀가 망설이고 있는 것을 눈치 챈 듯 던져 놓은 떡밥에 달콤한 꿀을 덧바르는 것이다.

"캐스팅 작업에 관여하셔도 무방하실 만큼 비중있는 투자자이시죠. 지금까지는 캐스팅 작업에 직접 관여하신 적이 없지만, 그래서 더욱더 윤민예 씨에게 힘을 실어드릴 수 있을 거라고 생각합니다."

빅스타!

"지, 지금 빅스타라고 하셨어요?"

'빅스타'라면 대한민국의 내로라하는 스타들을 발굴해 낸 명실공히 최고의 엔터테인먼트 회사였다. 흥행 영화만도 수십 개고 최근 들어서는 드라마까지 제작해서 시청률 빵빵 터뜨리고 있는, 꽤 인지도 있는 기획사였다. 그 사장의 눈에 뜨일 수만 있다면 자신의 몸도 던질 수 있다는, 정신 나간 애들이 민예의 주위에도 수없이 많았다. 그 회사의 드라마나 영화에 이름을 올릴 수 있다는 것만으로도 대박 성공, 영광이었다. 민예는 덜덜 떨리는 마음을 꾹 가라앉히며 비장하게 대답했다.

"좋아요. 할게요."

현성은 만족스러운 미소를 지었다. 단단히 결심이 선 얼굴로 자신을 마주 보고 있는 윤민예는 아주 당차 보였다. 유혹이란 단어와는 사뭇 다른, 조금은 맑은 눈빛의 그녀는 공부밖에 모르는 앞뒤 꽉 막힌 교수님 취향에 딱 어울리는 것 같았다. 어딘지 한나와도 닮아 뵈는 이미지. 귀티나면서도 순진해 뵈고, 그러면서도 남자의 애간장을 태울 것처럼 색스러움이 묻어 있는 얼굴이다. 바로 이런 이미지 때문에 사장도 민예를 단번에 지목했었다.

음. 모든 게 일사천리, 잘되어가는군. 이제 남은 건 마지막 관문뿐인가? 현성은 고개를 끄덕이며 빙긋 웃었다.

"그럼 이제 실전 오디션으로 들어가 볼까요?"


10분 후.

민예는 조심스럽게 눈으로 홀 안을 훑어보는 중이었다. 현장에서 남자를 낚시질하는 건 1년 전 친구 따라 클럽 갔다가 우연찮게 해보고 처음이었다. 그땐 누가 실한 놈을 건지나 내기를 하는 친구들 틈에 끼어 술김에 정말 얼결에 했었던 거고, 지금은 상황이 달랐다. 맨 정신인 데다가 테스트라는 생각이 들어서 그런지 무진장 떨렸다. 꼭 이 일을 해야 하는 건가에 대한 회의적인 생각도 한몫하고 있었다. 아무리 스타가 되고 싶어도 그렇지. 꼭 이런 짓까지 해가면서 비굴해질 필요 있니, 윤민예?

'웃기는 소리. 이게 비굴이면 다른 애들이 하는 건 뭔데?'

몸을 파는 것도 아니다. 그냥 연기력과 외모를 파는 것뿐이다. 배우랑 전혀 다를 바 없이. 물론 사람을 속여야 하는 건 마음에 걸리지만, 아직은 애인 관계가 아니라지 않나. 그냥 만나면서 서로를 탐색하는 단계인 모양인데, 그럼 훼방이랄 것도 없었다. 사장한테도 말 못할 사정이란 게 있지 않겠나? 두 남녀에게 복수라도 하려는 모양이지.

"긍정적으로 생각해, 긍정적으로."

모두를 위해서 이 한 몸 희생하는 것뿐이야. 어쨌든 사장이란 사람도, 문 교수도, 그 여인 '■'도 다 잘되면 장땡 아니야? 떨어져서는 죽어도 못 사는 피 끓는 애정으로 똘똘 뭉친 연인 사이가 아니라면 못 찢어놓을 것도 없다. 빅스타라는 엄청난 기획사에 연줄이 있다는데, 더 말해 뭣 하랴. 이런 기회가 어디 아무 때나 오는 건가? 막말로 이건 누구든 맡아서 하게 될 일이다. 민예가 거절하면 다른 이에게 넘어갈 거란 말이다. 엄연히 이 일을 거절하는 건 성공이 보장되어 있는 길을 다른 경쟁자에게 양보하는 거나 마찬가지인 일이었다.

"그럴 순 없지. 절대로."

통과가 코앞이었다. 이 관문만 뚫으면 이 일을 접수하게 되는 거고, 그럼 그녀는 확실한 성공을 향한 걸음을 한 발자국 떼는 것이다. 빅스타 기획사. 나를 스타로 키워줄 빛나는 그 이름!

"일종의 오디션이라고 해두죠. 정식으로 계약하기 전에 우리 쪽에서도 여러 가지를 체크해 봐야 하니까요. 장소는 이곳으로 한정하겠습니다. 가장 마음에 드는 사람을 한 명 골라서 자연스럽게 접근하시고 대화를 나누신 다음, 상대의 반응을 유도하세요. 상대 남자가 어떤 식으로든 호의를 보이게 되면 오디션은 합격입니다."

10분 전, 정현성에게 들은 말을 떠올리며 민예는 긴장된 숨을 몰아쉬었다. 말이 쉽지 자연스럽게 접근해서 대화를 나누는 게 어디 쉬운 일인가? 무작정 다가가 '저 어때요?' 할 수도 없고. '저한테 반해주시면 안 될까요?' 하는 건 더더욱 웃기는 일이고. 그냥 평소 하던 대로 하면 된다는데, 그게 말처럼 쉬우면 지금까지 솔로로 있겠냐고요.

게다가 어찌나 빈틈없이 낱낱이 지켜보고 있는지. 현성이 스툴에 앉아 이쪽을 관찰하고 있다고 생각하니 더 떨렸다. 민예는 깊은숨을 내쉬며 조용히, 신중하게 홀을 훑었다. 일단 손님들을 파악한 후, 헌팅을 시도해 볼 참이었다.

홀에 있는 손님들은 대부분 학생들이었다. 가게가 대학가에 위치해 있다 보니 평소에도 어리고 풋풋한 학생들이 손님의 주를 이루고 있었다. 오늘도 마찬가지. 딱 한 사람만 빼곤 모두 다 학생들이었다.

구석 자리에 혼자 앉아 맥주를 홀짝이고 있는 사람.

흥청망청하고 시끌벅적한 가게 안에서 그는 마치 혼자서만 다른 세계에 살고 있는 듯 조용하고 고독해 보였다. 나이는 대략 이십대 후반 정도로 보였고, 얼굴은 자세히 볼 수 없지만 실루엣으로 느껴지는 스타일은 꽤 좋았다. 여성적인 매력을 발산시키고 싶은 욕구가 들 만큼 충분히. 민예는 떨리는 마음을 애써 가라앉히며 타깃으로 정한 남자를 향해 걷기 시작했다.

'뭐지?'

한준은 인상을 팍 쓰고 여자를 노려봤다. 긴 고수머리를 출렁이며 다가오는 여자는 분명 이쪽을 향해 걸어오는 중이었다. 그녀가 자신을 똑바로 바라보고 있다는 걸 한준은 느낄 수 있었다. 현성과 얘기를 끝내고 홀에 나왔다는 건 일을 승낙하고 오디션을 보기로 작정했다는 뜻인데. 왜 자신에게로 걸어오고 있는 건지 한준은 알 수가 없었다. 설마…… 시험 대상이 나인가?

만약 그렇다면 기막힐 일이었다. 객석에 앉아 배우의 연기력을 평가할 시험관 자격으로 홀에 앉아 있는 자신이 졸지에 시험 대상이 되어버린 꼴이 된 것이니. 그는 불편한 시선으로 추궁하듯 현성을 찔러보았다. 하나, 이미 그의 손을 떠나 버린 일인 듯 현성은 어깨를 으쓱하며 빈손을 내보일 뿐이었다. 난감해진 채로 한준은 여자를 훑어보았다.

윤민예는 굽이 거의 없는 로퍼에 가게 유니폼을 착용하고 있었다. 키는 165cm의 보통 키였으며, 화려하고 또렷한 이목구비

와 흐드러지듯 꺾어지고 휘어지는 늘씬한 몸매의 소유자였다. 특히 스커트 아래로 쭉 뻗은 맨다리는 하얗고 길어 남자의 눈길을 끌었으며, 귀밑으로 묶여 가슴 위로 풍성하게 흘러내려진 갈색 머리카락조차도 유혹적으로 보일 만큼 아름다웠다. 사진으로 봤던 것보다 훨씬 더 생동감 있고 매력적이라는 것을 한준은 순순히 인정했다. 하지만 그녀가 이한준을 상대로 게임을 펼쳐 승자가 될 수 있을 거라고 생각한다면, 그건 오산이었다.

한준은 지금까지 여자에게 홀린 적이 단 한 번도 없었다. 여자란 자신이 추구하는 인생의 액세서리일 뿐 그 이상도 이하도 아니라고 생각해 왔던 그였으니 당연한 일이었다. 천하의 둘도 없이 차가운 돌덩이를 유혹하겠다고 나서다니, 보나마나 윤민예는 탈락인 셈이었다. 윤민예를 최종 낙점시킨 사람이 자신인 걸 감안하면 허탈한 결과다. 자신이 고른 후보자를 바로 자신의 손으로 탈락시키게 생기지 않았나.

"손님?"

어느새 다가온 윤민예가 나긋하고 상냥한 목소리로 물어왔다. 한준은 반쯤 감았던 눈을 훌쩍 굴려 서 있는 여잘 올려다봤다. 싸늘하면서도 어딘지 모르게 된통 퇴폐적으로 느껴지는 그의 시선에 순간 민예는 움찔했다. 이 남자, 정말…….

'잘생겼다!'

멀리서 봤을 땐 그냥 좀 '튀는 사람이다, 꽤 괜찮다' 정도의 느낌이었는데 가까이서 보니 이건 그냥 대박이다. 어떻게 이렇게 잘생길 수가 있지? 보는 순간 심장이 멎는 줄 알았다, 쇼크 먹어서. 굵직굵직, 또렷하고 강인한 인상인데 어딘지 모르게 섬세함이 느껴지는 외모였다. 조화롭지 못한 이 두 가지가 묘하게 어우러지면서 사람을 한순간 확 빠져들게 만들었다. 이런 걸 섹시하다고 하는 건가? 그는 잔혹하게, 인정사정 봐주지 않고 확실하게 그녀의 마음을 끌어당기고 있었다.

"뭡니까?"

멍하게 그를 내려다본 채로 서 있는 민예에게 그가 불쑥 물었다. 녹아내릴 것처럼 다정한 미소와 초콜릿처럼 끈적끈적한 목소리로 남자의 마음을 홀랑 사로잡은 뒤 대시를 이끌어내겠다던 계획이 순식간에 허공으로 흩어졌다. 이 남자는 목소리까지 죽여줬다.

"아, 아니, 저……."

"듣고 있습니다만."

그가 속삭이듯 중얼거렸다. 나지막이 대꾸하는 그의 목소리는 시끄러운 음악 소리를 뚫고 그녀의 귓가로 사뿐히 내려앉았다. 찌르르, 온몸이 감전된 듯 소름이 끼쳤다. 누군가가 숨통을 틀어막고 있는 듯 호흡이 가빠져 왔다. 간신히 호흡을 유지하며 민예는 멍하게 중얼거렸다.

"뭐 필요한 거라도……."

땡. 민예의 머릿속으로 탈락의 종소리가 울렸다. 얼굴을 쓸어내릴 정도로 절망적인 대사였다. 어떻게 이렇게 말할 수 있니, 윤민예? 이렇게 잘생긴 사람을 앞에 두고, 중요한 오디션 중에 어떻게 이런 실수를 해? 이렇게 허무하게 기회를 날려 버려도 되는 거니? 민예는 자신의 빈약한 멘트를 당장이라도 주워 삼키고 싶었다. 이런 멍청이. 바보 멍청이, 아메바, 송충이, 멍게, 말미잘!

"없습니다."

잘생긴 남자 손님은 그녀에게 전혀 관심이 없는 듯 무심히 대답했다. 민예는 신음을 삼키며 입술을 깨물고는 두 눈을 질끈 감아버렸다. 창피해서 딱 기절해 버리고 싶은 심정이었다. 오디션이 아니라도, 한번쯤 먼저 다가가고 싶을 만큼 잘생긴 사람인데. 딱 삘이 꽂히고 한눈에 반해 버렸는데. 하아― 한숨을 땅이 꺼져라 내쉬며 민예는 휙, 몸을 돌렸다. 남들이 봤다면, 앞에 앉은 남자 손님이 '뒤로 돌아!' 하고 구령을 붙였나 보다 생각할 정도로 뻣뻣한 몸짓이었다.


"재미있다가 말았네?"

멀리서 지켜보고 있던 현성은 스툴에서 천천히 일어났다. 모처럼 흥미진진한 광경을 목격할 수 있을 거라 생각했었는데, 김이 팍 새는 기분이었다. 역시나 아름다운 윤민예도 한준의 얼음장 같은 반응에는 당해낼 수가 없었던 건가?

"아쉽군."

현성은 리스트의 다음 순번을 떠올리며 윤민예를 목록에서 지워냈다. 힘들게 찾아낸 몇몇 적임자 중 그나마 최적이라고 생각했는데, 이렇게 되면 이쪽도 곤란해진다. 성공 가능성이 희박한 이 일에 최적임자를 활용할 수 없다면, 그만큼 성공할 확률도 떨어진다는 뜻이었다. 기껏 찾아낸 사람을 이렇게 허무하게 떨어뜨리게 되다니. 이건 많이 아깝게 됐다. 이번 경우가 엄밀히 얘기해서 윤민예의 자질 부족이라고는 말할 수 없을 것 같으니, 더더욱.

상대는 이한준이었다. 상대가 그라면, 윤민예가 아닌 그 어떤 여자라도 유혹하는 데 실패할 것이다. 지금까지 그 어떤 여자도 한준의 냉랭한 마음을 녹이지 못했다는 걸 감안하면, 정말 많이, 아주 많이 안타까운 결과였다. 재수가 없었군.

"꺄악―"

현성이 아쉬움에 쉽사리 벗어나지 못하고 있을 때였다. 저만치에서 윤민예가 갑자기 비명을 질렀다. 술에 취한 남자가 반대편에서 다가오다가 부딪친 모양이었다. 덩치 큰 남자와 정면으로 부딪친 윤민예는 거의 튕겨 나가다시피 뒤로 쓰러지고 있었다. 당혹스럽게도 그녀가 튕겨 뒤로 나가떨어지고 있는 자리는 한준이 혼자 앉아 맥주를 마시고 있는, 바로 그 자리였다.


'이런. 맙소사!'

몸이 심하게 흔들리는 남자 취객과 부딪치는 순간, 민예의 머릿속에는 오로지 '바닥으로 쓰러질 수는 없다'는 생각뿐이었다. 짧은 치마를 입고 있는 지금 상태로 바닥에 널브러지는 것은 최악의 상황. 그것만큼은 절대로 일어나서는 안 되는 일이었다.
하지만 균형을 잡기 위해서 그녀가 붙들 수 있는 건 테이블 모
서리가 전부였다. 그것도 육중한 소파와 손님이 떡하니 버티고
있는 테이블의 모서리.

그러면 안 된다는 걸 알면서도 민예는 모서리를 두 손으로 붙
잡았다. 그리고 한쪽 다리를 지렛대 삼아 죽을힘을 다해 뒤로
쓰러지지 않으려 버텼다. 하지만 몸의 균형은 과학의 원리대로
가차없이 뒤로 넘어갔고, 결국 민예는 소파 위로 벌러덩 넘어지
게 되었다. 더 정확하게 말하면 소파에 앉아 있는 손님의 허벅
지 위로 철푸덕. 안습이다, 참으로.

"꺄악."

"윽."

갑작스레 민예의 덮침을 당한 손님이 고통스런 신음을 흘렸
다. 동시에 그가 들고 있던 맥주병이 흔들리면서 사방으로 맥주
방울이 튀었다. 민예는 절망적인 심정으로 두 눈을 질끈 감았다.
아, 쪽팔려. 이게 대체 다 뭔 일이야? 너무나 창피해서 머리를 쥐
어뜯고 싶은 심정이었다. 차마 눈을 뜨지도 못하고 꼼짝 않고 있
는데, 남자 손님의 나지막한 욕설이 귓속으로 파고들어 왔다.

"젠장."

그제야 민예는 자신이 너무나 민망한 자세로 남자의 허벅지
위에 앉아 있다는 사실을 자각했다. 헐. 경악한 채로 민예는 허
겁지겁 자리에서 일어났다. 너무나 당황한 나머지 자신이 남자

의 허벅지를 더욱 짓누르고 뒤흔들었다는 사실은 전혀 인식하지 못하고 있었다.

"죄, 죄송합니다, 손님."

허리를 연신 숙이며 민예는 사과를 했다. 종업원이라면 당연히 가져야 할 저자세였다. 자신 때문에 봉변을 당한 사람에 대한 예의이기도 했다. 자신이 이런 실수를 저질렀다는 게 너무나 창피했고, 손님에게는 너무나 미안했고, 그 손님이 첫눈에 반할 정도로 잘생긴 남자라는 것에 미치도록 절망하고 있는 그녀였다. 할 수만 있다면 바로 이 자리에서 먼지가 되어 사라지고 싶은 심정이었다. 왜 하필 이 사람한테 넘어진 거냐고, 글쎄. 정말 울고 싶다.

"그만 가봐. 됐으니까."

남자가 짜증이 배어 있는 어조로 짧게 대꾸했다. 민예는 아랫입술을 꽉 깨물고는 슬쩍 두 눈을 치떠 그의 눈치를 살폈다. '됐다'는 사람의 표정은 그다지 '된' 것 같지 않았다. 자신의 더럽혀진 옷자락을 털어내는 그의 표정은 곧이라도 자리를 박차고 나갈 것처럼 잔뜩 굳어 있었다. 그 표정을 보고 있자니, 온몸이 와들와들 떨려오는 것만 같았다. 화가 단단히 난 게 틀림없었다. 그럴 만도 하지. 멀쩡하니 자그르르하던 정장이 맥주 때문에 홀딱 젖어버리지 않았나.

"제, 제가 닦아드릴게요."

민예는 냉큼 다가가 테이블 위에 놓여 있는 냅킨을 뭉텅이로

끄집어내며 말했다. 이렇게라도 해야 마음이 편해질 것만 같았다. 그냥 가보라는데, 솔직히 이런 모습을 보고 어떻게 가? 종업원인 자신 때문에 손님이 이렇게 됐는데. 가란다고 그냥 가는 사람은 그야말로 눈치가 꽝인 거지. 민예는 냅킨으로 더듬더듬 손님의 젖은 옷에서 물기를 닦아내기 시작했다. 하지만 민예의 손길은 두어 번의 동작에서 끝을 맺어야 했다.

"손 치워."

그의 묵직하고 싸늘한 목소리가 뺨을 후려치듯 호되게 날아왔다. 그 말투가 어찌나 매서운지 온몸의 피가 얼어붙는 기분이었다. 다급하고 분주하게 움직이던 민예의 손은 그 자리에서 딱 굳어버리고 말았다. 심장마저 굳어버린 듯 숨조차 쉬지 못하고 얼어 있는 그녀의 손에서 그는 휙, 냅킨을 빼앗아 들었다. 혼을 빼앗겨 버린 듯 그녀는 멍하니 그를 내려다보고 있었다. 잠시 후 정신을 차리고 보니, 그는 직접 제 옷을 닦아내고 있었다.

"죄송합니다. 죄송합니다, 손님."

왠지 찡하니, 눈물이 나올 것 같은 기분이다. 남자의 쌀쌀함에 서운해서도, 자신의 처지가 서러워서도 아니었다. 그냥, 정말 아무 이유도 없이 그냥, 왈칵 눈시울이 뜨끈해졌다. 미쳤나봐. 잘못한 것은 너잖아, 윤민예. 민예는 스스로를 향해 꾸짖으며 이를 악물었다. 그리곤 허리를 90도로 굽힌 깍듯한 인사를 계속해서 하기 시작했다.

"죄송합니다. 죄송합니다!"

"그만 하라고 했잖아."

끝없이 이어질 것 같던 민예의 절 세례가 끝이 난 건 손님의 짜증 섞인 한마디가 날아온 직후였다. 남자 손님이 마음에 안 든다는 듯 짤없는 시선으로 그녀를 찔러보고 있었다. 또 뭐가 잘못된 걸까? 두려운 마음으로 민예는 커다란 눈을 더욱 커다랗게 뜨고 그를 보았다.

"뭐가 그렇게 미안해? 죽을죄라도 졌어?"

"네?"

한준은 영문 모르는 맹한 얼굴을 한 윤민예를 한심스럽다는 듯 바라봤다. 이런 상황은 정말 구역질이 날 정도로 싫은 그다. 돈을 벌기 위해 밑바닥 생활도 마다하지 않던 그에게도 이러한 일들은 무수하게 많았다. 빌고 맞고 쫓겨나고. 심지어 이용당하고, 버림받고, 희롱까지 당했던 그다. 때문에 이렇게 필요 이상으로 저자세인 사람을 보면 그는 짜증이 솟구친다. 자기 자신을 스스로 깎아내리는 것 같아 싫다. 과거의 자신을 보는 것 같아 화가 나고 자연스레 분노하게 된다. 지금처럼.

"그만 하라고. 그 정도면 됐으니까."

천천히 자리에서 일어나며 그는 딱딱하게 말했다. 그녀는 여전히 얼이 빠진 얼굴로 그를 멍하게 바라보고 있었다. 그런 그녀를 한준은 싸늘하게 내려다보며 시니컬하게 한쪽 입술 가장자리를 끌어 올리고 낮게 중얼거렸다.

"아직도 모르겠어? 자신이 남자들의 눈요깃감이 되고 있다는 걸.”

“누, 눈요깃감이라고요?”

정말 몰랐던 건가. 근처 남자 손님들은 그녀의 늘씬한 허리가 연신 굽혀지면서 드러난 각선미와 힙을 흘끔흘끔 구경하고 있었다. 수천 번 사과할 정신으로 제 자신이나 더 보호하고 챙길 것이지. 이렇게 연약하고 순진해 빠진 채로 이런 일을 한다는 것 자체가 무모하고 멍청한 일 아닌가? 한준은 다시 한 번 짜증이 치미는 걸 느끼며 주머니에서 지갑을 꺼내 들었다. 그리고 술값을 꺼내 테이블에 던지듯 떨어뜨려 놓고 막 여자를 스쳐 지나가려는데,

“저, 저기……!”

민예가 한준을 붙들었다. 여자의 작은 손아귀가 옷자락 안으로 파고드는 것을 느끼며 한준은 걸음을 멈추었다. 냉기를 잔뜩 뿜은 그의 뒷모습에 움찔하고 있던 민예는 그가 스르륵 소리없이 고개를 돌려 이쪽을 바라보자 다시 한 번 놀라고 말았다. 상대를 얼려 버릴 것 같은, 너무나도 차가운 모습이었다. 무섭고 긴장되고 소름이 돋아 민예는 그만 그를 붙들고 있던 손을 놓고 말았다. 그리고 가게를 빠져나가는 한준의 뒷모습을 넋 놓고 바라보았다. 동료 종업원이 다가와 툭 치며 말을 걸어올 때까지.

제2장 Replay

"쿡."

밤 12시가 다 되어가는 시각. 윤민예가 근무하는 호프집 근처에 주차해 놓고 그녀가 일을 끝내고 나오기를 기다리고 있던 현성은 터지는 웃음을 참아내고 있었다. 지금 이 시간 자신이 왜여기에 와 있는 것인가에 대해 생각하자니, 생각은 꼬리에 꼬리를 물어 말도 안 되는 상상으로 변질되어 가고 있었다.

"왜 웃어?"

뒷좌석에 앉아 있던 한준이 불쑥 한마디 말을 걸어온다. 가늘게 좁혀 떠진 눈매가 예사롭지 않음에도, 현성은 어깨를 으쓱하며 천연덕스럽게 웃었다. 사실대로 말할 수 없으니 그저 웃을 수밖에.

"아무것도 아닙니다, 사장님."

현성은 특유의 눈웃음을 지으며 깍듯이 사장이라 존칭했다. 밖에 나와선 늘 이런 식이지만 말투는 느물느물, 사적인 감정이 물씬 들어 있었다.

"웃지 마."

서릿발 서린 말 한마디가 후둑 떨어졌다. 반경 100m 안의 생물이란 생물은 모조리 얼려 버릴 듯한 매서운 말투임에도 불구하고 현성은 피식 웃었다. 한준의 싸늘함이 일종의 버릇임을 알고 있기 때문에 나올 수 있는 반응이었다. 항상 주위를 경계하고 하루하루를 살얼음판처럼 아슬아슬하게 살아왔던 지난날의 결과물이라고나 할까. 한준은 특별히 화가 난 게 아님에도 원래 저렇듯 싸하다. 오히려 화가 나면, 입을 꾹 닫고 침묵으로 일관하거나 화가 풀릴 때까지 원인을 제공한 상대와 말을 섞지 않는, 나름대로 현명한 방식으로 분노를 표출하는 그였다.

"사장님도 참. 웃음이 나오는 걸 어떻게 억지로 참습니까?"

"웃을 일이 아니니까. 네가 생각하는 그런 거 아니야."

"제가 무슨 생각을 하는지 아신다는 겁니까?"

"알아. 그리고 네 생각은 틀렸어. 그러니까 이제 그만 웃어."

방싯거리며 묻는 현성의 질문에 한준이 냉랭히 뇌까렸다. 하지만 현성은 더욱 활짝 웃고 말았다. '웃지 마'라는 말이 더 웃겼다. 아니라며 강하게 부인하는 모습이 마치 속마음 들켜 무안해하는 새신랑 같았다. 너무 완벽한 부정이라 더욱 의심스러워졌다. 정말 윤민예에게 아무 감정이 없는 거 맞나 확인하고 싶어진다. 물론 확인해 보나마나겠지만.

'말 안 되지.'

그가 아는 한 이한준은 절대로 여자에게 마음을 줄 위인이 아니었다. 지금까지도 그랬고, 앞으로도 그럴 것이다. 돈과 출세라는 뚜렷한 인생 목표가 있는 사람이고, 오직 그것만을 향해 달리고 있는 그에게 윤민예는 공기 중을 떠도는 먼지보다도 더 미미한 존재일 뿐이었다. 그런데도 그가 윤민예에게 반한 게 아닐까 의심하게 된 동기는 딱 하나다. 그녀에게 특별히 기회를 한 번 더 주겠다고 결정을 내렸기 때문.

이건 아주 이례적인 일이다. 한준은 늘 자기 규칙과 습관에 엄격했고, 감정이 앞서 일을 그르치는 경우를 금해왔다. 당연히 한 사람에게 두 번의 기회를 주는, 불필요한 소모를 철저하게 배격해 왔고. 그런데 그런 그가 이미 테스트에서 한 번 떨어진 윤민예에게 재도전의 기회를 주기로 결정한 것은 아무리 생각해도 이해불가한 일이었다.

"그럼 도대체 왜 기회를 주시는 겁니까? 가차없이 떨어뜨린 사람은 분명 사장님이셨잖아요."

현성이 빙글빙글 웃으며 말했다. 뭐가 그리 즐거운지 아주 희희낙락이다. 한준은 오늘따라 유난히 마음에 안 드는 현성을 날카롭게 찔러보았다. 그가 무엇을 궁금해하고 의심하는지 모르는 바 아니지만, 한준으로선 별로 대답해 줄 말이 없었다. 현성도 모두 짐작하고 있을 것이고, 바로 그가 짐작하고 있는 그 이유 때문에 한준이 윤민예의 탈락 결정을 유보한 것이니까.

마음에 드는 다른 후보가 없었다.

윤민예를 제외한 네 명의 후보들은 모두 한준이 원하는 스타일이 아니었다. 한 명은 너무 싼티가 나 보였고, 한 명은 너무 나이가 들어 보였으며, 다른 한 명은 너무 깡마르고, 나머지 한 명은 피부가 너무 새까맸다. 그가 원하는 여자는 키가 크고 날씬하지만 어느 정도 살집이 있어 육감적으로 보여야 하고, 그러면서도 아기처럼 귀여운 마스크에 전체적으로 귀티가 흐르는 여자였다. 동생 이한나가 그렇듯이. 그리고 불행하게도 그런 조건들을 모두 갖춘 인물은 윤민예, 딱 한 명뿐이었다.

"확실히 윤민예 씨가 예쁘긴 하죠? 다른 후보들보다 월등히."

대답이 없는 한준을 향해 현성이 생긋 웃으며 말했다. 한준의 생각을 모두 다 읽고 있다는 듯이.

"사실 저도 처음엔 눈앞이 캄캄했습니다. 시간은 얼마 없는데, 윤민예 씨가 아닌 다른 적임자를 찾아 나서야 한다고 생각하니 걱정이 되더군요. 윤민예 씨가 그렇게 어처구니없이 탈락하게 될 줄 어디 예상이나 했습니까? 수많은 손님들 중 하필 사장님한테 다가가……."

"그 얘긴 꺼내지 않는 게 좋겠다."

한준이 기분 나쁜 듯 딱딱한 어조로 현성의 말을 가로막았다.

현성의 입에서 즉시 큭, 억눌린 웃음이 흘러나왔다. 그때의 일을 떠올리면 아무리 과묵하고 차분한 스타일의 현성도 경박스러운 웃음을 흘리고 만다. 그 순간 사장의 얼굴을 본 사람이라면, 누구나 폭소하지 않을 수 없을 것이다. 냉소적이고 인간미 없는 이한준에게도 그런 표정이 나올 수 있을까 싶을 정도로 충격적인 얼굴이었다. 그 얼굴로 유추해 보건대, 윤민예는 한준의 몸 중에서 가장 예민한 부분을 건드렸던 게 틀림없었다.

"뭐, 어쨌든 저도 사장님 결정에 동의합니다. 사장님 말씀대로 어수룩하고 맹해 보여서 이번 일에는 적합하지 않을 수도 있지만, 그 반대일 수도 있다는 생각이 들어요. 뇌쇄적이거나 섹시한 매력은 없을지 몰라도 뭔가 어설프면서도 남자의 보호본능을 자극하는, 묘한 매력이 있는 것 같거든요. 문신혁 교수도 왠지 너무 능숙해 뵈는 여자보단 윤민예 씨처럼 조금 순진하고 귀여운 여자를 더 좋아할 것 같고요."

"네 취향이 그런 거겠지."

여지없이 날아오는 냉랭한 대꾸. 못 말리는 이한준이시다. 현성은 히죽 웃으며 가볍게 받아넘겼다.

"제 취향이 상당히 일반적이란 말, 했던가요?"

"너한테도 취향이 있었어? '어머니한테 잘하는 여자'가 이상형이었던 것 같은데."

"귀엽고 순진하고, 어머니한테도 잘하면 일석삼조잖습니까."

"지금 네 취향이 윤민예란 애길 하고 있는 거냐?"

한준이 날카롭게 물었다. 현성의 말이 심하게 거슬려 눈살을 찌푸리고 있었다. 엄연히 이 일은 사업의 연장이고, 그만큼 아주 중요하다. 절대 실패하면 안 되고, 성공했다손 치더라도 마무리가 완벽해야 성공하게 되는, 그런 일이란 말이다. 그 때문에 지저분하게 이쪽과 얽히게 될 것 같은 사람은 애초 후보 선정 작업에서부터 배제시켜 오지 않았던가. 그런데 이런 중요한 임무를 띤 고용인과 사적으로 얽혀서 뭘 어쩌자는 건가?

"딱히 다르진 않습니다. 그 정도라면 제 입장에선 감지덕지죠."

"연예인 지망생이야. 아주머니가 반대하실 게 빤해."

늘 수더분하고 참한 며느리를 얻고 싶다고 입버릇처럼 말해오고 있는 아주머니, 전미애를 떠올리며 한준이 말했다. 자그마한 풍채에 자상한 성품의 소유자로 오래전 부모님의 집안일을 봐주었던 인연으로 지금까지 한준의 집안일을 돕고 있는 분이었다. 젊은 나이에 혼자가 된 후 남의 집 일을 하며 힘겹게 현성을 키웠던 덕분인지 그녀의 아들 사랑은 남다르다. 그런 어머니의 마음을 현성은 그 누구보다도 잘 이해하고 있고. 현성은 주변에서 모두 인정하는 소문난 효자다.

"결혼은 제가 하는 겁니다. 신붓감도 당연히 제가 골라야죠."

"아주머니가 반대하셔도 상관없다는 뜻이냐?"

"반대하실 리도 없지만 만약 반대하셔도 어쩔 수 없는 일이죠. 제가 평생 함께할 사람인데, 어머니 기준으로 고를 순 없잖아요? 누가 뭐래도 전 제가 사랑하는 여자와 결혼할 겁니다."

이건 뜻밖의 대답이다. 한준은 눈매를 가늘게 좁혀 뜨고 현성을 찔러보았다. 효자로 소문이 자자한 현성이 저런 대답을 내놓을 줄 전혀 예상 못했었다. '어머니가 정해준 여자와 결혼할 것'이라고 입버릇처럼 말하고 다녔던 현성이 맞는지 심히 의심스러워졌다. 그만큼 윤민예에게 푹 빠졌다는 뜻인가?

"고작 윤민예가 네 기준이야?"

"윤민예 씨가 어때서요? 그 정도면 예쁘고 착하고……."

착하단다. 코웃음이 나오는 소리다. 윤민예에 대해서 뭘 얼마나 안다고 저런 소리를 하는 건지 도통 이해가 가질 않는다. 단 몇 분 동안 이야기한 게 전부이면서 그녀에 대해서 다 알고 있는 듯 말하는 현성이 그저 우스울 따름이었다. 한준은 점점 기분이 다운되는 걸 느끼며 미간을 찌푸렸다. 그의 기분을 알 길이 없는 현성은 히죽히죽 잘도 웃으며 계속 농지거리를 지껄여댔다.

"외모, 몸매, 뭐 하나 빠지는 구석이 없는 것 같은데요. 성격도 그 정도면 괜찮은 것 같고. 저뿐 아니라 사장님한테도 충분히 어울릴 것 같은데, 제 생각이 틀렸나요? 아까 사장님 무릎에 쓰러지는 모습을 보니까 사이즈도 딱 사장님 품 안에 들어가는 게……."

하나, 현성은 곧 하던 말을 멈추어야 했다. 뒤통수가 뜨끈뜨끈해지는 것이 불길한 예감이 슬그머니 머리를 쳐들고 올라오는 기분이었다. 천천히 시선을 들어 룸미러를 확인하니 역시나 예상했던 대로 한준이 날카로운 눈빛을 뿜어내며 이쪽을 찔러 보고 있었다. 아무래도 장난은 여기서 끝을 내야 할 듯. 더 했다 가는 뼈도 못 추릴 분위기다. 현성은 하하, 억지웃음을 마구 뿌 려대며 넉살 좋게 화제를 전환시켰다.

"농담이에요, 농담. 밤 12시가 다 되어가는 이 시간에 술집 앞 에서 여자를 기다리고 있자니 감개가 무량해서요. 원래 이 시간 이면 회사에서 한창 일을 하고 있을 때잖아요, 사장님."

"퇴근 시간에 불만있었던 거냐? 늘 말하지만, 넌 내가 퇴근할 때까지 기다릴 필요 없어. 운전은 나도 하니까."

"그 얘기가 아니잖습니까. 전 사장님 얘길 하는 거라고요. 적 어도 전, 주말에는 개인 시간을 갖고 있습니다만."

"개인 시간?"

"최근에 사적으로 여자를 만난 게 언제이십니까?"

"내가 여자나 만나고 다닐 만큼 한가한 사람으로 보여?"

"여자는 할 일이 없어서 만나는 게 아니잖아요."

"그럴 시간 없어. 바빠."

한준의 서릿발 서린 음성이 현성의 다음 말을 딱 잘라 버린 다. 이런 얘기가 나오면 늘 이런 식. 현성은 한숨이 터져 나오는 걸 느꼈다. 지금이 회사의 중흥기이고 그만큼 중요한 시기라는 걸 모르는 바는 아닌데, 그래도 답답한 건 어쩔 수가 없다.

이한준은 일이 생활의 99%를 차지한다 해도 과언이 아닐 만큼 지독한 일벌레다. 하던 일이 해결 안 되면 될 때까지 잠을 안 자고, 결론이 안 나면 나올 때까지 끼니를 거르며 일에 몰두하는. 옆에서 보고 있으면, 독하단 말이 절로 나올 정도다. 물론 그런 집중력과 끈기가 있었기에 지금의 거영을 이룩해 낼 수 있었을 것이다.

7년 전, 그는 스물다섯 살의 어린 나이에 사업 경험이라곤 전혀 없는 채로 사업전선에 뛰어들었다. 말 그대로 풋내기. 그가 가진 거라곤 대학 진학까지 포기한 채 일자리를 전전하며 독하게 모은 8천만 원의 자본금과 꼭 성공하고 말겠다는 독한 의지뿐이었다. 작은 가게 하나가 7년이라는 짧은 시간 안에 대기업과 어깨를 나란히 하는 알짜 기업으로 성장하게 되기까지, 그는 헤아릴 수 없을 만큼 어마어마한 희생과 노력의 대가를 치렀을 것이다. 그건 단순히 빠르고 영악한 두뇌 회전과 '죽으란 법은 없다'는 말이 절로 나올 정도로 적시적지에 떨어지는 행운만 가지고선 이뤄낼 수 없는, 말 그대로 기적과도 같은 일이니까.

하지만 그는 이뤄냈다. 그 누구도 무시 못할 만큼의 사회적 위치와 재산을 모았단 말이다. 그러면 이젠 좀 더 여유있게 살아도 되지 않을까? 뭐, 꼭 연애하는 것까진 바라지도 않는다. 가끔 가볍게 여자를 만나는 것 정도는 가능하지 않을까. 회사 일에 지장을 줄 정도로 스트레스받는 일도 아니고, 시간이나 비용이 많이 드는 것도 아니다. 솔직히 회사 일보다 더 중요하다면 중요한 일이 바로 여자와의 교제 아닌가? 도대체 서른두 살의 멀쩡한 성인남자가 하루 24시간 회사 업무만으로 시간을 보낸다는 게 말이나 되느냔 말이다.

"바쁘셔도 이젠 슬슬 생각해 보셔야 할 때가 된 것 같습니다만. 이젠 사장님도……."

결혼도 하고 가정도 꾸려야 하지 않겠느냐고, 진지한 조언을 하려던 찰나였다. 먼발치 술집 입구가 갑자기 왁자지껄 시끄러워졌다. 시선을 돌려 확인해 보니 윤민예가 나오고 있었다. 동료로 보이는 두 남자와 함께. 무슨 얘기 중인지 크게 한바탕 소리치며 웃고 있는 중이었다. 가까운 사이인 듯 서로 손으로 어깨를 짚거나 팔을 툭툭 치는 등의 작은 접촉을 스스럼없이 하며. 화기애애한 분위기마저 느껴지자 현성은 호기심 가득한 눈으로 전방을 뚫어지게 바라보았다.

"드디어 나왔군요. 그런데…… 혼자가 아닌데요?"

"그렇군."

한준이 짧게 대답하며 야릇한 미소를 씩, 지어 올렸다. 그리곤 잘생긴 턱을 슬쩍 들어 전방을 향해 찌르며 말했다.

"저 정도의 인기라면, 다시 기회를 준 보람이 조금은 있겠지."

"어쩔 수 없지 뭐. 내 잘못인걸."

두 남자가 자신의 일거수일투족을 관찰하고 있다는 걸 전혀 모른 채 민예는 술집에서 함께 일하고 있는 동료 알바생 정수와 재철의 위로를 받고 있었다. 방금 전, 그녀는 직원들 전체가 보는 앞에서 공개적으로 지적을 당했다. 그녀가 실수로 손님의 옷을 망쳤다는 사실을 지배인이 뒤늦게 알아버린 것이었다. 지배인은 민예가 세탁비를 지불해 주기는커녕 손님으로부터 음식값까지 모두 받아냈다는 사실에 불을 뿜는 용처럼 화를 냈었다.

"지배인 말이 맞아. 당장에 세탁비를 물어드렸어야 했어. 일을 해결 못할 바엔 차라리 지배인님을 찾았어야 했고. 졸지에 우리 가게가 몰지각한 업소로 몰리게 생겼잖아. 인터넷 입소문이 얼마나 빠르고 무서운 시댄데. 치명타지. 근데 나도 어쩔 수 없었어. 처음엔 나도 못 가게 잡았는데, 그 사람이 너무 무섭게 째려봐서……."

"지배인 성깔 잘 알잖아. 아까 괜히 신경질나는 일이 있던 차에 누나가 걸린 거였어. 마음 쓰지 마."

민예가 기가 팍 죽은 모습으로 한숨을 푹푹 내쉬자, 정수가 민예의 어깨를 툭툭 두들기며 다독였다. 두 살 아래 동생뻘 되는 녀석은 아까부터 우스갯소리를 하며 민예의 기분을 풀어주려 부단히 노력하고 있었다. 그 노력이 가상해 웃을 기분이 아닌데도 즐거운 척 웃어준 그녀다.

"그래. 그나마 누나니까 그 정도로 참아준 거라고. 우리 같았어봐. 아주 난리났지. 지배인이 은근히 누나 좋아하잖아."

재철이 민예의 팔을 쥐고 흔들며 위로했다. 지배인 얼굴을 떠올리니 인상이 저절로 험악해졌다. 민예는 잔뜩 찡그린 얼굴로 가게 쪽을 째려봤다.

"지금 그걸 말이라고 하니? 난 제발 좀 날 안 좋아해 줬으면 좋겠거든?"

"왜? 나이도 딱 네 살 차이, 좋구만. 네 살 차이는 궁합도 안 본다더라."

"끔찍한 소리 그만 좀 했으면 좋겠네."

"우리가 봤을 땐 중증이던데. 지배인, 누나한테 홀딱 빠졌다니까."

지배인이 민예를 좋아하는 건 사실 어제오늘 일이 아니었다. 재작년 그녀가 처음 가게에서 일을 시작할 때부터 그는 호감을 표해왔었다. 하지만 조폭 출신의 100kg 거구를 보고 좋아하는 마음이 생긴다는 건 정말 어려운 일이었다. 성격이라도 좋으면 그걸 장점 삼아 좋은 쪽으로 봐줄 수도 있으련만, 지배인은 성격도 더러웠다. 얼마나 더러우면 좋아한다는 민예에게까지 화를 낼까. 마치 코로 연기를 내뿜는 공룡 같은 그 모습에선 절대로 남자로서의 매력이 느껴지질 않는다. 그저 무서울 뿐.

"신소리하지 말라니까. 난 성질 더러운 남자 딱 질색이라고."

"야, 누님 피곤하게 왜 자꾸 들이대냐? 싫으시대잖아."

정수가 재철을 타박했다. 자꾸 민예에게 지배인을 갖다 붙이는 게 보통 수상한 게 아니었다. 지배인한테 뇌물이라도 먹은 건가? 민예는 한숨을 내쉬며 머리를 긁적거렸다.

"다른 일자리나 알아봐야겠어."

"왜? 지배인 때문에?"

"것도 그렇고."

"왜요? 무슨 일 있어요?"

재철이 두 눈을 부릅뜨고 물어본다. 완전 궁금한 표정이다. 민예는 재철을 빤한 시선으로 째려보며 썩소를 흘리고 말았다. 입이 워낙에 싸야 말이지. 재철에겐 아무 말도 해줄 수가 없었다. 아니, 그 누구에게도 오늘 그녀가 느낀 굴욕감과 초라함을 말해주고 싶지 않았다. 그저 웨이트리스일 뿐인 자신의 처지가 심각하게 부끄럽고 서글펐다는 사실은 그냥 가슴 깊이 묻어둘 것이다.

"됐어. 잘 가라."

휙, 턴을 하며 민예는 새침한 작별 인사를 건넸다. 정수와 재철은 그녀를 잡지 않았다. 그녀의 뒷모습이 어쩐지 씁쓸해 보여서 감히 붙잡을 수도 없었다. 이런 곳에서 알바나 하는 처지인 형편이야 뻔하지만 민예의 나이는 어언 스물여섯. 뭔가 인생의 가닥을 잡아가야 할 시기였다. 답답해하는 것도 무리는 아니지. 사실, 뜬구름 잡는 헛짓 그만 하고 지배인한테 시집가서 살림이나 하지 뭐 하러 고생을 사서 하는지 모르겠다고 생각했던 적도 있던 정수라서 더 그런지도 몰랐다. 여자 나이 스물여섯이면 연예계에 데뷔하긴 좀 그렇지 않나?

"우리도 가자."

정수는 재철의 등을 툭 치며 뒤를 돌았다. 민예는 뒤돌아가는 녀석들을 흘낏 곁눈질로 째려보고는 한숨을 내쉬었다. 내일 아침엔 일찍 일어나 무가지나 일일정보지 같은 걸 좀 훑어봐야겠다고 생각하는 중이었다. 술집이 아니고, 뭐 다른 일거리가 있겠지. 페이는 좀 적더라도. 고개를 푹 수그리고 백을 치켜들며 민예는 아까의 일을 떠올렸다.

"무슨 죽을죄라도 졌어?"

고개를 숙이고 허리를 마구 굽실거리며 잘못했다 말하는 그녀에게 그 남자가 한 말이었다. 왜 그 말이 자꾸 귓가를 맴도는지 모를 일이었다. 별일 아니니 그렇게 쩔쩔매지 말라는 말로 들려서일까. 말투는 싸늘했지만 분명히 그녀를 염려해 주는 말귀였다. 괜찮다고, 그러니까 그만 미안해하라고 그녀를 생각해 주었다. 2년간 호프집에서 일하면서 그런 대접을 받았던 건 처음이었다. 정말 이상한 사람이다…….

왜 그냥 가버렸을까? 지배인한테 얘기해서 세탁비라도 물어 주려고 했는데. 아니, 그녀가 사비를 털어서라도 물어줄 생각이었다. 그래서 붙잡은 건데, 그는 그것마저도 귀찮은 듯 홀연히 사라져 버렸다. 그녀의 넋을 빼놓은 후 감쪽같이. 정신을 차렸을 땐 흔적도 없이 사라져 버린 후였다. 마치 상상 속에서나 존재했던 사람처럼. 그녀는 고개를 푹 숙이고 발끝을 내려다보며 길을 걷기 시작했다.

"걱정해 주었는데……."

고맙다는 말도 못했다. 미안하다는 말도 못했다. 반해 버렸다는 말도 당연히 못한 채 그렇게 놓쳐 버리고 말았다. 바보처럼.

마음이 착잡했다. 답답하고 속상하다. 다시 만날 사람도 아니니 이젠 그만 잊어버려야 한다고 생각하면서도 자꾸만 생각하는 자신이 미치도록 싫었다. 그가 했던 말이 자꾸만 마음을 후려치는 것 같았다. 넌 가치있는 사람이다, 더 당당해져도 된다, 어깨 펴고 더 보람찬 일을 해라. 이렇게 말한 것 같아서 심란하기 짝이 없었다.

"난 말이야."

희미하게 뜬 그녀의 시야로 남자의 구두코가 불쑥 쳐들어왔다. 그와 동시에 성량이 깊고 나른한 남자의 목소리가 들려왔다. 민예는 번쩍 고개를 들었다. 이 목소리는……?!

"관대하다는 말이 제일 싫어. 현실에선 가장 쓸모없는 말이거든. 패배자에겐 절대 다음 기회란 게 없는 것이 세상의 이치니까."

"다, 당신은……."

그였다. 그 손님. 창피하게도 넘어져 입고 있던 옷자락을 흠뻑 적셔놓았던. 두 눈을 크게 뜬 멍한 얼굴로 민예는 그의 옷차림을 슥 훑어보았다. 아까 입고 있던 옷이 아니었다. 그새 옷을 갈아입고 온 모양이었다. 아까와는 달리 타이를 매고 있었고,

그래서 훨씬 더 딱딱하고 권위적으로 보였다. 덕분에 퇴폐적인 매력은 급감했지만 그래도 그는 여전히 멋졌다. 쿵쾅쿵쾅, 또다시 가슴이 정신없이 뛰기 시작했다.

"세상은, 필요하지 않으면 손을 뻗지 않아."

알아들을 수 없는 말을 하더니 그가 주머니에 손을 밀어 넣고 무언가를 꺼내었다. 살포시 고개를 끌어내린 그의 옆모습은 차가우면서도 어딘지 모르게 정적이어서 민예의 가슴을 더욱 뛰게 했다. 바보처럼 또다시 꿀 먹은 벙어리가 될 것만 같아 민예는 용기를 내 겨우겨우 딱 붙어 있는 입술을 떼어냈다.

"어, 어떻게 오셨어요? 설마 저를 만나시려고……?"

그의 눈동자가 소리없이 굴러 그녀를 향해 치떠졌다. 다음 순간, 속내를 짐작할 수 없을 만큼 새까맣고 진한 그의 눈과 저절로 두 눈이 마주쳤다. 꿀꺽. 민예는 저도 모르게 마른침을 삼켰다. 얼굴을 뚫어버릴 것 같은 강렬한 그의 시선에 가슴속 저 깊은 곳이 지진 일 듯 요란해지고 있었다. 이윽고 마음의 동요가 점점 더 심해지고 평정심에 균열이 가기 시작할 무렵, 그가 입을 열었다.

"너에게 다시 한 번 기회를 주겠어."

기회라고? 무슨 기회?

민예는 잔뜩 긴장한 얼굴 그대로 가만히 그를 바라보고만 있었다. 아니, 바라보았다기보다는 그의 시선에 붙들려 있었다고 해야 옳다. 다른 곳을 보고 싶어도 그럴 수가 없었으니까. 그의 깊은 눈동자로부터 눈을 뗄 수가 없었다. 어딘지 모르게 유려하고, 연약할 정도로 감성적인 느낌이 배어 나오는 눈동자여서 하염없이 빠져들게 만들었다. 한참을 넋을 놓고 그를 바라보기만 하는 그녀의 앞에 쑥 명함 한 장이 들이밀어졌다.

"네가 꼭 필요해. 합격해 주었으면 좋겠어."

그가 묵직하게 떨어지는 음성으로 불쑥 말을 해왔다. 민예는 얼떨결에 그가 건네는 명함을 받으며 그를 따라 중얼거렸다. 네가 꼭 필요해……? 눈은 이미 명함에 박힌 글자들을 더듬고 있었다.


거영물산. 사장 이한준.


"시작해 봐."

순간 민예는 알아챘다. 그가 바로 현성이 말하던 '사장님'이라는 걸. 그녀는 두 눈을 훌쩍 키우며 미간을 찡그렸다. 손이 저절로 올라가 관자놀이 근처를 긁적거렸다. 순식간에 머릿속이 복잡해져 버리더니, 뭐라고 대답해야 할지 눈앞마저 새까매져 버렸다. 그러니까…… 자신이 테스트를 받기 위해 지목했던 남자가 테스트하기 위해 오신 사장님이었다는 소리인가?

"뭐 하는 거야? 꾸물거리지 말고 시작해."

한준이 눈살을 찌푸리며 말했다. 윤민예는 어린아이들처럼 인조털이 두툼하게 누벼진 후드형 외투를 입고 있었다. 자신의

몸보다는 한 치수 큰 박스형 외투라 흐드러지게 낭창낭창한 그
녀의 몸매는 전혀 드러나 뵈지 않았다. 거기에 신고 있는 부츠
는 아무런 장식도, 굽도 없는 검은 가죽 부츠. 도대체가 매치가
안 되는 패션 콘셉트다. 유치하고 촌스러운데다가 자신에게 어
울리지도 않는, 그야말로 패션 테러리스트가 따로 없는 모습이
다. 이런 쪽으론 은근히 까다로운 눈을 가진 한준의 수준에는
한참 미달인 셈. 한준은 속으로 혀를 쯧쯧 차지 않을 수가 없었
다.

"저, 그런데…… 뭘 하라고……?"

멍한 눈으로 그녀가 더듬더듬 물었다. 아직도 사태 파악이 안
되고 있는 양 한껏 어리바리한 모습이다. 과연 이런 모습으로
일을 제대로 해낼 수 있을까, 싶을 정도다. 물론 그녀의 연기 경
력만 보면 충분히 가능성 있어 뵀다. 성인 연기 경험이 아주 없
는 게 아니니까. 짭짤한 수입이 보장되어 있는 일이라면 이 아
가씨는 뭐든 열심히 할 것이라는 걸 그는 알고 있었다.

"유혹."

"네?"

아무런 설명도 없는, 참으로 불친절하기 짝이 없는 그의 말에
민예가 살짝 놀란 듯 눈을 동그랗게 뜬다. 귀찮군, 한준은 속으
로 중얼거렸다. 언제나 느끼는 것이지만 누군가에게 구구절절
사정을 설명하는 일은 신물날 정도로 질리는 일이었다. 설명하
기 전에 재깍 알아들을 수는 없는 걸까? 한준은 귀찮은 기색이

역력한 얼굴로 민예를 내려다봤다.

"아직도 모르겠나? 테스트는 이미 시작됐어."

한준은 비스듬히 냉소하며 말했다.

"테, 테스트요?"

테스트를 다시 하겠다고? 민예는 꼴까닥, 침을 삼키며 큰 눈을 더욱 크게 떴다. 이걸 어째. 또다시 그를 유혹하라니. 지금 이 자리에서? 머리가 빙빙 돌기 시작했다. 처음 오디션 때보다도 더 떨리고 긴장이 되는 것 같았다. 다시 그 일을 맡게 될지도 모른다는 기쁨도, 그렇게 되면 스크린에 데뷔할 수 있을지도 모른다는 희망도 이미 그녀의 안중엔 없었다. 그저 이 순간을 어떻게 모면하고 넘길 것인지 그것만 미친 듯이 떠올리고 있었다.

"유, 유혹을 어떻게 하라는 건지……?"

"내가 몰라서 묻는 건데. 오디션 받는 배우는 다 너처럼 이렇게 질문이 많은 거냐?"

더듬더듬 묻는 그녀에게 그가 가만히 되물었다. 헉. 말이 너무 많았구나. 민예는 재빨리 그리고 크고 우렁차게 소리쳤다.

"아니요! 아닙니다."

그녀의 씩씩하고 다소 과한 말투에 그는 싱긋 웃었다. 냉기가 짜르르 흐르는 미소였지만, 웃는 건 웃는 것. 웃으니 훨씬 잘생겨 보였다. 가슴이 두 배는 더 빠르게 뛸 만큼. 왠지 기운 내라고 격려해 주는 것 같아 민예는 수줍은 듯 조심스럽게 웃었다. 경황이 없고 산란하기만 하던 마음이 조금씩 차분해지는 것만 같았다. 용기가 생긴다고나 할까. 이 사람을 실망시키고 싶지 않았다. 어떻게든 꼭 성공해 보이리라, 굳게 다짐하며 그녀는 두 손을 꽉 마주 잡았다.

"시간제한 있다는 말, 내가 했던가?"

한준이 손목을 휘어 시간을 확인한다. 빨리 시작하라고 재촉하는 것이었다. 깜짝 놀라 고개를 가로저으며 민예는 초조하게 입술을 핥았다. 꼭 성공하고 싶다는 열망은 뭉게뭉게 한없이 피어오르는 데 반해 마음은 미친 듯이 떨려왔다. 과연 자신이 이 일을 잘해낼 수 있을까, 에서부터 시작해서 잘못되면 어쩌나, 까지 수많은 생각 조각들이 머릿속을 맴돌았다. 그런 그녀의 마음을 조금은 헤아린 듯 그는 비교적 무덤덤하게 그녀를 가만히 지켜보고 있었다.

잠시 후, 마음을 단단히 고쳐 잡은 민예는 깊은숨을 내쉬며 전의가 이글이글 타오르는 눈으로 그를 올려다보았다.

"죄송합니다."

"뭐?"

뜻밖의 대답에 한준은 날카롭게 되물었다. 죄송하다는 말은 못하겠다는 뜻 아닌가. 이건 예상을 빗나가는 말이었다. 윤민예가 이 일을 쉽게 포기할 여자라곤 생각지 않았기 때문에. 연예인이 되기 위해 발버둥 치던 여자가 아니었던가. 자신의 인생에서 이런 기회는 두 번 다시 오지 않을 거란 것도 잘 알고 있으리라 생각했는데……

"불쾌하시더라도 조금만 참아주세요."

한준이 뭔가 잘못되어 가고 있다고 생각할 무렵이었다. 윤민예가 몹시도 다부진 말투로 똑똑히 말했다. 비장하리만치 결연한 다짐이 맑게 반짝이는 눈망울에 맺혀 있었다. 한준은 자신도 모르는 사이 되묻고 있었다.

"뭘 참아달라는 거지?"

"금방 끝날 거예요."

민예는 너무 많이 긴장한 나머지 한준의 질문 요지조차 파악하지 못하고 덧붙여 말했다. 그와 자신이 생각하는 '테스트'가 전혀 다른 형식임은 생각조차 못하고 있었다. 그녀는 천천히 고개를 위로 끌어 올리며 발뒤꿈치를 들었다.

유난히 커다란 눈, 모양 좋은 콧대, 날렵하고 우아하게 내려오는 턱 선이 서서히 자신을 향해 다가오자 한준은 꿈틀, 눈썹을 끌어 모았다. 무얼 하려는 거지? 생각할 즈음, 그녀의 입술이 살짝 벌어졌다. 작고 뜨거운 한숨이 흘러나왔다. 마치, 다시금 결심을 단단히 굳히려는 듯. 그러더니 이번엔 두 손을 뻗어 가만히 양팔을 쥐어왔다. 반사적으로 한준은 그 손을 걷어내려 짜증스럽게 팔을 흔들었다. 하지만 온전히 떨쳐 내기 전, 그녀가 더 빨리 움직였다. 작고 말랑말랑한 그녀의 입술이 순식간에 그의 차갑고 메마른 입술에 와 닿았다.

"……!"

그는 충격에 휩싸이고 말았다. 한 방 먹은 기분, 딱 그것이었

다. 정말로 그는 그녀가 또다시 자신을 향해 대시해 올 줄 꿈에
도 생각 못했다. 전혀 예상치 못했기 때문에 그는 거의 무방비
상태였고, 그래서 더욱 완벽하게 빈틈을 내보이고 말았다. 이런
실수를 단 한 번도 해본 적 없는 한준에겐 기분 나쁠 정도로 당
황스러운 일이었다.

그의 기분을 전혀 모르는 듯 그녀는 눈을 감은 채로 혀를 이
용해 천천히 그의 입술을 벌리며 진입을 시도했다. 도둑고양이
처럼 야금야금 그의 입술을 점령하는 그녀는 이것이 테스트라
는 것을 아주 잘 인지하고 있는 듯 조심스러웠다. 그러면서도
은근하게 저돌적이고 유혹적이어서 그의 온몸은 타는 듯 뜨거
워졌다. 그녀는 그의 입술을 에워싸고 보드랍게 문지르며 차근
차근 더 안으로 들어왔다. 그리곤 매끄러운 입술 안쪽을 천천히
핥더니 딱 붙어 있는 치아를 살금살금 기어 올라타기 시작했다.
질끈, 한준은 이를 악물고 두 눈을 감았다.

"조금만 벌려주세요……."

작은 한숨을 내쉬더니 그녀가 속삭였다. 여전히 그의 입술에
입술을 댄 채였다. 살짝 벌어진 입안으로 그녀의 뜨거운 입김이
스며들어 왔다. 젠장, 마음속에 욕설이 저절로 떠올랐다. 발칙
하게 도발적인 키스에, 이런 어수룩한 부탁이라니. 이딴 걸 유
혹이라고 하는 걸까? 대체 유혹이 뭔지나 알아? 생각은 지극히
비판적이었으나, 이미 그는 입술을 벌려주고 있었다.

민예의 조그만 혀가 부드럽게 따뜻한 감각을 선물하며 천천

히 밀려들어 왔다. 그와 함께 말로 표현되지 않을 강렬하면서도 거부할 수 없는 독보적 감각이 몸 안 가득히 밀려들었다. 감겨 있던 그의 눈가에 저절로 힘이 들어갔다. 미간이 찌푸려졌고 주름은 더 깊어졌다. 그러는 사이, 그녀의 혀는 관능적으로 움직이며 그의 입안을 유영했다. 입술을 붙여 그의 입술과 치아에 자잘한 키스를 남기는가 하면 그의 혀를 괴롭히듯 문지르고 휘감으며 지분거리기도 했다. 마치 그가 얼마나 흔들리고 있는지 다 알고 있다는 듯 자유분방하고 과감한 움직임이었다.

한준은 내몰리는 느낌이란 게 있다면 바로 이런 것이 아닐까 생각했다. 결과가 빤한 일에 쓸데없이 기력을 낭비하며 저항하고 있다는 느낌. 그는 알 수 있었다, 이 키스의 끝이 어떤 것인지. 이대로 끌려간다면 자신이 어떻게 변할 것인지. 그 모습은 분명히 냉정하고 싸늘한 남자, 동정심이나 배려심 따위는 찾아볼 수 없는 이한준과는 거리가 먼 모습일 것이다. 한준은 서서히 한계에 부딪치고 있음을 느끼며 다급하게 두 주먹을 틀어쥐었다. 하나 고개는 더 아래로 내려갔고, 입술 안으로 그녀를 가두어 거칠게 빨아들이고 있었다.

"아흣……!"

속삭임에 가까운 신음이 그녀의 입에서 흘러나왔다. 그와 동시에 한준은 틀어쥐고 있던 손을 들어 그녀의 얼굴을 다급하게 틀어쥐었다. 그리곤 세차게 끌어당기며 그녀의 입술을 입 안 가득 빨아 머금었다. 그녀의 손이 스르르 자연스럽게 올라와 한준의 목덜미를 감쌌다. 더욱 적극적으로 안겨올 거라는 건 불을 보듯 뻔한 일이었다. 바로 그걸 노렸을 테니까. 하지만 그는 이 어설프기 짝이 없는 아가씨의 생각대로 반응해 줄 생각이 절대로 없었다.

한준은 빠르게 입술을 떼며 차갑고 냉정하게 그녀를 밀어내었다. 윤민예는 짧고 얕은 숨을 밭으며 거칠게 떨어져 나갔다. 조금 놀란 듯 커다래진 눈망울과 아까보다 훨씬 붉어진 얼굴로 윤민예는 한준을 올려다보았다. 한준은 단숨에 냉정을 되찾은 그 모습 그대로 서서 천천히 흐트러진 옷매무새를 바로 하고 있었다.

"어, 어땠어요?"

그녀가 잔뜩 경직된 목소리로 물었다. 옷자락을 매만지던 한준의 손길이 그 자리에서 딱 멈추었다. 어땠어요? 사람의 기분을 묘하게 만드는 말이었다. 냉랭하게 '네 선택은 틀렸다'고 말해주려던 생각을 180도로 돌려놓을 만큼. 그녀는 마치 최선을 다한 운동선수가 자신의 점수를 기다리는 듯 떨리고 긴장한 게 역력해 보였다.

"그럭저럭."

결국 그는 손등으로 입가를 훔치며 무뚝뚝하게 대답하고 말았다.

"불쾌하셨다면 죄송합니다."

얼굴을 붉히며 그녀는 고개를 깊게 숙여 인사를 했다. 울고 싶은 마음으로 잔뜩 얼굴을 찌푸리는 중. 그럭저럭이라니, 이건 정말 최악의 평이 아닌가 말이다. 아무래도 또 떨어질 것 같은 예감이었다. 뭐, 오디션이야 너무 자주 떨어져 봐서 이제는 그냥 그러려니 하고 가볍게 넘길 수 있었지만. 그리 노력을 했는데도 불구하고 '그럭저럭'이란 평을 받은 키스 실력은 어찌할꼬. 있는 지식, 없는 지식 다 끌어 모아 진짜 열심히 했던 거라 속이 진짜 많이 상했다. 아, 쪽팔려. 도대체 왜 이 남자 앞에선 매번 쪽팔려야 하는 거야? 왜?

"불쾌할 정도는 아니었다. 용기도 가상하고."

창피하고 속상하고, 그래서 어깨를 축 늘어뜨리며 낙담해하고 있을 때였다. 푹 수그린 머리 위로 남자의 딱딱한 목소리가 후둑 떨어졌다.

"네?"

민예는 번쩍 고개를 들어 그를 바라봤다. 깜박깜박. 두 번 눈을 감았다 뜨고 빤히 그를 보고 있으려니, 그가 목에 걸린 넥타이를 신경질적으로 잡아 뜯으며 이쪽을 째려보았다. 무섭다. 볼 때마다 느끼는 거지만, 미치게 잘생겼는데 그만큼 미치게 무서웠다. 저 눈빛을 몇 분만 더 지속적으로 받으면 새까맣게 타 가루가 되어버릴 것 같다는 생각이 들 정도로.

"어떻게 내게 키스할 생각을 한 거지?"

감정이 전혀 들어 있지 않은, 까맣고 아득한 눈동자에 이끌려 민예는 멍하게 그를 바라보고 있었다. 머릿속이 텅 빈 진공상태가 되어버린 것 같다는 생각을 하며 그녀는 몽롱하니 대답했다.

"유혹해 보라고 하셨잖아요."

"날 유혹해 보라는 말이 아니었는데."

냉기 머금은 입술 언저리가 슬쩍 올라갔다.

"에? 그럼……?"

"테스트는 헌팅이라고, 내 비서가 미리 얘기하지 않았던가?"

"그건 저도 아는데요……."

말끝을 흐리는 그녀를 향해 그의 빤한 시선이 쏟아졌다. 이렇게까지 설명해 줬는데도 뭐가 문젠지 모르는 거냐는 듯. 멍하게 그의 잘생긴 얼굴을 바라보고 있던 민예는 곧 퍼뜩 머리통을 후려치는 한줄기 깨달음에 뜨악하고 말았다.

"그, 그러니까 아까 사장님께서 하신 말씀은……?"

그렇다. 길거리에서 낯선 남자를 헌팅해 보라는 말이었던, 것이었던, 것이었다. 그런 줄도 모르고 그녀는 그를 유혹해 보라는 말로 잘못 알아듣고 말았던, 것이었던, 것이었고.

'아악— 제정신이니, 너?

어떻게 이런 착각을 할 수가 있어? 사장이잖아. 널 테스트하려고 온 사장님이라고! 자길 유혹해 보라고 했을 리가 없지. 미친 변태가 아니고서야. 생각해 보나마나 너무나 지당하게 알아들어야 할 대목에서 어떻게 그런 말도 안 된 착각에 빠질 수가 있냐고. 민예는 너무나 어이없고 창피하고 부끄러워 그만 제 머리를 꽝 쥐어박고만 싶어졌다. 이 남자 앞에선 왜 자꾸 푼수 짓을 하게 되는 건지 진짜 모를 일이었다. 너무 창피해서 민예는 새빨갛게 달아오른 얼굴을 냉큼 조아렸다.

"죄송합니다. 제가 이해를 잘 못했어요. 죄송합니다, 정말 죄송합니다……."

"고개 들어."

열심히 꾸벅거리는 머리 위로 짜증이 배어 있는 목소리가 비수처럼 꽂혔다. 피도 눈물도 없을 것 같은 냉정하고 잔인한 어조다. 된통 혼날 것 같은 기분으로 민예는 천천히 고개를 들었다. 겁이 잔뜩 들어 있는 그녀를 냉정한 눈으로 깔아보곤 한준은 양복 안주머니에서 지갑을 꺼냈다. 검지와 중지가 벌어진 틈 사이로 들어갔다 나오는가 싶더니, 슥— 그녀에게 내밀어졌다. 그의 손가락 사이에는 금빛 찬란한 신용카드 한 장이 끼워져 있었다. 갑자기 이딴 걸 왜 주는 거지? 민예는 멍하니 바라보며 생각했다.

"내일 오전까지 사무실로 와. 얘기해 둘 게 있으니까. 올 땐 그 옷차림부터 어떻게 하고."

"예?"

"일단은 이 카드로 사 입고 와. 그런 옷 말고 좀 괜찮은 걸로."

그가 비판적인 눈으로 그녀를 훑으며 말했다. 민예는 자동으로 자신의 옷차림을 훑어보았다. 이게 뭐 어때서? 보세점에서 꽤 비싸게 주고 사 입은 옷인걸. 멍하게 생각하며 민예는 다시 그를 올려다봤다.

"왜요?"

아직도 그가 왜 카드를 제공하며 옷을 사 입고 오라고 하는 것인지 이해 못한 채 민예가 물었다. 그는 표정 하나 바꾸지 않고 무뚝뚝하게 대답했다.

"네가 이제부터 해내야 할 역할이 부잣집 외동딸 역이니까."

"네? 그, 그럼……?"

된 건가? 합격한 거야? 윤민예는 생각지도 못한 소식에 두 눈을 휘둥그레 떴다. 이대로 끝이구나, 탈락이다 생각했던 탓인지 그 기쁨과 놀람이 두 배였다. 아싸!

"가게는 그만뒀으면 좋겠는데."

당장이라도 '니나노~'를 부를 것만 같은 민예의 반응과는 달리 사장은 심히 심드렁하고 무미건조한 표정이었다. 하지만 그게 뭐 대수냐, 이렇게 당당히 합격했는데. 이제 그녀는 빅스타 엔터를 향한 걸음을 성큼 내딛은 것이다. 인생에서 딱 세 번 온다는 기회를 놓치지 않고 냉큼 휘어잡은 것이란 말이다. 1년 후의 제 모습이 어떨까 생각하니 벌써부터 흐흐흐, 기쁨의 웃음소리가 흘러나왔다. 아싸라비야, 콜롬비아, 사루비야~ 니나노, 쾌지나 칭칭나네, 자진방아를 돌려라~

"당연히 그래야죠! 부잣집 외동딸 역할인데 이런 데서 아르바이트할 순 없죠. 그럴게요. 당장 그만둘게요."

신이 나니 목소리가 저절로 커지고 높아진다. 어차피 호프집은 아르바이트 일이었고, 조만간 그만둘 생각을 하고 있었으니 크게 문제가 되지 않았다. 저축해 놓은 돈도 얼마간 있으니 몇 달 정도는 일을 하지 않아도 충분히 먹고살 수 있을 것이다. 뭐, 앞으로 일이 잘되면 스크린 데뷔도 할 수 있고, 그렇게 되면 이 정도의 출혈쯤 충분히 커버할 수 있을 테니 망설일 필요가 전혀 없었다. 아— 드디어 내가 배우가 되는 건가? 생각하니 가슴이 마구 벅차올랐다.

"내일까지 깨끗하게 정리해. 계획에 차질 생기지 않도록."

"그러겠습니다!"

"안 받을 거냐? 팔 떨어지겠다."

그가 무뚝뚝하게 말한다. 그러고 보니 그는 아직도 신용카드를 내민 자세 그대로였다. 민예는 얼른 카드를 받아 들었다.

"오전 중으로 와. 오후엔 내가 널 만날 시간이 없으니까."

"네!"

씩씩하게 대답했으나, 그는 별로 그녀의 대답을 듣고 싶지 않은 듯 채 끝을 맺기도 전에 몸을 돌려 저만치로 걸어가기 시작했다. 금세 멀어지는 남자의 뒷모습을 바라보며 민예는 활짝 웃었다. 아싸, 아싸, 아싸. 울라울라 춤을 추고 싶을 만큼 신이 났다. 어떻게든 이번 일을 제대로 임무 완수해서 멋진 배우로 발돋움하고 말리라, 결심에 결심을 다하고 있었다. 민예는 주먹을 쥐고 두 팔을 마구 흔들어 춤을 추며 '뛰뛰뛰뛰, 뛰고— 싶어' 하고 노래를 흥얼거렸다. 손에는 여전히 황금빛 카드와 명함이 들려 있었다.

　이한준.

　거영물산 사장.

　민예는 명함을 슬쩍 내려다보며 키키키킥, 웃었다. 오늘 밤엔 너무 설레서 잠이 제대로 안 올 것만 같았다. 그녀는 이런 행운이 자신에게 찾아왔다는 사실을, 그 뒤로도 꽤나 오랫동안 실감하지 못했다.

　가게 일을 그만두는 일은 생각보다 쉽지 않았다. 고작 아르바이트 자리이니 자신 하나쯤 그만두든 말든 지배인이 전혀 개의치 않을 거라 여겼던 민예의 생각은 제대로 빗나가 버리고 말았다. 지배인은 펄쩍 뛰면서 안 된다고 고래고래 소리를 질러댔다. 성질머리하고는. 전화를 거는 민예의 귀가 먹먹해질 때까지 그는 소리치고 윽박지르더니, 나중엔 아쉬운 소리까지 하며 붙잡고 늘어졌다.

　하지만 그에 넘어갈 윤민예가 아니다. 그러다가도 전세가 역전되었다 싶으면 곧바로 태도 돌변하는 사람이 바로 지배인이니까. 민예는 똑 부러지게 못하겠다고 말했다. 다른 일이 생겼다고, 이 일보다는 훨씬 보수도 높고 전망도 좋은 일이라고, 그러니 더 이상 술집 알바는 못하겠다고. 하니, 지배인도 더 이상은 잡지 못하는 분위기가 되어 조금씩 수그러들었다. 결국 다른 직원이 충원될 때까지만 더 일해주기로 하고 일단락을 지었다.

아침부터 지배인과 언쟁 아닌 언쟁을 치르고, 민예는 곧장 백화점이 열리는 시간에 맞춰 신나게 외출 준비를 했다. 세일 상품 기다리는 아줌마냥 정문 앞에서 죽치고 기다리고 있다가 셔터가 열리자마자 신나게 달려들어 가 쇼핑을 마치고 나니 시간은 어언 11시 반. 열리자마자 캐주얼 브랜드관으로 직행해 대충 가격대와 디자인만 훑어보고 곧바로 구입한 것이었음에도 불구하고, 시간은 쏜살같이 지나가 버리고 말았다. 한 시간 만에 몇십만 원이나 되는 돈을 옷 사는 데에 홀랑 날려먹었다는 생각에 콩닥거리는 가슴을 안고, 민예는 또다시 부리나케 움직였다. 오후에는 시간이 없으니 꼭 오전 중으로 회사에 들르라던 사장의 말을 바지런히 떠올리면서.

하지만 이미 12시가 다 되어가는 시간. 백화점에서 회사까지의 거리가 엎어지면 코 닿을 정도로 가까운 것도 아니고서야 30분 안에 회사에 도착하기엔 무리가 있었다. 차에서 내린 후 100m 육상선수처럼 전속력으로 달려 사무실까지 초고속으로 올라갔으나, 안타깝게도 사장은 이미 점심식사를 하러 나가 버린 후였다. 그러니까 첫 만남부터 약속을 못 지킨 것.

"사장실 안에서 기다리고 계시랍니다. 식사하시고 다른 일까지 보고 오시면, 좀 늦어지실 것 같아요."

그의 비서라는 여자가 상냥하게 웃으며 말했다. 사장실로 안

내되어 아무도 없는 공간에 덩그러니 홀로 서 있자니, 기운이 쭉 빠지면서 허탈감이 물밀듯이 밀려왔다. 시간 맞춰 오려고 그렇게나 뛰었건만. 이게 뭐람. 결국 늦어서 욕만 바가지로 얻어먹게 생겼잖아.

멍하게 넋을 놓고 있으려니 무언가 당한 느낌이 든다. 어차피 불가능한 일이 아니었을까, 하는 생각이 슬며시 들었다. 백화점은 10시가 넘어야만 개장을 하는데, 12시 안에 회사까지 오라고 했다는 건 두어 시간 안에 옷을 구입해 입고 회사까지 세이프하란 말이지 않은가. 그게 가능한 일인가? 노노, 쇼핑하는 데 얼마나 많은 시간이 드는데. 절대 불가능하다. 그녀가 오늘 한 시간만에 옷 한 벌을 산 것도 최대한 서두른 결과가 아닌가. 그럼 뭐지? 설마 일부러 골탕 먹이려고……?

'에이, 그럴 리가.'

아니다. 아무리 생각해 봐도 이한준은 그런 초딩스러운 짓을 할 사람은 아닌 것 같다. 상대가 마음에 안 들면 대놓고 괴롭히면 괴롭혔지, 뒤에서 남몰래 골탕 먹이는 약은 짓은 절대 할 것 같지 않다. 어쩐지 그런 조잡스러운 짓은 그와 어울리지 않다는 생각이 들었다. 만난 지는 만 하루도 안 된 사람이라 이렇다 저렇다 함부로 평가하긴 좀 그렇지만, 사람은 느낌이란 게 있으니까.

"그나저나 언제까지 기다려야 되지?"

텅 빈 사장실 안에서 멍하게 아무것도 하지 않고 앉아 있으려니 슬슬 지루해지기 시작했다. 한 시간이 가고, 두 시간이 가고.

꼬로록, 배에서 밥 달라고 아우성을 쳤지만 사장은 돌아올 생각도 하지 않았다. 너무 배가 고파 밥이라도 먹고 올까 생각해 봤지만, 섣불리 자리를 떴다가 그새 그가 도착하면? 그럼 그동안 기다린 게 다 헛된 것이 되었다. 그건 또 억울하단 말이지. 결국 쓸모 하나 없는 노파심에 매달려 민예는 허기진 배를 쥐고 꿋꿋이 자리를 지켰다.

오후 4시.

똑딱똑딱, 초침 움직이는 소리를 들으며 민예는 하품을 늘어지게 했다. 이미 무거워질 대로 무거워진 눈꺼풀이 수시로 감겼다가 떠지고 있는 중이었다. 절대 자면 안 된다고 혼잣말을 중얼거리며 반쯤 감긴 눈으로 시간을 확인하는 찰나 간신히 버티며 꽉 잡고 있던 의식을 툭 놓고 말았다. 배가 고프다 못해 기진한 채 그녀의 몸은 축 늘어져 버렸다. 그리고 얼마 지나지 않아 사장실 공기는 사람 하나 없는 것처럼 고요하고 싸늘해졌다. 고오— 작게 코 고는 소리가 간간이 들릴 뿐.

그리고 얼마나 지났을까. 벌컥, 문이 열리더니 빠른 남자의 말소리와 구둣발자국 소리가 사무실 안으로 단숨에 쳐들어왔다.

"아무래도 유성 쪽 움직임이 심상치 않습니다. 대원도 그렇고요. 유성과 대원이 이번 일에 뛰어들기로 마음먹는다면 거영은 승산이 없습니다. 아무래도 정부 쪽에선 대기업 손을 들어줄 공산이 크니까요. 아무리 우리 거영이 철저하게 준비를 한다고 해도 유성과 대원을 상대하기엔 아직 역부족입니다."

오후 일정 하나를 소화하고 막 사장실로 들어서는 한준의 뒤로 현성이 브리핑을 하고 있었다. 일이 돌아가는 모양새가 좀 심각해 마음이 급해졌다. 이러다가 다 된 밥에 코 빠뜨린 격이 되지 않을까 싶어 전전긍긍해지는 현성이다. 잘 풀릴 것 같은 일에 브레이크가 걸리니 한준도 짜증스러운 모양이다. 그는 사장실 안으로 들어오자마자 거칠게 의자에 몸을 던졌다.

"박 의원 측과 최대한 빨리 약속 잡아봐."

"박 의원이라면……?"

일순 현성의 미간이 깊이 파였다. 한준이 무슨 생각을 하고 있는지 대강 알 것 같았다. 박천희 의원은 최근 이혼해 혼자가 된 딸을 재혼시키기 위해 혈안이 되어 있었다. 사업에 인생을 걸고 있는 한준에게 자신의 딸 애길 넌지시 꺼냈던 건 지난겨울. 당시 한준은 이번 수주를 따올 수 있도록 최대한 돕겠다는 박천희의 말을 믿고 한껏 사업을 벌여놓은 후였다. 한준은 결혼에 별 흥미 없다는 듯 에두른 대답으로 정중히 거절했지만, 그럼에도 꾸준히 그는 결혼 애길 꺼내고 있었다. 예감이 맞다면, 지금의 위기는 앙심을 품은 박천희의 짓이 틀림없었다. 내가 가질 수 없다면 남도 가질 수 없도록 망쳐 놓겠다는 뜻이겠지.

"지금쯤 그쪽에서도 내 연락을 기다리고 있겠지. 아마도."

"그럼, 정말 박 의원 딸과 결혼하실 생각인 겁니까?"

말도 안 된다는 듯 현성이 물었다. 아무리 회사의 사활을 건 중차대한 프로젝트라고 하지만, 그것을 위해 자신의 인생까지

저당 잡히겠다니. 너무 위험한 발상이었다. 다른 건 몰라도 결혼은 사랑하는 사람이랑 해야 하는 것 아닌가?

"못할 것도 없잖아? 어차피 해야 할 결혼이라면, 이렇게 하는 것도 나쁘지 않지."

"사장님, 그건 다시 한 번 생각해 보는 게……."

"난 이 사업을 꼭 따내고 싶고, 박 의원은 날 방해할 수도 도와줄 수도 있는 인물이야. 더 이상 무슨 생각이 필요하지?"

"하지만……."

너무 멀리 와버렸다. 이미 기술과 자금을 엄청나게 쏟아부었고 수주를 위해 몇 개월간 전력 질주해 오고 있는 지금. 포기한다면, 회사는 곧바로 엄청난 자금난과 함께 좌초 위기에 직면하게 될 것임이 틀림없었다. 그런데 성공이 코앞에 와 있는 이 시점에 대기업들이 하나둘 한준이 차려놓은 밥상에 숟가락을 올리고 있었다. 이미 사업 초반에 포기하고 뒷짐을 지고 있던 그들을 끌어들인 건 박 의원이었다. 결혼에 대한 압박, 내지는 협박인 셈이다.

한준은 싸늘히 냉소했다. 승리의 미소를 짓는 늙은이의 얼굴이 눈앞으로 아른거렸다. 박 의원은 한준이 이 프로젝트를 끝까지 놓지 못할 거란 걸 너무나도 잘 알고 있었다. 얼마나 심혈을 기울여 준비해 왔고, 성공 가능성은 얼마나 되는지도 모두. 한준은 이 작은 성공을 밑바탕으로 날아오를 것이다. 그는 그만한 능력도 야망도 충만한 사람이었다. 박 의원은 그걸 간파한 것일 테고.

좋다. 그가 기어이 원한다면, 한준은 기꺼이 자신을 제물로 바칠 것이다. 스스로 말한 대로 그는 한준을 방해할 수도 도와줄 수도 있는 시한폭탄 같은 인물이니까. 그를 적으로 만들 수는 없었다. 그렇다면 아군이 되는 수밖에. 그가 계획한 대로 의도한 대로 순순히 움직여 주는 건 자존심 상한 일이지만, 그게 이번 프로젝트를 따낼 수 있는 유일한 길이라면 어쩔 수 없었다. 한준은 서슴없이 그 길을 선택할 수 있었다.

"흠……."

누군가의 한숨 소리가 들린 건 바로 그때였다. 깊은 생각에 빠져 있던 한준의 미간이 가운데로 확 몰려 접혔다. 이건 뭐지? 누가 있었던 건가? 현성이 주변을 두리번거리더니 소파 쪽으로 다가가기 시작했다.

"어라? 아직 안 갔었네?"

소파에 웅크린 채 세상모르고 자고 있는 여자는 바로 그녀였다. 윤민예. 오늘 오전에 오기로 되어 있던.

"자고 있잖아?"

황당한 얼굴로 현성이 중얼거리자 한준이 의자에서 일어났다.

"누구야? 누가 자고 있다는 거야?"

"윤민예 씨예요. 지금까지 안 가고, 기다리고 있었나 봐요. 기다리다 지쳐서 잠이 들었나 본데요."

"윤민예?"

성큼성큼, 한준이 책상을 돌아 소파 쪽으로 다가왔다. 정말로 소파 위에 윤민예가 있었다. 잔뜩 웅크리고 모로 누운 그녀는 꿈을 꾸는 듯 빙그레 미소까지 머금은 채였다. 한준은 어이가 없어졌다. 제정신인가? 여기가 어디인 줄 알고 잠을 잔단 말인가.

"대체 언제부터 이러고 있는 거야?"

"잘은 모르지만 우리가 나간 이후부터겠죠. 김 비서에게 물어볼까요?"

"됐어."

그래 봤자 약속 시간을 어기고 늦었다는 사실이 변한 건 아니니까. 그는 정확히 정각 12시에 사무실을 나섰었다. 단 1초도 지체하지 않고. 그는 약속 시간 하나 제대로 못 맞추는 일개 고용인을 기다려 줄 만큼 한가하지도 후덕한 사람도 아니었다. 그러고 보니 사무실로 들어올 때 김 비서가 무슨 말인가 하려고 했던 게 떠오른다. 워낙 중대한 사안에 대한 보고를 듣고 있었던 차라 그 말을 무시하고 곧장 사무실로 들어온 건 바로 한준. 아무래도 김 비서는 사무실에 웬 여자가 자고 있다는 걸 말하고 싶었던 모양이다.

"깨워서 돌려보낼까요?"

한준의 표정을 살피고 있던 현성이 넌지시 물어왔다. 인상을 팍 쓰고 있어서 기분이 썩 좋아 보이지 않은 모양이다. 물론 당장이라도 엉덩이를 걷어차 돌려보내고 싶은 마음이 한아름이었다. 자신이 일하는 공간에 누군가 들어와 늘어지게 잠을 청하고 있다면 누구나 그렇듯. 하나……

"귀찮게 깨울 것 없어. 놔둬."

인정하긴 싫지만, 윤민예는 절대 돌려보내선 안 될 위인이었다. 그녀는 이번 중대 프로젝트의 책임있는 핵심 인물이다. 사업의 수주를 따내는 것만큼이나 자금 조달 문제도 중요했고, 그 문제를 해결하기 위해선 서림의 도움이 절실한 시점이었다. 그리고 서림의 도움을 얻어내는 길은 그쪽과 사돈을 맺는 것뿐이었다. 그러기 위해선 한나를 하루빨리 문신혁으로부터 떨어뜨려 놓아야 한다. 저 황당하기 짝이 없는 아가씨가 바로 그 일을 성공으로 이끌 중요한 키이고. 그나저나 윤민예가 과연 그 일을 제대로 해낼 수 있을지가 의문이다. 이런 곳에서 아무런 긴장감도 없이 잠을 잘 정도면 보통 헐렁한 게 아니었다.

"그럼, 그냥 두고 보실 겁니까?"

뭔가 상당히 우스운 듯 현성이 빙그레 미소를 지으며 물어온다. 하긴, 이 상황이 우습지 않다면 그게 더 이상하지. 한준은 다시 제자리로 돌아와 의자에 털썩 앉으며 귀찮다는 듯 대충 대꾸했다.

"언젠간 일어나겠지. 신경 쓰지 말고 계속해."

"브리핑 말입니까? 윤민예 씨가 있는데 괜찮겠습니까?"

"자고 있잖아. 아주 곤히. 우리가 얘기하는 건 귓등으로도 안 들리는 모양인데."

다분히 비꼬아 말하며 그는 책상 건너편 소파 쪽을 응시했다. 절대적 위엄이 서려 있는 거대하고 어둑한 사무실과는 심히 동

떨어진 존재이자, 신성한 일터를 단번에 노숙자 보호소로 탈바꿈시켜 버린 윤민예는 잔뜩 움츠린 채 여전히 낮잠 삼매경에 푹 빠져 있었다. 꿔다 놓은 보릿자루마냥 자세마저 참 모양 빠진다. 느슨하고 동그랗게 말아 끈으로 묶어 올린 머리 모양은 아무리 봐도 너저분했고, 입고 있는 옷은 싸구려에 잔뜩 구겨지기까지 했다. 거기에 신고 있는 신발 꼬락서니하고는. 도무지 참아줄 수 없는 모양새다. 옷 사 입으라고 카드까지 줬는데, 도대체 뭘 한 거지?

"진짜 곤히 자네요. 많이 피곤했나 봐요."

"그러겠지. 그러지 않고서야 대낮에 남의 사무실에서 잠을 청하고 있을 리가 없지."

한준은 싸늘한 시선으로 못마땅한 듯 그녀를 찔러보며 중얼거렸다. 그러자 쿡, 현성이 웃음을 터뜨린다. 참느라 주먹으로 입을 틀어막는 그를 보며 한준은 짧은 한숨을 내쉬었다. 윤민예를 뽑은 게 과연 잘한 짓인지 심히 의심이 가는 순간이었다. 이건 뭐, 좋게 봐주려고 해봐도 봐줄 수가 있어야지.

"큼! 그럼 브리핑 계속하겠습니다. 아까 얘기드렸던 후발주자 건부터 다시 간략하게 요약해 드리면……."

현성이 가까스로 웃음을 참고 다시 아까 전에 나눴던 일 얘기로 되돌아가려는 찰나였다. 갑자기 전화벨이 울렸다. 책상 위에 놓아두었던 한준의 핸드폰이었다. 현성이 다시 하던 말을 중단하자, 한준은 천천히 전화기를 들어 발신자를 확인했다. 한나였다. 지난주 큰 말다툼 이후, 먼저 말을 걸거나 연락을 취해온 건 이번이 처음. 한준은 눈썹을 슬쩍 끌어 올리며 반듯이 몸을 일으키곤 전화를 받았다.

"여보세요."

[……받네?]

"어디야?"

[학교.]

무뚝뚝한 그의 질문에 한나가 뚱하니 대답했다. 아직 마음이 풀리지 않았다는 무언의 표현. 한나 식이다, 이런 건. 언제나 오빠와 격렬한 의견 대립이 있고 난 후에는 이런 식으로 먼저 말을 걸어오곤 했었다. 물론 아직도 화가 나 있음을 반드시 드러내 자존심 세우는 걸 잊지 않는다. 이런 식으로 먼저 굽히고 들어오면 한준은 여지없이 져주고 만다. 지금까지는 늘 이런 비슷한 패턴의 반복이었다.

하지만 이번만큼은 한준도 쉽게 져줄 수 없다. 아무리 봐줘도 문신혁은 절대 허락할 수 없는 인물이기 때문에. 한준은 풍성한 앞머리 속으로 손가락을 쑤셔 넣으며 삐뚜름히 비꼬았다.

"두 사람이 공식적으로 만날 수 있는 장소구나."

[학교에서 연애나 하는 분 아니야, 교수님.]

한준의 삐딱한 말투에 약간 상처받은 듯 한나의 목소리는 살짝 떨리고 있었다. 이번에도 오빠가 져줄 줄 알았던 게 틀림없었다. 한준은 더욱 차갑게 비꼬았다.

"연애를 한 게 아니면, 네가 어떻게 그렇게 나와?"

[……]

"빨리 집에 들어가."

한준이 매섭게 명령했다. 누구든 한 번 들으면 꼼짝 못하고 얼어버릴 것 같은, 정말로 냉정한 목소리였다. 수화기 저편에서 한나 역시 놀라고 있을 것이다. 무섭게 몰아붙여도 결국에는 자신의 말을 거의 다 들어준 오빠가 이번엔 너무나도 강경하고 벽처럼 단단하게 버텨 물러설 기미가 없으니. 이어 조그맣게 들려오는 한나의 목소리에는 그러한 당황함이 절절이 묻어나 있었다.

[……늦을 거야. 오늘 친구들이랑 약속 있어. 그 말 하려고 전화한 거야.]

"그걸 지금 나더러 믿으라는 거냐?"

[교수님 만나려는 거 아니라니까. 교수님은 학회 세미나 때문에 지금 학교에 안 계셔. 못 믿겠으면 확인해 보면 될 거 아니야.]

결국, 한나는 뭔가에 쫓기듯 제 할 말만을 마치고 전화를 끊어버렸다. 뚜뚜, 소리를 들으며 한준은 휴대폰을 딱 소리나게 접었다. 불쌍한 척, 상처받은 척, 동정받으려고 해도 소용없었다고 생각하며. 그는 결코 띠동갑에 제 앞가림도 제대로 못하는 무능력자에게 동생을 내어주진 않을 것이다.

"저……."

인기척을 느낀 건 그때였다. 소파에 시체처럼 누워 곤히 자고 있던 윤민예가 어느새 잠에서 깨 일어나 있었다. 전화벨 소리 때문에 정신이 들었나 보다. 한쪽 구석에 처박아놓았던 가방을 가슴에 가득 안고 삐쭉삐쭉 산발이 된 머리를 더듬더듬 손으로 매만지는 손길에는 당황함이 물씬 묻어나 있었다.

"일어났네요."

현성이 웃으며 인사를 건네자, 윤민예는 황급히 맞절을 하며 이쪽으로 쭈뼛쭈뼛 다가왔다. 놀라서 커다래진 눈에 잔뜩 긴장한 모양새가 마치 시골에서 막 상경한 시골 처자 같다. 저 촌티를 어째야 하지? 마음에 안 드는 것들투성이에 한준은 저절로 눈살을 찌푸렸다.

"얘기, 나누시겠습니까?"

현성이 웃음을 가득 머금은 얼굴로 한준의 의향을 물었다. 한준은 작게 고개를 끄덕여 의사를 표했다. 그러자 주저없이 현성이 방을 나가기 시작했다. 바짝 긴장한 채 두 사람의 일거수일투족을 빤히 지켜보던 민예는 식겁한 채 현성을 바라봤다. 간절히, 제발 나가지 말아달라는 눈빛으로 애절하게.

왠지 사장과 단둘이 있으면 안 될 것 같았다. 잘못도 잘못이지만, 방금 전 누군가와 통화를 하는 그의 모습은 정말 온몸에 소름이 돋을 정도로 무서웠다. 딱 한 대 맞을 것 같은 기분이랄까. 원래 저런 사람인가 싶을 정도로 얼굴 생김새와 매치가 안 되는 모습이었다. 얼굴은 진짜진짜 잘생겼는데, 성격은 왜 저래?

"너."

현성이 나가자마자 그가 불쑥 입을 열었다. 흠칫 놀란 민예는 군기 바짝 든 신병모드로 냉큼 큰소리로 대답했다.

"네!"

"몇 시에 왔어?"

아주 단도직입적인 질문이다. 민예는 하하, 어색하게 웃으며 눈동자를 이리저리 굴렸다. 차마 그를 똑바로 볼 수가 없어 아주 죽을 맛이었다.

"한, 열두 시 반쯤……."

"오전 중으로 오라고 했던 거 같은데."

"그, 그게 백화점엘 들렀다 오느라고……."

"백화점엘 들렀었어? 들렀다 온 게 그거냐?"

"예?"

무슨 소리인지 못 알아듣고 민예가 되물었다. 너무나 긴장돼 꼴까닥, 침이 넘어가고 마주 잡은 두 손이 초조하게 비틀리고 있었다. 그런 그녀를 한준이 한심스럽다는 듯 바라보더니 손에 들고 있던 휴대폰을 책상 위로 대충 던져 놓고 자리에서 일어났다. 그리곤 고압적인 말투로 명령했다.

"뒤로 돌아."

헉. 드디어 올 게 왔구나. 민예의 눈앞으로 이한준이 손가락을 허공을 향해 찌르며 당장 사무실을 나가라고 호통 치는 광경이 스쳐 지나갔다. 해고당하는 건가? 우이씨. 아르바이트도 그만뒀는데. 이렇게 허무하게, 약속 한 번 안 지켰다고 잘리다니. 너무한 거 아니야? 거의 울상이 된 얼굴로 민예는 천천히 뒤를 돌았다.

"백화점이냐, 동대문 시장이냐? 정확히 어딜 다녀온 거냐?"

뒤를 돌자마자 그가 빈정거리듯 묻는다. 나가라고 할 줄 알았더니만. 민예는 미친 듯이 눈을 깜빡이며 미간을 끌어 모았다. 대체 무슨 의도로 묻는 말인지 알아들을 수가 없었다. 백화점에 갔다 왔다는 걸 못 믿겠다는 소리인가? 뻥땅이라도 쳤다고 생각하는 거야, 뭐야? 민예는 약간 기분이 상한 채 중얼거렸다.

"백화점에 다녀왔는데요. 영수증도 있으니까, 못 믿으시겠다면 보여 드릴 수도 있……."

순간, 말이 채 끝나기도 전에 그가 성큼 다가오는 게 느껴졌다. 괜히 놀라 뒤를 돌아보려는데 어느새 바짝 다가온 그가 긴 팔을 뻗어 덥석, 목덜미를 틀어쥐었다. 졸지에 고양이 손에 붙들린 생쥐가 되어 민예는 발버둥을 쳤다. 이러다 맞는 게 아닐까? 혹시 이 남자, 변태? 사람 불러다 놓고 뒈지게 두들겨 패면서 욕구를 해소하는, 뭐 그런 사람? 별의별 미친 생각들이 민예의 머릿속을 난무할 때 즈음, 그의 차가운 한마디가 그녀의 뒤통수를 시원하게 후려쳤다.

"이런 싸구려 브랜드를 사라고 카드까지 던져 준 줄 알아?"

"에?"

움직여지지 않는 고개를 가까스로 꺾어 뒤를 돌아보니 그는 옷의 브랜드 상표를 찾아 들여다보고 있었다.

"요즘 드라마에선 부잣집 외동딸이 이런 옷을 입나?"

허어—? 그런 뜻이었어? 한순간 온몸에서 긴장감이 쑥 빠져 나가 버렸다. 괜히 쓸데없이 상상력만 무궁무진해서는. 그러니 까 이한준 사장이 하고자 하는 말은 그녀가 백화점에 갔다는 말 을 못 믿는다는 게 아니라, 그녀가 골라 입고 온 옷이 마음에 안 든다는 것이었다. 약간 김이 빠진 채로 민예는 머리를 긁적거리 며 말했다.

"이거, 꽤 비싼 건데요."

"비싸?"

그녀의 옷에서 그의 손이 떨어져 나갔다. 그가 상표를 놓고 그녀를 한심하다는 듯 깔아보았다.

"하긴. 네 기준에서 비싼 옷이겠지."

그리곤 소파에 털썩 앉아버린다. 삐딱한 그의 시선이 그녀의 몸을 천천히 훑기 시작하고, 민예는 저도 모르게 뒤를 돌아 그 와 정면으로 마주 보고 섰다. 평가받는 자리일 거라고 생각하긴 했지만 생각보다 기분이 무지 나쁜 민예다. 싸구려 취급을 당하 고 있다는 생각이 들어서일까? 이만하면 충분히 비싸고 고급스 러운 옷인데, 뭐가 어떻다고? 물론 민예의 기준에서다, 그의 말 대로. 하지만 아직은 학생 신분이고, 학교에서 교수님을 만나는 게 고작일 텐데. 이 정도면 되지 않을까?

"치마."

불만 가득한 얼굴로 뚱하니 서 있는데, 그가 밑도 끝도 없이 툭 한마디 내뱉었다.

“네?”

뭔 소리야.

“치마가 어울린다고.”

“네…….”

되게 말이 짧네. 좀 길게, 문장으로 말해주면 어디가 덧나나? 이건 뭐, 알아들을 수가 있어야지.

“운동화도 아니야. 힐 있는 구두로 새로 사 신어.”

“제가 구두는 별로 안 좋아하는데요.”

방실거리며 말했지만, 그의 눈매는 퍽이나 매서웠다. 민예는 꾹, 아주 꾹, 입을 다물어 버렸다.

“가방도 그건 아니야. 몇 년 동안 세탁도 하지 않은 것 같은 그 책가방은 치마와 힐에 안 어울려. 그 정도는 말 안 해도 알겠지?”

뭐라? 치마에 운동화에. 이젠 가방까지? 아예 죄다 새로 장만해야 한다는 거잖아.

“그 머리도 어떻게 해. 촌스럽고 구질구질해 보여.”

머리까지? 그가 하나하나 지적할 때마다 자신의 상태를 확인하던 민예는 이번에도 제 머리통을 손으로 쥐고 더듬거리며 인상을 구겼다. 얼추 계산해 보니 돈이 꽤 들게 생겼다. 생활비 쪼개서 저축해 놓은 돈이 있긴 하지만, 그건 앞으로 몇 달 동안 써야 할 생활비인데. 눈앞이 캄캄하다. 그렇다고 그 돈을 모두 사장에게 부담하랄 수도 없고, 어쩐담?

“지금 나가서 다시 차려입고 와.”

걱정이 태산인 민예의 마음도 모르고, 사장은 짐 하나를 더 얹어주신다.

"지, 지금요?"

"왜? 싫어?"

"아니, 그게 아니라……."

"9시까지야. 또 늦으면 알아서 해."

헉. 9시까지라니, 그건 도저히 불가능하다. 쇼핑하는 데만도 두세 시간은 족히 걸릴 텐데, 헤어까지 만지고 오라지 않았나. 게다가 저녁에는 가게에 나가보아야 했다. 그만두겠다고는 했지만, 새 직원을 뽑을 때까지는 나가서 일해주기로 지배인과 약속을 해놓아서 어쩔 수가 없었다. 7시부터 일해야 하는데 9시까지 회사로 오라니. 아호— 한숨이 저절로 쏟아졌다.

"카드, 가지고 있지?"

"예?"

"어제 준 카드 말이야."

"아, 예. 잠깐만요."

민예는 얼른 소파에 주저앉아 가방을 무릎에 올려놓고 뒤적거리기 시작했다. 가방 안에서 닳고 닳은 지갑이 나오자 한준은 미간을 찌푸렸다. 도대체 눈에 거슬리지 않은 게 없었다. 이래서야 원. 머리서부터 발끝까지 죄다 갈아엎어야 할 판이지 않나.

"여기요."

지갑에서 그의 카드를 꺼내 탁자 위에 올려놓은 민예는 그것을 쑥 그의 앞으로 밀었다.

"블라우스랑 바지랑 합해서 삼십오만 원쯤 썼어요. 좀…… 많죠?"

그녀의 말을 듣는 순간, 한준은 단박에 인상을 팍 썼다. 이것 봐라. 상의와 하의를 다 합해도 오십만 원이 안 되는 정도가, '비싸다'란다. 그녀의 수준이 어느 정도인지 대강 짐작이 가는 대목이었다. 한준은 짜증 섞인 눈으로 윤민예를 매섭게 찔러보았다. 그가 뭣 때문에 날이 서 있는지 전혀 모르면서도 그녀는 잔뜩 주눅이 든 채 진땀을 흘리고 있었다. 자신이 혹 또 뭘 잘못한 건가 싶었는지 커다란 눈동자를 이리저리 굴리며 생각해 보는 것도 같았다.

저도 모르게 김빠진 웃음을 흘리며, 한준은 천천히 손을 뻗어 카드를 집어 들었다. 그리고 역시 천천히 자리에서 일어나 그녀를 거만한 눈길로 내려다보았다. 윤민예는 고개를 젖혀 한준의 냉랭하기 그지없는 눈을 올려다보았다.

"너무, 많았나요?"

아무 말이 없는 그에게 그녀가 조심스럽게 묻는다. 한준은 떨떠름한 얼굴로 차갑게 명령했다.

"따라와."

제3장 신데렐라 신세

솔직히 민예는 자신이 그렇게~ 빈티나는 스타일은 아니라고
생각했다. 싸고 질 좋은 옷을 잘 골라, 코디 예쁘게 해서 입으면
고리타분한 명품 옷보다 훨씬 세련되고 예쁘다고 생각하는 주
의라 그렇지. 나름 눈도 높고 옷을 고르는 안목도 있는 편이다.
또 옷걸이가 좋아서 아무 옷이나 입어도 맵시가 있어 보이고,
싸구려 옷도 명품처럼 보이는 마법의 옷발을 갖고 있기도 하다.
혼자 자뻑해서 하는 말이 아니라, 사람들이 종종 그런 칭찬을
해서 하는 말이다.

그리고 솔직히 돈이 없으니까 아끼고 아껴 저렴한 옷을 사 입
는 거지, 있으면 왜 명품 옷, 명품 백, 명품 힐, 안 사겠나. 그녀

도 보통 아가씨들처럼 명품에 대한 욕심, 있다. 수입에 맞게 지출하는 분수를 잘 아는 사람이니만큼 절제를 하는 것일 뿐. 그래도 한창 외모에 신경 쓸 26살의 보통 아가씨인만큼, 그녀도 월급을 받으면 월세, 저축할 돈, 생활비 등을 제외하고 남은 용돈의 절반 가까이를 화장품, 액세서리, 패션 옷 등 치장하는 데 쓰고 있다. 지지리 궁상을 떠는 편은 아니란 뜻이다.

그런데도 오늘 그녀는 완전히 재투성이 신세가 되어버렸다. 촌티나고 궁상맞은데다가 누군가로부터 잔뜩 구박받아 주눅 팍 든 불쌍한 고아소녀. 이한준의 눈에는 그녀가 그런 고아소녀로 보였나 보다. 물론 그쪽은 부자고 이쪽은 서민이니 수준 차이 나는 건 당연한 거겠지만 기분이 꿀꿀해지는 건 어쩔 수가 없었다. 하찮은 이 취급받았다는 생각을 지울 수가 없어서 심하게 우울해진다. 이런 게 바로 상대적 박탈감이란 건가?

"어머— 잘 어울리신다. 워낙 몸매가 날씬하셔서 뭘 입으셔도 다 소화가 되네요."

비싸기로 소문난 백화점의 명품관. 이태리 브랜드 중 최고가라고 소문이 자자한 숍에 서서 민예는 이 옷, 저 옷 모조리 다 입어보고 있었다. 원래 까다로운 사람인 건지, 패션에 대해서만 유독 까칠한 건지 이한준은 아까부터 계속해서 퇴짜를 놓고 있었다. 민예의 눈엔 완전 예쁘고 사랑스런 옷인데, 자꾸 그는 안 어울린다며 다른 옷을 찾는 것이다. 눈이 머리끝에 달려 있나. 덕분에 민예는 패션모델 간접 체험 중이며, 숍 매니저는 진땀을 흘리며 쩔쩔매고 있는 중이었다.

"어떠세요, 손님은?"

"뭐, 난……."

좋지 물론. 어깨가 살짝 드러난 데다 치마 길이도 무척 짧아서 조금 부담이 되긴 했지만 일단 그녀의 장점인 움푹 파인 쇄골과 날씬한 허벅지가 강조되어 매우 섹시해 보였다. 거기다 매니저가 추천해 준 힐은 그녀의 키를 170대 반열로 훌쩍 올려놓아, 거울 속에 비친 윤민예는 거의 슈퍼모델급이었다. 하지만 내 마음에 쏙 들면 뭐 하남. 이한준 눈에 들기가 하늘에 별 따긴데. 도대체 그의 눈에 드는 옷이 있긴 있는 걸까?

"벗어."

역시나. 그는 마음에 안 드는 듯 단박에 퇴짜를 놓았다. 짙은 보랏빛 벨벳 소파에 앉아 민예를 훑는 그의 눈은 매의 눈처럼 날카롭고 예리하다. 도대체 이게 몇 번짼지. 어떤 스타일을 원하기에 이리 진을 다 빼놓는 건지 모를 일이었다. 차라리 딱 꼬집어 이러이러한 스타일로 꾸며달라고 말을 하지. 그는 매장에 들어오자마자 무작정 숍 매니저에게 민예를 맡기며 '이 아가씨에게 어울릴 만한 것들을 좀 골라보라' 고만 했었다. 그러니 매니저도 막막한 것이겠다. 웬만하면 오케이하지, 시간도 없구만. 민예는 벽에 붙은 시계를 힐끗거리며 다음 옷으로 갈아입기 위해 탈의실로 향했다.

'아, 벌써 7시네.'

호프집 알바는 어떻게 해보기엔 이미 늦어버린 상태고. 밥이라도 먹고 하면 안 되는 걸까? 배가 몹시 고팠다. 몰랐었는데, 옷을 갈아입고 패션쇼를 한다는 게 보통 피곤한 일이 아니었다. 단지 옷만 갈아입었는데, 그걸 몇 시간 했다고 이리 녹초가 될 줄이야. 모델을 지망하지 않은 게 천만다행이지 싶었다. 뭐, 어차피 키 때문에 못했던 거지만.

"내 평생 키 작은 걸 감사하게 될 줄이야."

"남자친구 분이 굉장히 눈이 높으신가 봐요."

혼잣말을 중얼거리는데, 뒤따라오던 숍 매니저가 눈가에 주름을 잡으며 방글거렸다. 속이 부글부글할 텐데 그럼에도 웃으려고 노력하는 걸 보면 참 프로페셔널한 사람이 아닌가 싶다. 괜히 미안한 마음에 민예는 마주 웃어주면서 말했다.

"남자친구 아니에요."

"아, 그러세요? 그럼 누구……?"

"저희 사장님이세요."

순진무구하게 민예는 사실을 말해주었다. 사장은 사장이니까. 또 그에게 고용되었으니 딱히 틀린 말은 아니었다. 하지만 당황하는 매니저의 모습을 보니 기분은 점점 이상해졌다. 사장이란 어감이 뭔가 불륜스럽게 들린다고나 할까. 사장이 어린 부하직원 꼬드겨 옷과 용돈을 잔뜩 안겨주고 한껏 취한다, 뭐 그런 삼류 드라마 내용을 불쑥 떠올렸다. 매니저도 그 생각을 떠올렸던 듯 심히 어색해하고 있었다. 민예는 쓸데없는 오해를 불식시키기 위해 냉큼 덧붙였다.

"아직 팅기는 중이거든요."

거짓말이지만, 알게 뭐냐. 대놓고 스파이로 고용당했다고 말하는 것보단 이 편이 훨씬 나았다. 어차피 매니저가 진실을 알게 되는 일은 아예 없을 테니, 상관없다고 그녀는 생각했다.

"아~"

민예의 예상대로 매니저는 이제야 이해된다는 듯 활짝 얼굴을 폈다. 그리곤 민예가 탈의실 안으로 들어가기 직전, 부럽다는 듯 속삭이기까지 했다.

"좀 더 팅기셔도 되겠어요. 엄청 적극적이신 것 같은데."

"아, 네. 그러려고요."

방긋 웃으며 대꾸한 민예는 탁, 문이 닫히자마자 썩은 표정이 되어 거울을 노려보았다. 적극적 좋아하시네, 란 비아냥거림이 절로 나왔다. 적극적인 사람이 그래, 몇 시간 동안 옷 한 벌을 못 고르니? 배까지 곯고 이게 뭔 짓이냐고. 민예는 거울에 비친 퀭한 제 얼굴을 바라보며 한숨을 푹 내쉬었다. 다음 옷은 레이스 잔뜩 달린 투피스. 기운 내서 예쁘게 입고, 또 그의 앞에 서야지.

"이번엔 좀 그냥 샀으면 좋겠네."

혼잣말을 중얼거리며 민예는 옷자락 지퍼를 끌어내렸다. 하지만 그로부터 10분 후.

"벗어."

그는 또다시 퇴짜를 놓고 있었다. 아니, 이 비싸고 아름다운 옷이 대체 왜? 민예는 도무지 그가 이해되지 않았다. 자기 말처럼 비싸고 품격있는 명품 드레스 아닌가? 자기보다 패션에 대해 더 잘 아는, 세계적 디자이너의 작품이다. 이게 어디가 어때서 자꾸 마음에 안 든다고 어깃장을 놓는 건가? 스스로 칭찬하긴 뭐하지만, 이 정도의 몸매면 핏감도 대단히 좋은 것이고 어울리지 않는 옷이 없는데. 뭐가 그리 마음에 안 드는데? 눈이 높다 못해 아주 하늘을 뚫고 우주로 날아가셨나. 우주에서도 저 끝, 안드로메다까지 가 있는 모양이다. 민예는 짜증이 머리끝까지 꽉꽉 짓눌려 담겨지는 기분을 느끼며 후우— 삭이는 숨을 내쉬었다.

"사장님께서 이 옷도 마음에 안 드시나 봐요."

얼굴에 피곤하고 짜증난 빛이 역력한 매니저가 어색하게 웃으며 말한다. 이젠 정말, 진짜 많이 미안해지는 민예다. 어쩌면 좋아. 눈치 보여 죽겠네. 민예는 팔자에도 없는 옷을 걸친 채로 매니저 눈치를 살살 보며 웃었다.

"조금 취향이 독특하긴 해요."

독특은 무슨. 이건 독선적인 거다. 여러 사람 피곤하게 만드는 왕짜증 스타일.

"좀 피곤하시겠네요, 손님이."

"왜 팅기는지 이제 아시겠죠?"

불쌍하다는 듯 자신을 보는 매니저를 향해 방긋 웃으며 민예는 대충 둘러댔다. 이해할 수 있다는 눈빛으로 고개를 끄덕이며 매니저는 다른 옷을 준비하기 위해 움직이기 시작했다. 곧이어 또 다른 패션쇼가 진행되었고, 상황은 한 치의 오차도 없이 이전과 똑같이 종료되었다. 설마설마하며 마음을 졸이다가 '벗어'라는 그의 명령을 듣게 되자, 민예는 완전히 폭발하고 말았다. 웬만하면 참아보려고 했는데, 이해해 보려고 노력했는데. 이건 아니죠!

민예는 비장한 눈빛으로 저벅저벅, 사장에게로 다가갔다. 그녀를 쭉 주시하고 있던 한준의 눈빛이 일순 날카롭게 번뜩였다. 저게 갑자기 왜 이쪽으로 걸어오나 싶은 거겠지. 왜긴 왜겠습니까, 사장님? 머리가 있으면 생각 좀 해보시지요. 이 몸, 점심도 굶었거든요? 아사하기 일보 직전이라고요!

"뭐야."

갑자기 다가오는 민예를 보며 한준이 물었다. 특유의 거만함이 뚝뚝 떨어지는 말투였다. 죽일 듯이 그를 노려보며 다가온 민예는 기세 좋게 허리에 손을 척 올렸다. 그리곤 그를 최대한 매섭게 찔러보며 고압적으로 말했다.

"이제 곧 백화점 문 닫을 시간이거든요."

"그래서?"

"시간이…… 얼마 없다고요."

진짜 무섭게 째려보는데도 그는 눈 하나 깜짝하지 않았다. 더 해보라는 듯 가만히 바라보기까지. 너무나 빤한 시선이라 오히려 이쪽이 더 낯 뜨거워져 민예는 재빨리 눈에서 힘을 풀고 미친 듯이 깜빡이기 시작했다. 아, 더워. 갑자기 왜 이러지.

"웬만하면 아무거나 고르고 나가자고요. 시간도 없고, 눈치도 보이고……."

어색하게 웃으며 민예는 중얼거렸다. 방금 전 당당했던 모습은 어디 가고, 기가 확 죽고 주눅이 잔뜩 들어 있는 모습이었다. 그러다 매니저의 눈치를 슬쩍 보며 배시시 웃기 시작하자, 한준은 얼음이 뚝뚝 떨어질 것 같은 냉랭한 목소리로 불쑥 물었다.

"네가 눈치를 왜 봐? 네가 종업원이야?"

"에? 아, 아니, 그게 아니라……."

종업원이라서 눈치를 보는 건가? 그가 상식 밖의 행동을 하고 있으니 민망해서 눈치를 보는 거지. 모르는 거야, 모르는 척하는 거야? 민예는 관자놀이 근처를 손가락으로 긁적거리며 조용히 대답했다.

"제 말은, 그냥 안 살 거면 이러지 말고 차라리 나중에 다시 오는 게 낫겠다는 거거든요. 괜히 사지도 않을 거면서 죽치고 앉아 있는 것도 영업 방해가 아닌가 싶어서……."

"살 거야."

대뜸 일어나며 그가 말했다. 민예는 두 눈을 깜빡거리며 그를 바라보았다. 내내 마음에 안 든다고 퇴짜를 놓을 땐 언제고 갑자기 뭘 사겠나 싶었다. 눈살을 찌푸리고 그를 빤히 보고 있는데 그가 고개를 홱 꺾어 이쪽을 돌아보았다. 그러더니 마음에 안 드는 듯 쓰윽— 민예의 몸을 위아래로 훑는다. 갑작스런 시선에 당황해 민예는 어깨를 옴쭉 움츠러뜨렸다. 그런 그녀를 향해 그가 덜렁 명령어 하나를 떨어뜨려 놓았다.

"그 신발, 벗어."

"예?"

자동으로 민예의 고개가 자신의 발등을 향해 뚝 꺾어졌다. 아까부터 쭉 신고 있던 연분홍색 하이힐. 그녀를 모델처럼 늘씬하고 아름답게 만들어주고 있는 녀석이었다. 오래 신고 있었음에도 착용감이 좋고 발이 편해 역시 신발은 비싸고 좋은 걸 신어야 되는가 봐, 하며 감탄하고 있는 중이었다. 예쁘고 발도 편하고, 사실 옷보다도 민예는 이 신발이 제일 탐났다. 민예는 저도 모르게 힐을 가만히 내려다보며 중얼거렸다.

"왜요? 마음에 쏙 드는데."

"……."

순간, 섬뜩한 고요가 찾아들었다. 갑작스럽고 어색하게 찾아든 침묵이 마치 '네 생각 따윈 별로 중요하지도, 궁금하지도, 그래서 결코 묻고 싶지도 않았어'라고 말하는 것 같아 민예는 천천히 끽끽거리며 잘 안 움직여지는 고개를 억지로 끌어 올려 한준을 바라봤다. 역시나 그는 온몸을 꽁꽁 얼려 버릴 듯 냉한 시선으로 그녀를 찔러보고 있었다. 아, 무서워.

"버, 벗을게요."

민예는 두 손바닥을 방어적으로 세우곤 배시시 웃으며 진땀을 흘렸다. 두 발은 벌써 비비적거리며 힐을 벗어내고 있었다. 쭈뼛쭈뼛 움직여 소파에 철퍼덕 주저앉은 민예는 욕설이 낭자하는 머리를 휙휙 흔들어대며 구두에서 발을 뽑아냈다. 진짜 예쁜데 아깝게 됐다. 뭐, 어차피 이한준 사장이 아니었다면 이렇게 신어볼 기회도 없었겠지만. 그래도 뭔가 아쉽다. 분수 하나는 제대로 잘 아는 민예이지만, 여자는 여자. 마음에 쏙 드는 힐을 가질 수 있는 기회가 눈앞에서 사라졌다고 생각하니 미련이 조금, 아주 조금 남는다.

한숨을 내쉬며 민예는 신발을 조심히 들어 한쪽 옆으로 가지런히 치워놓았다. 멀어지는 신발을 보니 피로가 급하게 밀려오는 것 같았다. 거의 탈진하기 일보 직전. 아침부터 분주하게 뛰어다니고 점심부터 지금까지 물 한 모금 입에 대지 않은 탓이컸다. 이럴 줄 알았으면 점심이라도 먹고 갈 걸 괜히 시간 맞춰가보겠다고 열나게 뛰어갔다. 덕분에 시간도 못 맞추고, 끼니도 못 챙겨먹고. 힘은 힘대로 들고, 눈치는 눈치대로 보이고. 돈 벌기 참 힘들다, 속으로 중얼거리며 그녀는 두 발을 운동화 속으로 차례대로 밀어 넣었다.

“어머. 전부 다요?”

신발을 신고 자리에서 일어나는데, 먼발치에서 숍 매니저가 사장과 얘기하는 모습이 보였다. 매니저는 무엇 때문인지 심히 놀라고 있었다. 격하게 반기는 기색이라고나 할까. 아까 전의 피곤해하고 짜증스러워하던 표정은 온데간데없이 사라진 채였다.

"저, 정말 전부 다 사시겠다는 거예요?!"

비지엠으로 환희의 송가가 흘러나올 것 같은 환한 얼굴로 매니저가 다시 한 번 물었다. 믿을 수 없다는 듯. 민예는 단박에 인상을 찌푸렸다. 전부 다 사겠다니. 뭘? 설마 아까 입어보았던 옷들을 말하는 거? 그걸 전부 다 사겠다고 했단 말이야? 사장이?

"설마. 그게 다 얼만데."

민예는 푸시시 웃으며 고개를 살랑살랑 가로저었다. 돈도 돈이지만, 저 괴팍한 사장이 누군가를 위해 뭔가를 산다는 게 상상이 안 되었다. 아무리 생각해도 이한준 사장은 친절, 혹은 너그러움이란 단어와는 거리가 있는 사람 같았다. 일단 정이란 게 전혀 느껴지지 않는다. 겪어보면 겪어볼수록 차갑고 독선적이며 짤이 없는 사람이란 걸 알 것 같다. 어젯밤 느닷없이 찾아와 재테스트를 받게 해주겠다고 할 때도 그러지 않았나. 현실은 냉혹한 거라고. 필요하지 않으면 절대 손을 뻗지 않는다고. 그 냉혹하고 잔인한 현실의 일부분이었다, 이한준은. 그런 사람이 고작 고용인에 불과한 그녀에게 저 많은 옷들을 전부 다 사줄 것 같은가? 노우, 그럴 리가 없다.

"잠깐만 기다리세요. 계산해 드릴게요."

전부 다는 아니겠지만, 뭔가를 사긴 샀나 보다. 갑자기 매장이 분주해졌다. 두 명의 직원들은 신나게 옷들을 챙겨 계산대로 가져오기 시작했다. 한 벌, 두 벌, 세 벌……. 계산대 위로 점점 쌓여가는 옷들을 가만히 서서 지켜보고 있던 민예는 점점 두 눈을 키워갔다. 뭐, 뭐야? 설마 진짜로 다 산 거야?

"저기, 저 신발도 싸줘요."

민예가 턱을 쭉 빼놓고 놀라고 있는 사이, 그가 휙 뒤를 돌아보더니 민예의 발 옆에 놓여 있는 힐을 향해 턱짓을 날렸다. 헐. 정말인가 봐. 민예의 넋은 반쯤 나가 버렸다. 그때, 전화가 오는지 그가 바지 주머니에서 휴대폰을 꺼내 들고 몸을 틀었다. 전화를 받기 위해 자리를 피하는 그의 모습을 확인하고 민예는 냉큼 정신을 차리고 매니저에게 다가갔다.

"뭐라고 하세요, 사장님이?"

민예는 눈을 둥그렇게 뜨고 물었다. 매니저는 기쁨 가득, 행복 가득, 희망 가득한 얼굴로 방긋방긋 웃었다. 마치 큰 보상이라도 받은 듯 뿌듯해하는 기색이 역력. 그럴 만도 하긴 하다. 그 까다로운 사장의 요구와 강짜를 눈살 한 번 안 찌푸리고 다 받아냈으니. 하지만 그 보상이라는 게 '아까 입은 옷들 전부'라면 문제는 많이 달라진다. 그걸 다 살 필요가 뭐 있냐? 두어 벌만 사도 될 것을.

"손님은 정말 복받으셨어요. 절대! 절대~로 더 이상은 튕기지 마세요. 아시겠죠? 여자의 마음을 얻기 위해서 매장 전체를 선물하는 남자가 어디 흔한 줄 아세요? 사장님은 분명히 손님을 엄청 사랑하시는 거예요. 마음이 느껴지지 않아요?"

매장 전체? 정말 아까 입어보았던 옷들을 전부 다 싸달라고 했단 말이야? 미친 거 아니야, 저 사람? 아무리 눈치가 보인다고, 이건 아니지. 오버잖아, 오버.

"어쩜 얼굴도 저렇게 잘생겼으면서 마음까지 넓으실까? 손님이 너무너무 부러워지는데요?"

마음이 넓은 게 아니라, 이건 멍청한 거다. 돈 낭비도 이런 낭비가 없다. 융통성이 없는 거야, 성격이 뒤틀린 거야? 왜 이래? 혹시 이쪽에서 죄책감 내지는 책임감을 느끼도록 일부러 저러는 건가? 그런 거라면 어느 정도 성공이다. 벌써부터 민예는 괜한 말을 해서 이런 사단을 만든 것 같아 가슴 한구석이 찔렸다. 아니, 찔리는 것도 찔리는 거지만 일단 돈이 아까웠다. 이한준 돈인데도 너무너무너무너무. 이 돈이면 몇 달은 놀고먹을 수 있는데.

"꼭 잡으세요. 저분은 정말 대박이신 것 같아요. 제가 본 남자 손님 중에서 가장 통이 크신……."

"저기요. 이거 아직 계산 안 된 거죠?"

민예는 매니저의 말을 뚝 자르고 황급히 물었다.

"네?"

"착오가 생긴 것 같아서요. 잠깐만 얘기 좀 하고 올게요. 그때까지 계산하지 말아주세요. 네?"

"아, 예……."

매니저의 얼굴에 즉시 실망감이 떠올랐다. 그러든지 말든지 민예는 서둘러 사장에게 달려갔다. 그는 등을 돌린 채 한 팔을 허리에 올린 자세로 전화를 받고 있었다. 통화 내용이 그다지 흡족하지 않는 듯 말투가 매우 고압적이었다.

"그러니까 지금까지 날 기다린 이유가 있을 거 아니야? 오늘 회의는 내일로 미뤘잖아. 김 전무도 전달받았을 거고."

"큼큼."

민예는 조심스럽게 헛기침을 해 자신의 존재를 알렸다. 그는 흘낏 뒤를 돌아보더니, 얌전히 서 있는 민예를 위아래로 훑어보았다. 배우는 배우. 제 몸처럼 자연스럽게 딱 달라붙어 떨어지지 않을 것 같던 촌스러움이 어느새 훌쩍 사라져, 윤민예는 아름답고 섹시한 모델의 모습을 하고 있었다. 제대로 뽑은 건지 어쩐 건지 내심 걱정하고 있었던 한준은 자신의 눈이 역시나 정확했다는 걸 다시 한 번 확인하고 있었다.

"뭔지 모르지만, 보고는 내일 하라고 해. 끊어."

한준이 신경질적으로 전화를 끊자, 민예는 괜히 죄지은 사람마냥 움찔했다. 마치 자신 때문에 그가 화를 내는 것 같아 저절로 몸을 사리게 되는 것이었다. 회사 일이 잘 안 풀리나? 왜 저래? 잘못하다간 이쪽으로 불똥이 튀겠다 싶어 민예는 어색하게 웃으며 이쪽을 향해 움직이는 한준을 향해 방긋 웃어 보였다.

"뭐야?"

에구머니. 웃는 얼굴에 침 못 뱉는다는 말을 정면으로 무시하며 그가 거만하고 차갑게 물어왔다. 민예는 심장이 확 오그라드는 기분이었지만 가식적으로나마 빙글빙글 웃으며 간신히 입을 열었다.

"저기 저 옷들 말인데요. 정말 다 사실 건 아니죠?"

"……."

"꽤 많이 입었는데. 다 합하면 금액이 천문학적인 숫자예요. 아무리 부잣집 아가씨 역할이라고 하지만, 꼭 저렇게 비싼 드레스만 입고 다니는 건 아닐 텐데……. 너무 많이 사는 건 좀 그런 거 같아요."

"충고하는 거냐?"

가만히 듣고만 있던 그가 불쑥 싸늘하게 대꾸했다. 헉쓰. 간덩이가 부르르 떨려오는 것 같아 민예는 진심 놀라고 말았다.

"아, 아니에요. 충고는 무슨, 제 주제에……. 저는 그냥 사장님이 아까 제가 한 말 때문에 이러시는 것 같아서……. 눈치 보이는 건 맞는데요. 그렇다고 사장님이 이렇게 옷을 다 사실 필요는 없어요. 사장님이 쇼핑을 안 해보셔서 모르시는 것 같은데, 옷은 두어 번 입어본 다음 한 벌만 사도 괜찮거든요."

"충고, 맞네."

"예?"

"건방지고 주제넘은 충고."

거, 건방지고 주제넘은 충고라니. 어색하게나마 웃고 있던 민예의 얼굴은 웃는 채로 그대로 굳어버리고 말았다. 지금까지 살면서 이렇게 무안당해 보기는 처음이었다. 민예는 빨개져 화끈거리는 두 볼을 양손으로 짓누르며 황급히 고개를 끌어내렸다.
그런 그녀를 사장은 무관심하게 스쳐 지나가더니 곧장 계산대
로 걸어가 손가락으로 진열대에 걸린 물건을 하나하나 가리키
기 시작했다.

"거기 그 가방. 그 옆에, 그것도."

그의 말 한마디에 세 명의 직원들 표정이 더욱 상기되어졌다.
제품을 포장하는 직원의 손길이 점점 더 빨라졌다. 그는 지름신
이 강림한 사람처럼 손가락질을 멈추지 않았다.

"저기 붉은색 지갑도. 저쪽 연보라 힐도."

민예는 거의 넋을 놓고 그를 멍하게 바라봤다.


"네?"

잠시 후, 엄청난 개수의 쇼핑백들을 혼자 낑낑거리며 든 채로
민예는 큰소리로 반문하고 있었다. 양어깨, 열 손가락도 모자라
목에까지 쇼핑백을 주렁주렁 건 그녀는 어마어마한 무게에 짓
눌려 걷는 것도 힘든 판이었다. 연약한 여자에게 이 무거운 걸
전부 다 들게 한, 비매너의 대명사 이한준은 두 손을 호주머니
에 넣은 채 뚜벅뚜벅 잘도 걸어가고 계시고. 지나가는 사람들이
쳐다보며 웃거나 수군거리기 일쑤. 멀쩡히 두 손 놀리고 있는
남자에 종처럼 따라붙은 여자. 과연 이런 우스꽝스럽고 야만적
인 장면은 다시 보기 힘든 희귀 장면일 것이다.

"아, 아파트요?"

졸지에 사장의 짐꾼이 되어버린 민예는 안 그래도 힘들어 죽을 맛인데, 사장의 느닷없는 발언에 놀라 허덕이고 있었다. 아파트를 제공해 주겠다니, 정말 깜짝 놀랄 일 아닌가? 이 많은 옷과 신발, 가방, 액세서리들을 선물해 준 것도 부담스러운데, 아파트는 더 그렇다. 그냥 그건 정중히 거절해야겠다고 민예는 마음먹었다. 마음만 받지 뭐.

"그렇게까지 할 필요는 없어요, 사장님. 지금 살고 있는 집도 편합니다."

맑고 밝고, 너무나도 깍듯한 그녀의 말에 한준은 딱, 걸음을 멈추었다. 예민하게 곤두서 있는 그의 감각이 신경질적으로 흔들렸다. 그녀의 말, 뉘앙스가 거슬렸다. 마치 착해빠진, 순진해빠진 그래서 자기 잇속은 절대로 못 챙기는 불쌍하고 어리석은 '순한 양'을 연상시키는 어투였다. 그의 제안을 순수한 호의로 받아들이고 있는 것 같아 한준은 몹시도 불쾌해졌다. 고작 '미끼'인 주제에, 사람 속이는 걸 밥 먹듯이 해야 하고 원하는 것을 위해선 물불 안 가려야 할 '미끼'인 주제에, 왜 순진하고 맑은 영혼인 척하는 건가?

"아, 힘들어 죽겠네."

혼잣말을 중얼거리며 민예가 손에 들려 있던 쇼핑백들을 바닥에 슬쩍 얹어놓았다. 기운이 저절로 빠져나가 혓바닥이 오뉴월 강아지의 것마냥 쭉, 입 밖으로 흘러나왔다. 작게 헥헥거리고 있는데, 어느새 이쪽을 찔러보고 있던 사장과 눈이 마주쳤다. 예리하고도 날이 선 눈빛이었다. 마음에 들지 않는다는 그 섬뜩한 시선에 흠칫 놀라면서도, 민예는 그저 배시시 웃을 따름이었다. 이젠 긴장할 기운도 없네.

"저는 괜찮다고요. 그냥 제 집에서 지낼게요, 사장님."

기운은 없지만 호의를 베풀고 있는 사장에게 웃어줄 수는 있었다. 비록 사람을 짐꾼 부리듯 부려먹긴 하지만, 그거야 워낙 빈손으로 다녀 버릇해서 그런 것이겠거니 생각하면 편하다. 사장들이 원래 그런 거 아니겠는가. 사람도 비서를 시켜 고용하는 이한준이니, 어쩌면 당연한 것이겠다. 이렇듯 너그러운 마음으로 환하게 웃어 보였건만, 사장의 표정은 여전히 무표정이다. 왜 자신을 저렇게 뚫어져라 바라보는 건지도 모른 채 민예는 더 밝게 웃었다. 진짜 괜찮아요, 하고 나지막이 중얼거리면서. 그가 자신의 유난히도 반짝이는 눈동자 때문에, 순진하고 밝은 미소 때문에 점점 더 불쾌해하고 있다는 건 꿈에도 모르고 있었다. 알았다면 절대 웃지 않았을 텐데.

영겁처럼 느껴지는 몇 초가 지났다. 이번엔 그가 뚜벅뚜벅 이쪽을 향해 걸어오기 시작했다. 헉, 뭔가 불길한 기운이 엄습해오자 민예의 심장 박동 수는 배로 증가하기 시작했다. 놀란 민예는 그 자리에 못 박혀 그의 얼굴만 뚫어져라 바라보았다. 피곤하고 지쳐 온몸이 물먹은 솜처럼 축 늘어져 있는 민예의 눈에 이한준은 그 어느 때보다도 더 거대하고 단단하게 느껴졌다. 뭐지? 뭐야? 왜 저래? 눈앞이 캄캄해지고 머릿속이 하얗게 비워졌다. 뭘 잘못한 건지도 모른 채 그녀는 제대로 겁먹어 버렸다.

"어떻게 하면 너처럼 어처구니없는 착각을 할 수가 있지?"

우뚝, 그녀의 코앞에서 멈춰 선 그가 싸늘하게 한마디 내뱉었다. 비틀리는 그의 입가에는 비웃음이 적나라하게 담겨 있었다. 민예는 당황한 나머지 두 눈을 빠르게 깜박이며 그를 뚫어져라 바라봤다.

"신기하다, 참."

"에?"

"미리 말해두었던 것 같은데. 세상은 필요하지 않는 것엔 관심두지 않는다고."

"……."

"착각하지 마. 난 내게 이득이 되지 않는 것엔 투자도 하지 않아. 자선사업 같은 거, 취미 없어."

이득이 되지 않는 것엔 투자도 하지 않는다고? 그럼, 이게 다 투자란 말이야? 민예는 제 손에 들려 있는 쇼핑백들을 천천히 내려다보았다. 아파트도 그럼 투자의 일환이라는 건가? 민예는 다시 그를 올려다보며 두 눈을 깜빡거렸다. 그녀의 생각을 읽은 듯 그는 빠르게, 아무 감정이 섞여 있지 않은 메마른 목소리로 덧붙였다.

"넌 앞으로 내가 지급하는 생활비로, 내 아파트에서 생활하게 될 거다."

"사장님 댁에서 같이요?"

"학교 근처에 따로 마련된 아파트가 있다고, 아까 말했던 것 같은데."

아, 참. 그랬었지. 자신이 가지고 있는 아파트가 따로 있으니 거기서 학교를 다니라고 했었다.

"학교도 등록해."

"근데…… 복학을 꼭 해야 하나요?"

방금 전까지만 해도 잔뜩 겁을 먹고 있었으면서, 이젠 언제 그랬냐는 듯 추가 질문까지 하고 있는 민예다. 호랑이 선생님 앞에 선 소심한 학생이 된 것 같아 민예는 그만 히죽 웃어버렸다. 비록 0.0001초의 짧은 순간 지어 올린 미소였지만. 그녀는 냉큼 표정을 진지하게 굳히고 무서운 선생님 모드의 이한준을 슬그머니 올려다보며 또박또박 물었다.

"개인적으로 학교를 다니게 된 건 기쁜 일이긴 한데요. 비용이 만만찮을 것 같아서요. 아무리 사장님이 학비를 대준다고는 하지만, 다 받을 수도 없는 거잖아요. 저도 양심이 있는데."

거기다 학비 외에 들어가는 용돈도 만만치 않을 것이다. 비싼 전공 책들은 어찌 살 거며, 왔다 갔다 차비에 밥값. 그걸 다 사장에게 달라고 할 수는 없는 일이었다. 나름대로 이것저것 따져 보고 계산기 열심히 두들겨 봤지만, 지금 가지고 있는 비상금만으론 턱없이 부족했다. 게다가 부잣집 아가씨 흉내까지 내야 되는데, 찌질한 고학생처럼 하고 다닐 수도 없는 노릇 아닌가.

"계약서 아직 못 봤나?"

딴엔 생각하고 질문한 건데, 한준의 표정은 '한심하다' 였다.
비웃음이 더욱 진해지고 그녀를 바라보고 있는 눈동자엔 '하찮
은 것' 이란 문구가 둥둥 떠다녔다. 계약서는 또 뭐야?

"내 비서가 조만간 계약서를 보여줄 거야. 제반 비용 모두를
내가 책임지기로 했으니 그리 알고 주는 대로 받아."

"주, 주는 대로……?"

말 한 번, 참 밥맛없이 한다. 무슨 이런 사람이 다 있어? 비용
걱정 하지 말라고, 친절하게 말해주면 어디가 덧나? 꼭 저렇게
무서운 얼굴을 하고 '좋아할 것 하나도 없어' 라는 것처럼 윽박
지르고 매정하게 잘라 말해야 직성이 풀릴까? 이러면 고맙다가
도 얄미워지잖아. 해줄 것 다 해주고 욕먹는 게 이래서가 아니
냐고. 아, 정나미 떨어져.

"차 한 대 내줄 테니까 당분간은 그걸로 통학해. 봐서 새 차를
뽑아야 된다면 그렇게 하고."

"예? 차…… 까지요?"

"운전면허 있지?"

"장롱면허인데요."

"연수해."

뭐가 문제냐는 듯 가볍게 결론을 내주시는 사장님. 연수받는
게 무슨 껌 씹는 일만큼이나 쉬운 일인 것처럼 말씀하신다. 면
허 딴 지 한참이라 감도 완전 제로인데, 어떻게 하라고요? 반론
을 제기하고 싶은 마음은 굴뚝같았지만 민예는 꾹 입을 다물었

다. 주는 대로 받아먹어, 라고 말하듯 지시하는 사장 앞에선 그
저 '나 죽었소' 하고 국으로 가만히 있는 게 상책일 듯싶었다.
뭐, 차만 받아놓고 안 쓰면 되지.

"진행 사항은 날마다 정 비서를 통해 보고해."

"보고도 해야 해요?"

"감시인 붙는 게 더 편하다면, 그렇게 해줄 수도 있다."

헛! 감시인? 식겁한 얼굴로 민예는 고개를 빠르게 가로저었
다. 감시인이라니, 그딴 걸 좋아할 사람이 어디 있겠는가. 그럴
줄 알았다는 듯 한준은 심히 기분 나쁜 미소를 지어 올리곤 휙
몸을 돌려 걷기 시작했다. 혼자서. 가련한 짐꾼 따윈 안중에도
없는 듯. 도와줄 생각은 눈곱만큼도 없는 모양이다. 민예는 마
음속으로 절규에 가까운 비명을 질렀다.

'최악이야, 최악.'

마음속에 양심이란 게 아예 없는 게 아닐까? 어떻게 사람이
저럴 수가 있어? 상대가 힘들어하는 게 안 보이나? 아무리 돈
주고 고용한 사람이라도 그렇지. 민예라면 이렇게 무거운 짐을
들고 끙끙거리고 있는 사람을 무시하고 가는 철면피 같은 짓 절
대 못한다. 면식이 전혀 없는 생판 남도 아니고, 너무하는 거 아
니야? 민예는 최악인 남자의 뒤통수를 찌릿— 째려보며 어깨 위
로 흘러내리는 쇼핑백을 훌쩍 추켜올렸다.

"사람을 잘못 봤지."

어쩌자고 이런 사람한테 홀딱 반했던 걸까? 지금 생각하면

자기 자신이 우습고 유치해서 얼굴이 다 화끈거렸다. 모름지기 남자란 매너있고 인간성 좋고 배려심 철철 흘러넘치는 게 짱인데, 그를 보는 순간 그 철옹성 같던 기준들이 와르르 무너져 내려 버렸었다. 잘생긴 얼굴 하나에 혹해서 부끄러워하고 두근거려 하고, 이건 사랑이야— 머릿속에 벨이 딩동 울리고, 이랬다는 게 너무나도 부끄러웠다. 너무 부끄러워 자다가 하이킥을 날릴지도 모를 판.

한참 후.

겨우 그의 차에 올라타게 된 민예는 팔다리, 어깨를 두들겨대느라 여념이 없었다. 점심도 안 먹은 데다가 백화점에서 진을 다 뺀 바람에 녹초가 되어버렸다. 몸에 남아 있는 기력이 마이너스를 향해 달리는 중. 빨리 집에 가 쓰러져 자고 싶다는 간절한 염원 하나로 간신히 버티며 민예는 씩씩 연신 가쁜 숨을 내쉬었다.

"시끄러워."

흡. 숨소리가 너무 컸나? 운전하던 그가 고개도 돌아보지 않은 채 날카롭게 지적한다. 민예는 제 입을 손으로 누르며 스르륵, 눈동자를 굴려 그를 돌아봤다. 하지만 곧 그녀는 자동차 실내를 부드럽고 온유한 노랫가락 소리가 낭창낭창 울리고 있다는 걸 깨달았다. 자신의 전화벨 소리였다. 너무 힘들어서 전화가 오는 줄도 몰랐던 것이다. 민예는 냉큼 바지 뒷주머니에서 핸드폰을 꺼냈다.

〈가게〉

발신자는 호프집이었다. 지배인인가 보다. 7시까지 출근하기로 한 그녀가 출근하지 않았으니 화가 머리끝까지 나 있을 것이다. 공룡 콧바람을 픽픽 밭으며 화를 삭이고 있을 그를 떠올리니 저절로 울상이 되어버렸다. 어떡하지? 죽었다, 이제.

"여보세요……."

[너 뭐 하는 애야?!]

조심스럽게, 소심하게, 슬그머니 전화를 받는 그녀의 귀로 기차 화통을 삶아먹은 듯한 지배인의 고함 소리가 쩌렁쩌렁 울려왔다. 귀청이 터질 것 같아 순간 민예는 수화기를 저만치 떼어냈다.

[오기로 했으면 와야 될 거 아니야? 너, 나 일부러 물 먹이려고 이러는 거야? 그래?]

어찌나 목소리가 큰지 귀에서 멀리 떼어냈음에도 불구하고 지배인의 목소리는 아주 또렷이 들려왔다. 화가 정말 이만저만난 게 아닌 모양이시다. 정말 오늘 일진 왜 이러니? 아우— 한숨을 땅이 꺼져라 내쉬고 민예는 수화기를 꽉 쥐었다. 그리곤 마음의 준비를 단단히 하고 다시 귀에 수화기를 붙였다.

"그게 아니라요, 지배인님. 원래는 가려고 했어요. 그런데……."

괴팍하고 무식한 사장 때문에 그런 거거든요. 저도 지금 밥도 못 먹고 힘들어 죽겠다고요. 누군 약속 안 지키고 싶어서 안 지

켰나. 목구멍까지 나오는 말들을 꾹 눌러 참으며 민예는 사장의
눈치를 슥 살폈다. 많이 억울한 마음에 눈빛에는 원망과 원한이
자연스럽게 스며들어 있었지만, 불행인지 다행인지 그는 운전
에만 몰두한 채 앞만 보고 있었다. 민예는 고개를 푹 숙이고 손
으로 입을 가린 채 소곤소곤 말하기 시작했다.

"못 간다고 메시지 남겼었는데 못 들으셨어요?"

[너 지금 날 바보 멍청이로 아는 거냐? 메시지?]

"죄송합니다. 일이 그렇게 됐어요. 저도 가려고 했는데 예상
치 못한 일이 생겨가지고. 내일은 꼭 시간 맞춰 갈게요."

[그렇게 말해놓고 내일 안 나올 거잖아. 이게 어디서 눈 가리
고 아웅이야? 내가 그렇게 우스워 보여? 엉?!]

"죄송합니다. 정말 죄송합니다."

[죄송하면 다냐고. 너 때문에 지금 얼마나 바빠진 줄 알아?
너 하나 때문에 가게 직원들이 전부 다 고생이잖아!]

불같은 성격답게 매니저는 길길이도 날뛰었다. 그만둔다고
말할 때 차마 내지 못했던 화를 이참에 다 쏟아부어 내는 듯하
다. 오늘 아침엔 달래서 다시 나오게 할 셈으로 꾹 눌러 참았겠
지만, 이젠 핑계도 생겼겠다, 참을 필요 없다고 생각한 것이다.
이럴 땐 그저 가만히 들어주고 있는 게 상책이었다. 1년여 동안
그의 밑에서 일하면서 느낀 것. 화가 나면 뭐든 힘으로 해결 보
려 하는 매니저이니 절대 성미를 돋우는 말을 하지 말아야 한다
는 것이다. 뭐, 어쨌든 약속을 지키지 않은 쪽은 그녀이니 매니

저의 오바육바칠바까지 하는 광분에 딱히 할 말도 없었다.

"그럼 지금이라도 갈까요?"

[그걸 말이라고 해? 당연히 당장 와야지! 거기 어디야?]

"예? 아…… 잠깐만요."

민예는 귀에서 전화기를 떼고는 송화구를 손바닥으로 막았다. 사장은 여전히 무표정한 얼굴로 운전 중이었다. 민예는 조심스럽게 사장의 얼굴을 들여다보며 물었다.

"지금 어디로 가시는 거세요?"

"……."

"헤어숍으로 갈 건 아니죠? 오늘은 너무 늦었는데……."

민예의 물음에 그는 아무런 대답도 하지 않았다. 표정 변화도 전혀 없는 걸 보면 이쪽 질문도 제대로 듣지 못한 것 같은 모습. 진짜 못 들었나 싶어 재차 물으려는 찰나, 갑자기 차가 옆 차선으로 붙기 시작했다. 뭐지? 차를 세우려는 건가? 설마 여기서 내리라는 것? 여기에서 가게까진 엄청나게 먼데. 민예는 뜨악한 얼굴로 사장을 돌아보았다. 하지만 다행히 차를 세운 그가 꺼낸 말은 '내려'가 아니었다.

"내놔."

오른 손바닥을 내밀며 그가 말했다.

"예?"

"핸드폰, 이리 내놓으라고."

"왜요?"

멍해진 채 물었건만, 대답은커녕 그는 아주 싸한 미소를 입가에 그렸다. 상대의 오금을 저릿저릿하게 만드는 냉기가 확 그녀를 덮쳤다. 말을 안 들으면 죽여 버릴 수도 있을 것 같은, 정말로 잔인하기 그지없는 미소였다. 으으으— 신음하며, 민예는 저도 모르게 들고 있는 핸드폰을 내밀고 있었다. 끊어버리기밖에 더 하겠어, 하는 마음으로.

"여보세요."

하지만 놀랍게도 이한준은 전화를 끊지 않았다. 오히려 제 귀에 수화기를 대고 전화를 대신 받기 시작했다. 이게 대체 어떻게 되어가는 속이야? 지배인과 사장이라니! 불과 얼음의 만남이었다.

"윤민예 씨는 오늘부로 그쪽 일 안 합니다. 손해배상 청구하실 게 있으면 거영물산으로 하십시오."

첫 포문을 단도직입적이고도 군더더기 없는 화법으로 연 한준은 이미 상대의 기를 반쯤 짓눌러 버린 듯했다. 뻔뻔스러우리만치 당당한 그의 말투에 매니저는 수화기 안에서 미친 황소마냥 길길이 날뛰었다. 조직폭력배 출신 아니랄까 봐 모든 일 처리를 상욕에 고성방가로 해주시는 지배인이니 어련하실까. 분명 욕설이 난무하고 있을 것이고 여차하면 칼부림까지 날 것 같은 살벌한 분위기를 조성하고 있을 게 빤했다. 한데, 이한준은 눈 하나 깜짝하지 않고 딱 잘라 말했다.

"문제가 있다면 더욱더 법적 절차를 밟아 처리해야겠죠. 기대하고 있겠습니다."

할 말을 마친 그는 지배인의 다음 말을 기다리지도 않고 전화를 끊어버렸다. 지배인한테 전혀 밀리지 않는 간 큰 모습에, 아니, 오히려 지배인을 압도한 것도 같은 그의 모습에 민예는 완전 놀라 버렸다. 신기하다. 지배인 앞에서 전혀 움츠러들지 않는 사람이 있다는 사실이.

"내가 말했던 것 같은데."

놀라 멍하게 그를 바라보고 있는 그녀에게 그가 던지듯 전화기를 건네줬다.

"그쪽 일, 깨끗하게 정리하고 오라고 했잖아. 귀찮은 일 생기지 않도록."

"그, 그게……."

똑 부러지게 처리했다. 후임자 구하기 전까지는 기다려 줘야 하지 않겠느냐는 지배인 말에는 별다른 반박을 할 수가 없었을 뿐.

"너처럼 아무한테나 질질 끌려 다니는 애, 딱 질색이다. 착한 것도 아니고 순진한 것도 아니야."

그가 차갑게 말하며 슥, 이쪽으로 고개를 돌렸다. 그리곤 잔뜩 멸시하는 듯한 시선으로 그녀를 보며 씹어뱉듯 잔인하게 뇌까렸다.

"자존심없고 멍청한 거지."

일순 훅, 민예의 얼굴이 화끈 뜨거워졌다. 지금까지 들었던 그 어떤 말보다도 가장 수치스럽고 혹독한 말이었다. 아무리 고용된 신분이라지만 이런 인신공격성 발언은 너무한 거 아닌가. 아니, 누가 착하고 순진하다고 했다고. 화도 나고 수치심도 느껴졌다. 그렇다고 사장님한테 대들 수도 없는 노릇이라 꾹 입을 다물고 뚫어져라 앞을 노려보고 있는데 그런 그녀를 흘낏 보더니 그가 마지막 강펀치 한 방을 날렸다.

"할 말은 하란 말이야. 비굴하게 머리 조아리지 말고."

비굴하게? 아니, 내가 뭘 어떻게 했기에 비굴하다는 거야? 잘못한 걸 잘못했다고 말하고, 미안한 걸 미안하다고 말하는 게 비굴한 거야? 그게 그렇게 자존심없고 멍청한 짓이야? 잘못해 놓고 당당하면 그게 자존심있고 영리한 건가? 뻔뻔하고 무식한 거지. 아, 짜증나. 열이 머리끝까지 지글지글 타올라 민예는 죽을 것 같았다. 성질 같아선 당장 한마디 쏴주고 무례함을 지적하고 싶었지만…….

'참자, 참아.'

돈줄 쥐고 있는 사장이 아닌가. 괜히 대들어봤자 손해 보는 이는 이쪽이었다. 어차피 이한준은 고용인의 충고 따위에는 끄떡도 하지 않을 인물이었다. 늘 자기 멋대로 막말하는 사람이고, 상대방 기분은 안중에도 없는 사람이니 차라리 '나 죽었소' 하고 꾹 참아 넘기는 게 영리한 짓이었다. 근거없는 악플은 마음에 새기지도 기분 나빠하지도 않는 것처럼, 독설가의 말은 한 귀로 듣고 한 귀로 흘리는 게 편한 것이다. 내가 착해서 참는다,

진짜.

부득부득 이를 가는 그녀의 마음을 아는지 모르는지, 사장은 아무렇지도 않은 듯 차를 출발시켰다. 무의미한 돌팔매질에 개구리는 죽는다고, 자신의 아무 의미 없는 말 한마디에 한 사람의 마음이 썩어 문드러져 간다는 것도 전혀 모른 채 말이다. 생각할수록 불끈불끈 치솟는 성미를 잠재우느라 민예는 목적지에 도착할 때까지 한마디도 하지 못했다. 물론 그 역시 입을 꾹 다물고 운전에만 집중했다. 불필요한 잡담은 평생 해본 적이 없는 사람마냥.

한참 후, 도착한 곳은 의외로 그녀의 집 앞이었다. 사장은 예상대로 꼼짝하지 않고 앉아, 민예가 짐칸에 실은 물건들을 혼자 내려 짊어질 때까지 기다렸다. 인정머리라곤 눈곱만큼도 없는 남자 같으니라고. 화도 났겠다, 민예는 그의 흉을 있는 대로 봐가며—물론 속마음으로—물건들을 챙겼다. 이를 아드득 갈며 씹어대자니 어느덧 마음속 앙금이 조금씩 누그러지는 것도 같았다. 하지만…….

"밥이나 시켜먹어."

인사를 하기 위해 운전석 근처로 낑낑거리며 다가간 그녀에게 그가 차창 너머로 종이 한 장을 건네며 내뱉은 한마디는, 민예를 또다시 전투모드로 활활 타오르게 만들었다. 그가 건넨 건 십만 원 권 수표 한 장이었다.

"야! 뭐, 저런 자식이 다 있어? 진짜?!"

민예는 빠르게 멀어지는 자동차에 대고 고함을 있는 대로 쳐
가며 성질을 부려댔다.

✻

"집이 생각보다 넓네요."

다음날, 아파트를 찾은 민예는 화려하고 넓은 내부를 둘러보
며 말했다. 그녀를 아파트로 데려온 이는 사장의 비서, 정현성
이었다. 정현성은 딱딱하고 사무적이었던 첫인상과는 달리 나
름대로 부드럽고 재미있는 사람이었다. 그는 민예가 머리를 만
질 동안 헤어숍에서 함께 있어주었고 이곳 아파트까지 직접 운
전까지 하여 데려다 주었다. 그가 운전해 온 자동차의 열쇠는
민예의 손바닥에 뚝 떨어졌다. 한준이 가끔 모는 거라는데 국내
차지만 비싸기로 유명한 차였다. 일이 진행되는 동안 그녀더러
마음대로 쓰란다. 이 차, 연비가 장난 아니라던데. 이걸 대체 왜
던져 주는 거야? 쓸데없이.

"가구가 모두 들어차 있어서 사용하는 데는 불편한 점이 없으
실 겁니다."

현성이 민예의 뒤를 따라오며 말했다. 확 트인 전면 유리가
인상적인 아파트는 세련되고 감각적인 가전제품들과 가구들이
잘 채워져 있었다. 들어오자마자 운동장만 한 거실에 놀라 눈이
휘둥그레지고 둘러보는 내내 감탄사가 절로 나오게 되는, 그런

아파트였다. 하지만 감탄하는 것도 잠시. 널찍한 공간들이 어쩐지 허해 보이고, 집 안의 모든 물건들이 덩그렇고 외로워 보였다. 전면 유리 앞에 서면 상쾌하고 뻥 뚫린 기분이 들어야 하는데 춥고 썰렁하게 느껴지고. 낙도에 홀로 뚝 떨어져 있는 기분이랄까. 갑자기 열 평 남짓밖에 안 되는 자신의 하숙집이 그리워졌다.

"집이 주인을 닮았나. 왜 이렇게 우울해?"

"풋!"

민예의 혼잣말을 들어버렸나 보다. 등 뒤에서 현성이 웃음을 터뜨렸다. 잠시 혼자가 된 기분에 빠져 있던 민예는 깜짝 놀라 휙, 뒤를 돌아보았다. 현성은 한 손을 말아 쥐고 유쾌히 주름 잡힌 입가를 누르고 있었다. 아, 민망해.

"드, 들으셨어요?"

"걱정 마세요. 안 이를게요."

현성이 장난기 어린 목소리로 농담을 건네왔다. 아무래도 현성은 민예의 생각에 십분 동의하는 모양새다. 비서이니 오죽해. 이한준이란 사람에 대해서는 누구보다도 더 잘 알고 있을 것이다. 왠지 동질감이 느껴지는 것 같네. 비서면 아침부터 저녁까지 쭉 함께 일해야 할 텐데, 얼마나 고달플까. 이한준의 그 차가운 독설을 다 받아야 하는 현성이 불쌍하다는 생각마저 들었다. 민예는 한숨을 크게 내쉬며 어깨를 으쓱했다.

"이르셔도 상관없어요. 사실인데요 뭘. 사장님도 자기가 무지

무지 차가운 사람이란 거 이미 아실걸요?"

"며칠 사이에 사장님에 대한 평이 많이 박해진 것 같습니다?"

"당한 게 너무 많아서요."

"그래도 나쁜 분은 아니세요. 표현을 거칠게 하셔서 그렇지 속은 따스한 분이십니다."

"아, 예. 그러겠죠."

태어날 때부터 나쁜 심성으로 태어난 사람이 어디 있겠나. 당연히 이한준도 순수하고 귀여웠던 어린 시절이 있었을 것이다. 뭐가 잔뜩 꼬여 버릴 때까진 그도 좋은 사람이었겠지. 성질도 안 내고 남의 가슴에 생채기 내는 악담도 안 하는 그런 사람. 아직 젊은 사람이 어쩌다 그리 괴팍한 사람이 됐을까?

"이건 내 전화번호예요. 일 진행 상황은 이쪽으로 전화줘요. 문제가 생겼을 때도 지체 말고 연락하고요. 그리고 이건 생활비 들어갈 통장과 도장."

현성이 전화번호가 적힌 메모지와 은행 통장, 도장을 건네왔다. 민예는 꾸벅 고개를 숙이며 공손히 받아 들었다. 받기 싫어 죽겠는데, 어쩌겠나. 국으로 가만히 주는 거나 받아먹으라는데. 면박을 주던 사장의 얼굴을 떠올리면 주먹을 날리고 싶을 만큼 분노하게 되지만, 다 부질없는 짓임을 그녀는 알았다. 어차피 돈 받고 일해주기로 한 몸, 그의 말대로 주는 거나 받아먹으면서 시키는 일이나 차질없이 하는 게 정석이었다.

"부담스러워하는 거 알아요. 받기 싫은 거죠?"

그녀를 가만히 지켜보던 현성이 빙긋 웃으며 말을 걸어왔다. 아무래도 그녀의 표정이 좋지 않다고 생각한 모양이다. 통장과 도장을 심각한 얼굴로 내려다보고 있던 민예는 목덜미를 긁적 거리며 해죽 웃었다.

"기분이 이상하긴 하네요. 등록금도 대신 내주시는데, 용돈이랑 생활비까지 받는다는 게 왠지 염치없게 느껴져서……."

"진행비라고 생각해요. 일을 진행하려면 비용이 드는 건 당연한 거고, 그 비용은 이쪽에서 대는 게 맞는 거죠."

"그건 그런데……."

"학교는 이쪽에서 알아서 복학신청 해두겠습니다. 문신혁 씨의 강의를 듣는 게 좋겠죠? 그래야 좀 더 가까워질 계기가 생길 것 같은데. 어때요? 자신있어요?"

현성이 산뜻하게 설명하며 물었다. 최고의 헤어숍에서 머리를 만지고 커다란 눈동자와 어울리는 메이크업에 사장의 눈에 걸러진 명품 드레스를 걸치고 있는 윤민예는 어느 모로 보나 예쁘고 매력적이었다. 과연 민예의 매력을 몇이나 거절할 수 있을까 싶을 만큼. 함께 서 있는 남자를 자부심으로 똘똘 뭉치게 만들 정도로. 그만큼 윤민예는 모든 남자들의 눈을 사로잡고 있었다. 역시 사장의 눈은 정확했던 것이다. 윤민예는 확실히 이번 일에 완벽히 딱 들어맞았다. 간혹 망설이는 듯한 저 표정만 빼면.

"6개월이라고 했죠?"

주저하며 그녀가 물었다. 이 일을 맡은 걸 후회하는 분위기라 현성은 부드럽게 웃으며 대답해 주었다.

"그보다 더 길어질 수도 있습니다. 다른 일과 연관되어 있는 거라서 기간에 대해선 정확하게 말씀드리기 곤란합니다. 다만 오래 끌진 않을 거란 건 확실합니다."

"몇 년씩 걸리는 일은 아니죠?"

"그럼요. 최소 1년 안엔 끝나는 일입니다."

"그런데…… 이런 질문은 해도 될지 모르겠는데요. 문 교수님과 사장님, 도대체 어떤 관계예요?"

"네?"

다소 당돌한 질문에 현성은 잠시 말문이 막혀 버렸다. 순진하고 어리바리한 얼굴로 묻기에는 상당히 난이도가 있는 질문이라 일순 당황한 것이었다. 알고 묻는 걸까, 모르고 묻는 걸까? 두 사람 사이는 두말할 것 없이 껄끄러운 사이다. 서로 알고 있는 사이라는 걸 밝히기도 싫을 만큼 두 사람은 서로를 경계하고 멀리하고 있다. 물론 직접적으로 대면한 적은 없다. 동생의 불장난을 직접 진압하러 다닐 만큼 한준은 한가한 사람이 아니니까. 하나, 현성을 통해 한준은 자신의 입장을 충분히 밝혔고, 문신혁 역시 그 뜻을 일부 수용하고 있는 듯했다. 한나만이 유일하게 현실을 받아들이지 못하고 있을 뿐.

"글쎄요. 딱 잘라 말하자면 아무 사이도 아니에요. 아직은."

현성은 우회적으로 대답을 미루고 씩 웃어 넘겼다. 의미심장한 그의 미소에 민예는 더욱 궁금해졌다. 현성이 무언가를 숨기고 있다는 생각이 들었다. 일단, 아무 사이도 아닌데 사생활까지 깊숙이 침투해 방해 공작을 펼치는 건 말이 안 되지 않나? 핑계다. 털어놓기 불편한 진실을 가리기 위한. 도대체 뭘까? 뭔데, 이렇게까지 돈을 투자해 가면서 문 교수의 마음을 붙잡아놓으려는 걸까?

"사장님이 문 교수님 애인을 짝사랑하는 거예요?"

조심스럽게 묻자 현성이 '예?' 하고 반문한다. 허를 찔린 사람처럼 놀란 얼굴을 하고. 찍었는데, 맞았나?

"그런 거예요? 그래서 문 교수님과 애인 사이를 훼방 놓으려고요?"

"비슷해요."

쿡, 웃음이 터지는 걸 꾹 참으며 현성이 대답한다. 뭐냐, 저 반응은. 완전히 헛다리 짚은 게 틀림없었다. 갑자기 맥이 쑥 빠지는 걸 느끼며 민예는 한숨을 내쉬었다.

"아닌가 보네요."

"좀 더 힘써봐요. 거의 맞혔으니까."

"비슷하긴 했어요?"

"네. 거의."

이쯤 되면 진짜 궁금해지는 게 당연지사. 도대체 무슨 사이지? 사장 애인이 문 교수랑 바람폈나? 그래서 독기 품고 복수라도 해주려는 건가? 왜, 남자들의 질투는 여자들보다 더 심하다고들 하지 않는가. 또 이한준 성격에 여자의 배신을 그냥 속 좋게 눈감아줄 것 같진 않다. 복수를 하더라도 가장 잔인한 방법으로, 제발 어서 죽여달라고 하소연할 때까지 지근지근 밟아 고통스럽게 서서히 죽게 만들, 그런 사람이었다.

'진짜 사이코패스네.'

상상하니 섬뜩해진다. 멀쩡한 사람을 괜히 오해하고 있는 건 아닐까 싶어서 약간 찔리기까지. 하지만 뭐, 어때. 솔직한 느낌인걸. 이한준이 사랑하는 여자에게 부드럽게 웃어주는 모습 따위 절대로 상상되지 않는 걸 어쩌란 말인가. 아예 사랑과 이한준은 어울리지도 않는다. 그런 남자를 사랑할 수 있는 여자도 아마 세상엔 없을 것이다. 제정신이면 그런 사람 절대 좋아하지 못하지. 물론 그가 너무나 잘생겨서 민예도 첫눈에 뿅 가긴 했지만, 그건 엄연히 사랑과는 다른 차원이었다. 사랑이란 건 상대의 내밀한 부분까지도 속속들이 알고 깨달아가고 익숙해져 결국 내 것처럼 자연스러워지는, 그런 게 아니겠는가. 민예는 이한준의 모든 것들이 전부 다 낯설고 무섭고 싫었다.

"이런 말씀드리긴 뭐하지만. 솔직히 사장님, 꼭 남편 바람피운 증거 잡기 위해서 혈안이 되어 있는 아주머니 같아요."

"네?"

하하하— 현성의 입에서 박장대소가 와르르 쏟아졌다. 완전히 잘못 짚었나 보다. 하긴 남편이 바람피운 증거를 잡기 위해 혈안이 되어 있는 아주머니도 실은 남편에 대한 애정이 조금이나마 남아 있기 때문에 그리하는 게 아니겠는가.

"죄송해요. 제가 잘못 짚었죠?"

"사장님, 아직 결혼 전이십니다."

"아…… 예."

내 그럴 줄 알았지. 사랑을 해야 결혼도 하지. 그 까칠하고 냉혹한 성격으로 어디, 사랑 제대로 할 수 있겠나?

"문 교수와는 그런 관계로 얽힌 게 아니니, 의심 같은 건 접어 두세요. 설혹 진짜 애인이 바람을 피웠다고 하더라도 사장님은 이런 식으로 훼방을 놓으면서까지 구질구질하게 매달리실 분 아닙니다. 오히려 단칼에 정리하실 타입이시죠."

"엄청 매정하게 들리는 말이네요."

"그런 면에서는 철저하시니까요."

"그 철저한 잣대, 여자한테만 들이대는 건 아니시겠죠?"

"그럼요. 남의 뒤에 숨어 딴짓하는 건 사장님의 스타일이 아닙니다."

"……이건 그럼 뭔데요?"

차라리 애인을 너무나 사랑한 나머지 바람피운 애인마저 놓아주지 못해 이런 일을 벌이는 거라면, 그렇다면 이해를 하겠다. 그게 아니라면 도대체 이건 뭐야? 왜 괜한 남녀 사이를 갈라놓으려고 하는데? 아직 시작한 사이는 아니라지만, 한쪽에서 다른 한쪽을 마음에 두고 있다며. 그건 엄연히 훼방이다.

"윤민예 씨?"

뭔가 이상하다고 생각했는지 현성이 가만히 이름을 불러왔다. 민예는 퍼뜩 고개를 들어 그를 쳐다봤다. 무슨 잘못된 거 있냐는 듯 그가 눈을 부릅뜬다.

"……."

잠시 갈등하던 민예는 결국 푹, 한숨을 내쉬며 천천히 고개를 가로저었다. 솔직히 알 게 뭐냐. 이한준이 뭘 하든 민예는 돈을 받고 그가 시키는 일만 잘해주면 끝나는 문제였다. 그녀는 남의 일까지 하나하나 간섭하고 챙겨줄 만큼 넉넉한 형편도 아니었다. 괜히 나서서 잘했네, 잘못했네 왈가왈부하다가 일자리만 빼앗기면 손해는 고스란히 이쪽 몫. 민예는 애써 밝게 웃으며 머릿속을 맴도는 쓸데없는 잡생각을 떨쳐 버렸다.

"그럼 이제부터는 정 비서님하고만 연락하면 되는 건가요?"

제4장 아마추어 꽃뱀

드디어 가을 학기가 시작되었다.

학기가 시작되기 전 한 달 동안 민예는 한준이 시키는 대로 학교를 돌아보고 그만뒀던 공부를 다시 시작하며 시간을 보냈다. 그사이 문신혁 교수와 가까워지기 위해 그에 대한 정보도 이리저리 수소문했고, 그를 찾아가 따로 인사도 하여 친분을 쌓아놓기도 했다. 공부에 적극적인 학생이라고 느꼈는지 문 교수는 기특해하며 학업에 있어서만큼은 적극 도와주겠다고 약속까지 해주었다. 덕분에 학기 시작 전 몇 주간, 그에게 따로 특별히 뒤처진 공부를 배울 수 있는 행운을 얻기도 하였다. 그래 봤자 딱히 그녀를 여자로 느끼는 것 같진 않지만.

참 이해할 수 없는 일이다. 안 도와줘도 될 공부까지 봐주겠다고 나선 건 조금이라도 사심이 있어서가 아니었을까? 학생과 교수 사이이니 당연히 흑심을 가지면 안 되는 거겠지만. 그래도 조금은, 아주 조금은 호감이 있었기 때문에 학생의 접근을 막지 않았던 게 아니겠는가? 민예는 그렇게 해석했었다. 접근을 허락하는 거라고. 마음을 열고 있는 것이라고. 당장은 아니겠지만, 조만간 자신을 여자로 봐줄 것이라고. 하지만 실제로 공부를 도와주기 시작하고, 이후 학기가 시작된 지금까지 그는 여전히 그 자리에 그대로 서 있었다. 교수와 학생. 민예와 문 교수의 사이는 여전히 그 이상도 그 이하도 아니었다.

"어제 문 교수와 여자가 만나는 게 포착되었어요. 시간이 너무 지체되는 것 같아서, 사장님께서 많이 우려하고 계세요."

며칠 전 현성이 한 말이었다. '우려하고 계세요' 라는 말이 '버럭 화내세요' 로 자동 필터링이 되어 들리는 건 왜일까. 사장이 매서운 눈초리로 호통을 치는 모습이 너무나도 선명하게 상상되어졌다. 뭐, 이 대목에선 민예도 할 말이 없었다. 돈은 있는 대로 쏟아부었는데 성과는 전혀 보이질 않으니 그도 답답한 마음일 것이다. 하지만 역시 제일 당황스러운 건 민예다.

이런 경우는 정말 처음이었다. 지금까지 나름 남자들에게 인기가 있다고 자부해 왔고, 실제로 남자에게 단 한 번도 거절당해 본 적이 없는 그녀다. 남자들의 로망인 청순가련형에 가까운 외모였기 때문에 첫 만남에서부터 대시받은 적이 대부분이었다. 그런데 문신혁은 정말로 요지부동이었다. 처음엔 교수라는 신분 때문에 스스로 자제하는 게 아닐까도 생각해 봤지만, 그건 아닌 것 같았다. 문신혁은 정말로 민예에게 관심이 없는 것이었다. 그걸 깨닫고 나니 전의가 한풀 꺾여 버렸다. 괜히 이 일을 맡았나 싶기도 하고.

자만했던 게 아닐까, 자신을 돌아보게 되었다. 얼굴 좀 반반하다고 어떤 남자든 다 사로잡을 수 있다고 확신한 게 잘못이었다. 외모를 보고 판단하는 사람도 있지만, 내면의 미를 훨씬 중요하게 여기는 사람도 있다는 걸 간과한 것이다. 상대의 마음을 흔드는 매력은 아무나 갖는 게 아닌 걸. 무식하게 얼굴 하나 믿고 도전한 자신이 바보천치 같아서 민예는 점점 더 자신감을 상실하고 있었다.

이럴 바엔 빨리 포기하는 게 낫지 않을까? 자신을 위해서나, 사장을 위해서나. 문 교수님에게도 못할 짓이었다. 친분을 쌓으면 쌓을수록 그를 속이고 있다는 사실이 점점 더 머릿속에 또렷이 각인되어 미안해졌다. 죄책감에 시달리고, 그러면서도 가식적인 말과 행동을 끊임없이 해야 한다는 사실이 엄청난 스트레스로 작용했다. 정말로 그를 좋아하는데, 교수로서 진심으로 존경하고 좋아하는데, 그런데도 그런 진심을 보이기보다는 계산된 행동과 말로 대해야 한다는 사실이 싫었다. 그래서 혼자 있을 땐 좀, 아니, 많이 힘들었다.

"요즘은 경제학도들이 대단해 보이기 시작해요."

혼자 있을 땐 힘들지만, 문신혁 교수를 직접 대하는 시간만큼은 편안하다. 비록 처음엔 거짓된 말과 행동으로 신혁을 대했고 지금도 일부는 그렇지만, 시간이 갈수록 그에 대한 호감이 상승하고 있는 건 사실이니까. 그는 잘생기고 훤칠하고 매력적인 남자였다. 친절하고 따뜻한 마음의 소유자이기도 하고. 바로 그 친절함을 이용해 오늘도 민예는 그를 붙들고 작업(?)을 진행 중이었다.

"도저히 끝이 없는 알쏭달쏭 경제학의 세계. 정말 죽을 것 같아요, 교수님. 제 머리가 평소엔 잘 돌아가다가 이 책만 펴면 갑자기 모든 사고가 정지되는 느낌이라니깐요. 중간고사가 벌써 2주 앞으로 다가왔는데, 어떻게 하면 좋을지 모르겠어요."

"그러게. 큰일이네."

문신혁 교수는 자신의 강의 시간표를 귀신같이 알아내 쫓아다니는 민예를 내려다보며 피식 웃었다. 윤민예는 지금까지 자신이 만난 학생 중 가장 학습 열의가 뛰어난 열혈학도였다. 강의 내용을 이해 못하면 강의가 끝난 후까지 남아 보충 설명을 듣고, 공부하는 도중 모르는 부분이 있으면 음료수며 과일 등을 사 들고 깜짝 방문해 뇌물이랍시고 들이밀며 알려달라고 조르기도 했다. 처음엔 조금 귀찮다 싶었는데, 이젠 보충 설명을 해 달라고 하지 않으면 오히려 이상하게 느껴졌다.

"서브프라임 모기지론이 뭔지도 모르는 저한테 왜, 우리 아빠는 꼭! 경제는 공부해 둬야 한다고 등 떠미는지 정말 모르겠다니까요. 전 사업에도 관심없다고요."

"외동딸이라며. 그럼 관심이 없어도 배워둬야지."

민예는 전공이 신문방송학임에도 불구하고 아버지의 강요에 의해 경제 과목을 수강하고 있다고 했다. 독선적이고 돈밖에 모르는 사업가라며 자신의 아버지를 못마땅하게 생각하는 그녀를 보고 있으면, 돈밖에 모른다며 오빠를 원망하던 한나가 떠올랐다. 그래서일까? 민예와 얘기하는 시간이 가끔은 기다려지기도 했다. 스스로 민예에게 한나를 투영시키고 있다는 것도, 그러면 안 된다는 것도 알고 있었지만 어쩔 수 없었다.

"교수님도 참. 경제학자께서 재벌의 경영권 승계를 비호하시는 말씀을 이렇게 서슴없이 하셔도 되는 거예요?"

"승계를 하더라도 능력이 있는 후계자라면 충분히 납득할 수 있지."

"교수님! 제 학점 잘 아시면서. 경제관념 꽝인 제가 어떻게 회사 경영을 해요? 아마 1년 안에 말아먹어 버릴걸요?"

"아버지께서도 그걸 걱정하셨겠지. 그래서 경제를 배워보라고 하신 게 아닐까?"

"배우면 뭐 해요. 이번 학기도 학점 펑크 나게 생겼는데. 전 왜 이 모양인지 모르겠어요? 아무리 들어도 모르겠는 거 있죠? 성적이 나쁘면 다음 학기 등록금도 없다고 하셨는데…… 저희 아빠, 되게 엄하시거든요. 한다면 꼭 하시는 분이세요. 제가 연예인 하려고 마음대로 학교 휴학한 게 아직도 분하신가 봐요. 말 않고 휴학계 낸 게 그렇게나 나쁜 짓인가? 제 인생이고 제 공부인데, 왜 제 마음대로 쉬고 싶을 때 쉬지도 못하게 하는지 이해가 안 된다니까요.”

민예는 미리 생각해 놓았던 부잣집 외동딸 컨셉의 스토리를 열심히 읊었다. 부잣집 딸이 왜 학교를 쉬었는지, 스물여섯의 나이에 왜 겨우 3학년밖에 안 되는지, 철저하게 짜놓은 시나리오에는 진실과 거짓이 혼재되어 있었다. 연예인이 되려고 한다는 건 사실, 아버지 얘긴 거짓. 그나저나 왜 ‘아빠’ 대목에선 자꾸 이한준이 떠오르는 거냐…….

“부모님들은 원래 다 그런 거지. 자식이 잘못될까 봐 노심초사, 늘 전전긍긍이시고. 민예가 연예인이 되어서 성공하면 좋은 일이겠지만 그게 쉬운 일이 아니니까 걱정이 되셨겠지. 설령 성공했다고 해도 버텨내기 힘든 분야가 그쪽이잖아.”

문신혁답게 그는 교과서처럼 빤한 충고를 해준다. 예상했던 거지만 어쩐지 우스워서 민예는 그만 쿡, 장난기 넘치는 웃음을 흘리고 말았다. 하여튼 묘한 매력이 있으신 분이라니까. 참 고루한 사람인 것 같은데, 그게 이상하게 여자의 마음을 편안하고 안락하게 만들어준다. 세상 걱정은 이 남자가 내 대신 다 해줄 것 같은 기분? 세파로부터 자신을 지켜주는 든든한 울타리 같은 느낌이다. 이런 사람을 만나면, 어떤 여자든 기대고 싶어질 것 같기도 하다.

"교수님은 아직 결혼도 안 하셨으면서 부모님 마음을 어떻게 그렇게 잘 아세요?"

민예는 웃는 얼굴 그대로 경쾌하게 물었다.

"나이가 드니까 자연스럽게 알아지던데. 민예도 곧 알게 되겠지."

"에이, 교수님도. 벌써 그런 얘길 하시면 안 되죠. 제 나이, 아직 스물여섯 살인데. 부모님 마음보다는 남자의 마음이 더 알고 싶은 나이라고요."

정색하는 그녀를 보며 신혁이 따라 웃었다. 그는 민예의 어깨를 톡톡 두들겨 주었다.

"느긋하게 마음먹어. 공부는 너무 조급해하면 오히려 더 안 되는 법이니까. 남자친구도 사귀고."

"교수님은 여자 안 사귀세요?"

"사귈 때 되면 사귀어지겠지."

요것 봐라. 교수님 또 교묘하게 말머리를 돌린다. 늘 이런 식이었다. 여자 얘기, 연애 얘기를 꺼낼 때마다 신혁은 은근슬쩍 다른 얘기를 꺼내거나 이렇게 답이 안 나오는 흐리멍덩한 말로 문제의 핵심을 비껴갔다. 은근히 고단수랄까. 며칠 전, 묘령의 아가씨를 만났다는 정보를 이미 입수했는데도 이렇게 안면몰수, 거짓말을 하는 걸 보면 문신혁도 보통은 아니란 생각이 든다.

“에이— 교수님은 이미 사귈 때가 지났죠. 결혼하셔야 할 나이 아닌가요?”

“결혼? 때가 되면 하게 되겠지.”

“엄청 느긋하시다. 혹시 운명 같은 거 믿으세요?”

“……운명?”

무슨 생각을 하는 걸까? 그는 혼란이 가득 담긴 시선을 가만히 아래로 끌어내렸다. 혹 운명이란 말 한마디에 누군가를 떠올리는 건 아닐까? 누구? 혹시 그녀, ‘■’? 한층 깊어지고 아련해진 신혁의 눈빛을 보고 있자니, 궁금증은 더욱 증폭되기 시작했다. 사귀는 사이가 아니라고는 하지만, 마음으로 상대 여자를 무척이나 사랑하고 있을 가능성도 아주 배제할 순 없었다. 그럼 어떻게 되는 거지? 상대 여자도 신혁을 좋아하고, 신혁도 그녀를 좋아한다면?

‘좋아하면, 뭐?’

서로 좋아하고 있으면, 두 사람을 위해 임무를 포기하기라도 하겠다는 거야? 이제 와서? 아서라. 여기까지 와서 무슨 성인군자 행세? 어차피 이것저것 다 무시하고, ‘빅스타 엔터’만 생각하기로 한 거 아니었나? 오로지 이 일을 성공시키고 충무로로 진출하겠다는 일념 하나로 시작한 일이었다. 괜히 오지랖 넓게 남의 연애 소사에 관심을 기울일 필요도, 여유도 없다는 소리다. 괜히 이상한 생각들로 에너지 낭비하지 말고, 그럴 시간 있으면 어떻게든 신혁의 눈에 들 수 있도록 노력해야 했다.

"저, 교수님!"

좋아, 뭐 까짓것. 괜히 빙빙 겉돌지 말고 단도직입적으로 말해 버리자. 뭐 어때? 좋아한다는데, 죽이기야 하겠냐. 거절당해도 전진도 후퇴도 할 수 없는 이 답답한 관계에서는 벗어날 수 있겠지. 민예는 작정을 하고 결심이 확고히 선 눈빛으로 신혁을 올려다봤다. 하나, 그녀의 굳은 결심은 신혁의 다음 모습을 마주하자마자 급격히 쪼그라들기 시작했다.

"응?"

신혁이 부드러운 미소를 띤 채 가만히 고개를 들었다. 아, 너무나 사심이 없는 얼굴이다. 아빠가 딸을 대하듯 한없이 인자하고 관대한 웃음이다. 일순 지방에서 열심히 자신을 위해 일하고 계실 아버지가 떠올라 민예는 할 말을 잃어버렸다.

"왜?"

그가 자신을 불러놓고도 아무 말 없이 멀뚱하니 앉아 있는 민예를 향해 부드럽게 되물었다. 민예는 두 눈동자를 깜빡거리며 휙휙 이쪽저쪽으로 시선을 흩뜨렸다. 도저히 신혁의 눈을 똑바로 바라볼 수가 없어서. 이러면 안 되는데, 똑바로 바라보고 좋아한다고 고백을 해야 하는데…….

"어? 시간이 벌써 이렇게 됐네요."

그녀의 입에서 사랑 고백과는 거리가 먼 말들이 튀어나오고 있었다. 오늘도 고백 실패. 관계 진전은 또다시 요원해지고, 이제 남은 건 사장에게 혼나는 일뿐. 진짜 이러다가 불려가서 된통 쪼이는 거 아닐까? 아직까진 한 번도 그에게 불려간 적이 없지만, 이런 식으로 질질 끌다가는 혹 모를 일이다. 쥐도 새도 모르게 잡혀가 물고문을 당할지도. 상상만으로도 소름이 쫙 끼쳐 부르르 떨며 민예는 자리에서 일어났다.

"그럼 전 이만 가볼게요, 교수님. 수업 잘하시고요. 고마웠습니다. 언제 한 번 꼭 제가 풀코스로 한턱 쏠게요."

그때다. '아쉽다'를 속으로 중얼거리면서도 겉으론 밝게 인사하며 막 뒤를 돌아가려는데, 갑자기 신혁이 일어나 민예의 손목을 붙들었다. 몸이 흔들릴 정도로 세찬 동작에 민예는 깜짝 놀라 뒤를 돌아보았다. 느닷없이 민예를 잡아끈 신혁은 긴장한 게 역력한 얼굴로 나지막이 속삭였다.

"미안, 잠깐만 기다려 줄래?"

말은 이쪽을 향해 하고 있었지만, 민예는 금세 눈치 챘다. 문신혁이 다른 누군가를 의식하고 있는 것을. 그의 눈동자는 지금까지와는 달리 격하게 흔들리고 있었고 민예의 등 뒤쪽 어딘가를 응시하고 있었다. '■'의 등장인가? 이한준이 떼어내려고 하는, 바로 그 여자? 민예는 호기심에 뒤를 돌아보려고 했다. 그러나 곧 그녀는 신혁에 의해 제지당했다. 그의 커다란 손이 민예의 뒤통수를 감싸고 뒤를 돌아보지 못하도록 고정시켜 버린 것이다.

"부탁 하나만 하자. 들어줄 수 있겠니?"

신혁이 아주 나지막이 속삭이듯 말하며 조금 더 가까이 다가왔다. 뭔가 제대로 스파이가 된 기분이 된 민예는 얼결에 고개를 끄덕이고 말았다. 무슨 부탁을 할지도 모르는데 왜 무턱대고 들어준다고 했을까, 곧바로 후회하긴 했지만.

"아무것도 묻지 말고 내가 해달라는 대로 해줬으면 좋겠어."

"무, 무슨 일인데요?"

조심스럽게 민예는 물었다. 신혁은 고개를 살짝 숙여 그녀의 귓가에 대고 속삭였다.

"지금 우리 집에 가줘."

"교수님 댁이요? 왜요? 무슨 일 있으세요?"

걱정하는 어조로 묻는 민예에게 신혁은 아무 말 없이 열쇠를 건네주었다. 그리곤 어리둥절해하는 민예를 두고 서둘러 자리를 떠버렸다. 집 주소는 문자로 남기겠다는 말을 던져 놓고. 민예는 멍한 기분으로 신혁이 건네준 열쇠를 짤랑거리며 허공에 높이 들어보았다. 빨간 귀를 가진 크리스털 곰돌이 인형이 열쇠와 함께 딸랑거렸다. 이게 뭐지? 무슨 뜻이야?

정확히 뭔지는 모르지만, 확실히 의미심장한 행동임은 틀림없었다. 아무한테나 자신이 사는 집의 열쇠를 넘겨주진 않을 테니까. 그만큼 민예를 믿는다는 뜻이었다. 아니면 더 깊은 감정일 수도 있고. 좋은 징조로 해석해도 되는 걸까? 예를 들면, 사귀자…… 라던가.

"……."

아무래도 그건 너무 성급한 결론인 것 같다. 문신혁이란 남자를 잘 모른다면야 그리 생각해 볼 수도 있겠지만. 그녀가 아는 문신혁은 너무 생각이 많고 신중한 타입이었다. 갑자기 한순간의 충동으로 자신이 취해온 노선을 단번에 바꾸는 즉흥적인 사람이 아니었다. 이 열쇠는 아마, 그의 말대로 부탁의 의미일 수도 있었다. 중요한 서류 따위를 집에 놓고 왔는데 대신 가져다 달라는, 뭐 그런 류의.

가볍게 생각을 정리하고 민예는 열쇠를 가방에 챙겨 넣었다. 그리곤 휴대폰을 꺼내 현성에게 문자메시지를 넣었다. 이 정도라면 성과가 아주 없는 것도 아니라는 생각에 나름 보고하는 것이었다. 멀리서 한 여자가 자신을 뚫어져라 바라보고 있다는 건 전혀 눈치 채지 못하고 있었다.


그 시각, 파라다이스호텔에서 경영자 포럼을 마치고 나온 한준은 대기 중이었던 자동차에 막 올라타고 있었다. 막 좌석에 올라 차 문을 닫은 한준은 핸드폰을 들여다보느라 자동차를 출발시키지 않고 있는 현성을 흘낏 바라보며 물었다.

"뭐 하는 거냐?"

"예? 아."

휴대폰을 덮으며 현성이 짧게 대답했다. 룸미러 속 현성의 표정이 살짝 굳어 있었다. 걱정이 있는 사람처럼. 가만히 그 모습을 바라보며 한준은 불쑥 물었다.

"무슨 일 있어?"

"아, 별거 아니에요. 민예 씨한테서…… 보고가 들어와서요."

"윤민예?"

한준의 미간이 씰룩 움직였다. 두 사람이 언젠가부터 서로 꽤 친밀해졌다는 건 알고 있었으나, 실제로 민예를 '민예 씨'라 부르는 건 처음 듣는 그였다. 몰랐는데, 심하게 거슬렸다. 두 사람은 엄연히 일과 돈으로 묶여 있는 사이이다. 다분히 사업적 관계라 정의 내려야 하는 사이란 말이다. 그런 두 사람이 개인적인 친분을 쌓고 사감을 키운다는 건 결코 현명하지 못한 일이었다. 마음에 안 들어…….

"예. 걱정이 좀 돼서."

"윤민예에게 무슨 일 생겼어?"

나중에라도 호칭이며 처신 문제에 대해 따끔하게 한마디 해 주리라 마음먹으며 한준이 물었다. 딱히 궁금한 건 아니었지만, 현성이 무척 걱정하는 것 같아 물어본 것이었다.

"아무래도 그 교수가 민예 씨에게 넘어간 것 같아요."

"넘어가? 그거 듣던 중 반가운 소리로군."

한준이 냉소하며 한쪽 눈썹을 치떴다. 고용한 지 두 달을 넘긴 지금까지 신혁과의 지지부진한 관계에서 한 발자국도 나가지 못하고 있는 윤민예에 대한 비아냥거림이었다. 돈을 그토록 쏟아부었는데도 그깟 남자 하나 어쩌지 못하는 윤민예 때문에 요즘 짜증이 있는 대로 솟구치고 있던 차였다. 젖비린내 나는 한나만큼도 안 되는 건가 싶어 자신의 여자 보는 눈까지 의심했

던 그였다. 지금이라도 교수가 넘어갔다니, 불행 중 다행인 건
가?

아직 사업을 따내고 추진하려면 시간이 꽤 있었다. 거영 쪽으
로 다 기울어진 판세에 갑자기 대원과 유성이 뒤늦게 끼어들어
일이 꼬이게 되어버린 탓이었다. 박천희, 그 늙은 여우. 그가 부
린 농간 때문에 다 잡은 먹이를 다른 후발주자에게 넘겨주게 생
긴 것이었다. 반대쪽으로 기울어지는 판세를 다시 제자리로 돌
려놓기 위해 한준은 지난 석 달 간 백방으로 뛰어다녀야 했다.
그리고 다시금 깨달았다. 박천희의 영향력이 곳곳에 안 미치는
곳이 없음을. 그가 원하는 것을 내놓지 않은 한, 한준은 이번 사
업을 따낼 수 없었다. 박천희가 원하는 것은 이한준, 바로 자신.
그의 야망이었다.

"열쇠를 받았답니다. 문신혁 교수로부터."

"열쇠?"

"네. 집 열쇠라는데요. 문신혁이 민예를 집으로 초대했다
고……."

착잡한 듯 전혀 기쁘지 않은 목소리가 우울하게 울려왔다. 현
성은 한숨이라도 내쉴 듯 답답한 표정으로 휴대폰을 내려다보
고 있었다. 그 표정을 보니, 그가 무슨 걱정을 하고 있는지 대강
알 것 같았다. 집으로…… 초대를 했다? 문신혁이?

쓸쓸한 표정으로 현성이 핸들을 시계 방향으로 마구 돌리기
시작했다. 차가 서서히 출발하고 이내 실내는 차분한 침묵이 내

려앉았다.

"그래서?"

얼마나 지났을까? 계속되는 침묵을 깨고 한준이 먼저 말을 걸어왔다. 한준이 뭘 물어보는 건지 못 알아듣던 현성은 몇 초 동안 멍하게 룸미러에 갇혀 있는 그를 바라본 후에야 깨달았다. 한준이 민예의 얘기를 이어 하고 있다는 걸.

"아. 그다음은 어떻게 됐는지 몰라요. 메시지가 달랑 하나 왔거든요."

"……."

"기분이 이상해요. 비서님, 비서님, 하고 평소에 절 따라서 그런 건지. 친동생 같아서 착잡한 마음이네요. 이런 일이 옳은 일인가 싶기도 하고. 열쇠를 던져 줬다는 게 그냥 아무 의미 없이 준 것일 수도 있지만 일반적으로 생각하기에는……."

현성이 말끝을 흐리며 적당한 단어를 고르기 시작했다. 하지만 이미 여기까지만으로도 한준은 현성이 무슨 걱정을 하고 있는지 알 수 있었다. 역시, 그것 때문이었어. 이래서 일로 엮인 사람과는 사적 친분을 쌓으면 안 되는 것인데. 진즉 경고를 했었어야 했다. 쯧쯧, 한준은 속으로 혀를 찼다. 이건 미리 예방 못한 자신의 탓이었다. 아직 현성은 정글보다도 더 치열하고 사나운 사업의 세계를 잘 몰랐다.

"전화."

한준은 한손을 내밀며 불쑥 명했다. 제 마음을 정확히 표현하기 위해 한창 머리를 굴리고 있던 현성이 하던 말을 딱 멈추었다.

"예?"

"전화기, 이리 달라고."

앞뒤 설명 모조리 다 잘라먹은 명령이었으나 현성은 금세 알아챘다. 뭣 때문인지는 모르지만 한준이 민예와 통화를 하려 한다는 걸. 한준은 민예의 전화번호를 모르고 있었다. 현성은 지체하지 않고 냉큼 자신의 전화를 넘겨주었다. 한준은 성격대로 망설이지 않고 통화 버튼을 눌렀다.

[여보세요? 비서님?]

몇 번의 신호음이 지나고, 한준은 민예의 목소리를 들을 수 있었다. 현성의 전화를 기다리고 있었던 듯 반기는 목소리였다. 한준은 짜증이 밀려옴을 느끼며 흘러내린 앞머리를 손가락으로 긁어 훑어 올렸다. 그는 아무것도 모르는 현성을 찔러보며 불쑥 물었다.

"둘이 사귀어?"

"네?"

[네?]

운전하고 있던 현성과 수화기 속의 민예가 동시에 같은 말을 내뱉었다. 한준이 어처구니없다는 듯 싸늘한 웃음을 흘리며 털썩, 좌석 등받이에 몸을 던졌다.

'사귀기 일보 직전이군.'

정식으로 사귀는 건 아니지만 서로 좋은 마음인 건 확실해 보였다. 이건 정말로 예상하지 못했던 일이었다. 고용인과 사적으로 얽히지 않는 철칙이, 자신이 아닌 현성에 의해 깨지게 될 줄이야. 현성은 단순한 비서가 아니었다. 집에서 일하는 도우미의 아들, 아침저녁으로 따라다니며 자신의 뒤를 봐주는 비서란 말로 가볍게 치부할 수 없는 가족처럼 소중한 사람이란 말이다. 현성이 윤민예를 특별히 생각하고 있다면 문제는 아주 많이 복잡해진다. 졸지에 현성이 사랑하는 여자에게 몹쓸 짓을 시킨 '포주'가 된 기분이었다.

[사장님이세요?]

수화기 속에서 그녀가 놀란 듯 물어왔다. 발신자로 현성이 떴을 테니 놀란 게 무리는 아니었다.

[어떻게 사장님이 전화를 다……?]

"가지 마."

한준은 단도직입적으로 명령했다. 이리저리 돌려 말하는 건 그의 타입이 아니었다. 주어, 목적어가 죄다 빠진 단순 명령어에 그녀는 당연히 당황했다.

[갑자기 그게 무슨 말씀이세요? 가지 말라니요? 어딜요?]

재깍 알아듣지 못하고 그녀가 되묻는다. '반문'이다. 잔소리, 설명, 해설 따위를 유발시키는. 한준이 제일 싫어하는 것들이다. 그는 말귀 못 알아듣는 이를 가장 싫어하고, 그런 사람과 대화하는 것도 짜증스러워하는 사람이다. 한준은 귀찮아지는 걸 느끼며 두 눈을 꾹 감았다.

"열쇠를 받았다고 들었다."

[어? 어떻게 아세요?]

민예는 긴장했다. 자신이 보낸 문자메시지가 이렇게 빨리 한
준에게 전달될 줄 전혀 몰랐다는 투다. 자신의 일거수일투족이
빠짐없이 한준에게 보고되어지는 걸 알면 어떤 표정이 될지 한
준은 아주 잠깐 궁금해졌다. 일자로 다물어진 무심한 입가에 나
른한 비웃음이 스쳤다.

"집으로 초대받았다며?"

[……네.]

"가지 마."

[…….]

"왜 대답이 없어? 듣고 있는 거냐?"

[왜요? 왜 가지 말라고 하세요?]

듣고 있었다는 걸 알리는 듯 즉각 질문이 날아왔다. 또 반문
이다. 미간을 깊이 접으며 한준은 인상을 찌푸렸다.

"질문하는 거냐?"

[네. 하면 안 되는 건가요?]

또다. 또 질문이다. 한준은 어처구니가 없어 한쪽 입가를 슬
쩍 위로 끌어 올렸다. 그리곤 싸늘하고 냉정한 목소리로 현실을
잔인하게 일깨워 주었다. 더 이상 우스꽝스러운 질문 따위 못하
도록.

"주제 파악이 덜 된 것 같은데, 넌 질문할 권리가 없어."

꿀꺽, 침 넘어가는 소리가 수화기를 타고 넘어왔다. 불규칙해지는 숨소리에서 분노의 떨림이 느껴졌다. 흥미로운 반응이었다. 지금까지 윤민예가 보여주었던 순종적인 모습과는 다른. 하지만 거기까지. 더 이상의 선을 넘는 건 용납이 안 된다. 물론 윤민예에게 그만한 용기가 있을 리도 없지만. 한준은 이걸로 문제가 정리되었다고 결론을 내린 후, 통화를 끝냈다. 아니, 그러려고 했다. 종료 버튼을 누르기 직전 상대편에서 윤민예의 가시 돋친 목소리가 들려오기 전까지는.

[이해가 안 되는데요. 가시적인 성과를 기대하시는 건 사장님이시잖아요. 왜 못 가게 하세요?]

민예는 한준에 대한 반감을 여과없이 드러내며 당돌하기 짝이 없는 목소리로 따지고 물었다. 주제 파악 잘하라는 충고에 기분이 상한 게 틀림없었다. 한준은 눈꺼풀을 반쯤 내리뜨며 미간을 신경질적으로 끌어 모았다. 그는 설명하는 걸 귀찮아하는 것만큼 언쟁하는 것 역시 좋아하지 않았다. 도대체 뭐 하자는 거지? 나와 싸움이라도 하자는 건가? 기가 막히는군.

"네 말은, 이게 그 성과라는 거냐?"

솟구치는 짜증을 최대한 가라앉히며 한준은 숨이 막힐 정도로 고요한 음성으로 되물었다. 곧장 예상했던 만큼 빠르고 뻔한 대답이 날아왔다.

[그럼요. 교수님은 제게 아주 중요한 일을 부탁하신댔어요.

그분께서 제게 도와달라고 부탁했다는 것 자체로 큰 의미가 있다고 생각해요.]

우스운 애로군. 한준은 소리나게 풋, 웃어버렸다.

"의미?"

[그분은 원래 아무한테나 부탁 같은 거 하시지 않아요. 특히 학생한테는 언제나 거리를 두시는 분이죠. 그런데도 제게 부탁을 하신다는 건 그만큼 저를 의지한다는 뜻 아닌가요? 그건 절 가깝게 생각하고 계신다는 뜻이고요. 아무한테나 집 키를 건네주지는 않잖아요.]

"맞아."

싸늘한 미소가 그의 입가를 맴돌았다.

"집 키는 아무한테나 건네주지 않지. 그래서도 안 되는 거고."

[…….]

"침대를 공유하고 싶지 않은 한은."

[예? 무, 무슨 말씀이세요?]

당황한 듯 민예가 말을 더듬으며 되물었다. 모르는 척하고 싶은 것이겠지만 한준은 이미 꿰뚫고 있었다. 그녀의 마음을. 한준의 입매는 눈에 띄게 굳어졌다. 싸늘하나마 맴돌고 있던 미소도 사라졌다. 그는 무뚝뚝한 얼굴로 명령했다.

"쓸데없는 짓 하지 말고 시키는 대로 해. 헤픈 여자, 매력없어."

[……!]

그의 말에 충격을 받은 듯 수화기 저편으로부터 거친 숨소리가 들려왔다. 분에 못 이겨 씩씩거리는 것이었다. 그러더니 잔뜩 억눌린 목소리로 한 자 한 자 씹어뱉듯이 말했다. 화가 머리 끝까지 났지만 예의상 참아주는 듯한 인상을 풀풀 풍기며.

[지금. 뭐라고. 하셨어요.]

"귀먹었어?"

[저더러 헤프다고 하신 것 같은데요. 맞나요?]

한준의 눈썹이 또 한 번 꿈틀거렸다. 이쯤 해서 끝이 날 거라 생각했던 입씨름이 또 시작될 조짐이었다. 짜증이 혈관까지 가득 차올라 한준의 목소리는 좀 더 거칠어졌다.

"말귀 못 알아듣는 건 여전하군."

[맞잖아요. 그렇게 말씀하셨잖아요.]

"너더러 헤프다고 한 적 없어. 헤픈 짓, 하지 말라고 했지."

[지금 장난하세요? 그게 그거죠.]

뭐지? 이 흥미로워지는 기분은. 따지는 듯한 그녀의 말투는 점점 더 격앙되고 있었다. 두어 달 전, 배시시 웃으며 '알아 모시겠습니다' 모드로 굽실거렸던 윤민예라곤 상상도 할 수 없을 만큼. 전혀 딴사람을 대하는 기분으로 한준은 천천히 눈을 들었다.

인정하긴 싫지만, 좀 낫다. 인생의 특유의 비굴함, 남에게 이용만 당하는 아둔함, 강자에게 휘둘리며 살아가는 약자들만의 나약함 등. '루저'의 표본이었던 전의 모습보다는. 평소엔 자존심 내세우는 것만큼 쓸데없는 일은 없다고 생각하는 한준이었지만, 순해서 남들에게 이용만 당하는 멍청이보단 차라리 쓸데없는 자존심이라도 내세워 얕잡히지 않는 편이 낫다고 생각했다. 물론 그렇다고 해서 토를 달고 꼬치꼬치 따져 묻고 해명을 요구하는 윤민예가 용서되는 것은 아니었다. 한준은 싸늘하게 비틀린 미소를 지으며 착 가라앉은 목소리로 조용히 물었다.

"그래서. 하고 싶은 말이 뭐야?"

[그래서. 하고 싶은 말이, 뭐야?]

버스정류장에서 전화를 받고 있던 민예는 빈정거리며 무겁게 물어오는 한준의 목소리에 부르르, 몸을 떨었다. 직접 귓가에 속삭이는 듯 너무나 가까이, 선명하게 들려와서 순간 온몸에 소름이 쫙 끼친 것이다. 섬뜩한 기분이 들어서 저절로 몸이 움츠러들었다. 상대방이 화났다는 것을 민예는 수화기를 통해 절절히 느낄 수 있었다.

'치잇! 기가 막혀. 지금 화낼 사람이 누군데, 자기가 되레 화를 내?'

주제 파악하라느니, 질문 따위는 하지도 말라느니, 입 다물고 시키는 대로 하라느니. 그딴 소리들은 그래, 좋다. 참을 수 있다. 충분히 이쪽에서 자동 필터링이 가능한 말이다. 주제 파악이야 고용인이니 당연히 해야 하는 거고, 입 다물고 시키는 대로 하는 건 이쪽도 환영이다. 복잡한 생각은 어차피 민예도 하고 싶지 않았다. 물론 아깐 발끈해서 이것저것 따져 물었지만, 별수 있나? 사장이 시키는 대로 해야지. 하지만 헤프단 말은 너무 심한 거 아닌가?

자기가 뭔데 그런 말을 함부로 해? 돈 있으면 다야? 사장이면 다냐고. 사장이면 부리는 사람한테 아무 말이나 함부로 내뱉어도 되는 건가? 기절초풍, 천인공노할 소린 혼자 다 해놓고 자기가 화를 왜 내? 또 헤픈 짓 하지 말라는 말이 헤프단 말이 아니라는, 앞뒤 안 맞는 말은 뭔데? 사람을 가지고 들었다 놓았다, 이래도 되는 거야? 아, 화나. 아, 짜증나. 아, 신경질나!

"사과하세요."

민예는 급상승하는 혈압으로 띵해지는 머리를 손바닥 끝으로 꾹 누르며, 똑똑히 요구했다. 더 이상 사장이 자신을 얕보지 못하도록 일부러 더 센 척 야무지게. 아무리 돈 받고 일하는 고용인 입장이지만, 인간적인 대접은 받아야 하지 않겠나? 일도 이젠 착착 잘 진행될 조짐인데.

[……]

대답을 기다리는데, 잠시 동안 상대방 쪽에선 말이 없었다. 당황한 걸까? 너무 세게 나갔나? 생각하는 사이 수화기 너머로부터 듣는 사람 심기 불편하게 만드는 이한준 특유의 웃음소리가 희미하게 흘러나왔다. 상대방을 한껏 조롱하는 비웃음이었다. 이 기분 나쁜 웃음소린 또 뭐야? 사람 무시하는 것도 아니고. 민예는 콧잔등을 심술궂게 찌푸리곤 더욱 강하게 밀고 나갔다.

"여보세요. 듣고 계세요? 사과하시라고요. 제 말 못 들었어요?"

[장난은 내가 아니라 네가 하고 있는 것 같은데? 내가 왜 너에게 사과해야 하지?]

짧은 웃음소리가 들리는가 싶더니 아주 느긋하면서도 톤 낮은 그의 목소리가 들려왔다. 스멀스멀 귓가로 스며들 듯 찾아들어오는 음성은 짐짓 살벌한 기운이 느껴져 또다시 오싹해졌다. 간이 순식간에 오그라드는 기분이었지만, 이대로 물러설 순 없었다. 어쨌든 잘못한 건 사장이지 않나. 여자한테 헤프단 말이 얼마나 치명적이고 굴욕적인데. 절대 이대로 넘어갈 순 없었다. 여기서 물러나면 다음에도 또 그럴 거 아닌가.

"그거야 사장님이 절 이상한 여자로 매도했으니까요. 저더러 헤프다고 하셨잖아요."

[그 말뜻은 그게 아니라고 말했을 텐데.]

"사장님께서 어떤 의도로 말씀하셨든, 제 귀엔 그렇게 들렸어요. 이쪽에서 그렇게 느껴졌다면, 사장님도 잘못하신 거잖아요. 그럼 사과하시는 게 맞죠."

[그래서 내 사과를 꼭 받아내겠다, 이 말이냐?]

"네!"

Of Cause! 당근 말밥. 그걸 말이라고 하십니까, 사장님?

[좋아. 사과하지.]

오기마저 서린 그녀의 대답에 그가 선뜻 응해왔다. 다른 핑계를 대거나 오만불손한 특유의 말투로 거절할 거라고 생각했던 민예는 일순 당황하고 말았다. 너무 빠르고 선선한 태도여서 더욱더. 하지만 그건 아주 잠시. 곧바로 신경질이 확 솟구친다. 이 한준이란 사람이 이렇게 빨리 태도를 180도로 확 바꿀 사람이 아니란 말이지. 사과의 진정성이 의심스러워지는 순간이었다. 이렇게 순순히 사과하면 감사히 받을 줄 알았나? 사람을 뭘로 보고. 나, 그렇게 단순하고 쉬운 사람 아니거든?

"사장님."

[대신 조건이 있다.]

항의 아닌 항의를 하려 할 순간, 역시나. 그가 조건을 달았다. 그러면 그렇지. 순순히 사과할 사람이 아니지. 민예는 헛웃음을 흘리며 퉁명스럽게 물었다.

"뭔데요?"

[문신혁과 아무 사이도 만들지 마.]

"네?"

이건 또 무슨 말뼈다귀 같은 소리야?

[말 그대로야. 육체적으로나 감정적으로나, 완전한 학생과 교수 사이를 유지하는 거지. 어때?]

그는 목소리를 낮추고 조용히 속삭이고 있었다. 온몸에 소름이 쫙 끼치도록 나른한 속삭임. 솜털이 짜하게 일어서면서 가슴

밑바닥서부터 깊은 한숨이 끓어올랐다. 민예는 저도 모르게 주먹을 쥔 손을 잘근잘근 씹어대기 시작했다.

"벌써 치매세요? 절 교수님한테 접근시킨 사람은 사장님이잖아요. 교수님과 한 여자의 사이를 갈라놓으라고 한 것 아니에요? 앞뒤가 안 맞잖아요. 감정적으로 가깝지 않은데, 그냥 학생과 제자의 사이일 뿐인데, 어떻게 두 남녀 사이를 갈라놓아요? 그건 불가능하죠."

[세상에 불가능이란 없어. 게임은 어려울수록 흥미진진하지. 그만큼 성공의 기쁨도 크고.]

"그거야 사장님 생각이죠. 세상엔 불가능한 것도 많아요. 그리고 전 이 일, 하나도 흥미진진하지 않거든요?"

[사과, 받기 싫어?]

그가 달콤한 독약처럼 감미롭게 유혹해 왔다. 자신의 사과를 받고 싶다면, 이 정도의 일쯤은 해야 하지 않겠냐는 듯. 그의 사과를 받기 위해서라면 그 어떤 일이든 하고 싶은 그녀의 마음을 자극하는 말이었다. 이건 엄연히 자신을 갖고 놀려는 수작이었다. 이런 말도 안 되는 일을 시키면, '네, 알겠습니다' 하고 복종할 줄 알았나? 무뇌아처럼 실패할 게 뻔한 일을 하겠다고 순순히 응할 줄 알았다면, 그건 이한준이 크게 잘못 생각하고 있는 것이다. 민예는 꾹꾹 누른 화기를 압축해 목소리에 옴팡 담아 비장하고 결연한 말투로 천천히, 또박또박 말하기 시작했다.

"사장님은 절 모욕했어요. 사과하셔야죠. 이런 식으로 비겁하게 빠져나가실 게 아니라. 그게 맞는 거 아닌가요? 그게 당연한 도리 아닌가요? 사장님처럼 잘나신 분이 당연한 도리도 지키지 않으시면 안 되죠. 알 만하신 분이 이러면 정말 곤란합니다.”

[…….]

“사과하세요. 지금 당장요.”

[훗.]

이쪽은 심각한데, 응수하는 그의 태도는 심히 가볍고 불량하다. 너무 가벼워 하늘로 날아갈 것 같은 웃음소리가 귓전을 파고들자 민예의 얼굴을 금세 새빨개져 버렸다. 참고 눌러왔던 화기가 훌쩍 머리끝까지 치밀어 올랐다.

[그거 알아? 너, 웃겨.]

웃긴단다. 사람을 이상한 여자 취급했으면서, 사과하라니까 웃긴단다. 웃겨? 이게 웃겨? 남의 자존심을 있는 대로 망가뜨려 놓고 웃음이 나와? 뭐가 그렇게 웃긴데? 순간 팽팽하게 당겨져 있던 신경줄이 일순 툭 끊어지면서 그동안 꾹꾹 참고 눌러놓았던 성미가 폭발해 버렸다. 민예는 시종일관 차분하게 유지하던 목소리 톤을 순식간에 최상으로 끌어 올리며 소리쳤다.

“사장님한테는 우스운 일일지 모르지만 제 쪽은 진지하거든요!”

버럭 소리쳐 놓고도 놀라, 민예는 두 눈을 훌쩍 떴다. 곧바로 자신이 얼마나 큰 실수를 저지르고 있는지 그녀는 아주 반사적으로 깨닫고 있었다. 순식간에 가출했던 이성이 제자리를 찾는가 싶었으나, 너무나 어이없게도 그 순간 눈앞으로 이한준의 재수없는 면상이 스쳐 지나갔다. 매서운 눈빛으로 자신을 깔아보면서 잔인하리만치 쌀쌀한 말을 던지는 참 잘생긴 면상. 왜 갑자기 그 모습이 떠올랐는지 알 수 없었지만, 그 환영은 빠르게 민예의 이성을 갉아먹었다.

"아무리 사장님이지만, 절 돈 주고 고용한 사람이지만, 그렇다고 해서 절 마음대로 이상한 애 취급할 자격이 있는 건 아니죠. 그건 정말 아니잖아요. 왜 제가 사장님한테 그런 말을 들어야 해요? 제가 사장님 동생도 아니고, 사장님 여자친구도 아닌데. 왜요? 왜!"

대들어 버렸다, 완전히…….

[…….]

마음에 있는 말을 다 뱉고 나니 가슴속은 시원해졌지만, 분위기는 급격히 냉각되었다. 참으로 썰렁하게, 상대방 쪽에선 아무런 응답이 없었다. 민예만큼이나 한준도 놀란 듯 그는 아무 반응도 보이지 않고 있었다. 그저 침묵할 뿐. 민예는 바짝 긴장했다. 이 침묵이 그저 침묵이라고 느껴지지 않아 초조해졌다. 여기까지 왔는데, 이대로 잘리는 거 아닐까 생각하니 저절로 오만 상이 찡그려졌다. 아, 미쳐. 이놈의 입이 초랭이 방정을 떨어서 다된 밥에 코 빠뜨리게 생겼네. 민예는 주먹으로 제 입을 꿍꿍 찧으며 발만 동동 굴렀다.

바로 그때. 냉기 가득한 목소리가 뺨을 후려치듯 가혹하게 수화기를 타고 날아왔다.

[조용히 집에 들어가.]

"예……?"

[남자가 집 열쇠를 줄 땐 암시하는 바가 있는 거다. 괜히 어설프게 꽃뱀인 척 굴지 말고, 좋게 말할 때 말 들어.]

이건 뭐다? 엄격하기 그지없는 훈계조. 엄한 아빠가 딸을 타이르는 듯한 말투였다. 잔뜩 얼어 올라붙어 있던 민예의 어깨가 서서히 축, 아래로 늘어졌다. 처음 만났을 때 그가 해주던 말이 저절로 떠올랐다. '죽을죄라도 졌어?' 라고 묻던 그 말투에는 그녀를 걱정해 주던, 좀 더 어깨를 쭉 펴고 당당하게 살라던 '격려'의 기운이 물씬 묻어 있었다. 이 사람, 날 걱정해 주었던 거야? 설마……?

"교, 교수님은 그런 의미로 열쇠를 준 게 아닌데요."

[그런 의미로 준 게 아니란 걸 네가 어떻게 알아? 네가 문신혁이냐?]

"그런 분 아니시니까요. 교수님, 이상한 분 아닌데……."

방금 전까지 대들고 사납게 소리치던 여자 맞나 싶을 정도로, 힘없이 망설이는 어조로 그녀가 중얼거렸다. 자길 걱정해 주고 있다고 생각하니 화는커녕 말대꾸도 똑바로 못하겠어서다. 왜 사람을 이렇게 바보로 만드는지 몰라. 걱정이 되면 걱정되는 사람답게 조용히 설명해서 타이르면 될 것을. 왜 냉혹한 명령에 사람 무시하는 말만 골라서 해대는 건지 모를 일이다. 그러니 이쪽에서 헷갈리는 수밖에 더 있나? 날 걱정해 주는지, 무시하는지, 말해주지 않는데 어떻게 알겠나? 괜히 미안해지게 만들고 있어.

[그런 분이 아니야? 제자에게 열쇠를 쥐어주며 집으로 찾아오라고 하는 교수는 그럼, 어떤 분인 거냐?]

또또또, 이것 봐라. 또 이렇게 비비 꼰다. 이러니 오해를 안 하느냐고. 민예는 뚱한 얼굴로 바로 코앞에 이한준이 있는 듯 허공을 찔러보고는 천천히 입을 열었다.

"사정이 있으신 것 같아요. 제게 부탁할 게 있다고 그러셨으니까 가보면 알게 되겠죠."

[가지 말라고 했을 텐데.]

"사장님께서 뭘 걱정하시는지는 이제 잘 알겠어요. 제가 알아서 할게요. 말씀은 안 하셨지만, 아마 피치 못할 사정이 있으셨을 거예요. 부탁할 게 있다고 하셨다니까요."

[넌 부탁하면 다 들어줘?]

"네?"

[뭐든 다 들어주느냐고. 무슨 부탁을 하든 상관없이, 다 들어줘?]

이건 또 뭐야? 잘 나가다가 삑사리 작렬하는 기분이다. 무슨 부탁이든 다 들어주느냐니. 도대체 묻고 싶은 말이 뭐야? 설마 또 그 '헤픈 여자' 타령?

'이 사람이 진짜……!'

민예는 이를 악물며 빠직, 힘줄을 곤두세우고 허공을 찔러보았다. 눈앞에 잘난 이한준의 얼굴이 아른아른 시야를 어지럽히고 있었다. 그래, 당신. 보자 보자 하니까 내가 보자기로 보이지? 가만히 있으니까 가마니로 보이지? 짓누르고 무시하고 밟아 뭉개니까 아주 기분 좋으시겠네? 사람 하나 바보 만드니까 신이 나시지? 하! 나, 참. 더러워서.

좋아요. 까짓것, 당신이 그렇게 원한다면 무시당해 주지, 뭐. 마음껏 짓누르세요. 마음껏 밟아 뭉개시고 멸시하세요. 어차피 돈이란 게 개처럼 벌어서 정승처럼 쓰는 거 아니겠습니까? 당신 같은 사람의 말 따위 이미 마음에 담아두지 않기로 작정했으니 난 괜찮습니다. 상처 따위 전혀 안 받았어요. 그럼요. 내가 상처를 왜 받습니까? 어차피 당신한텐 인간미 같은 거 기대하지도 않았는데. 상관없어요, 난. 당신이 무슨 말을 하든 무슨 짓을 하든. 나도 당신, 철저하게 무시해 주면 되니까.

"제가, 워낙 친절해서요."

으드득으드득 이를 갈면서 민예는 두 손을 불끈 쥐었다. 이한준 따위의 말은 전혀 신경 쓰지 않는다고 속으로 종알거리면서도 방긋, 오뉴월 서리 뺨칠 살기등등한 미소를 지어 올리고 있었다. 과연 자신이 진짜 상처를 받지 않았는지, 그에게 인간미 같은 건 기대하지도 않았는지, 무슨 짓을 하든 상관하지 않는지는 민예도 헷갈리는 순간이었다.

[멍청한 게 아니고?]

“핫. 하. 하.”

억지 웃음이 터졌다. 멍청하다는 소린, 스물여섯 해를 살아오
는 동안 처음 들어보는 그녀다. 내 머리가 얼마나 영리한데. 이
래 봬도 나, IQ 130인 여자야. 민예는 부르르 떨려오는 주먹을
허공에 뿌리며 후우— 분노가 꽉꽉 들어찬 숨을 길게 내쉬었다.
그리곤 나긋나긋하고 상냥하기 짝이 없는 목소리로 가만히 그
를 불렀다.

“사장님.”

소름 돋을 만큼 낭랑한 그녀의 목소리가 수화기를 타고 한준
의 귓속을 파고들어 갔다.

“굿이나 보고 떡이나 잡수세요.”

그리곤 ‘아! 참참’ 하며 제 이마를 탁탁 쳤다. 마치 아주 중요
한 말을 잊고 있었다는 듯. 사장은 무슨 생각인 건지 침묵을 지
키고 있었다. 물론 할 말이 있을 리가 없을 것이다. 양심이 있다
면 꾹 입을 다물고 있어야지, 암. 민예는 더욱 애교있게 깜찍한
목소리로 덧붙였다.

“정중하고 진심이 가득 들어 있는 진지한 사과 멘트도 꼭 준
비하시고요. 아셨죠?”

툭. 전화는 곧장 끊어졌다.

제5장 사랑의 카운슬러

문 교수의 집으로 향하는 민예의 발걸음은 처음과는 달리 서서히 느려지고 있었다. 굿이나 보고 떡이나 잡수라고 큰소리를 땅땅 쳐놓았지만 앞이 막막한 게 사실이라서 말이다. 지금까지는 문신혁 교수의 눈에 들기 위해 애를 썼으나 이제부터는 그렇게 무조건 들이대면 안 되는 상황이 되어버렸다. 이제 민예는 문신혁의 마음을 훔쳐서도 안 되고, 그의 눈에 들어서도 안 되었다. 절대 여자로서 다가가서도 안 되고, 좋아한다는 고백 따위를 해서도 안 되었다. 그렇게 학생과 교수의 선을 넘지 않은 관계를 유지하면서 문신혁과 '■'의 사이를 갈라놓아야만 한다.

언뜻 생각하기에도 불가능할 것만 같은 일. 물론 사장도 쉽지 않은 일이란 걸 알고 있을 것이다. 알면서도 그런 제안을 한 건, 순전히 사과를 하기 싫어서였다. 말이 돼? 자신의 사과를 받고 싶으면 문신혁과 아무 사이도 만들지 말라니. 잘못을 했으면 당연히 사과를 해야지. 어떻게 조건을 달 생각을 하냐? 하여간 못된 사람이 못된 짓만 골라서 해요. 마음 같아선 그딴 사과 다 필요 없고, 이 일도 그냥 다 관두겠다고 말하고 싶었지만. 그렇게 되면 그의 말을 모두 시인하는 것밖에 안 되었다. 문 교수는 제자를 유혹하려는 파렴치한이 되는 것이고, 민예 자신은 아무에게나 자신을 허락하는 헤픈 여자가 되는 것. 그렇게 되도록 가만둘 수는 없었다. 이건 명예 문제였다.

"갈 거야. 내가 못 갈 줄 알아?"

문 교수님의 집에 못 갈 게 뭔가? 아까도 얘기했지만, 그는 이상한 사람이 아니다. 그녀가 아는 한 문 교수는 정직하고 성실하고 명예가 뭔지도 아는, 제대로 진국인 사람이었다. 그런 사람이 제자에게 이상한 짓을 할 리가 없었다. 제대로 조선시대 선비 삘이 나는 문 교수를 이한준은 왜 이상한 사람으로 모는 거야? 도대체.

"하여간 겪으면 겪을수록 깨는 사람이야."

처음 그를 봤을 땐, 이런 사람인 줄 전혀 몰랐었다. 조도 낮은 조명 아래에 앉아 술을 마시고 있는 그는 정말 섹시하고 잘생겨서 마치 이 세계의 사람이 아닌 것 같았다. 단박에 눈에 콩깍지가 씌어 홀딱 반해 버렸고, 그가 내민 계약서에 뱉도 없이 서둘러 사인하고 말았다. 하지만 사람은 역시 외모가 아니라 내면이 중요한 것이었다. 아무리 잘생기고 섹시해도 외모로 생긴 콩깍지가 벗겨지는 건 순식간이다. 말을 섞으면 섞을수록 그가 얼마나 정나미 떨어지는 사람인지 알 수 있었다. 지금은 그가 저 멀리 지옥에서 온 사신인 것처럼 사악하고 교활해 보이는 그녀다.

"여긴가?"

학교와 멀지 않은 곳에 위치한 원룸 아파트촌. 그중 한 건물 앞에 서서 민예는 신혁이 문자메시지를 통해 알려온 집 주소를 확인했다. 건물은 2층, 네 개의 방으로 구성되어 있는 정말 허름하고 작은 아파트였다. 교수가 이런 곳에서 생활하고 있다는 사실에 새삼 놀라며 민예는 계단을 오르기 시작했다. 그나저나 지금은 집에 계시려나? 남의 집에 혼자 있기 싫어서 일부러 교수님이 수업 마치고 집에 돌아올 시간에 맞춰서 온 건데.

"어?"

막 모퉁이를 돌아오는데, 집 앞에 웬 여학생이 가슴에 두꺼운 책과 검은색 가죽 원통 따위를 안고 쭈그린 채 앉아 있는 모습이 보였다. 모양새를 보아하니 꽤 오랫동안 기다리고 있는 듯. 누구지? 나만 불렀던 게 아니었나?

"문신혁 교수님 만나러 왔어요?"

민예가 묻자, 여학생이 고개를 번쩍 들며 자리에서 일어났다. 첫눈에 우와, 감탄사가 나올 정도로 여학생은 예뻤다. 커다란 눈에 뽀송뽀송한 피부, 아직 젖살이 덜 빠진 듯 귀여운 볼, 결 좋은 곱슬머리. 감정이 풍부하면서도 매우 여려 보여서 곱게 자랐다는 말이 딱 어울리는 학생이었다. 이 학생도 교수의 부탁을 받고 온 건가? 그러고 보니 인상이 굉장히 낯익네. 고개를 갸웃 거리며 민예는 그녀에게로 다가갔다.

"나도 그런데. 우리, 들어가서 기다릴까요?"

민예는 빙긋 웃으며 물었다. 여학생은 꽤 놀란 듯 커다란 눈을 훌쩍 키워 뜬 채로 뚫어져라 민예를 보고 있었다. 별다른 대꾸도 없이. 들어가서 기다리자고 해서 놀랐나? 그렇게 놀랄 일은 아닌 것 같은데. 민예는 뒤통수를 긁적거리며 피식 웃었다.

"오래 기다리신 것 같아서요. 나한테 열쇠가 있거든요."

"……"

"교수님이 요즘 논문 준비하고 계시나 봐요? 뭔가 부탁하실 게 있다고 해서 왔는데, 그쪽도 그런 거죠? 교수님께서 아직은 보따리 강사님이라 교수실이 따로 없잖아요. 아마 그래서 집으로 부르신 것 같아요. 아, 우리 교수님도 얼른 전임 되셔야 하는데. 능력도 있으신 분이 참 안타깝죠? 강의는 되게 잘하시잖아요. 강의만 놓고 보면, 우리 학교에서 최고 아니에요? 그렇죠?"

열쇠를 찾으며 민예는 귀여운 여학생에게 친근히 말을 건넸다. 고개를 숙인 채였기 때문에 여학생이 충격적인 장면을 목도한 사람처럼 커다랗게 눈을 뜨고 자신을 바라보고 있는 줄은 상상도 하지 못하고 있었다.

"근데 그쪽은 무슨 과예요? 음악 전공하세요?"

질문과 함께 드디어, 열쇠가 가방 안에서 짤랑거리며 쑥 튀어 나왔다. 여학생은 혼이 쏙 빠진 얼굴로 열쇠를 바라보았다. 크 리스털로 만들어진 열쇠고리. 뚫어져라 바라보는 그녀의 눈이 촉촉하게 젖어오고 있었지만, 민예는 짤랑거리는 열쇠를 들고 원룸 현관문으로 다가갔다. 여학생의 눈에서 금세 뜨거운 눈물 이 주르륵 떨어졌다.

"플루트죠, 그거? 제가 음악은 모르지만 플루트는 좀⋯⋯."

열쇠를 구멍에 끼워 넣으며 학생이 들고 있던 원통 모양의 가 죽 케이스를 흘낏거리던 민예는 하던 말을 뚝 멈추었다. 여학생 이 눈물을 흘리며 열쇠를 뚫어지게 바라보고 있다는 사실을 이 제야 눈치 챘기 때문이다. 민예는 당황해하던 말을 멈추고 두 눈을 깜박거렸다.

"저, 저기⋯⋯."

민예가 막 말을 걸려고 하는 찰나, 여학생은 뒤를 돌아 뛰어 가기 시작했다. 순간적으로 민예는 그녀를 붙잡아야 한다는 생 각에 사로잡혔다. 모를 일이다, 왜 그런 생각이 들었는지는. 그 냥 이대로 울려서 보내면 안 될 것 같았다. 민예는 열쇠 구멍 앞 을 어지러이 배회하고 있는 열쇠를 짤랑, 손바닥 안에 가두고 모퉁이를 막 돌아 계단을 내려가는 여학생을 뒤따랐다.

"사랑해요!"

하지만 곧, 민예는 우뚝 멈춰 서고 말았다. 막 계단을 내려갈 무렵, 여학생의 것으로 추정되는 울음소리가 들려왔기 때문이다. 민예는 고개를 기울여 계단 아래쪽을 내려다보았다. 천천히 기울인 그녀의 시야로 방금 전 커다란 눈에 그렁그렁 눈물을 매달았던 여학생이 보였다.

"교수님을 사랑해요! 사랑한다고요!"

그녀의 앞에 서 있는 사람은 놀랍게도 문신혁 교수였다. 그는 험악한 얼굴로 말했다.

"귀찮게 따라다니지 말라고 했잖아. 피곤하게 왜 이러니?"

짜증이 가득 담겨 있는 그의 말투에 민예는 적지 않게 놀랐다. 낯선 모습이었다. 짜증이란 단어와는 거리가 먼 사람이라고 생각했는데…….

"교수님도 절 사랑하잖아요. 맞잖아요. 아닌 척하지 마세요."

"너 정말 제멋대로구나? 난 너한테 그런 말 한 적 없어. 착각도 정도껏 해야지."

"그 눈만 봐도 알 수 있다고요. 왜…… 왜 갑자기 저한테 차갑게 구세요. 왜요? 전엔 이러지 않았잖아요. 전엔 저한테 웃어줬잖아요."

"정말 딱하구나, 너. 넌 너한테 웃어주는 남자는 모두 널 좋아하는 줄 알아? 그래?"

"그런 거 아니었잖아요. 절 사랑하는 거였잖아요! 제가 그런 것도 구분 못하는 앤 줄 아세요?"

"몰랐어? 넌 애야. 철부지 애."

학생과 교수. 교수를 짝사랑하는 학생이었다, 언뜻 보기에도. 여학생은 어느 순간 선을 넘어오려고 했고 교수는 그걸 내치고 있는 거였다. '■'라는 여자를 따로 만나고 있는 문 교수한텐 짜증스러운 일일 것이다. 뭐, 문신혁 교수야 워낙 여학생들한테 인기가 있는 편이니까. 저런 경우가 허다하지 않을까? 생각했지만 여학생의 다음 말에 민예는 크게 놀라고 말았다.

"사랑이 뭔지는 알아요. 교수님이 지난번에 제게 했던 키스는……!"

"왜 이래, 너!"

신혁이 여학생의 양팔을 쥐고 흔들었다. 혹여 누군가 들을까 놀라는 모습이 역력했다. 민예는 너무 놀라서 그 자리에 얼어붙어 버렸다. 교수가…… 저 여학생한테 키스까지 했다고? 저 샌님 같은 분이 제자한테?

"누구 학교에서 쫓겨나는 꼴 보려고 이래?"

"교수님."

"너처럼 끈질긴 애는 처음 본다. 대충 말하면 알아들어야 하잖아. 너 머리 없어? 생각 못해? 분위기 파악이 안 되냐고."

신혁이 얼굴을 들이밀며 부릅뜬 눈으로 여학생의 눈을 노려보았다. 여학생은 뜨거운 눈물을 흘리고 있었다. 너무 울어서 눈이 새빨개졌고 입술은 퉁퉁 부어 있었다. 신혁은 어금니를 꽉 사리물었다.

"너 질려. 굉장히 질린다고. 하루 종일 너만 봐달라고 징징 짜는 거 지겹단 말이야."

"교, 교수님. 왜 이러세요?"

"너 밸 없어? 자존심 상하지도 않아? 왜 떨어지지 않고 질척거려? 너 지겹다니까."

"아니잖아요. 왜 마음에도 없는 말을 하시는 거예요."

"아직도 모르겠니? 내가 너 갖고 논 거야. 너랑 잠깐 즐기려고 했는데, 이젠 너무 지겨워져서 그러고 싶은 마음도 없어졌어. 그래서 너 버리는 거라고. 알겠어?"

"딴사람처럼 왜 이러세요, 교수님."

여학생은 거의 애원하고 있었다. 그녀는 신혁이 마음에도 없는 소리로 자신을 떼어내려 한다고 생각하는 게 틀림없었다. 정말일까? 민예는 갑자기 궁금해졌다. 문신혁이란 사람이 어떤 사람인지 알기 때문에 더욱 궁금증은 커졌다. 민예가 아는 문신혁은 아무한테나 책임지지 못할 짓을 할 사람이 아니었다. 게다가 상대는 어린 학생. 학생을 잠깐 즐기기 위해 데리고 놀았다는 말은 그를 아는 사람이라면 그 누구든 믿지 않을 것이다. 그럼 뭐지? '■'는 뭐고, 저 여학생은 뭐야? '■'와는 서로 가볍게 만나는 사이라고 했으니, 저 여학생은 아니었다. 그럼 혹시……?

"너처럼 어린애 흥미없어졌어. 그것뿐이야."

신혁이 여학생의 팔을 거칠게 놓으며 잔인하게 말했다. 여학생은 비틀거리며 떨어졌고 품 안에 안고 있던 책과 플루트 케이스가 큰소리를 내며 바닥으로 떨어졌다. 그녀는 숨을 헐떡이며 신혁을 올려다보았다. 눈물이 쉴 새 없이 떨어져 그녀는 시야마저 흐릿해져 있는 듯했다.

"왜, 왜……."

"몰랐니? 원래 변덕이 심한 사람이라는 거."

"그, 그래서 그 여자한테 준 거예요? 그 열쇠고리…… 제가 선생님 생일 때 선물한 그 열쇠고리…… 그래서 그 여자한테 줘버린 거예요?"

"열쇠고리를 준 게 아니라, 열쇠를 준 거야. 열쇠고리 따위 나한테 아무 의미도 없어."

"열쇠를 왜…… 왜 준 거예요? 그 여자한테 왜……?"

그녀는 이미 그의 대답을 예감한 듯 붉은 입술을 파르르 떨고 있었다. 신혁은 침통한 눈으로 그녀를 마주 보았다.

"몰라서 묻는 거냐?"

"……."

"네 마음대로 상상해."

그의 말이 채 끝나기도 전에 여학생은 계단을 뛰어내려 가버렸다. 그녀가 어마어마한 충격과 상처를 받았다는 걸 멀리서도 느낄 수 있었다. 민예는 얼이 나간 채로 신혁을 뚫어져라 바라봤다. 그는 잠시 동안 꼼짝하지 않고 멍하게 서서 여학생이 뛰어내려 간 계단을 바라보고 있었다. 마치 그녀의 뒤를 쫓아가고 싶은 듯 도망치듯 달려간 여학생을 붙잡고 싶은 듯. 민예는 알 수 있었다. 그가 자신이 했던 말과는 달리 실은 진심으로 그녀를 좋아하고 있음을.

그럼 정말 저 여학생을 떼어내기 위해서 '■'를 만나고 있는
건가?


'잘 가.'

신혁은 씁쓸한 미소를 지으며 주저앉듯 그 자리에 쭈그리고
앉았다. 바닥에는 한나가 떨어뜨린 책과 플루트 케이스가 널브
러져 있었다. 한숨을 깊게 내쉰 신혁은 그것들을 주섬주섬 주워
들었다. 비록 가슴은 찢어졌지만 마음만은 홀가분했다. 이제야
한나를 제자리로 돌려보냈다는 생각이 들어서. 이렇게 될 줄 몰
랐던 것도 아니었으니 어른답게, 남자답게 깨끗이 그녀를 정리
할 생각이었다. 그게 모두를 위한 길이라고 그는 생각했다. 특
히 한나를 위해선 그것이 최선이었다.

또각.

막 책과 케이스를 들고 일어나는데, 머리 위에서 여자의 힐
소리가 들려왔다. 신혁은 번쩍 고개를 들어 소리나는 쪽을 올려
다보았다. 계단 맨 위. 낯익은 이가 서 있었다. 작은 헛웃음이
흘러나왔다. 하필 이런 모습을…….

"들켜 버렸군."

자리에서 일어나며 신혁은 중얼거렸다.

"죄송해요. 우연히……."

계단을 내려온 민예가 신혁의 앞에 멈춰 선 채 중얼거렸다.

가까이에서 본 신혁의 얼굴은 최악이었다. 자포자기. 막다른 골
목에 선 사람의 얼굴이었다. 절대로 지긋지긋하게 쫓아다니는
여자를 막 떼어낸 남자의 얼굴이 아니었다. 그는 정말로 그 여
학생을 사랑하고 있었던 것이다.

"세상에 비밀이란 없다더니."

"이게 그런 의미인 줄 몰랐어요."

민예는 손에 들고 있던 열쇠 꾸러미를 들어 보이며 담담하게
말했다. 두어 개의 열쇠는 곰돌이 인형 모양의 크리스털 열쇠고
리에 한데 묶여 있었다. 작년 한나가 처음으로 그에게 제 마음
을 표현하며 선물했던 바로 그 열쇠고리였다. 그냥 열쇠고리가
아닌 한나의 마음이 담긴 것이었기 때문에 신혁은 그것을 과감
하게 버릴 수가 없었다.

"정말로 저한테 흥미가 생겨서 이걸 주신 거예요?"

열쇠고리를 건네며 민예는 조용히 물었다. 신혁은 한숨을 내
쉬었다.

"미안. 그건……."

"거짓말하셨던 거죠?"

민예의 갑작스런 질문에, 신혁은 하려던 말을 멈추었다. 아무
대답도 없이 그저 가만히 민예를 바라보는 그의 눈빛은 이미 흔
들리고 있었다. 역시 생각했던 대로인가? 그가 여학생에게 했던
말들은 전부 거짓이었던 게 틀림없었다. 잠시 장난을 친 것도
가지고 논 것도 아니었다.

“사실은 사랑하고 계신 거죠?”

“무슨 말인지 모르겠다. 난······.”

“그 아이 말이에요. 사실은 아끼는 거예요. 그렇죠?”

너무나도 확신에 찬 민예의 말에 신혁은 기어코 한숨을 내쉬고 말았다. 단순한 제스처였지만 동시에 그건 답이 되었다. 민예의 말을 모두 인정하는. 역시 그는 그 여학생을 사랑하고 있는 것이다.

“왜 그런 결정을 하셨어요? 그 아일 좋아하시면서.”

민예는 조용히 물었다. 당연히 괜스레 사랑하는 사람을 상처주며 멀리 쫓아버리진 않았을 터. 이유가 있었을 것이다, 분명. 그게 무엇인지 확실히 알 수는 없지만 민예는 안타까웠다. 사랑한다면서 왜 쫓아보내는지, 그렇게까지밖에 할 수 없었던 이유가 무엇인지, 할 수만 있다면 자신이 발 벗고 도와주고 싶었다. 직접 두 사람의 모습을 목격해서인지 진심으로 두 사람을 돕고 싶은 마음이 들었다.

“난 내 결정이 옳았다고 생각했어. 지금도 그 생각은 변함없다.”

“상처를 주셨는데도요?”

“곧 아물 거야. 아직 어리니까, 나쁜 기억쯤은 금세 잊고 새 출발하겠지. 더 큰 상처를 받기 전에 이쯤에서 끝내는 게 옳아.”

“그건 그냥 가정이잖아요. 더 큰 상처가 있을지 없을지는 아무도 모르는 일 아닌가요?”

“윤민예.”

“네, 알아요. 교수님 일에 제가 상관할 권리 없다는 거. 하지만 이렇게 모든 걸 알게 된 이상은 저도 그냥은 못 있겠어요. 저 때문에 그 아이가 오해를 했고, 그 오해로 상처를 받았다면 저에게도 일말의 책임이 있는 거잖아요.”

“그건 미안하게 생각한다. 처음부터 널 이용하려고 했던 건 아니었어. 갑자기 그렇게 된 거라서…….”

“교수님한테 그 일에 대해서 추궁하고 사과받을 생각은 없어요. 그럴 수밖에 없었던 이유가 있었겠죠. 다만 전 안타까워서…… 그 아이가 측은해서 그래요.”

그녀의 말에 신혁이 또다시 긴 한숨을 내뱉는다. 그녀뿐만 아니라 신혁 역시도 그 아이가 안타깝고 마음 쓰이는 게 틀림없었다. 저만큼 아끼고 사랑하면서 왜 떨쳐 내려고 하는 건지, 참 알다가도 모를 일이었다. 아무리 생각해도 문신혁은 여학생을 사랑하고 있는 것 같았다. 신혁은 그 여학생이 자신을 포기하도록 만들기 위해 다른 여자를 만나고 있는 게 틀림없었다. 그 상대의 여자가 바로 이한준의 ‘■’이고. 민예는 답답한 마음에 짧게 한숨을 내쉬곤 그의 손에 들려 있는 책과 플루트 케이스를 부드럽게 빼앗았다.

“이건 저 주세요. 그 여학생, 음대생이죠?”

“어쩌려고?”

불안한 얼굴로 신혁이 물었다. 혹시나 민예가 나서서 일을 그

르칠까 봐 걱정하는 기색이 아주 역력하셨다. 그러게 바보 같은 짓은 왜 하세요? 사랑하면, 그 사람을 붙잡아야지. 왜 쫓아내요?

"어쩌긴요. 갖다줘야죠. 제가 대신 전해줄게요."

"너, 혹시라도……."

"네, 안 끼어들어요. 당분간은 입에 자물쇠 채우고 가만히 있을게요. 하지만 그게 언제까지 가능할지는 저도 모르겠어요. 제 입이 좀 싸서요."

"윤민예."

"전 교수님이 조만간 다른 결정을 내려줬으면 좋겠어요. 교수님이 무슨 생각을 하고 있는지, 어떤 걱정 때문에 힘든 건지 그 아이에게 털어놓으셨으면 해요. 그게 맞아요. 제 생각엔 그게 더 옳은 결정인 것 같아요. 아무리 어려도 진실을 알 권리는 그 아이에게도 있는 거니까요."

너무나 정석 같은 말에 할 말을 잃은 듯 신혁은 잠시 민예를 말없이 바라보았다. 민예는 안절부절못하고 불안 초조해하는 그에게 확신을 심어주려는 듯 굽힘 없는 시선으로 신혁을 마주 봐주었다. 제발 두려워하지 말라고, 당당히 사랑하는 사람 옆에 서서 함께 가시밭을 헤쳐 나가라고 충고하고 있었다. 그 뜻을 알아챘는지, 잠시 후 그가 피식 힘없이 웃음을 흘렸다.

"학생한테서 충고받는 기분, 묘하네."

머리카락을 쓸어 넘기는 그는 심란한 듯 한숨을 크게 내쉬고 있었다. 벌써 한숨만 몇 번을 내쉬는지. 그렇게 꺼림칙하고 켕길 거면서 왜 여잘 걷어찬 겁니까, 교수님? 좋아하면 잡아야 된다니까요. 누누이 말씀드리지만, 지금이라도 튀어가서 당장 잡아요!

"교수님한테 충고하는 기분도 묘해요."

"하지만 네 말대로는 못할 것 같다. 현실적으로 말이 안 돼."

아이구, 이런 겁쟁이 같으니.

"교수님이 어디가 어때서요? 용기를 내세요, 교수님."

"걘 너무 어려."

"미성년자도 아니잖아요. 서로 좋아하면 그만이죠."

"그래도 어려."

"몇 살 차이인데요?"

"띠동갑."

"에계. 겨우 12살이요?"

이라고 말했지만 솔직히 헉, 하고 놀란 민예다. 띠동갑이라면 확실히 신혁이 겁에 질려 여자를 포기할 만한 나이 차이였다. 요즘은 나이 차이 많은 커플들이 많아져 이상할 게 전혀 없다고는 하지만 아직도 세상에는 편견과 관행에 사로잡힌 사람들이 더 많으니까. 남의 일이라고 생각했을 땐 '찬성'하다가도 자신의 일이 되면 태도를 180도 바꿔 '반대'하는 경우도 다반사고. 아무래도 여자 쪽 집안에선 둘의 교제를 강력하게 반대하겠지. 하지만 서로 무지무지 좋아하는데 그거면 되는 거 아닌가? 사랑

엔 국경도 없다는데. 비루하게 나이 차이 조금 나는 것 가지고
헤어지다니. 이건 좀 말이 안 되는 말이다.

"아무튼 부탁해. 한나한텐 아무 말도 하지 말아줘."

"한나가 그 여학생 이름이에요?"

"응."

이름도 얼굴처럼 예쁘네. 민예가 좋아하는 영화 'Splash' 의
주연배우가 떠오르는 이름이었다, 한나. 그 영화 덕분에 주연배
우들의 영화를 모조리 다 찾아보고 콜렉트했던 게 떠올라 자연
스럽게 미소를 머금게 되는 민예였다. 민예는 일단 절대로 입을
꾹 다물고 물건만 전달해 주겠다고 약속한 후, 원룸 건물을 나
왔다. 마음으론 어떻게든 두 사람을 꼭 이어주고 말겠다고 결심
하고 있었다. 이렇게 되면 일이 의외로 간단하게 해결될 것 같
았다. 상황은 복잡하지만 해결책은 아주 쉬웠다.

일단 다시 한 번 상황을 정리해 보자면. 첫째, 문 교수는 한나
라는 학생을 사랑하고 있다. 둘째, 하지만 두 사람은 여러 방해
물 때문에 마음껏 사랑하지 못하고 있다. 셋째, 문 교수는 바보
처럼 한나라는 학생을 떨쳐 내기 위해 다른 미지의 여인, '■'를
만나기 시작했다. 넷째, '■'라는 여인은 한준과 관계되어 있다.
다섯째, 한준은 '■'와 문 교수의 사이를 훼방놓기 위해 사람을
고용한다. 그게 바로 윤민예, 자신이었다.

이 잔뜩 꼬인 실타래처럼 복잡한 상황을 단박에 해결할 수 있
는 키포인트는 바로 문 교수와 한나였다. 두 사람의 사이가 다

시 이어지고 사랑이 견고해지면 모든 게 끝이 나는 것이다. 문 교수도 사랑하는 여자와 함께할 수 있어서 행복하게 되고, 한준도 문 교수를 '■'에게서 떼어낼 수 있으니 좋고, 민예 역시 문 교수와 감정적으로 얽히지 않고도 문제를 해결할 수 있어서 오케이였다. 이것이야말로 일석이조, 아니, 일석삼조의 효과가 아닌가. 꿩 먹고 알 먹고, 도랑 치고 가재 잡고, 누이 좋고 매부 좋고. 딱 'Happy Together'였다. 마지막에 'We are the world'를 부르면 모든 게 끝이 나는 판.

"비서님? 저예요, 민예."

민예는 흥에 겨워 원룸 건물을 나오자마자 휴대폰을 꺼내 현성에게 전화를 걸었다. 하지만 막 통화가 되고, 날아온 목소리는 당황스럽게도 현성의 것이 아니었다.


"넌 때와 장소도 구분할 줄 몰라?"

한준은 빼앗아 든 전화기에 대고 짜증스럽게 쏘아붙였다. 또다시 윤민예 때문에 일이 중단되었다고 생각하니 평소와는 달리 신경질적이 되었다. 도대체 생각이 있는 앤지, 없는 앤지 알 수가 없다. 보고할 일이 있으면 한꺼번에 모아두었다가 한번에 하는 것이 맞지 않은가. 이렇게 사사건건 시도 때도 없이 전화를 걸면, 도대체 일은 언제 하라는 건가?

[왜 또 사장님이 받으세요?]

어처구니없게도 그녀가 되받아쳤다. 자신이 무엇을 잘못한 것인지 전혀 모르는 모양이다. 자신의 전화가 남의 일을 방해할 거란 생각은 전혀 안 드나 보지? 한준은 미간에 잔뜩 주름을 만들곤 휴대전화를 귀에서 떼어내 책상 아래로 쭉 늘어뜨렸다.

"정현성, 너 진심이야?"

"갑자기 그게 무슨 말씀이십니까?"

회사에선 깍듯이 그에게 존대하는 현성이 빙그르르 웃으며 되물었다. 기분이 나쁠 정도로. 짜증이 나니 웃는 현성의 모습까지도 짜증스러웠다. 도대체 왜 저렇게 방글방글 웃는 건지. 빈정이 팍 상한다.

"윤민예 말이야. 진심으로 잘해볼 마음이 있는 거냐고."

"네?"

"전에도 말했지만 앤 안 돼. 너와는 안 어울려. 네 타입도 아니고, 아주머니 타입도 아니야. 골치만 썩일 게 분명해. 시작하기 전에 정리하는 게 좋을 것 같다. 이건 사장으로서의 충고가 아니라 가족으로서의 충고야."

"죄송합니다만 사장님, 민예 씨랑 저는 아무 사이도 아닙니다만."

말꼬리가 살짝 올라가는 현성의 말속에는 여전히 웃음기가 스며 있었다. 한준의 오해가 우습다는 듯 히쭉거리는 그를 빤히 바라보며 한준은 인상을 더욱 찌푸렸다.

"마음 있는 거 아니었어?"

"무슨 오해가 있으신 것 같은데요. 아까 민예 씨에 대해서 걱정했던 건 정말 순수하게⋯⋯."

"순수?"

순수하게 걱정이 되었을 뿐인데 사장인 그가 직접 그녀에게 전화를 걸게끔 만들었단 말인가?

"기가 차는군."

한준은 정말이지 현성이 민예를 마음에 두고 있는 줄 알았었다. 녀석이 민예를 걱정하는 모습을 보니 덩달아 심란해졌었다. 아끼는 사람이 그런 경우에 처한다면 어떤 마음이 될지 잘 알기 때문에, 괜스레 죄책감마저 느꼈었다. 결국 그래서 직접 전화까지 걸지 않았는가. 가지 말라고, 호랑이한테 잡아먹힐지도 모르니 호랑이 굴은 절대로 가지 말라고. 지금 생각하면 정말 웃기지도 않는 명령이었다. 돈까지 주면서 호랑이를 유혹하라 명령했던 자신이 호랑이 굴엔 절대 들어가선 안 된다고 했다는 건 상식적으로 말이 안 되었다. 결국 그 웃기지도 않는 명령 때문에 민예와 유치한 말씨름까지 하고 말았다. 그런데 아니야? 그냥 순수하게 걱정이 되었던 것뿐이라고?

"왜 전화했어?"

한준은 수화기를 귀에 대고 신경질적으로 물었다. 혼자 넘겨짚고 쓸데없는 짓을 벌였다는 생각에 바보가 된 기분이었다.

[비서님한테 할 말이 있어서요.]

"무슨 말인데?"

[비서님한테 할 말이라니까요. 비서님 바꿔주세요.]

"뭐?"

같잖은 민예의 말에 한준은 그만 헛웃음을 흘리고 말았다. 비서님한테 할 말이니까 비서님을 바꿔달라? 아직도 자신의 주제를 파악하지 못하고 할 말, 못할 말 구분 못하고 있는 건가? 한준은 기막힌 시선을 좌우로 흩뜨리며 손가락으로 이마를 슥 문질렀다. 그리곤 나직하고 냉기가 꽉 찬 음성으로 매섭게 읊조렸다.

"너. 뭔가 큰 착각을 하고 있는 것 같아서 말해주는 건데. 잘 들어, 윤민예."

[…….]

"널 고용한 건 나야. 네가 무슨 짓을 하는지, 무슨 생각을 하는지, 어떤 계획을 가지고 있는지에 대해 보고해야 할 사람은 정현성이 아니라 이한준, 바로 나란 말이야. 통장 확인 안 해보는 거냐? 너한테 생활비를 꼬박꼬박 챙겨 넣는 계좌에 내 이름이 찍혀 있을 텐데."

[하지만 일 얘긴 비서님이랑 하라고…….]

그런 명령을 내린 건 단순히 귀찮았기 때문이다. 그는 회사 일만으로도 머리가 터질 지경이다. 한나의 일도 중요하지만, 그보다도 발등에 떨어진 불이 더 급했다. 아무리 한나를 문신혁에게서 떼어내는 데 성공하고 서림그룹에 시집보내게 된다 하더라도 사업권을 따내지 못하면 모든 것은 불발이 된다. 박 의원의 집요하고도 야비한 작전에 휘말려 모든 것을 포기해야 할 지경에 이르렀는데 한가하게 윤민예의 잡담이나 들어줄 시간이 어디 있겠는가. 시간 낭비는 박 의원의 딸인 박은신을 만나는 것만으로도 충분했다.

"우린 지금 네 잡담 들어줄 시간 없어. 용건이나 빨리 얘기하고 끊어."

[그러니까 비서님을 바꿔달라고요. 얼른 얘기하고 끊을 거니까 비서님을…….]

"내게 얘기하라고 아까 말했을 텐데. 다시 한 번 말해줘?"

[…….]

"나는 물론 정 비서도 지금 네 쓸데없는 잡담 들어줄 시간이 없어. 정 비서 붙들고 신세 한탄이나 할 생각이라면 꿈도 꾸지 마. 할 말이란 게 일 얘기가 아니라면 끊고, 일 얘기라면 나한테 얘기하면 돼. 왜냐하면 내가 네 고용주니까. 알아들었어?"

안됐지만 그녀는 이렇게까지 말했는데도 그의 말뜻을 못 알아들었나 보다. 민예에게선 그 어떤 답변도 날아오지 않았다. 씩씩거리는, 다분히 반항적인 숨소리만 들려올 뿐. 기분이 상했음이 분명했다. 또한 그에게는 어떤 말도 해주지 않겠다는 오기가 느껴졌다. 같잖게도. 너무나 같잖아서 웃음이 다 나왔다. 한준은 또다시 헛웃음을 흘렸다. 하지만 그의 눈빛은 점점 더 이글이글 타오르고 있었다. 정말 기막히게도 윤민예의 발칙한 반항이 그를 서서히 몰이성 상태로 몰아넣고 있었다.

정말 오랜만에 느껴보는 식욕이었다. 최근 몇 년 동안 그의 성미를 이토록 건드렸던 사람은 없었던 것 같다. 한나와는 느낌이 사뭇 다른 도발이다. 한나는 스스로 자신이 오빠와 대적할 수 없다는 걸 알고 있었다. 찡찡거리고 소리치며 발악하는 이유도 바로 그 때문이었다. 그래 봤자 오빠를 절대로 이길 수 없음을 알기 때문에 좌절하고 흐느끼는 것이다. 그래서 한준도 한나의 반항에 냉정하고 여유있게 대응할 수 있는 것이고. 하지만 이 여자는 다르다. 같잖게도 윤민예는 정말로 그를 이길 수 있을 거라고 생각하는 모양이었다. 그 드센 기운이 수화기 너머까지 전해져 한준을 적지 않게 자극하고 있었다.

"너, 날 시험하는 거냐?"

한준은 머리꼭지까지 휘감아오는 극도의 흥분을 가까스로 제어하며 느릿느릿 중얼거렸다. 끝까지 고집을 부리려는 듯 윤민예는 아무 말도 하지 않았다. 숨소리만 거칠게 씩씩 들려오자 한준은 옆에서 보기에도 섬뜩한 미소를 픗, 지어 올렸다.

"내 인내심을 테스트하려고 했다면, 축하한다. 네가 이겼어."


한준이 알아들을 수 없는 말을 지껄이자, 캠퍼스 내를 열심히 걷고 있던 민예는 걸음을 딱 멈추었다. 기분 나쁠 정도로 나직한 목소리로 뭐라 중얼거리는 건가? 이겼다고? 뭘 이겼다는 거야? 민예는 영문을 알 수 없어 고개를 갸웃거렸다. 그런 그녀의 귓속으로 한준의 충격적인 선언이 이어졌다.

[이제 넌 내가 직접 관리할 거다. 정 비서에게 하던 보고, 이

제부턴 내게 하도록 해.]

"예?"

아니, 이 무슨 청천벽력 같은 소리? 보고를 사장에게 직접 해야 한다니. 그건, 한 번 대하기도 짜증나는 사장과 날이면 날마다 통화를 해야 한다는 소리이지 않은가. 현성과의 따스하고 다정다감한 대화는 마감하고 일방적으로 까이기만 하는 주눅 든 대화가 시작된다는 뜻이었다. 아아아아악— 안 돼!

"아, 아니, 그냥…… 그냥 비서님한테 보고할게요."

[…….]

"그러면 안 될까요? 왜 갑자기 이러시는 건지는 모르겠지만 어차피 사장님은 바쁘시잖아요. 신경 쓰실 일이 너무 많아서 눈코 뜰 새 없잖아요. 그래서 이 일도 비서님한테 맡긴 거 아니에요? 맞죠? 이 일보다 더 중요한 일이 많을 텐데, 괜히 신경 쓰지 마시라고요. 아, 지금 제가 귀찮게 했나요? 그냥 볼일 보세요. 전 뭐, 조금 있다가 다시 전화하면 되죠. 그, 그럼 전 이만……."

[진짜 웃기는 애네.]

당황하고 놀라 횡설수설하며 전화를 끊으려던 민예의 귀에 그의 작은 혼잣말이 꽂혔다. 정말 낮고 희미한 목소리, 완벽한 혼잣말이었다. 하지만 그래서인지 그 말투에 교묘히 섞여 있는 무시, 경멸, 하대가 적나라하게 들려 버렸다. 민예의 귀에. 민예는 할 말을 잃고 멍하게 입까지 벌린 채 서버렸다. 횅한 길거리에 우두커니 서 있으려니 싸늘한 바람이 옷깃을 파고들었다. 하지만 칼처럼 날카로운 바람보다 더 매서운 건 그의 다음 말이었다.

[착각하지 마, 윤민예. 넌 내게 아무것도 할 수 없어. 명령, 제안, 설득, 질문. 그 어떤 것도 못 해. 안 돼. 허락 안 해. '왜' 라는 말도 안 돼. 넌 그냥 내가 시키는 대로 하면 되는 거야. 알겠어?]

헉뜨. 이 사람 뭐야? 매너라곤 눈곱만큼도 찾아볼 수 없는 그의 싸가지없는 말투에 민예는 식겁하고 말았다. 아무리 자기가 부리는 고용인이라지만 이건 정말 너무한 거 아니야? 사람한테는 인권이라는 게 있다고요, 사장님아. 왜 내가 질문을 못해? 왜 설득을 못해? 머리도, 입도, 손발도 멀쩡히 있는데 왜 아무것도 못하게 하는 거냐고.

[알아듣는 척이라도 하지 그래. 입은 뒀다 어디다 쓰지?]

속으로 미친 듯이 그를 향해 욕을 퍼붓는 사이, 그가 매섭게 추궁해 온다. 민예는 분노로 인해 점점 뻣뻣해지는 목덜미를 한 손으로 부여잡고 눈동자를 희번덕거렸다. 와, 나. 진짜 사람 화나게 하는 재주있네, 이 사람. 뭐 이런 사람이 다 있어? 미친 거 아니야?

"……네. 알겠습니다."

정말 욕이 절로 나왔지만 꾹 참고, 민예는 거의 기어들어 가는 목소리로 겨우 대답했다. 그리곤 알아들었으면 끊으라는 말이 나오자마자 지체없이 뚝, 전화를 끊어버렸다. 분노로 씩씩거리는 가슴을 안고. 끊고 나서 '아아악—' 분노의 비명을 내지르는 것도 잊지 않았다.

"민예 씨의 보고를 직접 받으시게요?"

짜증스럽게 수화기를 내던지는 한준을 향해, 현성이 빙긋 웃으며 말을 걸어왔다. 요 근래 한준이 누군가에게 신경질적으로 대응하는 걸 본 적이 없을 테니, 지금 상황이 아주 흥미진진할 것이다. 한준도 자신이 방금 얼마나 유치하고 어리석었는지 잘 알고 있었다. 한낱 고용인과 신경전이라니. 그의 사전에는 있어서도 안 되고 있을 수도 없는 일이었다. 제가 뭐라도 되는 양 이것저것 충고하고 결론짓지만 않았다면 굳이 그렇게까지 윽박지르지 않았을 텐데. 이건 모두 윤민예, 그녀의 탓이었다. 그녀가 자초한 일이다.

"네가 버릇을 잘못 들였어. 건방져. 자기가 무슨 대단한 존재인 양 이것저것 요구하고 왜인지 묻고."

"알아듣게 설명해 주면 민예 씨도 이해하고 수긍했을 텐데요."

"내가? 나더러 그 애한테 설명 따윌 하라고?"

"로봇이 아니고서야 어떻게 이해할 수 없는 일을 기꺼이 할 수 있겠어요?"

"난 고용주야. 내가 시키면, 걘 군말없이 이행해야 해. 그게 마땅한 거다. 허릴 굽힐 줄 모르는 하인은 쓸모가 없어."

"그거야 잘 알죠. 하지만 민예 씨는……."

"두 사람, 아무 사이도 아닌 거 맞아?"

갑자기 한준이 현성의 말꼬리를 싹둑 자르며 날카롭게 묻는다. 자꾸만 민예의 편에 서서 자신을 설득하려는 현성을 은근슬쩍 비꼬는 말이었다. 순수하게 여동생처럼 느껴져서 걱정된다고 말하던 그는 미안하지만, 전혀 순수해 보이지 않았다. 단 한 번도 자신에게 반기를 들지 않던 현성이 아닌가. 민예만을 위해 이렇게 나서서 그녀를 대변해 주려는 모습이 한준의 눈에는 특별한 경우로 보였다.

"혹시 내가 윤민예를 관리하겠다는 게 마음에 걸려?"

"에?"

"그렇다면 말해. 두 사람이 전혀 어울리지 않고 아주머니도 절대적으로 반대하실 게 빤하지만, 서로 미치도록 좋아한다면 어쩔 수 없는 거니까. 내가 나서서 이러쿵저러쿵 말릴 입장은 아니라는 거, 나도 잘 알고 있어. 더 이상은 나도 말릴 생각 없다."

"아……."

한준의 똑바르고 진지한 말에 현성은 그만 입을 벌린 채 히죽, 웃고 말았다. 심히 분위기에 안 맞고 우스꽝스러운 반응이라는 걸 알았지만 어쩔 수 없었다. 사장이 민예와 자신의 사이를 또다시 의심하고 있는 이 상황이 현성에겐 오히려 더 우스꽝스러웠으니까. 왜 자꾸 둘 사이를 의심하는 걸까? 가만 보면 한준은 유독 민예에게 예민하게 구는 것 같다. 차갑고 이성적이기만 하는 사람인 줄 알았는데, 민예와 하는 대화나 행동을 보면 꼭 그렇지만도 않다는 생각이 든달까. 너무 과하게 짜증을 내거나 신경을 잔뜩 곤두세워 하지 않아도 될 일을 나서서 만드는 느낌이다. 그게 이상하게 웃겨서 현성은 자꾸 웃음이 나왔다.

"걱정 마세요, 사장님. 아닌 거 확실합니다. 상사와 키스를 나눈 여자와 어떻게 사귑니까? 간도 크지."

현성은 장난기가 넘실넘실한 어조로 너스레를 떨었다. 깐죽거린다고 느꼈는지, 한준의 눈매가 금세 가늘게 좁혀졌다.

"그걸 지금 농담이라고 해?"

"기억하시나 봐요, 그때 그 키스."

현성이 눈썹을 씰룩거리며 예전 일을 들먹였다. 그때 이후 단 한 번도 언급한 적 없는 일을 대체 왜 되새기는 것인지. 한준은 불쾌한 듯 인상을 쓰며 무뚝뚝하게 대꾸했다.

"하나도 안 웃겨."

"그럼요. 절대 웃긴 광경은 아니었죠."

현성이 과도하게 방실거리며 말했다. 웃긴 광경이 아니라면서 웃고 있는 그를 보고 있자니, 한준은 배알이 뒤틀리는 것 같았다. 도대체 뭐가 저렇게 웃긴 거야? 웃긴 광경이 아니라면서 저렇게 심하게 환히 웃는 이유가 뭔데? 한준은 불퉁해진 얼굴로 퉁명스럽게 대꾸했다.

"테스트였어."

"아, 물론이죠. 테스트였을 뿐이었죠, 당연히."

또 순순히 수긍하는 정현성. 역시 웃는 얼굴이다. 너무 과하게 웃어서 마치 '과연 그게 테스트였을 뿐일까?'라고 의문을 제기하는 듯. 한준은 잔뜩 날카로워진 채 날 선 시선으로 그를 찔러보았다.

"도대체 하고 싶은 말이 뭐야?"

분명 상대의 예기를 꺾고 오금 저려 꼼짝도 못하게 만드는 시선이었으나, 그럼에도 불구하고 현성은 씩 웃고 있었다.

"민예 씨에게 조금만 부드럽게 대해주시라고요. 마음은 안 그러시면서 왜 자꾸 혹독하게 대하세요? 마음으로 고맙고 좋은 사람이면, 표현도 그리해 주셔야죠."

"내 마음이 어떻다고? 내가 윤민예한테 고맙고 좋은 마음이라고 누가 그래?"

"사장님이 민예 씨를 걱정하고 있다는 거 알아요. 아까 열쇠 건만 봐도……."

"그건 너 때문이었어. 네가 윤민예를 마음에 두고 있는 줄 알고 있었다고."

"이유야 어쨌든 걱정하셨던 건 맞잖습니까. 그럼 말실수하신 거 맞습니다. 마음으론 걱정하고 있으면서 그걸 제대로 전달하지 못하신 거잖아요. 표현을 좀 더 둥글게, 순두부처럼 말랑말랑하게 해주시면 민예 씨도 사장님을 엄청 고마워할 겁니다."

"윤민예한테 고맙다는 인사 따위 받을 생각 없어. 그딴 얘기 집어치우고, 박은신에게 연락이나 넣어봐."

한준은 현성의 말은 귓등으로도 듣지 않은 채 들고 있던 휴대폰을 책상 한구석으로 던졌다. 이런 반응일 줄 이미 알고 있었지만 어쩐지 맥이 풀리는 것 같아 현성은 소리없이 한숨을 내쉬었다.

항상 느끼는 것이지만, 한준은 필요 이상으로 마음을 닫아놓는 경향이 있었다. 사사로운 감정을 절제하고 인간적인 교류를 차단한다. 감성적이 되는 것이 인생을 실패로 이끄는 주요 원인이라고 생각하는 것이다. 그래서 일부러 호감을 느끼는 모든 것들을 향해 날카로운 이빨을 드러낸다. 호전적인 그의 태도에 당연히 사람들은 질겁할 수밖에 없다. 그들은 인간적인 관계를 원할 테니까. 결국 한준은 늘 외로울 수밖에 없었다. 지금까지 쭉 십 몇 년 동안이나.

"이젠 직접 넣으시죠."

현성은 조심스럽게 권했다. 비록 사업 때문에 억지로 만나는 여자이지만, 박은신과는 정식으로 교제를 하고 있는 중이었다. 지금처럼 무리 없이 진행이 된다면 조만간 결혼하게 될지도 모르는 사람. 이젠 사람을 시켜서 사무적으로 약속을 잡기보다는 직접 전화를 걸고, 시간을 조율하는 인간적인 면을 보여야 한다고 생각했다. 하지만 역시나, 한준은 손사래를 치며 거절했다.

"귀찮아."

신경 쓰기도 귀찮다는 듯 그는 자리에서 일어나 창가로 향했다. 그의 뒷모습을 바라보자니 현성은 입맛이 저절로 씁쓸해지는 걸 느꼈다. 왜 저렇게 스스로를 가두려고만 하는지 현성은 궁금했다. 마음으론 그 역시 사랑을 갈구하고 있을 텐데, 안타까웠다. 돈 때문에 스스로 세 살이나 연상인 여자의 재혼 상대자로 자청하는 그가, 결혼까지 생각할 정도로 중요한 사람에게 마음의 한구석조차 주지 않는 그의 차가움이 너무나도 아쉬웠다. 마음을 열고 누군가를 진정으로 받아들이게 된다면 절대로 그럴 수는 없을 텐데…….

착잡한 마음을 금할 길 없어 한숨을 쉬고 있을 때, 또다시 현성의 핸드폰이 울리기 시작했다.

한준이 반사적으로 휙, 책상 위로 시선을 돌렸다. 전화벨 소리의 주인공이 윤민예일 거란 생각이 불현듯 들었다. 한준은 심히 기분 나쁜 시선으로 책상 위의 핸드폰을 노려보았다. 그러는 사이 전화기의 주인공인 현성이 손을 뻗어 전화를 받았다.

"아, 그래……."

조심스러운 현성의 목소리를 듣자마자, 한준은 확신했다. 전화를 걸어온 이가 윤민예라는 걸. 그녀가 그의 지시를 무시하고 또다시 현성에게 전화를 건 것이었다. 정말 대책이 안 서는 아이였다. 한준은 뚜벅뚜벅, 신경질적으로 걸어 현성의 앞에서 멈춘 후, 거칠게 휴대폰을 빼앗았다. 현성이 무척 당황한 얼굴로 자신을 돌아봤지만, 한준은 개의치 않고 전화를 받았다.

"너 뭐야?"

[…….]

저돌적인 그의 반응에 겁을 먹었는지 민예는 말이 없었다.

"넌 이제 내 관리 대상이라고 했을 텐데. 아직도 내 말이 무슨 뜻인지 못 알아들은 거냐?"

[그게 아니라…….]

“그게 아니면 뭐야? 반항하는 거야?”

[아니……!]

콕콕 정곡만을 골라 찍어 누르는 한준의 말에 빈정이 상했는지, 갑자기 민예의 목소리 톤이 훌쩍 올라갔다. 비록 아주 짧은 순간이었지만. 그녀는 곧바로 이성을 되찾고 성미를 가라앉히곤 쭈뼛쭈뼛 말하기 시작했다.

[그게 아니라요, 사장님 전화번호를 몰라서 물어보려고요.]

“명함은 뒀다 뭐에 쓸래? 전에 준 적 있잖아.”

[그게…… 잃어버렸어요.]

“잃어버려?”

허에 찔려 버린 기분으로 한준이 날카롭게 대꾸했다. 잃어버리다니, 이렇게 굴욕적인 말은 근래 들어 처음이었다. 함부로 취급했다는 뜻 아닌가. 핫라인이 적힌, 초특급 인사가 아니라면 절대 받아낼 수 없는 명함을 도대체 제깟 게 뭔데 마음대로 잃어버린단 말인가. 한준은 어처구니가 없어서 말문이 막힐 지경이었다.

“받아 적어.”

그는 이를 갈며 음험하게 뇌까렸다.

제6장 이한준 머저리

[받아 적어.]

그의 살벌하기 짝이 없는 목소리를 들으며 민예는 치를 떨고 있었다. 명함, 그 까짓것 잃어버린 게 무슨 대수라고. 받아 적으라는 그의 말투가 완전 저능아 대하는 듯하다. '그딴 거 하나 간수 못한 넌 대체 몇 살이냐?' 라고 말하는 듯해 마음이 꼬깃꼬깃해지는 것 같았다.

꼭 이렇게밖에 말을 못할까? 좀 부드럽게 말하면 어디가 덧나? 꼭 이렇게 상대방의 자존심을 갈기갈기 찢어발겨 놔야 속이 시원해? 아우, 내가 진짜 빨리 이 짓을 그만두든지 해야지. 이러다가 제명에 못 죽지 싶다. 민예는 혼자 속으로 옹알옹알 한준의 흉을 보며, 핸드폰을 턱과 어깨로 붙들고 입에 펜 뚜껑을 뽑아 물었다. 손바닥에 그의 번호를 적기 위해서였다.

[됐지?]

전화번호를 모두 불러준 그가 매섭게 체크해 온다. 어찌나 고압적인지 듣는 민예의 두 눈은 찔끔 감기고, 어깨는 자동 반사적으로 씰룩 올라갔다. 정말 살 떨리게 차가운 사람이다. 이런 사람을 자신은 왜 첫눈에 반했던 걸까? 미친 거지, 눈이 썩은 거야. 혼잣말로 중얼거리며 민예는 펜을 입에 물고 있던 뚜껑에 끼운 다음, 가방에 다시 챙겨 넣었다. 그리곤 그가 전화를 끊기 전에 냉큼 서둘러 말했다.

"잠깐만요."

[또 뭐야?]

짜증이 마일리지처럼 차곡차곡 쌓이고 있는 듯한 이 목소리. 받아 적으랄 때부터 '됐지', '또 뭐야?'의 짧고 굵은 대사를 칠 때마다 점충적으로 짜증지수가 올라가고 있는 것 같았다. 무슨 사람이 이렇게 매사에 신경질적이야? 어떻게든 자기 밑에 있는 사람들은 꽉꽉 밟아줘야 직성이 풀리나. 하여간 좋게 봐줄 수가 없는 사람이다. 민예는 저절로 찌푸려진 인상을 굳이 풀려 하지 않은 채로 슬금슬금, 꿈틀꿈틀, 입술을 들썩이기 시작했다.

"그게, 아까 비서님한테 보고할 게 있었거든요."

[또 정 비서야? 그 보고, 나한테 하라고 했잖아.]

"알아요. 그래서 지금…… 하려고 하잖아요."

[뭔데? 빨리 말하고 끊어. 바빠.]

네네, 어련하시겠어요. 거영물산의 이한준 사장님이시니 바쁘시겠죠.

"방금 교수님 댁에 갔다 왔어요."

[뭐?]

어쭈, 반문하네. 자긴 절대로 두 번 말하는 거 싫다면서.

"문신혁 교수님 댁에 갔다 왔다고요."

민예는 일부러 들으라는 듯 아까보다 더 크고 확실한 어조로 똑똑히 말해주었다. 좀 이렇게 말해보라고요. 친절하게, 귀찮아 하지도 않고 두 번 설명도 마다하지 말고. 그래야 매너남이지.

"거기서 어떤 여자애를 만났어요. 교수님을 좋아하는 학생 같은데…… 교수님이 원래 좀 인기있거든요. 샤프하시고 매너도 좋으셔서 팬클럽도 있을 정도예요. 그래서 처음엔 교수님을 흠모하는 여학생들 중 한 명인가 보다 생각했거든요. 근데 우연히 두 사람의 대화를 듣게 된 거예요. 엿들은 건 아니고, 정말 우연히요. 좀 놀라운 일인데요, 그 여자애를 교수님이……."

쭉 얘기하던 민예는 어느 순간, 하던 말을 우뚝 멈추었다. 귓 속으로, 피부로, 예민하게 곤두선 감각으로, 뭔가 잘못되어 가고 있다는 게 느껴져서다. 그리고 말을 중단한 지 단 몇 초 만에 그 낯선 감각의 정체를 가늠할 수 있었다.

[……]

그가 침묵하고 있었다. 숨조차 쉬지 않고 무섭게 침묵하고 있었다. 화났나? 아니, 왜? 보고하라고 해서 보고하는 건데. 문신혁이 한나라는 여자아이를 좋아하고 있다는 건 정말 획기적인 사실이었다. 신혁과 떼어놓으려는 여자를, 굳이 떼어놓을 필요도 없게 되어버린 게 아닌가. 그건 어찌 보면 민예보다는 사장에게 더 좋은 일이다. 더 이상 비용이 들어갈 필요도 없이 얘기가 끝나게 되는 거니까. 물론 아직 신혁이 마음을 정하지 못해서 당장 오늘부로 결론이 나는 건 아니지만, 어쨌든 이건 아주 중차대한 얘기였다.

"……듣고 계신가요?"

대답이 없는 게 이상해 민예는 조심스럽게 물었다. 자신이 또 뭘 잘못한 건지 머릿속으로 열심히 되새겨 보고 있는 중. 반론, 제안, 질문 따위 절대 하지 않고 시키는 대로 보고만 하는 중인데 왜 저러는 거야, 대체?

[너.]

그녀의 궁금증을 풀어주려는 듯 갑자기 그가 입을 열었다. 민예의 가슴은 순간적으로 철렁 내려앉았다.

[문신혁한테 갔었어?]

분노를 꽉 가두고 있는 억눌린 숨소리가 귓전을 을씨년스럽게 울렸다. 덕분에 수화기 너머의 이한준은 수화기 너머에 있음에도 불구하고 바로 코앞에 있는 듯 가깝게 느껴졌다. 잘못한 것도 없는데 왜 이렇게 떨리는 거냐. 윤민예, 쫄 거 없어. 가슴 쫙 펴라고.

"간다고 했잖아요."

다행히 목소리는 떨지 않고 잘 나와주었다. 하지만 심장과 맥박은 턱없이 빨리 뛰고 있었다. 이러다가 길거리에서 졸도하는 게 아닐까, 걱정이 될 정도로.

[가지 말라고 했을 텐데.]

"아무 일도 없었어요. 사장님이 생각하는, 그런 일은 일어나지 않았다고요. 그럼 된 거 아닌가요?"

[제정신이냐?]

그가 너무나도 고요히 물었다. 너무 고요해서, 고요하다 못해 공포스럽기까지 한 목소리였다. 민예는 머리꼭지까지 얼어붙을 것 같은 착각에 빠져 한 손으로 어깨를 껴안았다. 무언가 엄청나게 가혹한 말이 나올 것 같았다. 어디서 함부로 말대꾸를 하느냐. 넌 고용된 몸이니 사장인 나한테 아무것도 할 수 없다. 설득, 반문, 질문, 그딴 건 네 것이 아니다. 뭐, 대충 이런 말들이겠지. 대수롭지 않게 생각하자고 매번 자기최면을 걸고 있지만, 솔직히 들을 때마다 가슴 철렁하고 눈물까지 쏙 나오게 만드는 말들이었다. 절대로 두 번 다시 듣고 싶지 않은, 그런 말.

[너 귀 없어? 머리가 안 돌아가? 내 말을 뭘로 들은 거야?]

윽. 예상했던 대로 가혹한 말폭탄이 날아들었다. 민예는 두 눈을 찔끔 감으며 두 주먹을 불끈 쥐었다. 안 들려, 안 들려, 안 들려. 머릿속으로 딴생각을 하면서 옹알옹알 입으로 주문을 외워 그의 말을 일부러 흘려들으려 했다. 이렇게라도 하지 않으

면, 안 그래도 스크래치투성인 가슴에 커다란 상처 하나가 더해
질 것만 같았다. 한데…….

[여자가, 무섭지도 않아?]

안 들린다고 최면까지 걸었는데 들려 버렸다. 여자가 무섭지
도 않아, 그 짧은 말 한마디에 그녀의 분주하게 옹알거리던 입
술 움직임이 뚝 그쳤다. 이건…….

[어딜 함부로 들락거려? 그러다 무슨 봉변이라도 당하면 어
쩌려고.]

한심하게도, 또다시 그가 자신을 걱정하고 있는 게 아닐까 하
는 의심이 스멀스멀 그녀의 의식을 파고들었다. 아니다, 그럴
리가 없다고 생각해 봐도 생각과는 달리, 딱딱하고 거친 그의
목소리가 한마디씩 귓속으로 쏟아져 들어올 때마다 그 망상은
점점 더 피치를 올려갔다.

[다신 가지 마.]

남자에게 그녀가 봉변당할까 봐 걱정이 돼 못 가게 했던 것
같다. 못 가게 했는데도 그녀가 갔다는 사실에 화가 났고, 혹시
나 당했을지도 모를 봉변을 생각하니 등골이 오싹한 한기를 느
꼈던 것이다. 말은 안 했지만 딱 하는 말투로 봐선 정말 그런 것
같았다. 물론 매너라고는 눈을 씻고 찾아봐도 찾을 수가 없는
이 무뢰배, 이한준이 누군가를 걱정하는 모습은 전혀 상상이 안
된다. 평생 남을 위한 배려 따윈 절대 해본 적이 없을 것 같은
남자가 아닌가. 일행이 길을 가다 뒤로 넘어져 코가 깨져도, 그

러든 말든 전혀 개의치 않고 제 갈 길을 갈 사람이다. 안다. 민
예도 충분히 이한준이 어떤 사람인지 제대로 숙지하고 있다. 그
런데도 정말 엉뚱하게도 자꾸만 그런 생각이 든단 말씀이지. 날
너무너무 걱정해서 이렇게 화를 내는 거다, 하는 표리부동의 망
상.

"저기, 근데요. 교수님은……."

[내가 가지 말라면 넌 안 가면 돼. 거기에 무슨 반론이 필요하
지?]

슬그머니 입을 열고 무슨 말인가 하려는 민예의 말을 이한준
이 아주 매섭게 가로막는다. 말대꾸는 절대 허용하지 않겠다는
듯 아주 단호한 어조다. 화나고 짜증나고, 옹알옹알 그의 흉을
죽도록 봐도 시원찮을 순간이었다. 하지만 여전히 망상으로 꽉
차 있는 민예의 머리는 이마저도 긍정적으로 생각하고 있었다.
머리가 어떻게 됐나 보다, 진짜. 말이 돼? 저런 싸가지없는 말투
에서 염려의 마음을 느낀다는 게. 나름 여자를 보호하려는 마음
이 느껴진다는 게. 내가 미쳤나 봐.

[난 포주가 아니야.]

멍하니 자신의 이해할 수 없는 망상에 대해 생각하고 있을 즈
음이었다. 그가 충격적인 한마디를 쏟아냈다.

[내 돈 받고 일하면서 싸구려 짓 할 생각 말란 말이야.]

"뭐, 뭐라고요?"

[네 지능지수가 평균 이하인 것 같아서 한 번 더 하는 말인데,

넌 나한테 고용됐어. 그게 무슨 말인 줄 알아? 내가 시키는 일만 해야 한단 뜻이야. 하지 말라는 짓은 하지 마. 가지 말라는 곳엔 가지 말고, 만나지 말란 사람은 만나지 마. 주제넘게 네 마음대로 행동하지 말란 말이야. 알겠어?]

허어. 이게 무슨 소리야. 너무나 충격을 받아 민예는 말대꾸할 정신도 없었다.

[내게 사과를 받고 싶었겠지. 그래서 증명하고 싶었을 거야, 네 생각이 옳다는 걸. 내게 뭔가를 증명하고 싶다면 그렇게 해. 안 말려. 하지만 내 명령에 불복하면서까지 증명하는 건 내가 용납할 수 없어. 알겠어, 싸구려? 설마 이런 식으로 일하고, 내가 사과해 주길 바라는 건 아니겠지?]

날카로운 한준의 한마디가 예리한 칼날처럼 귓속을 쳐들어왔다. 포주, 싸구려. 이게 다 뭐야? 이런 말을 어떻게 여자 앞에서 쓸 수가 있어? 아무리 매너가 없기로서니 어떻게? 진짜 미친 거 아니야? 완전 사이코가 따로 없어.

[앞으로 내가 일하는 데 방해되지 않도록, 업무 보고는 아침 한 번으로 끝내라.]

뚝. 뚜뚜뚜…….

전화마저도 싹수없게 일방적으로 끊는 이한준. 마치 그녀를 한껏 무시하기라도 하듯 무정하게 끊긴 전화를 내려다보며 민예는 질끈 입술을 깨물었다. 이 나쁜 자식. 이 재수라고는 코딱지만큼도 없는 자식. 평생 여자 없이 혼자 살 자식. 제가 무슨 로체스터야? 강마에야? 어디서 ‘나쁜 남자’가 대세라는 말은 들어서는. 기본적으로 양심이란 게 있고, 예의라는 게 있어야지. 아무나 나쁜 남자 컨셉이 어울리는 줄 아나? 이한준, 당신은 ‘나쁜 남자’가 아니라 못된 남자야, 못된 남자. 알아? 주먹만 안 썼지, 완전 깡패라고.

‘아우, 진짜 내가.’

분하고 억울하고, 속상해 죽을 것 같았다. 어쩌다가 이런 우스꽝스럽고 유치한 일을 맡아서 이런 굴욕을 당하고 말도 안 되는 독설을 다 참아내고 있는지, 스스로가 한심해질 지경이다. 돈? 데뷔? 그까짓 돈, 없어도 지금까지 잘만 살아왔다. 데뷔하지 못했어도 잘 견뎌왔었다. 타고난 스타성이 없다는 이유만으로 영화판에서 열등생 취급당해 오긴 했지만, 극단이며 방송극 엑스트라 등의 일을 하면서도 충분히 연기에 대한 열망을 충족시켜 왔었다. 어차피 스크린에 데뷔한다고 해서 꼭 스타가 될 수 있으리란 보장도 없고. 솔직히 이한준이 평범한 마스크에 재능도 그저 그런 자신을 데뷔시켜 줄 수 있을 것 같지도 않다. 아무리 영향력 있는 투자자라고 해도 쉽게는 안 될 것이다. 이참에 아예 때려치워?

“…….”

에휴, 진짜 마음 같아선 당장 그를 찾아가 폭풍싸닥션을 날려 주고 다 때려치우고 싶은데. 그러면 지금껏 자신을 석 달 동안 이것저것 챙겨주고 배려해 준 현성을 배신하는 게 되는 것 같아

심히 망설여진다. 그녀가 일을 그만두면 당장 힘들 사람은 한준
이 아니라 현성이니까. 빠른 시간 내에 적임자를 찾아내라며 한
준이 현성을 들들 볶아댈 게 뻔했다. 너무 뻔해서 아주 눈에 선
하네, 선해. 그걸 알면서 선뜻 그만두기도 참 거시기하다.

“진짜 비서님만 아니면, 그냥 확!”

그만두는 건데. 마지막으로 오른쪽 왼쪽 번갈아가며 불꽃싸
대기를 날려주고 멋지게 퇴장하는 건데. 아쉽다. 진짜, 진짜 아
쉽다. 민예는 주먹을 손바닥에 꽝 내리찍으며 아쉬운 한숨을 푹
푹 내쉬었다.

“좋아, 뭐. 그래 봤자 몇 주만 지나면 이 일도 끝일 텐데. 조금
만 참아주지, 뭐. 그때까지 마음껏 쪼고 까세요. 다 당해줄 테
니.”

어차피 문 교수의 일은 시간이 해결해 주게 되어 있었다. 아직
그가 여학생을 못 잊고 있는데, 새로 만나고 있는 여자와 잘될
까닭이 없었다. 민예는 옆에서 절대로 여학생을 잊지 못하도록
계속해서 감정을 자극해 주기만 하면 된다. 절대로 다른 여자에
게 마음을 빼앗기지 못하도록. 결국 그 사랑하는 마음 때문에 그
는 그 여학생에게 돌아갈 것이다. 자연스럽게 한준의 ‘■’는 떨
어져 나가게 될 것이고. 그럼 모두가 해피엔딩, 민예도 한준과
바이바이 할 수 있게 된다.

“아우, 그때까지 어떻게 기다리냐. 진짜 죽겠다, 죽겠어.”

민예는 ‘■’와 ‘여학생’이 동일 인물인 줄은 까마득히 모른

채 손톱을 바짝 세웠다. 빨리 시간이 가길, 그래서 이한준의 지겹도록 짜증나는 잔소리와 핍박에서 벗어나기를 죽도록 간절히 바라고 있었다. 음대 연습실로 향하는 그녀의 발길은 그래서 더욱, 분노에 찬 용병의 것 같았다.

＊

한 달 뒤.

연일 격무에 시달리고 있는 한준은 오늘도 여전히 친분이 있는 투자전문가로부터 자문받은 사업 설명서를 들고 하루 종일 씨름을 하고 있었다. 오늘따라 편두통으로 인해 머리가 깨질 듯 지끈거렸지만, 내일까지 서류를 모두 검토한 후 담당 부서로 넘겨줘야 했기 때문에 저녁식사도 거른 채 몰두해 있는 중이다. 똑똑, 노크 소리가 그를 방해하기 전까지 그는 서류에 고개를 박은 채 무섭도록 일에 집중하고 있었다.

"사장님."

들어서자마자 한준의 앞으로 다가와 가벼운 목례로 예를 갖추는 이는 한준의 비서, 현성이다. 오늘도 그는 언제나처럼 퇴근 시간이 훨씬 지난 시각까지 한준을 보좌하고 있었다.

"방금 박은신 씨 비서 측으로부터 연락이 왔습니다. 이번 주 안으로 봤으면 좋겠다고 하더군요."

"박은신?"

피곤한 눈을 들어 한준은 눈살을 찌푸렸다. 박은신이라면 지난 한 달 동안 지속적으로 만나 교제 관계를 유지해 오고 있는 박천희의 딸이었다. 그녀가 오늘 연락을 해왔다는 것은 매우 이례적인 일이었다. 지금까지 교제라고 해봤자 자로 잰 듯 정확히 일주일에 한 번 만나 식사하는 것이 전부였고, 그들의 마지막 식사가 불과 어제였다는 것을 감안한다면, 다음 일주일까지는 아무 연락이 없어야 정상 아닌가? 박은신이 지금까지 그래 왔던 것처럼 말이다.

"무슨 일인데?"

"그게, 별다른 언급이 없었습니다."

그의 질문에 대답하는 현성은 심각해 보였다. 요주 인물이 평소와 다른 행동을 취해오는 건 분명히 긴장해야 할 일이니. 한준은 지끈거리는 머리를 손바닥 밑동으로 문지르며 미간을 접었다. 피로가 급격히 몰려드는 것 같았다. 도대체 무슨 일이지? 아버지의 야망에 희생되는 것이 자신의 운명으로 받아들이는 양 체념적이었던 그녀다. 그러면서도 한준에게는 개인적인 접근을 허락하지 않으려는 듯 다분히 방어적이었던 그녀가 무슨 일로 먼저 연락을 취해온 것일까?

"박 의원 측 움직임은 어때?"

"별다른 특이 사항은 없습니다."

"……."

"왜 갑자기 태도를 바꾼 걸까요?"

현성이 조심스럽게 묻자, 한준은 깨질 듯 아픈 머리를 손아귀에 몰아넣고 인상을 썼다. 가만히 서서 사장 특유의 시니컬한 대답을 기다리고 있던 현성은 순간, 뭔가가 잘못되었다는 것을 감지했다. 평소의 사장과 사뭇 다른 표정이었다. 가만히 살펴보니 낯빛도 평소보다 훨씬 붉고 땀도 나는 것 같았다. 오후 내내 사무실에 틀어박혀 일에 몰두해 있더니, 어디가 아픈 건가? 현성 한 발자국 가까이 다가서며 걱정스럽게 물었다.

"괜찮으세요? 얼굴이 많이 안 좋으십니다."

"괜찮아. 신경 쓸 것 없어."

만사가 귀찮은 듯 한준이 한 손을 내저으며 말한다. 하지만 현성의 눈에는 여전히 그가 어딘가 많이 안 좋아 보인다. 하긴, 잠자는 시간 빼고 하루를 온통 일하는 데 소비하는데, 아프지 않다는 게 더 이상한 일이지. 멀쩡하게 건강한 사람도 한준의 스케줄대로 일주일만 살면 당장 자리 펴고 앓아누울 게 틀림없다.

"아무래도 오늘은 그만 쉬시는 게 좋을 것 같습니다. 연일 밤 샘하셔서 피곤이 누적되신 것 같아요. 몸도 생각하셔야죠."

조심히 권했으나, 한준은 대답이 없었다. 자신의 건강은 아랑곳 않고, 박은신의 갑작스런 움직임이 박천희와 어떤 관계가 있는 것인지 가늠하고 있는 것이다. 지금까지 살얼음판을 걷듯 조심스럽게 만남을 이어오던 박은신이 갑자기 행동을 취해왔다는 것은 무언가 중대한 결정을 내렸다는 뜻이다. 이미 결혼은 기정

사실로 인정하고, 그 시기를 조율해 오고 있던 그들에게 중대한 결정이란 단 하나였다. 결혼 얘기를 원점으로 되돌리는 것. 그 건 절대로 안 될 말이었다. 한준은 무슨 일이 있어도 박은신과 결혼을 해야만 했다. 그녀가 이번 국책사업을 따내는 중요한 열 쇠이기 때문에.

"사장님?"

생각에 빠져 있던 한준을 현성이 가만히 일깨웠다. 퍼뜩 생각 에서 빠져나온 한준은 또다시 빠르게 밀려드는 나른함에 지쳐 꾹, 두 눈을 감았다. 열기에 뜨거워진 눈동자로 인두에 지져지 는 듯한 고통이 파고들었다.

"아무래도 쉬셔야 할 것 같습니다. 이만 들어가시는 게……."

"박 의원과 최대한 빨리 약속 잡아. 내일이라도 당장 만날 수 있게."

눈을 감은 채로 한준은 중얼거렸다.

"아무래도 미리 나서는 게 좋겠어. 박은신이 나서서 일을 그 르치기 전에."

그게 안전했다. 이대로 넋놓고 있다가 다 잡은 토끼를 놓칠 수는 없는 일이니까. 사업권을 따내기 위해서라면 한준은 무슨 짓이든 할 준비가 되어 있었다. 뭐든 할 것이다. 개가 되라면 개 가 되고, 핥으라면 핥을 것이다. 박천희의 사위가 되는 일? 그런 것쯤 못할 것도 없다.

"조치하겠습니다."

늘 그렇듯 현성이 즉각적이고 빠르게 답을 준다. 누구처럼 토도 달지 않고, 건방지게 이유를 묻지 않는다. 자연스럽게 떠오르는 앙큼한 얼굴 하나를 재빨리 쓱쓱 지워내며 한준은 자리에서 벌떡 일어났다.

"퇴근 준비하지."

"네? 퇴근, 말씀이십니까?"

갑작스런 지시에 놀랐는지 현성이 전에 없이 반문했다. 지웠는데도 다시 기억 속에 되살아나는 얼굴. 윤민예 생각을 하면 기이하게도 짜증이 솟구쳤다. 늘 이성을 잃지 않고 감정을 통제해 왔던 그가 윤민예만 떠올리면. 그래서 더 짜증이 나는 것인지도 모르겠다. 답이 안 나오는 로테이션이다. 윤민예→짜증남→윤민예 때문에 짜증내는 내가 짜증남→어쨌든 짜증남. 한준은 실없는 자신의 생각을 비웃으며 재킷이 걸려 있는 옷걸이로 손을 뻗었다.

"지금, 일곱 시입니다만."

"알아."

"정말 지금 퇴근하시겠습니까?"

"내 얼굴이 안 좋다며. 들어가서 쉬라고 할 땐 언제고, 퇴근하자니까 놀라?"

"많이 편찮으시면 병원으로 모시겠습니다."

"그럴 필요 없어. 한숨 자면 괜찮아지겠지. 가지."

더 뭐라 설득할 새도 없이, 한준은 빠르게 현성의 코앞을 스

쳐 지나갔다. 열기가 느껴지는 낯빛이 마음에 걸렸지만 현성은
마지못해 그의 뒤를 따랐다. 그의 말이 딱히 틀리진 않으니 고
집을 부려 억지로 병원을 찾기도 애매한 상황이었다. 한준은 자
신의 말 그대로 평소 병원과는 거리가 먼, 꽤 강골 체질이었다.
컨디션이 안 좋을 때도 한숨 자면 다음날은 말짱해져서 에너자
이저라는 별명까지 가지고 있는 그다. 이번에도 역시 그런 거겠
지, 하고 방심하게 된 건 역시 그 때문이 컸다.

"오늘은 어쩐 일로 이리 일찍 왔어? 내일 해가 서쪽에서 뜨겠
네. 웬일이야?"
집에 도착한 한준을 제일 반기는 사람은 현성의 어머니이자
이 집의 살림꾼인 전미애였다. 전미애는 한준의 일이라면 두 손
들어 반기고 찬성하는 한준의 열혈 지지자로서 평소에도 아들
인 현성보다 한준과 한나를 더 챙기는 사람이었다. 그 때문에
현성이 간혹 불평불만을 제기할 때도 있는데, 그럴 때마다 미애
는 '사람은 은혜를 갚을 줄 알아야 한다' 는 말로 아들을 꼼짝 못
하게 했다. 그 말인즉슨, 한준의 부모님으로부터 받은 은혜를
한준과 한나에게 갚겠다는 뜻. 전미애는 한준의 부모님 살아생
전에 그들로부터 크게 도움을 받은 적이 몇 번 있었는데 그 도
움이 아니었다면 혼자의 몸으로 아들을 이렇게 번듯하게 키워
내지 못했을 거라고 했다. 그 감사함을 잊지 못해 지금도 한준
과 한나를 뒷바라지하고 친자식처럼 챙기는 것이겠다.

"현성이가 좀 피곤한 것 같아서요."

집 안으로 들어서며 한준이 말했다. 딴엔 농담이라고 한 말이지만, 그 말에 웃는 사람은 하나도 없었다. 현성만 눈썹을 씰룩거리며 두 눈을 크게 뜰 뿐. 그는 한준을 향해 전혀 미소답지 않은 미소를 지어 보이며 중얼거렸다.

"내 핑계 대지 마, 형. 피곤한 사람은 내가 아니라 형이잖아."

격식이 무너진 두 사람 사이엔 사장과 부하직원이라는 공적인 벽 대신 가족처럼 부대끼며 살아온 두 사람만의 독특한, 애정 어린 분위기가 형성되어졌다. 머릿속에 회사/집이 On/Off 버튼으로 설정되어 있는 듯 두 사람의 공과 사를 구분하는 방식은 꽤나 자동적이고 자연스러웠다.

"어머, 한준이 어디 아픈 거야?"

"아니요. 그냥 좀 피곤해서요."

미애의 깜짝 놀라는 얼굴에 한준은 재빨리 손을 들어 부인했다. 미애가 자신에 대해서만큼은 매우 유난스럽다는 걸 알기 때문에 하는 제스처다. 별일 아닌 일로 걱정 끼쳐 드리기 싫은 그의 마음을 알아채고 현성도 더 이상은 말하지 않기로 했다. 어차피 내일 아침이면 언제나 그렇듯 제일 먼저 일어나 힘차게 하루를 시작할 게 빤하니.

"그럼 얼른 저녁 차려야겠다. 아직 식사 전이지?"

"네."

"그럼 식사하고 푹 쉬도록 해. 금방 차릴게."

"그럴게요."

유독 부리는 사람에게 엄격하고 독한 이한준이지만 미애에겐 고분고분한 편. 그는 미애가 지극정성으로 자신과 한나를 위하며 그것을 일종의 보은으로 여긴다는 걸 잘 알고 있었다. 별로 원치 않은 관심과 보살핌이었으나, 그렇게라도 해야 자기 마음이 편할 것 같다는 미애의 입장을 나름 배려하고 있는 것이다. 단 한 방울의 피도 섞이지 않은 남남이지만, 이만하면 썩 괜찮은 가족이라고 그는 생각했다. 최근 들어 생긴 가족 공동의 골칫거리만 빼면, 다 좋았다.

"오빠."

막 옷을 갈아입기 위해 방으로 들어가려던 한준을 누군가 불러 세운다. 한준은 멈칫 걸음을 멈추고 제자리에 섰다. 그를 불러 세운 장본인은 주방에서 나와 한준의 뒷모습을 가만히 노려보았다. 다부지게 입을 다물고 빨갛게 부어오른 눈으로 그를 찔러보고 있는 이는 다름 아닌, 이한나. 최근 집안의 골칫덩이로 급부상한 한준의 동생이다. 오늘은 무슨 일이 있었는지 학교에서 돌아오자마자 방 안에 들어가 펑펑 울다가 저녁때가 되어서야 겨우 진정하고 식사를 하고 있는 차였다.

쯧쯧, 어른 말을 들으면 자다가도 떡이 생긴다는데.

한나는 나이 많은 교수에게 반해 오빠가 정해준 혼처를 마다하고 있었다. 딱히 뭐라고 거들 입장이 아니라 아무 말하지 않고 있었지만, 미애는 한준의 생각이 옳다고 생각했다. 아무리 사랑한다지만 결혼은 장난이 아니다. 자기 사람 하나 책임지지 못할 가난한 사람에게 시집가서 힘들게 고생하느니, 차라리 서림그룹 며느리가 되어 떵떵거리고 사는 게 나은 것이다. 인생을 하루라도 더 살아본 미애 입장에선 한나가 그저 철없게만 느껴질 뿐이었다. 철없는 동생 덕분에 괜히 한준만 마음고생 중.

얼마나 고민했는지 요즘 들어 한준의 얼굴이 말이 아니었다. 사지로 걸어 들어가는 동생을 말리기 위해 스스로 악역을 맡았지만, 그게 어디 쉬운 일인가. 하나밖에 없는 여동생. 죽이지도 살리지도 못하고, 애물단지란 말이 딱 맞는 말이었다. 지금은 그나마 서림그룹 집안에 우환이 생겨 혼사 얘기가 쏙 들어가고, 두 남매의 전쟁도 소강상태가 되었지만 조만간 또다시 결혼 문제는 수면 위로 떠오를 것이다. 그럼 또 얼마나 마음을 다치고 힘들어할 텐데. 미애는 한준이 안쓰러워 죽을 지경이었다.

"나 좀 봐. 할 얘기가 있어."

"나중에 얘기해."

잔뜩 골이 난 어조로 따지듯 요구하는 한나를 돌아보지도 않고, 한준이 딱 잘라 말했다. 싸늘한 오빠의 반응에 한나는 이를 악물었다. 언제나 자신의 울타리가 되어준 오빠였지만 지금은 너무나도 증오스러웠다. 무시하고 윽박지르면 모든 게 해결된다고 생각하는 오빠가 죽도록 미웠다. 한나는 방 안으로 들어가는 오빠의 등을 표독스럽게 노려보며 성큼성큼 다가갔다. 그리곤 탁, 소리와 함께 한준의 방문이 닫히자 거의 뛰다시피 걸어가 그 문을 벌컥 열어버렸다.

"무슨 짓이야?"

자신의 공간이 침범당하는 걸 극도로 싫어하는 한준이 넥타이를 풀다 말고 휙 뒤를 돌아봤다. 한나는 도전적인 눈으로 오빠를 쏘아보며 세차게 방문을 닫았다. 한준의 눈동자가 더욱 싸늘해졌다.

"얘기 좀 하자고."

"나중에 얘기하자고 했잖아."

"지금 하고 싶어, 난."

넥타이 끝을 잡고 있던 한준의 손이 거세게 아래로 뻗쳐 내려갔다. 스윽— 단번에 풀린 넥타이가 바닥으로 곤두박질쳐졌다. 한준은 여전히 손으로 쥐고 있는 넥타이 끝을 들어 침대 쪽으로 아무렇게나 던져 버렸다. 한나의 반항적인 눈을 똑바로 보며 한준은 목을 죄고 있는 단추를 하나, 둘 풀었다. 그리고 두 주먹을 불끈 쥐고 있는 어린 동생을 똑바로 내려다보았다.

"어디. 들어보자. 무슨 얘길 하고 싶은 거냐?"

"사실대로 말해줘."

한나의 입술은 벌써부터 살짝 떨리고 있었다. 벌써 꽤 많은 시간 동안 울었다는 건 한나의 통통 부은 눈과 얼굴을 보고 이미 알고 있는 한준이었다. 그는 직감적으로 문신혁과 윤민예 때문임을 알 수 있었다. 최근까지 보고받은 바에 의하면 그들은 꽤나 가까워져 함께 쇼핑을 즐기기도 했다고 했다. 윤민예는 한

달 동안 그에게 문자메시지를 통해 보고를 해오고 있었다.

"오빠, 전에 교수님 만났어?"

한준의 눈썹이 휙 올라갔다.

"교수님 만난 거야? 그래?"

"문신혁 말이냐?"

한준은 뜻을 어림잡을 수 없는 덤덤한 눈으로 조용히 물었다. 고개를 끄덕이는 한나는 이를 꾹 다물고 입술을 떨고 있었다. 한준은 한 치의 동요도 없이 재차 물었다.

"날 만났다고, 그 사람이 그렇게 말했니?"

"만났는지, 안 만났는지만 말해줘."

"……."

"만난 거지? 만나서 나랑 정리하라고 말한 거지? 그렇지?!"

그녀가 고함을 치며 얼굴을 찡그렸다. 눈물이 또다시 샘솟듯 뜨겁게 솟구쳐 통통한 분홍빛 두 볼을 타고 흘러내렸다. 한준은 마음 아프지 않은 척 냉랭한 어조로 어리석은 동생을 질타했다.

"바보 같은 소리 마."

"만났잖아. 만난 거잖아……."

그녀의 말끝은 이미 일그러져 있었다. 그가 신혁을 만나 헤어지길 강요했다고 생각하자 눈물이 쉼없이 흘러내렸다. 신혁이 사랑하지 않는다고, 가지고 놀았던 거고 이젠 질렸다고 말했지만, 한나는 그의 말을 믿지 않았었다. 절대로 신혁은 그럴 사람이 아니라고, 자신을 걷어차기 위해 없는 말을 지어낸 것뿐이라고, 그렇게 생각했었다. 질렸다고 말하는 그 순간마저도 그의 눈은 자신을 사랑하는 눈빛, 그대로였다는 걸 그녀는 알 수 있었다.

조금쯤 시간을 줘도 괜찮다고 생각했었다. 신혁의 사랑을 확신하기 때문에, 그가 자신을 밀어내려고 해도 절대 그럴 수 없을 거란 걸 알았기 때문에. 시간이 흐를수록 그는 자신의 마음을 확실히 깨닫게 될 거라고, 믿어 의심치 않았었다. 하지만 그는 돌아오지 않았다. 오히려 미모의 여학생과 사귀고 있다는 이상한 소문들이 되돌아왔을 뿐이었다. 한나는 이렇게 가만히 앉아 있다가는 더 이상 신혁을 만날 수 없게 될지도 모른다는 두려움에 휩싸이고 말았다. 그래서 찾아간 신혁의 집에서 한나는 뜻밖의 말을 들었다.


"내가 내 스스로를 망치고 있다고? 고문하고 괴롭히고 있다고? 자학하지 말라고? 대단하다, 너. 당당히 찾아와서 나에 대해 모두 알고 있는 것처럼 말하는 거 꽤나 흥미로워. 한데 나를 망치고 있는 게 너라는 생각은 해본 적이 없니?"


교수임용 심사 기간이니 이상한 소문에 휘둘리지 말라고 말하는 그녀에게 그가 한 말이었다. 자신을 망치는 사람이 한나라고. 그 순간에는 그의 너무나도 차가운 태도 외엔 아무것도 생각할 수 없었지만, 지금은 달랐다. 신혁이 무슨 뜻으로 한 말인지 이젠 알 것 같았다. 방에서 울고불고, 이건 꿈일 거라고 미친 듯이 현실을 회피해 보며 머리가 깨지도록 생각해 본 결과 드디어 깨달았다. 자신의 오빠, 이한준이 마음만 먹으면 비루한 시간 강사 한 명쯤 쉽게 쓸어버릴 수 있는 사람이라는 걸.

"내가 그런 유치한 짓이나 할 만큼 한가해 보여? 쓸데없는 소리 그만두고 나가."

"만나서 헤어지라고 한 거 맞잖아. 내 말이 맞잖아! 그랬지? 그런 거지? 그래서 교수님이……!"

"난 그 사람 알지도 못해."

격하게 흥분하며 목소리를 높이는 한나의 말끝을 한준이 싹둑 잘랐다. 쓸데없는 칭얼거림 따위 듣고 싶지 않다는 듯. 차갑고 냉랭한 한준의 말투에 한나는 주르르, 한줄기 뜨거운 눈물을 흘렸다.

"거짓말. 거짓말이야. 오빠 우리 사이를 갈라놓으려고 혈안이 되어 있잖아."

"아직도 모르겠니? 난 너희 둘 사이, 나서서 갈라 세울 필요조차 못 느껴. 어차피 시간이 지나면 깨지게 되어 있어."

"천만에. 그럴 일은 없을 걸? 난 절대로 마음 변하지 않아. 교수님도 마찬가지고."

"허튼소리 마. 책임지지도 못할 말을 아무 데서나 함부로 말하고 다니는 건 미련한 짓이다."

"허튼소리 아니야. 난 누가 뭐래도 교수님을 사랑해. 교수님

과 결혼할 거야. 오빠만 허락해 주면 돼. 그럼 다 해결되는 거라
고. 제발 오빠, 허락해 줘. 응?"

어느새 필사적이 되어 한나는 한준에게 매달리고 있었다. 저
런 바보 멍청이. 한준은 이를 악물고는 성큼성큼 동생의 앞으로
다가갔다. 그리곤 잔인하리만치 날카로운 시선을 그녀에게 내
리꽂았다.

"어리광 그만 부려. 3개월이면 안개처럼 사라질 사랑 타령 이
제 그만 좀 하라고. 너 때문에 회사가 얼마나 위태로워졌는지
알아? 널 먹여 살리고, 널 가르치기 위해 죽을힘을 다해 매달려
온 네 오빠가 얼마나 위험해졌는지 알고 있느냐고. 정신 차려,
이한나. 우린 지금 사선을 걷고 있어. 여차하면 나락으로 떨어
질 수도 있단 말이다. 예전으로 돌아가고 싶어? 지긋지긋하게
가난하고 힘들었던 그때로, 다시 돌아가고 싶어?"

"……."

눈물을 끊임없이 흘리며 한나가 힘없이 고개를 가로저었다.
한준이 말하는 그때를 그녀는 너무나도 또렷이 기억하고 있었
다. 춥고 배고프고, 뭐 하나 풍족하게 해볼 수도 없었던 그때.
날마다 새벽에 나갔다가 밤늦게 들어오는 오빠를 기다리기 위
해 추운 골방에서 오들오들 떨던 그때의 기억은 너무나도 처절
한 악몽이었다. 하지만…….

"그럼 마음을 굳게 먹어. 사랑, 그딴 건 쉽게 잊을 수 있어."

한층 누그러진 말투로 한준이 일렀다. 마음이 아프지 않은 것

은 아니지만 모두를 위해서는 이것이 최선이라 생각하는 그였다.

"하지만 오빠, 난 교수님 없이 안 돼. 아무것도 못한다고. 너무 아파서 아무것도 못한단 말이야……."

"너보다 12살이나 많아. 그 집안은 시골에서 밭이나 매는 가난뱅이라고. 그걸 생각하면 끔찍하지 않니? 사랑이란 감정이 싹 날아가지 않아?"

"오빠 사랑이 뭔지 몰라. 그렇게 해서 잊을 수 있는 감정이었다면 여기까지 오지도 않았어."

"넌 그 사람 뒷바라지 못해. 네가 뭘 할 수 있어? 코딱지만 한 원룸에서 살면서, 지독한 생활고에 시달리면서. 그렇게 살면서도 사랑하며 잘살 수 있을 것 같아?"

"원룸이어도……."

원룸이어도…….

"워, 원룸……."

한나는 한준의 말을 되새기며 두 눈을 깜빡거렸다. 원룸, 신혁이 사는 곳. 신혁이 원룸에서 살고 있다는 건 한나도 지난달, 이리저리 수소문한 결과 겨우 알아낸 것이었다. 그런데 한준은 어떻게 알았을까? 한나도 알게 된 지 얼마 되지 않은 그 사실을, 얼굴도 보지 못했다는 한준이 어떻게? 단순히 넘겨짚었다고 하기엔 많이 이상했다.

"어떻게 알았어?"

한나는 훌쩍 고개를 끌어 올려 한준을 올려다보며 거세게 물었다.

"원룸이라는 거. 교수님이 코딱지만 한 원룸에서 산다는 거. 그거 어떻게 알았어? 가난한 농부의 아들이라는 걸 어떻게 알았냐고!"

한준의 이가 꽉 다물려졌다. 힘이 들어가 얇고 단단해진 입술 사이로 욕설이 흘러나왔다. 그에게 여자를 붙이기 전, 그의 뒤를 캤으니 당연히 모를 리 없다. 그에 대해서라면 외조부가 놀음판에서 아내를 걸었던 전적이 있다는 것까지 사그리 다 꿰고 있는 한준이다.

"오빠였어."

한나가 가슴 밑에서부터 우러나는 거친 쇳소리로 중얼거렸다. 그녀는 한준을 혐오스러운 눈으로 노려보았다.

"교수님한테 오빠가 협박한 거야. 그렇지? 어떻게, 어떻게 그럴 수가 있어?"

대답이 없는 한준을 한나는 경악스러운 얼굴로 바라봤다. 냉혈한 같은 한준이 신혁에게 무슨 짓을 했을지는 안 봐도 뻔했다. 그래, 그랬던 거였어. 교수님이 그렇게 냉정하게 굴었던 이유는 모두 오빠 때문이었어. 그랬던 거야! 마음이 변한 게 아니라.

"어떻게 그럴 수 있냐고! 아무 죄도 없는 교수님한테, 어떻게?!"

한나는 고함을 질렀다. 미량이나마 남아 있던 믿음이 산산조
각나 버려 가슴이 찢어질 것만 같았다. 동생이 그토록 사랑하는
사람을, 어떻게 그렇게 아무렇지도 않게 해코지를 할 수 있는지
한나는 오빠가 무서웠다. 정나미 떨어지고 이가 갈렸다. 이런
오빠라면 없는 게 낫다고, 처음으로 오빠가 오빠라는 걸 부인하
고 싶어졌다.

"정말 오빠한테 실망했어."

"이한나."

"더 이상 오빠 도움 안 받을 거야. 받고 싶지 않아. 독립하겠
어."

폭탄선언을 한 한나는 한준이 어찌해 볼 새도 없이 몸을 돌려
방을 나가 버렸다. 한준이 서둘러 뒤를 따랐지만 순식간에 그녀
는 제 방이 있는 이층으로 올라가 버리고 말았다. 한준은 한숨
을 내쉬며 조용히 현성을 돌아봤다. 본의 아니게 밖에서 둘의
대화를 듣고 있었던 현성은 난감한 마음에 한숨을 내쉬었다. 문
신혁 교수의 뒤를 조사하고 그에게 여자를 붙인 장본인이 자신
이었기 때문에.

"한나가 대체 어쩌려고……."

전미애는 걱정스레 안절부절못하고 서성거렸다. 독립하겠다
는 한나의 선언이 아무래도 마음에 걸렸다. 고집 센 한나의 성
격으로 보아 하겠다고 마음먹은 이상 꼭 해내고야 말 것 같아서
걱정이 되는 것이다. 지금 이 상태에서 독립을 하겠다니. 아예

오빠와 등을 지고 살겠다는 뜻이 아닌가. 한준은 절대로 허락해 주지 않을 것이다.

"사람 불러."

아니나 다를까. 한준이 무겁게 명령했다. 미애는 한준과 아들을 번갈아 바라봤다. 한준이 어떤 사람들을 부르란 것인지 전혀 못 알아들은 미애와 달리, 현성은 빠르게 캐치하고 즉각 행동에 나섰다. 아들이 회사의 경호팀과 연락을 취하는 것을 바라보며 미애는 조만간 집안에 또 한차례의 풍파가 닥칠 것을 예감했다.

남매간의 전쟁이 되겠네. 미리 걱정이 된 나머지 심란해하는 미애를 뒤로하고, 한준이 조용히 자신의 방으로 들어갔다. 마치 아무 일도 없었던 듯 조용히.

제7장 그가 아프다

　　다음날, 그가 눈을 떴을 때는 창가로 아침 햇살이 진하게 내
리쬐고 있을 무렵이었다. 메시지가 와 있는 듯 핸드폰은 주기적
으로 윙— 진동 소리를 내고 있었다. 지속적으로 협탁을 두드려
대는 소리에 이끌려 눈을 뜬 한준은 눈을 뜨자마자 깨달았다.
자신의 몸이 평소와 다르다는 것을. 무척이나 무겁고 뜨거웠다.
눈꺼풀이 제대로 떠지지 않았고 손끝 하나도 마음대로 움직일
수가 없었다. 마치 포박을 당한 듯 뒤척이는 것조차 힘들고, 그
것이 모두 열 때문이라는 것을 깨닫자 그는 본능적으로 손을 뻗
어 자신을 깨운 핸드폰을 손에 쥐었다. 누군가에게 도움을 청해
야 했다.

휴대폰을 손에 넣은 한준은 뜨거운 숨을 내쉬며 눈을 감았다. 감은 눈동자로 열기가 느껴지면서 머리가 어질어질해졌다. 그는 가쁘고 격한 숨을 몰아쉬며 잠시 쉬었다가, 힘겹게 휴대폰 폴더를 열고 통화 버튼을 길게 눌렀다. 간단한 동작인데도 불구하고 그는 몸의 에너지를 모두 빼앗겨 버린 듯 축 늘어졌다. 그리고 두 눈을 감고 핸드폰을 귀에 댄 채로 누워 상대방이 전화를 받길 가만히 기다렸다.

[여보세요?]

오래 지나지 않아, 상대가 전화를 받았다. 귀에 익은 목소리였다. 가물가물 희미한 의식으로도 또렷이 기억해 낼 수 있는. 빌어먹을, 속으로 욕설을 중얼거리며 한준은 침을 삼켰다. 편도가 부어 목구멍이 찢어질 것처럼 아파왔다. 으음, 자동으로 신음이 흘러나와 한준은 두 눈을 찔끔 감았다. 최악의 몸 상태였다. 지금까지 서른두 해를 살아오면서 이렇게 심하게 앓았던 적은 단 한 번도 없었다. 아무래도 오늘은 이한준 인생 최악의 날이 될 듯.

이리 아픈 와중에도 그는 왜 하필 이 전화가 윤민예에게 간 것인지 생각하고 있었다. 제정신이었다면 이 시간에 메시지를 보내올 이는 어림 생각해 봐도 단 한 사람, 윤민예뿐이고 핸드폰을 열자마자 통화 버튼을 눌렀으니 곧바로 윤민예에게 전화가 간 것이라고 쉽게 이해했겠지만, 열에 푹 잠긴 그의 무의식은 그저 모든 게 이상할 따름이었다.

[사장님? 어? 아닌가?]

일순 그녀의 목소리가 멀어진다. 그가 대답을 하지 못하는 사이, 윤민예가 다시 전화번호를 확인하는 것이었다. 잘못 걸린 전화라고 판단한다면 이쯤해서 윤민예는 전화를 끊어버릴 것이다.

[맞는데. 사장님? 여보세요! 전화를 거셨으면 말을 하셔야지 왜 침묵이에요? 무슨 일 있으세요? 여보세요?!]

다행히 전화는 끊어지지 않았다. 대신 톤이 높아진 그녀의 음성이 줄기차게 귀청을 때려댔다. 귀가 웅웅, 울리면서 머리 전체가 지끈지끈 아파오기 시작했다. 돌고래의 초음파 음성이라도 들은 듯 격하고 히스테릭한 통증을 느끼며 한준은 깊은 신음을 흘렸다. 작게 헐떡이던 숨소리가 갑자기 커지면서 고통에 찬 신음성과 헐떡임이 수화기 속으로 고스란히 빨려 들어갔다.

"목소리 좀 낮춰."

숨소리와 함께 힘없는 쇳소리가 흘러나왔다. 하지만 워낙 작은 속삭임인데다가 격한 숨소리에 묻혀 흘러나온 말이었다. 상대방에게 제대로 전달이 되었을 리는 당연히 없었다. 아니나 다를까. 건너편에서 전화를 받고 있던 민예는 막 감은 머리를 수건으로 털어내고 있던 손길을 딱 멈추었다.

'이게 뭐야?'

제대로 들은 게 맞다면, 이건 분명히 신음 소리였다. 그것도 몹시도 고통스럽고 격렬한 상황에서나 흘러나올 법한. 민망스럽게도 머릿속에는 이미 '고통스럽고 격렬한' 에 딱 맞는 적절한 상황이 떠오르고 있었다. 서, 설마 이한준이 지금 그, 그, 그걸?

"……!"

충격적이었다. 너무나 충격적이어서 말도 제대로 안 나왔다. 전날 먹었던 막걸리의 숙취까지도 싹 잊게 만드는, 가공할 만한 충격이었다. 벌컥벌컥 뛰기 시작하는 심장을 꼭 누르며 민예는 다시 한 번 전화기를 들여다보았다. '머저리' 라는 발신자 표시가 되어 있다. 그녀의 핸드폰 속 머저리는 딱 한 사람, 이한준뿐이다. 믿기지 않았지만 지금 자신에게 전화를 걸어 야한 헐떡임을 날리고 있는 이는 냉혹한 사장, 이한준이었다.

"더럽게 뭐 하는 거야? 무슨 짓이냐고, 이게."

혼잣말을 중얼거리며 민예는 두 눈을 부릅떴다. 아무리 생각해 봐도 이런 수준의 신음이 나올 만한 상황은 딱 그건데, 도저히 믿기지가 않았다. 아니, 왜 전화를 걸어서 이딴 짓을 해?

"사곤가?"

그 왜, 휴대폰을 주머니 따위에 넣어두면 가끔 제멋대로 전화가 가기도 하지 않나. 민예의 전화기는 발신 기능을 잠가두어 비밀번호를 넣어야만 통화가 가도록 설정이 되어 그런 일이 거의 없지만, 간혹 뜬금없는 전화를 받은 적은 있다. 전화는 왔고, 발신자도 무리 없이 떴는데, 아무 소리도 나지 않거나 뭐 그런 전화. 수진이란 친구가 꼭 그런 전화를 걸어왔었지. 혹시 이한준도 지금 실수로 잘못 전화를 건 것인가?

[너…… 하아……!]

히극. 그가 또 신음을 흘린다. 너무나 적나라하고 깊은 음성에 귀가 뜨겁게 데워지는 느낌이었다. 갑자기 속이 울렁거리면서 눈앞이 어지러워졌다. 숨이 단숨에 목젖 끝까지 끓어오르고 심장이 가슴 전체를 들었다 놓았다, 거칠게 뛰어 당장이라도 헐떡임이 입 밖으로 쏟아질 것만 같았다. 민예는 다급하게 손바닥으로 입을 틀어막으며 두 눈을 커다랗게 떴다.

'엄마야, 미쳤나 봐. 진짜 그거네. 진짜 그, 그, 그, 그걸……하고 있네!'

도대체 아침부터 이게 무슨 민망한 짓이란 말인가. 밤에 뭐 했니? 남들 할 때 뭐 하고, 아침부터 이러는 거냐고. 민폐다, 민폐. 아침부터 남의 전화에 잘못 전화가 걸린지도 모르고 이러는거, 심한 민폐라고. 진짜, 뭐 이런 사람이 다 있어?

[내 말 듣고 있냐고, 윤…… 예…….]

욕은 욕대로 하면서 전화 끊을 생각은 전혀 하지 않고 있는 민예의 귀로 어느 순간 굉장히 귀에 익은 억양의 말이 포착되었다. 윤민예? 그가 지금 날 부른 건가? 커다랗고 새까만 민예의 눈동자가 스르르 움직여 허공을 가만히 노려보기 시작했다. 전화가 실수로 걸려온 거라면, 그의 입에서 자신의 이름이 흘러나올 리가 절대로 없었다.

"사장…… 님?"

긴가민가하는 마음으로 민예는 나지막이 중얼거렸다. 상대방

귀에 들릴 듯 말 듯 작게 속삭이는 그녀의 중얼거림은, 그러나 갑자기 날아든 마른기침 소리에 뒤덮여 묻히고 말았다. 듣는 것만으로도 눈살이 찌푸려지는, 심하게 고통스러운 기침 소리였다. 어디 아픈가? 숨을 죽인 채 민예는 신경을 잔뜩 곤두세우고 조심히, 아주 조심히 물어보았다.

"제 말, 듣고 계세요?"

[아까부터 쭉.]

거짓말처럼, 허스키하고 힘없는 목소리가 대답을 해왔다. 뭐야? 그게 아니었잖아? 식겁했던 만큼이나 강렬한 안도감이 그녀의 온몸을 휩쓸었다. 무엇에 대한 안도감인지, 무엇 때문에 식겁했던 것인지 생각해 볼 겨를도 없이 민예는 눈꺼풀을 빠르게 팔랑거렸다. '아침부터 그것을 하는' 이한준만큼이나 '심하게 앓아 말도 제대로 못하는' 이한준도 그녀에겐 충격이었다. 바늘로 찔러도 피 한 방울 나오지 않을 것처럼 생겨서는. 도대체 어디가 아프다는 거야? 하나도 안 어울린다.

"어디 아프세요?"

설마. 안 아플 거야. 그럼, 그렇고말고. 혼자 억지를 부리며 민예는 불쑥 물었다. 그녀의 질문이 생뚱맞다고 느꼈는지, 그는 피식 힘없는 웃음을 흘렸다.

[어, 아프다.]

"아파요? 진짜요? 어, 어디신데요?"

진짜 아프다는 말에 놀라 민예가 말까지 더듬으며 물었다. 그의 입에서 '아프다'는 말이 나올 줄이야. 정말 상상하지 못했던 일이었다. 병균마저 슬금슬금 피할 것 같은 사신 포스의 이한준이 아프다니, 뭐임? 어쩐지 섬뜩한 기분이 들고, 남자가 길바닥에 칼을 맞고 쓰러지는 모 영화의 한 장면이 떠올라 민예는 부르르 몸을 떨기까지 했다. 하지만 그녀의 웃기지도 않은 상상의 나래를 재깍 자르며 그가 무뚝뚝하고 간략하게 대답했다.

[집.]

"에? 집이라고요?"

갑자기 김이 팍 새는 기분으로 그녀가 물었다. 뭐야, 어디에 쓰러져 도와달라고 전화한 줄 알았더니만.

"왜 전화하셨는데요? 아침부터 무슨 일로……."

[아파.]

통명스럽게 묻는 민예의 말꼬리를 거친 마른기침이 시끄럽게 삼켜 버린다. 민예는 인상을 팍 쓰고 전화기를 또다시 내려다봤다. 이 인간, 왜 이래? 집에 편안하게 누워 있으면서 왜 애먼 사람한테 전화해서 아프다고 하소연하는 거야? 괜히 불쌍한 척하고 있어.

"저기요, 사장님. 왜! 왜 전화하셨는지 말씀하세요. 그냥 아파서 전화하신 건 아닐 테고. 뭔가 하실 말씀이 있으신 거 아닌가요?"

민예는 다시금 전화기에 대고 또박또박, 제 의견을 전달하였다. 머리에서 물방울이 뚝뚝 떨어지는 지금 같은 상황에서 민예가 보일 수 있는 최상의 매너였다. 하지만 으스스하게도 날아온 건 그의 이상하리만치 힘이 없는 웃음소리였다. 민예는 일순 그가 움직이지도 못할 만큼 많이 아픈 건 아닌지 의심스러워졌다. 말을 제대로 할 수 없을 정도로 아픈 거라면 움직이지 못할 수도 있었다. 너무 아프면 충분히 그럴 수도.

"저기요. 혹시 옆에 아무도 없어요?"

민예는 다급하게 다그쳐 물었다. 대답인 것처럼, 그가 가쁜 숨을 몰아쉬며 예의 힘없는 웃음을 흘렸다. 웃음을 따라 뜨거운 숨소리도 같이 흘러나왔다. 호흡을 제대로 할 수 없을 정도로 많이 아픈 모양이다. 갑자기 민예의 뇌리로 어릴 적 원인을 알 수 없는 열병으로 사경을 넘나들던 동생의 모습이 스쳐 지나갔다. 혹시 이 사람, 지금 죽어가고 있는 건가? 도와달라고 요청하고 있는 건가? 제발 살려달라고 간청하고 있는데, 멍청하게 못 알아먹고 있는 건가?

"사장님!"

소름이 쫙 끼치자 민예는 다급하게 한준을 불렀다.

"정신 차리세요. 절대로 정신을 놓으면 안 돼요. 제 말 들려요? 여보세요!"

[…….]

"사장님, 사장님! 여보세요!"

[…….]

어머나. 대답이 없다. 어쩌면 좋아. 벌써 정신을 잃어버린 건 아닐까? 너무 늦은 건 아니겠지? 설마 벌써……?

"사장님, 죽으면 안 돼요. 정신 차리세요!"

뭐 이런 황당한 경우가 다 있냐. 아침부터 완전 날벼락이다. 어떻게 하지? 당장 가볼 수도 없고. 119를 불러야 하나? 하지만 이 사람 집이 어딘지도 모르는데. 그럼 이대로 허무하게 가만히 있어야 하나? 사람이 죽어 가는데 아무런 조치도 취하지 못하고, 이렇게 손 놓고 있어야 하는 건가? 아, 어이없어.

"사장님! 사장님! 이한준 씨! 제발 정신 차리고 얘기 좀 해요. 네?"

[제발…….]

어떻게든 그를 깨워 집 주소를 알아내야겠다 생각하고 정신없이 그를 부르는데, 어느 순간 그의 나직한 목소리가 수화기를 통해 들려왔다.

[제발 목소리 좀 낮춰, 윤민예.]

어라, 안 죽었어. 아직 깨어 있었네. 민예는 십년감수한 듯 축 늘어져 버렸다.

[내 말 듣고 있어?]

"네, 네. 듣고 있어요. 말씀하세요."

[지금 당장 전화해. 정 비서한테.]

"비서님한테요? 뭐라고요?"

[내가, 아프다고.]

다급하게 묻는 그녀의 질문에 그가 힘없이 대답해 왔다. 그리곤 뭐라 대답할 새도 없이 우지끈, 휴대폰이 바닥으로 떨어지는 소리가 들렸다. 뭐야? 이건 또. 민예는 식겁한 얼굴로 두 눈을 부릅떴다. 혹시 이번엔 진짜 쓰러졌나? 아이씨, 왜 이런 일이 생기는 거야—

"사장님! 정신 차리세요, 사장님! 야, 이한준!"

그의 앞에선 감히 눈조차 마주치지 못하던 윤민예가 그의 이름을 부르고 있었다. 강아지 이름 부르듯 거침없이. 건방져, 힘없이 중얼거리며 그는 뜨거운 눈동자를 눈꺼풀로 덮었다. 열에 들떠 현실감마저 상실한 상태에서도 다시는 그녀가 자신의 이름을 부르지 못하도록 단단히 주의를 줘야겠다고 생각하고 있었다.

[잠깐만 기다리세요. 제가 비서님 부를 테니까 절대 정신 놓지 말아야 해요. 아셨죠? 정신줄 꼭 붙들고 계세요. 네?]

윤민예는 호들갑스럽게 소리를 지르더니, 뚝 전화를 끊었다. 그녀의 목소리가 사라지자 주위는 숨 막히도록 고요한 정적이 흐르기 시작했다. 눈을 감은 그의 시야는 암흑이고 귀에 들리는 건 바깥에서 들리는 일상의 작은 소음들뿐이었다. 자동차 엔진 소리, 아이들의 재잘거림 따위의. 분명히 담장 너머에서 들려오는 소리들일 텐데, 아주 아득하게만 들려왔다. 그는 희미하게 자신이 정신을 잃고 있음을 인지했다. 가물거리는 정신을 간신히 붙든 채로 그는 현성을 기다렸다.

'죽으면 안 돼요, 사장님. 정신줄 꼭 붙들고 계세요. 네?'

그녀의 고함 소리가 윙윙, 귓전을 맴돌고 있었다.

✳

"몸살감기에 과로, 스트레스, 영양실조까지 겹쳤던 거래요."

오전 수업을 마치고 현성에게 전화를 걸어 사장의 상태를 물어본 민예는 너무나도 의외의 대답을 듣고 깜짝 놀라고 말았다. 몸살감기, 과로와 스트레스는 그렇다 치지만 영양실조가 다 뭐냐고. 아니, 잘사는 사장 아저씨도 굶고 사나? 너무 황당해서 민예는 자신의 본분도 잊고 현성에게 물었다. 도대체 어떻게 살기에 다 큰 남자가 영양실조 상태까지 되는 거냐고. 가족들은 없는 거냐고. 그랬더니 현성이 하는 말, 최근 들어 음식 섭취량이 많이 줄었으나 원래 소식하는 편이라 별로 신경 쓰지 않았단다. 까다로운 성격만큼이나 입맛도 까칠하다나 어쩐다나. 거기다가 살인적인 업무량을 맞추느라 끼니를 거르는 건 다반사에, 누구의 권유나 충고도 안 들어서 골치 아프다는 말까지 덧붙였다.

"아무리 그래도 그렇지. 다 큰 어른이 무슨 영양실조냐. 돈도 많으면서. 자기가 무슨 고아야? 옆에 챙겨주는 사람이 없다면 또 몰라. 24시간 비서를 대동하고 사는 사람이……."

"뭐라고 중얼거리는 거야?"

쿡, 옆에서 친구인 지영이 옆구리를 찌르며 물어왔다. 주문해

놓은 파스타도 거들떠보지 않고 뚫어져라 휴대폰만 노려보고 있던 민예는 흠칫 놀라며 고개를 번쩍 들었다.

"어?"

"뭐 해? 어디 전화 올 데 있어?"

"식사할 생각도 안 하고. 누구 전화를 그렇게 애타게 기다려?"

동급생들이지만 다들 서너 살 어린 후배들—지영, 우인, 춘지—이 호기심이 잔뜩 서린 눈으로 자신을 보고 있었다. 민예는 헤벌쭉 웃으며 이마를 긁적거렸다.

"아무것도 아니야. 먹자."

"아무것도 아니긴. 벌써 20분째 전화기만 뚫어져라 바라보고 있으면서."

사내아이처럼 짧은 커트 머리를 한 우인이 입술을 삐죽거리며 민예를 흘겨봤다. 성격이 좋기로 소문이 난 우인이지만, 오늘만큼은 그녀도 민예를 쉽게 놓아주지 않을 태세다. 최근 들어 학교에 문 교수와 관련된 이상한 소문이 돌고 있다는 걸 알고 있는 것이다.

'모 여학생과 그렇고 그런 관계이다' 라는 게 소문의 요지인데, 솔직히 우인은 지금까지 그런 소문 따위에는 별로 신경 쓰지 않았었다. 문 교수가 기혼남인 것도 아니고, 제자와 핑크빛 사랑을 키워 나갈 수도 있는 거겠지, 라고 생각했었다. 하지만 그 상대가 윤민예라면 상황은 많이 달라진다. 학교 내의 훈남

교수님과 사귀면서 베프들에겐 아무런 언질도 주지 않았다는
건 배신— 배반—이란 말이거든.

　우인을 비롯한 지영, 춘지는 문 교수의 '문제의 여학생' 이 민
예라고 생각하고 있었다. 정확히 엊그제, 지영이 백화점에서 민
예와 문 교수가 함께 쇼핑을 하는 걸 우연히 목격한 이후부터.
물론 지금 그녀가 기다리고 있는 전화의 주인공도 문 교수일 거
라고 확신해 마지않고 있었다.

　"누군데? 남자야?"

　우인은 은근한 어투로 슬쩍 건드려 보았다. 남자냐는 말에 민
예가 흠칫 놀란다. 마치 생각을 통째로 들켜 버린 듯.

　"무슨 말이야? 남자라니."

　"전화를 기다리고 있는 거잖아. 척 보면 아는데 어디서 오리
발?"

　"맞아. 언니, 누구 사귀기 시작했어?"

　우인에 이어 지영까지 의심의 눈초리로 민예를 보기 시작한
다. 민예는 어처구니없는 의심에 코웃음을 칠 수밖에 없었다.

　"야, 사귀는 사람 있으면 내가 너희들이랑 앉아 노닥거리고
있겠어? 남자친구 만나서 데이트하고 있겠지."

　"학생이 아닌지도 모르지. 직장인이면 지금 이 시간에 일하고
있을 거, 아니야?"

　평소엔 묵묵히 있다가 정곡만 콕콕 찔러주는 춘지 양, 오늘도
한 건 하신다. 직장인이란 단어 하나에 훅 그 사람이 떠올랐다.

이한준. 오늘 아침, 갑자기 전화해서 아프다고 하던 그 사람. 지금쯤 병원에서 링거를 맞고 있을, 바로 그. 지금은 좀 나아졌을까? 궁금하다. 생각했던 것보다 무진장 많이.

"하긴 언니 나이가 있으니까 그럴 수도 있겠다. 몇 살이야?"

"무슨 소리야? 남자친구 없다니까. 난 지금 엄연히 싱글이라고. 누가 알까 두렵네."

"그럼 아까부터 전화기는 왜 그렇게 쳐다봤는데? 전화 오길 기다리는 거 아니었어?"

어찌나 눈치가 백 단들이신지. 그녀가 전화를 기다리는 건 어찌 눈치 채셨을까? 민예는 미워할 수 없는 후배들을 휘— 둘러보며 억지춘향으로 방긋 웃어 보였다.

"기다린 건 맞는데, 남자친구는 아니야. 아는 사람이 아파서 병원에 실려갔거든. 그래서 걱정하고 있는 것뿐이야."

"아는 사람? 누구?"

"어디가 아픈데?"

"어떻게 아는 사람이야? 남자야?"

한마디 했을 뿐인데, 세 아해들이 날쌔게 차례로 질문을 날려왔다. 뭐가 그리 궁금한지 다들 초롱초롱 두 눈을 빛내고들 있다. 하지만 이한준이 누군지, 어떻게 알게 됐는지 요 녀석들한테 알려줄 수는 없었다. 뭔가 그럴싸한 핑계를 대서 단번에 아이들의 관심을 다른 곳으로 돌려 버리고 싶은데. 뭐 괜찮은 떡밥 없나?

"어, 뭐, 그 사람이 누구냐면……."

아빠? 오빠? 알바하는 가게 사장님? 뭐라고 둘러대지? 정신 없이 머리를 굴리고 있을 때였다. 갑자기 민예의 핸드폰이 환하게 불을 밝히며 울리기 시작했다. 초절정 긴장모드로 서로의 눈치를 보고 있던 네 명의 시선은 거의 동시에 문제의 핸드폰으로 떨어졌다.

"어? 전화다."

방금까지 민예가 목이 빠지도록 기다리던 바로 그 사람이 전화를 걸어온 게 틀림없다고 판단한 듯 지영이 냉큼 달려들었다. 핸드폰을 강탈해 액정에 떠오르는 닉네임이 뭔지, 번호가 뭔지 알아내려는 속셈이었다. 빤히 그 속내를 알아채고 있던 민예는 날름 핸드폰을 다른 손으로 옮겨 잡고는 벌떡 자리에서 일어났다. 전화고 뭐고, 일단은 이 자리를 피하고 봐야 할 듯싶었다.

"언니!"

세 후배들의 하나된 아우성을 뒤로하고, 민예는 재빨리 가게를 빠져나왔다.

전화를 걸어온 이는 다름 아닌 문신혁 교수. 교수는 문제의 그 여학생에게 소포를 보내고 싶다며, 여학생의 주소를 알아봐 달라고 부탁해 왔다. 소포라면 뭔가 선물을 보내겠다는 뜻인 것 같은데, 그건 그의 마음도 점점 그녀에게 돌아가고 있다는 것을 의미했다. 민예는 무슨 선물인지도 묻지 않고 냉큼 수락했다. 그 여학생의 주소 알아봐 주는 것쯤은 식은 죽 먹기.

이한나는 꽤 유명했다. 학생들 사이에서 인기도 높은지, 그녀에 대해서 물으니 다들 반가워하며 알려주겠다고 자청했다. 실제로 며칠 동안 수업에도 나오지 않고 연락도 되지 않아 걱정하고 있었다면서, 알게 되면 자기한테도 근황을 알려달라는 친구들도 있었다. 덕분에 민예는 생각보다 쉽고 빠르게 주소를 알아낼 수 있었다.

"이한나. 서울특별시……."

음대 건물을 빠져나오며 민예는 방금 알아낸 여학생의 주소와 이름을 핸드폰에 꾹꾹 눌러 신혁에게 보낼 메시지를 작성했다. 그리곤 제대로 입력이 되었는지 다시 한 번 확인해 보는데…….

"이한나?"

교수의 사랑, '여학생'의 이름이 한나라는 건 알고 있었지만 그녀의 성씨가 '李'가라는 건 처음 알게 되는 순간이었다. '한나'라고 부를 땐 몰랐는데 '이한나'라고 하니 문득 연상되어지는 사람이 있었다. 이한준.

"비슷하네."

이한나, 이한준. 이름이 한 곳 차이로 똑같다. 어떻게 이런 우연이 다 있지? 모르는 사람이 들으면 남매지간인 줄 알겠다. 물론 그럴 리는 없겠지만. '한'자가 이씨 집안 항렬인가?

"에이, 진짜. 왜 또 떠오르는 거야? 짜증나게."

어련히 잘 건사하고 있을 것이다. 무소식이 희소식이라고, 멀쩡하니까 아무 연락이 없는 거 아니겠는가. 입원까지 했으니 이제부터 잘 챙겨먹고 조만간 기운 차려, 또 버럭버럭거릴 것이다. 암, 그렇겠지. 솔직히 그가 돈이 없나, 가족이 없나. 옆에 수행하는 사람도 있겠다, 걱정할 것 하나 없었다.

"그 사람 걱정할 시간에 네 걱정이나 해라, 윤민예. 네 코가 석 자야. 네가 더 불쌍하거든?"

민예는 머리를 휙휙 흔들며 중얼거렸다. 생각하지 않으려 해도 자꾸만 생각나는 이한준의 존재 따위 저 멀리로 날려 버리고, 그녀는 보내려던 문자메시지를 마저 보냈다. 그리곤 절대로 이한준 생각은 하지 않겠노라 결심하고 또 결심했다.

제8장 그 사람도 인간이었어

그날 밤, 병원 특실.

한준은 손목에 링거를 꽂은 채 초췌하고 퀭한 얼굴로 서류를 들여다보고 있었다. 침대 옆에 마련된 간병인용 침상에는 전미애가 담요를 덮은 채로 누워 있다. 그리도 들어가라 말했건만 그녀는 끝까지 남아 그의 곁을 지키는 중이었다. 그녀는 한준이 쓰러진 것이 자신의 탓이라 여기며 자책했다. 진작 그의 건강에 신경을 썼어야 했다며 한숨짓던 그녀를 생각하면, 그는 절대 이렇게 서류를 뒤적거리고 있으면 안 된다.

하지만 얌전히 누워 하루 빨리 회복되기를 기다리는 대신 그는 조심스럽게 서류를 훑고 있었다. 오늘까지 검토해 주기로 했던 기획 보고서다. 미애가 알면 아픈 사람이 무슨 일을 하냐며 펄쩍 뛰겠지만 어쩔 수 없었다. 그에겐 지금 시간이 없었다. 마음 놓고 쉴 시간도, 자리 펴고 아플 시간도. 쉬어서도 안 되고, 쉬고 싶은 마음도 없는 그다.

위이잉— 핸드폰 진동이 울리자, 한준은 짜증스럽게 이마 위로 흘러내린 머리카락을 쓸어 넘겼다. 벽에 붙은 시계를 보니 시간은 벌써 밤 11시. 이 시간에 누가 전화를 걸어온 건지, 한준은 눈살을 찌푸렸다. 한준이 아는 사람 중에는 이렇게 밤중에 예의없이 전화를 걸어올 이가 없었다. 단 한 사람만 빼고. 한준은 휴대폰을 집어 들고 발신자를 확인했다.

생각했던 대로, 이 경박하고 분위기 파악 못하는 전화의 주인공은 윤민예였다. 한준은 가만히 액정에 떠 있는 그녀의 이름을 내려다보았다. 무덤덤하고 고요한 시선으로.

"……."

[여보세요?]

수신하자마자, 조심스럽고 낮은 여자의 목소리가 들려왔다. 상대의 반응을 살피기 위한 '넌지시'와 같은 어조에 불과했지만, 밤중에 들으니 이상하게 '은근히'로 들린다. 그럼에도 표정 하나 바꾸지 않고 한준은 무뚝뚝하게 대꾸했다.

"밤중에 무슨 일이야?"

[어? 전화 받으시네요?]

약간 의외라는 듯 민예가 놀란다. 그가 직접 전화를 받을 줄

은 전혀 생각 못했던 모양이다. 한준은 무뚝뚝한 특유의 말투로
불쑥 물었다.

"내가 받을 줄 모르고 전화했어?"

[사장님이 직접 전화를 받으실 줄은 몰랐어요. 아프시니까 비
서님이 대신 받으실 줄 알고…….]

"전화도 못 받을 정도로 아프길 바란 거냐?"

[아, 뭐 그렇게 받아들이세요? 그건 아니에요. 걱정을 했으면
했지.]

약간 퉁명스럽게 대꾸하는 그녀. 한준의 미간이 더 깊은 주름
으로 채워졌다. 한밤중에 갑자기 전화를 걸어온 것도 이상한데,
하는 말이며 말투도 이상하다. 딱히 어디가 이상하다고 꼬집어
말할 수는 없지만, 이상하긴 많이 이상했다. 정말로 그가 아프
길 바랐던 게 아니었던 듯.

"전화를 받는지 안 받는지 궁금해서 전화해 본 건 아닐 테고.
용건이 뭐야?"

[네?]

불쑥 묻는 그의 질문에 당황한 듯 민예가 반문한다. 그러더니
가만히 웅얼거리듯 대답해 왔다.

[아니. 그냥…… 요.]

만족스런 수준의 대답이 아니었다. 한준은 쯧, 혀를 차며 몸
을 침대 등받이 쪽에 기대었다. 서류는 여전히 손에 들려 있었
지만 그의 눈동자는 허공을 향해 있었다. 짧은 한숨을 내쉬고

그는 짜증 섞인 목소리로 물었다.

"내가 질문할 땐 육하원칙에 따라 자세히, 따로 추가로 질문할 필요 없이 조목조목 한번에 대답할 수 없어?"

[아…… 그게…….]

그녀의 말끝이 또 늘어진다. 도저히 할 말이 있어서 전화를 건 사람 같지 않은 태도. 그는 슬슬 진짜로 궁금해졌다. 이 밤중에 윤민예가 전화를 걸어온 목적이 뭔지. 무슨 말을 하고 싶은 건지. 아침마다 보고용 문자메시지를 보내오는 그녀가 아침이 될 때까지 기다리지 못할 정도로 급하고 긴한 얘기가 뭔지.

"설마 아무 이유 없이 전화를 건 건 아니겠지? 이 시간에."

[아, 물론이죠. 용건이 있어서 걸었죠. 네…….]

"육하원칙."

[네?]

"육하원칙 몰라? 앞뒤 딱 맞아떨어지게 설명하란 말이야. 대충 얼버무리지 말고."

그가 싸늘하고 매섭게 짜증 섞인 말을 내던진다. 웅얼거리고 반문하고, 질질 늘이는 그녀의 말은 더 이상 들어줄 수가 없었다. 사람 인내심 테스트하는 것도 아니고. 대체 전화는 왜 걸어온 건가? 하고 싶은 말을 당당히 하지도 못할 거면서 왜? 윤민예의 슬슬 눈치 보는 태도, 짜증난다. 굽실거리고 아부하는 꼴도 짜증난다. 발끈거리며 대드는 것도 용납 안 된다. 뭘 해도 눈에 거슬리고 신경이 쓰이는 윤민예였다.

[저, 전 그냥…….]

그렇게 말했는데도 윤민예는 여전히 버벅거리는 중이시다. 짜증나는 윤민예. 대체 가만히 있는 사람한테 왜 전화를 걸어서 이렇게 신경 쓰이게 만드는 건지. 한준은 어금니를 꽉 사리물고는 나직이 뇌까렸다. 아니, 뇌까리려고 했다. 용건 없으면 그냥 끊으라고. 막 반협박조의 말투로 명령하려는데, 정말 황당하게도 전화가 끊겨 버렸다. 갑자기 끊긴 전화보다도 더 황당한 말 몇 마디를 남기고.

[그냥 전화를 받으시나, 안 받으시나 궁금해서 전화했어요. 그럼 전 이만 끊을게요! 안녕히 주무세요.]

전화를 받나, 안 받나 궁금해서 전화했다고? 한준은 인상을 팍 쓰며 제 핸드폰을 내려다보았다. 깜빡거리며 통화가 끊겼음을 알리고 있는 액정에는 분명히 〈윤민예〉라 쓰여 있었다. 착각한 게 아니라, 그녀가 분명했다. 그에게 돈 몇 푼에 고용된 배우 지망생 골칫덩이 윤민예. 그녀가 감히 먼저 전화를 끊은 것이다. 건방지게. 한준은 두 번도 생각하지 않고 꽉 'Send' 버튼을 엄지로 짓눌렀다.

[여, 여보세요.]

한참이 지나서야 민예는 겨우 전화를 받았다. 잔뜩 얼어붙은 민예의 목소리를 확인하고서야 한준은 신경질적으로 물었다.

"너, 뭐 하는 애야? 할 일 없어? 심심해? 아니면 불면증이야?"

[에?]

"전화를 받나, 안 받나 궁금해서 나한테 전화를 걸어? 그것도 이 밤중에?"

[어— 그냥, 그게 조금 궁금해서…….]

"전화 받나, 안 받나가 왜 궁금해?"

[아직도 많이 아프신가 싶어서…….]

뭐라? 한준의 눈썹이 꿈틀 움직였다. 희미하게 말꼬리를 흘리며 망설이는 듯 주저주저 말하는 단어들을 토탈 종합해 보건대 윤민예는 그의 건강 상태가 궁금해서 전화를 걸어온 것이었다. 한준은 가시 돋친 말투 그대로 그녀에게 쏘아붙였다.

"왜? 그딴 게 왜 궁금해?"

[에? 그거야…… 걱정이 되니까…… 요.]

"뭐가 걱정이 된다는 거야?"


한준이 짜증스럽게 추궁하듯 물었다. 취조당하는 기분이 들자, 민예는 슬슬 기분이 나빠졌다. 무슨 범죄를 저지른 것도 아니고, 그냥 밤중에 전화를 한 것뿐인데. 왜 자신이 이런 취급을 당해야 하는지 살짝 화가 나려고 했다. 뭐가 그리 궁금해? 뭘 그리 꼬치꼬치 물어? 이 시간에 얼마나 아픈지 걱정이 되어서 전화를 걸었다고 말하면, 딱 알아들어야 하는 거 아닌가? 이해력이 딸리는 거야, 아님 알면서도 못 알아듣는 척하는 거야? 괜히 골탕 먹고 있다는 생각이 들어서 민예는 심술 난 아이마냥 입술을 쑥 내밀었다.

"그야 사장님이죠. 몰라서 물으세요?"

[뭐?]

그가 뾰족한 목소리로 반문하신다. 귀신같이 그녀의 기분을 알아챈 모양이시다. 네가 뭔데, 누구 앞에서 불평이야? 뭐 이런 말투. 하지만 뭐? 어쩌라고요. 내가 아니었으면, 사장님은 어떻게 됐을지 아무도 모르는 거거든요? 이래 봬도 생명의 은인이란 말이에요.

"오늘 아침, 저한테 전화하신 거 기억 안 나세요? 전화하셔서 아프다고, 도와달라고 하셨잖아요."

'생명의 은인' 대목에서부터 부쩍 자신감이 붙은 민예는 목에 힘까지 주고 똑똑히 말하였다. 당신이 아침에 그랬었다. 그러니 내가 걱정하는 건 당연한 게 아니겠느냐, 뭐 이런 뜻이 담겨 있는 말이었다. 한데 당황스럽게도 되돌아온 반응은 싸늘한 침묵. 기억 못하는 걸까? 민예는 깜빡깜빡 눈을 감았다 뜨며 멍하게 허공을 응시했다.

"기억 안 나세요? 사장님이 먼저 전화하셨잖아요, 저한테."

[……그래?]

그가 아주 느리게 중얼거렸다. 마치 전혀 몰랐던 사실을 알게 된 것처럼. 뭐야, 진짜 몰랐던 건가? 왜? 열 때문에 오락가락해서? 어쩐지 억울하다는 생각이 든다. 착한 일을 했는데 인정받지 못한 그런 기분이랄까. 손해 보는 것 같단 생각에 민예는 냉큼 그때의 정황을 주저리주저리 설명하기 시작했다.

"그럼요. 저한테 전화해서 비서님한테 연락해 달라고 하셨어요. 사장님을 최초로 발견한 사람이 비서님 맞죠? 그거 제가 알려줘서 그런 거예요. 그때 비서님은 잠에 취해 있었거든요. 사장님이 아프다는 거 집안사람 아무도 모르고 있더라고요. 어떻게 그럴 수가 있나 싶었는데, 집 안에 자명종이 없다면서요? 평소에 사장님이 자명종 역할을 하셨다던데. 그게 진짜예요? 진짜로 사장님이 안 일어나니까, 아무도 안 일어났던 거예요? 그게 진짜라면 좀 우스운데. 어떻게 그럴 수가 있어요? 아니, 평소에 얼마나 일찍 일어났으면……."

[그래서 하고 싶은 말이 뭐야?]

그가 한도 끝도 없이 이어지는 민예의 수다를 톡 끊었다. 있던 정도 나가게 만드는, 참으로 쌀쌀하기 그지없는 말투였다. 이한준 특유의. 순간, 민예의 기분은 싸해졌다. 특별히 고맙다는 인사치레를 기대한 것도 아니었는데 괜히 기분이 나빠졌다. 이런 소리 듣자고 하루 종일 궁금해했구나 싶으니 짜증이 솟구쳤다. 그를 1분 1초라도 걱정했었다는 게 이렇게 후회될 수가 없었다.

[고맙다는 말이라도 듣고 싶어?]

"아뇨."

심히 터프하게 중얼거리며 민예는 인상을 짜부라뜨렸다. 도끼눈이 아주 자연스럽게 떠진다. 어쩜 말을 이렇게 재수없게 하니. 됐거든요? 이쪽도 그딴 소리 더럽고 치사해서 안 들어요. 어차피 마음에도 없으면서, 뭘. 속으로 종알거리느라 그녀의 입술은 분주하게 오물거리고 있었다. 그가 전혀 예상하지도 못했던 말을 날려오기 전까지.

[고마워.]

길 가다 500원짜리 동전 주은 기분이 이럴까. 너무나 놀라 민예의 두 눈은 진짜 500원짜리 동전만 하게 커져 버렸다.

"네? 고, 고⋯⋯?!"

고맙다고? 방금 이한준이 고맙다고 한 거 맞나? 고구마, 고구려, 고미실, 곰아워, 뭐 이런 말이었는데 잘못 들은 거 아니야? 이한준이 고맙다는 말을 막 할 사람은 아니잖아. 그것도 나에게. 민예는 제 귀를 손가락으로 후벼 파며 눈꺼풀을 파르르 떨었다. 너무 놀라 경기 날 지경.

[못 들었어? 고맙다고. 고마워. 진심이다, 이건.]

고맙다, 고마워, 진심이다. 충격의 삼단 콤보 작렬이다.

엄마야, 뭐가 이래. 이 사람, 왜 이러는 건데. 왜 갑자기 인간적인 말을 하고 난리? 적응이 안 되잖아. 사람이 안 하던 짓을 하면 죽는다는데. 절대 이런 말 못할 사람이 이러니 감동되는 게 아니라 겁이 덜컥 난다. 설마 '이럴 줄 알았지?' 라든가, '넌 해고야' 와 같은 식스센스에 버금가는 반전이 기다리고 있는 건 아니겠지?

'아니긴 개뿔.'

충분히 이한준은 그런 말을 하고도 남을 사람이다. 전에도 그런 적이 있지 않던가. 걱정하는 척하다가 사람을 갑자기 헤픈 사람으로 몰았었다. 그때만 생각하면 지금도 열이 천장까지 뻗친다. 사람을 가지고 장난을 치는 것도 아니고. 롤러코스터 태우는 것마냥 사람 마음을 들어 올렸다가 떨어뜨렸다가. 에잇, 씨. 혹시 이번에도 또 그런 거라면 가만 안 둬…….

[놀랐구나, 너.]

미친 듯이 생각하느라 본의 아니게 꿀 먹은 벙어리가 된 그녀의 귓속으로 차분한 중얼거림이 흘러들어 왔다. 가벼운 코웃음과 함께이다. 그녀가 아무 말도 하지 않고 있으니 뭔가 우스운 듯. 미안하다는 말을 들은 후라서 그런지 어딘지 다정하게 느껴지는 말투였다. 민예는 또 놀라 두 눈을 깜빡거렸다. 그러는 사이 그가 전화를 끊으려고 했다.

"잠깐만요!"

생각해 볼 새도 없이 민예는 그를 잡고 말았다. 왜 잡았는지는 잡은 그녀도 몰랐다. 그냥 반사적으로, 아무 말이라도 해야 할 것 같아서 말 그대로 '그냥' 잡았다. 이유없이 잡았으니 당연히 할 말이 생각날 리가 없었다. 덕분에 그가,

[또 할 말이 남았어?]

라고 묻자 민예는 말문이 턱 막히고 말았다. 어, 어, 하며 이제 막 '아야어여' 배우는 꼬맹이처럼 말을 더듬거리다가 결국 그녀는 안녕히 주무시라는 실없는 소리만 지껄이고 전화를 끊

고 말았다.

"뭐야, 너. 이, 이게 무슨 짓이야? 으—"

민예는 황망한 얼굴로 제 핸드폰을 내려다보며 양손을 미친 듯이 꼬물꼬물 움직여 댔다. 손발이 오그라들다 못해 닭발이 되기 일보 직전. 자신이 이한준 앞에서 마치 부끄럼쟁이처럼 말 한마디 못하고 더듬었다고 생각하니 온몸에 닭살이 돋는 것 같았다. 미쳤어, 미쳤어. 좋아하는 남자 앞에서 내숭 떠는 여자마냥 이게 무슨 짓이야? 어, 어, 라니. 안녕히 주무세요, 라니. 이한준이 어이없어 웃겠다. 웬 내숭이냐고 시크하게 깔봐주겠다. 아, 부끄러워. 아, 창피해. 아, 쪽팔려!

민예는 이해할 수도, 이해해 줄 수도 없는 자신의 행동이 너무나 부끄러워 두 손으로 얼굴을 부여잡고 침대 위를 뒹굴기 시작했다. 신음까지 흘리며 괴로워하는데, 손안에 들려 있던 전화가 갑자기 소리를 내기 시작했다.

〈머저리〉

이한준이다. 민예는 발신자를 확인하고 펄쩍 뛰었다. 뭐야. 왜 전화해? 설마 진짜로 내숭 떨었다고 비웃으려 전화한 거? 진짜 깔봐주려고 전화한 건가 싶으니 오장육부가 다 오그라드는 것 같았다. 민예는 울상이 된 얼굴로 덜덜 전화를 받았다.

"여보세……."

[여기까지다. 봐주는 거.]

전화를 받자마자, 그녀의 말은 듣지도 않고 제 할 말만 먼저 던지고 마는 이한준. 민예는 우물쭈물하며 조심스럽게 물었다.

"무슨…… 말씀이세요?"

[먼저 끊지 마.]

"네?"

[네가 먼저 끊는 거, 화나.]

뭐야. 지금, 이쪽에서 먼저 끊었다고 다시 걸어온 건가? 뭐 그런 거 가지고 태클이야? 전화야 어느 쪽에서든 먼저 끊을 수 있는 거지. 아주 사람을 못 잡아먹어서 안달이 났군, 안달이 났어. 왜 이 사람은 유독 나만 가지고 난리야? 내가 그렇게 만만해? 우스워? 민예는 인상을 확 쓰고는 고집스럽게 꾹 입을 다물었다. 이쪽 기분이 어떨지는 전혀 생각하지 않고 자기 입장만 고수하는 그가 심히 못됐다 생각하는 중이었다. 자기 입장만 고수하는 그답게 역시나 그는 자기 얘기만 계속 이어나갔다.

[기분 나빠. 네가 내 앞에서 건방져지는 건 용납 못하겠어.]

"……"

[용서 안 돼. 그러니까 다시는 먼저 전화 끊지 마. 알겠어, 윤민예?]

무뚝뚝하기 짝이 없는 말투로 그가 묻자 민예는 쥐고 있던 핸드폰을 더욱 꽉 틀어쥐었다. 그의 말을 잠자코 듣고만 있자니 어쩐지 간지러운 기분이 들어서 안절부절못하겠어서였다. 여전히 무뚝뚝하고 재수없는 명령조의 말투인데 느낌이 사뭇 달랐다. 전엔 그저 매섭고 쌀쌀맞다고만 생각했었는데, 지금은 왠지…….

  ‘달달해.’

  미쳤구나, 윤민예. 드디어 네가 돌았어. ‘달달하다’는 말이
무슨 말인지 몰라? 이게 어떻게 달달한 말이야? 불쾌하고 말 안
되는 독선적인 명령일 뿐이지. 착각이야. 목소리에 힘이 덜 들
어가서 괜히 그렇게 느껴지는 거야. 평소엔 잔뜩 힘주어 무섭게
말하는 사람이 갑자기 나지막이 부드럽게 말하니까, 괜히 달달
하게 느껴지는 거야. 밤이니까 힘을 뺀 거지. 아프니까 크게 말
하지 못하는 거라고.

  [대답 않기로 작정했어?]

  그가 조용히, 착 가라앉은 목소리로 부드럽게 물었다. 아, 적
응 안 돼. 이 사람, 정말 왜 이래? 그냥 싹수없게 막 깔아뭉개
줘. 막 인정사정없이 밟아버리란 말이야. 밟혀줄게. 밟혀서 낑
낑거려 줄게. 응?

  [벙어리 됐구나.]

  혼잣말인 듯 그가 가볍게 웃으며 중얼거렸다. 이런. 빌어먹게
도 민예의 가슴이 두근거리기 시작했다.

  “알았어요. 소원이시라면, 그렇게 할게요. 먼저 끊지 않을게
요. 됐죠?”

  일부러 퉁명스럽게 말했지만 뛰는 심장이 갑자기 정지하는
기적 같은 일은 발생하지 않았다. 오히려 뛰는 속도가 더 빨라
지는 게 느껴지자 민예는 급하게 입을 벌려 가쁜 폐에 신선한

산소를 공급했다. 미쳐, 미쳐. 대체 왜 이래, 나?

[어쩐 일이지? 네가 순순히 그러겠다고 말하고.]

"내일은 해가 서쪽에서 뜰 거예요."

[동정하는 거냐? 아픈 내가 불쌍해?]

가벼운 웃음기가 느껴지는 그의 말. 민예의 숨은 더욱 가빠졌다. 가슴이 무진장 떨려왔다. 이게, 이게, 미쳤나? 진짜. 애! 상대가 누군지 파악이나 하고 움직여!

"사장님이 영양실조에 허덕이고 있는 줄은 몰랐거든요. 뭐 그래요? 돈도 많으면서."

[거창하게 영양실조라니까, 꼭 아프리카 난민이 된 것 같다. 그런 거 아니야.]

"영양실조니까 영양실조라고 하는 거죠. 의사가 거짓말하겠어요?"

[의사들은 원래 호들갑 떨어. 별거 아닌 일에도 겁주고, 무시무시한 병명 붙이고. 일 때문에 식사 몇 끼 거른 게 그리 큰일은 아니잖아.]

"몇 끼를 굶었다고요? 일 때문에?"

안타깝게도 민예의 심장은 상대가 누군지 제대로 파악하고 있었다. 이한준. 사업을 위해서라면 동생마저도 희생시킬 수 있는 위인. 일 때문이라면 식사 몇 끼 굶는 것쯤 대수도 아닌 사람. 그런데도 떨고 있었다. 민예는 도저히 믿을 수 없어 제 가슴을 손으로 짚었다. 심장은 여전히 두근두근, 정신없이 달리고 있었다. 진심 충격이었다.

[넌 그런 적이 전혀 없었던 모양이지?]

"당연하죠. 전 다이어트 때문에 어쩔 수 없이 굶은 적은 있어도, 일 때문에 굶은 적은 없어요. 다 먹고살자고 하는 일인데 미쳤다고 굶으면서까지 일을 해요? 사람 나고 돈 낫지, 돈 나고 사람 나요? 일단 먹고 봐야죠, 어떻게 일이 우선이에요? 그러다 건강 헤치면 누가 책임져 주는데요? 자기만 손해지. 회사, 그거 키워봤자 자기 몸 아프면 다 필요없어지는 거라고요. 죽을 때 그놈의 회사, 짊어지고 들어갈 건가? 그건 아니잖아요. 근데 비서님이 사장님 안 챙겨줘요? 같이 사는 걸로 아는데."

[……]

떨리는 가슴을 안고 민예는 주저리주저리 종알거렸다. 그나마 아무 생각 않고 미친 듯이 수다를 떠니 펄떡거리며 뛰던 가슴이 어느 정도 진정이 되는 것도 같았다. 하지만 어색하게도 그의 쪽에선 아무런 반응도 없었다. 교교한 침묵. 무슨 생각하는지 그는 말이 없었다. 숨소리조차 느껴지지 않자, 민예는 다급히 입을 열었다.

"아, 뭐 상상이 안 돼서요. 사장님이 굶으실 때 비서님은 식사를 하신다는 얘긴데, 뭔가 안 맞잖아요. 비서라면 상사 먼저 챙겨야 하는 거 아닌가? 식사를 거르면 잔소리를 해서라도 먹게끔 해야지. 어떻게 그냥 내버려 둬요? 그러다 사장님 쓰러지시면 자기가 책임질 거래요? 아, 참. 이미 쓰러지셨지."

마구 조잘거려 소름이 돋을 정도로 무거운 침묵을 깨뜨린 것도 잠시. 더 할 말도 생각나지 않는데, 한준 쪽에선 아무런 반응도 내비치지 않았다. 헐, 이제 어쩌지? 무슨 말을 하지? 그냥 끊어? 이대로 그냥 확……!

[여러 가지로…….]

민예가 어색한 침묵의 강에서 허우적거리고 있을 때였다. 그가 아주 느리게 입을 열었다. 흠칫 긴장이 돼 민예는 저도 모르게 휴대폰을 꽉 힘주어 잡았다.

[놀라게 하는구나, 너.]

미친 귀가 그의 낮고 속삭이는 듯한 말을 달콤하다고, 다정하다고 속살거렸다.

[오늘만 봐준다. 다음부턴 가만 안 둬.]

심장이 또다시 폭주하기 시작했다. 쿵쾅쿵쾅쿵쾅쿵쾅, 16비트 빠른 박자다. 이러다 심장이 너덜너덜해지지 않을까 걱정이 될 정도로 미친 듯 뛴다. 왜 이래, 좋아하는 것처럼? 제발 멈춰. 그만 떨어!

[너 따윈 한입거리도 안 돼. 조심하는 게 좋을 거다.]

"에?"

한입거리? 무슨 소리야?

채 파악하기도 전에 그가 불쑥 작별 인사를 꺼낸다.

[그만 자라. 늦었다.]

잘 자란다, 이한준이. 그리곤 곧바로 전화를 끊지 않고 그녀의 대답을 기다리는 듯 가만히 잠자코 있다. 민예는 떨어지지 않은 입을 억지로 떼 중얼거렸다.

"안녕히 주무세요, 사장님."

[그 인사, 오늘 벌써 두 번째네. 너 때문에 진짜 안녕히 자겠다, 오늘 밤은.]

"진짜 주무실 거예요? 일하시지 않고?"

[왜? 내가 일할 것 같아?]

"네. 지금도 일하고 계셨던 거 아니에요? 왠지 그럴 것 같은데."

민예는 떨떠름하고 뾰로통하니 중얼거린다. 자꾸 그에게 마음이 가는 자신이 너무나 못마땅하고 이상하니 자연스레 말투도 뾰족해진 것이다. 한데, 그녀의 퉁명스러운 말에 되돌아온 그의 반응은 웃음소리였다. 깊고 부드럽고, 그래서 다정하게 느껴지는. 진짜 적응 안 되게 이 사람 왜 이래? 왜 자꾸 다른 모습을 보이는 건데? 다른 사람 같잖아. 마구 야릇한 상상을 하게 되잖아. 아, 싱숭생숭해.

[천리안이네.]

"일하지 마세요. 그냥 자세요, 이젠. 아파서 입원해서까지 일을 하고 싶으세요? 일 때문에 쓰러져 놓고서. 그러다 죽어요."

[내가 죽으면, 넌 신날 텐데.]

"안 그렇거든요. 돈 받아야죠. 사장님이 죽으면, 제 돈은 누가 줘요?"

[그렇게 되는 건가?]

"그러니까 제발 오늘만큼은 푹 주무세요. 일 같은 건 생각도 마시고."

[글쎄. 장담은 못하겠는데, 노력은 해볼게.]

노력은 해보겠단다. 허거거— 정말 이 남자, 미친 거 아니야? 왜 이래, 정말? 이젠 진짜 무서워진다. 이러다가 진짜 이 남자한테 홀딱 반하면 어쩌나 겁이 덜컥 난다. 그냥 원래대로 하지? 평소처럼 막 무시하고 깔아뭉개고 멸시하지? 차라리 그게 낫겠다. 기분 나쁘고 울컥 화가 나긴 하겠지만, 이렇게 울렁거리진 않을 거 아닌가. 이한준한테 홀딱 반한 여자처럼 두근두근 쿵쿵 떨진 않을 거 아니냐고. 민예는 울상이 된 얼굴로 소리없이 한숨을 내쉬었다. 내 팔자야—

[고맙다. 걱정해 줘서.]

민예가 팔자 타령 하려는 찰나다. 그가 또 그녀를 펄쩍 뛰게 한다. 또다시 고맙다는 말을, 그가 정말로 진지하고 조용하게 말해온 것이다. 너무나 놀라 민예는 입까지 벌리고 멍하게 허공을 바라보았다. 폭풍 '고맙다' 대란. 이게 대체 꿈이야, 생시야?

[한입거리도 안 된다는 말, 진짜야. 조심해.]

멍 때리는 귓가로 그가 속삭였다. 경고라고 이름 붙이기엔 너무나 말랑말랑한 어조다. 부드러운 카스텔라보다도, 달콤한 꿀보다도 더. 그녀의 오감을 자극하는 나른하고도 섬세한 그 목소리에 민예는 아무것도 생각할 수 없게 되어버렸다. 통째로 하드 드라이버를 날려 버린 컴퓨터처럼 그녀는 더욱더 멍— 해져 버렸다.

[자, 얼른.]

짧고 다정한 인사와 함께 전화가 끊겼다. 민예는 온몸에 힘이 쭉 빠지는 걸 느끼며 멍하게 휴대폰을 접었다. 탁. 휴대폰이 접히자 방 안은 다시금 캄캄해졌고 민예의 들뜬 숨소리로 가득 채워졌다. 이한준이, 이한준이 아닌 것 같아 정신이 너무나 몽롱해졌다. 가슴 가득 설렘으로 충만해졌고 머릿속으로 온통 '이한준'이 날아다니는 것만 같았다.

풀썩. 민예는 침대 위로 몸을 날렸다. 천장을 멍하게 바라보는 그녀의 입가는 수줍고도 조심스러운 미소가 떠올라 있었다.

"자, 얼른."

눈을 감으니, 부드럽고 묵직한 그의 명령이 귓가를 울리는 것만 같았다. 작았던 그녀의 미소는 점점 더 깊고 커졌다. 나……사랑에 빠진 건가?

오늘 밤은 잠을 못 잘 것 같다.

이틀이 지났다. 수업 시간이 임박했음을 알리는 듯 강의실은

하나둘 학생들로 가득 차기 시작하는데 민예는 온전히 다른 곳에 정신을 팔고 있었다. 오늘도 누군가의 연락을 기다리는 듯. 그녀는 휴대폰을 두 손으로 붙들고 책상 위에 거의 엎드린 자세로 뚫어져라 액정을 노려보고 있었다. 와라, 와라, 속으로 주문을 외우는 양 그녀의 눈동자는 액정에 완전 집중되어 있었다.

"언니!"

그때, 춘지가 어깨를 찰싹 때리며 아는 체를 해왔다. 깜짝 놀라는 민예를 향해 깔깔거리며 춘지는 민예의 옆 좌석에 자리를 잡고 앉았다.

"뭐 하는 거야? 오리 궁둥이를 내밀고."

"야, 아프잖아. 가스나, 손도 무진장 맵네."

손이 잘 닿지도 않는 등짝을 매만지며 민예는 인상을 썼다.

"뭐 하는 거냐고, 그러니까. 요새 진짜 언니 수상한 거 알아? 계속 휴대폰 잡고 문자질하고. 진짜 연애하는 거 아니야?"

춘지는 수상쩍다는 듯 민예를 가재미눈으로 흘겨보았다. 이미 다른 친구들과는 결론을 내린 이후였다. 문 교수의 연인이 바로 윤민예라고. 춘지와 나머지 친구들은 민예가 언제쯤 사실을 털어놓을지 내기를 걸었다.

"연애는 무슨. 아니라니까."

하지만 아쉽게도 민예는 아직 털어놓을 생각이 없는 듯. 조금 서운해지는 춘지다. 하지만 그렇다고 쉽게 포기할 황춘지가 아니시지. 춘지는 씩 웃으며 민예에게 찰싹 들러붙었다. 이제부터 본격적으로 속살거리고 추궁해 민예가 털어놓게 만들 작정이었다. 누가 뭐라고 해도 민예의 베프는 바로 자신. 그녀의 비밀은 자신이 제일 먼저 알아야 한다고 생각했다.

"그럼 왜 허구한 날 휴대폰은 붙들고 있는데? 이유가 뭐야?"

"그냥. 심심하니까."

"그렇게 액정만 뚫어져라 바라보는 게 더 심심하겠다. 핑계지? 아니지?"

"아니……."

"전화 기다리는 거잖아. 누구야? 나한테만 살짝 말해봐. 누구 만나?"

"그런 거 아니야."

얼굴 본 지도 한참인데, 만나긴 무슨. 한풀 꺾인 목소리로 민예는 시무룩하게 중얼거렸다. 이틀 전, 한밤의 꿈처럼 달콤하고 두근거렸던 통화 이후, 그와는 전혀 연락을 못하고 있었다. 물론 아침마다 보내던 보고용 문자메시지는 꼬박꼬박 보내고 있다. 하지만 기대했던 답변 문자는 오지 않았다. '알았다' 라든가, '수고했어' 라든가. 뭐라도 한마디 보내올 거라고 생각했던 민예는 기운이 쑥 빠지고 말았다. 그때 그렇게 다정하게 대화했던 건 그에겐 아무 의미 없는 일이었던가 싶어서. 두근거렸던 건 이쪽만의 반응이란 생각에.

서글펐다. 서운하고, 한편으론 마음도 아팠다. 그런데도 그의 목소리가 자꾸만 머릿속을 맴돌아서 죽을 것 같았다. 핸드폰을 볼 때마다, 문자메시지를 보낼 때마다 그가 떠올랐다. 설레고 떨리던 그 순간들이 빙빙 머릿속을 떠나지 않았다. 하루 이틀이면 금세 없어질 증세라고 치부해 보기도 했지만. 당황스럽게도 이런 증상들은 날이 갈수록 점점 더 격해졌다. 아무래도 윤민예, 상사병에 걸린 것이 틀림없었다.

"그럼 좋아하는 사람 생겼어?"

하여간 귀신 같기는. 그렇게 부인했는데 어떻게 저렇게 끝까지 의심하냐. 대단하다, 황춘지. 민예는 기운이 쭉 빠진 얼굴로 춘지를 돌아봤다. 멍한 민예의 시선을 잠깐 보더니, 춘지는 눈을 반짝이며 묻는다.

"짝사랑?"

더 부인해 봤자 뭐 해. 여기까지 혼자 알아챘는걸. 민예는 그만 고개를 끄덕이고 말았다.

"와우, 대박! 정말이야? 진짜 좋아하는 사람 생겼어? 누군데? 누구야? 어떤 사람인데? 응?"

"넌 모르는 사람이야."

엄지까지 내밀며 오버의 극치를 달리는 춘지를 향해 민예는 눈살을 찌푸리며 중얼거렸다. 좋아하면 안 될 사람을 좋아하는 것도 아닌데 왜 이리 난리블루스인지 원. 뭐, 딴엔 말도 되네. 좋아하면 안 될 사람, 이한준. 한준을 좋아하는 건 지옥의 불사신, 하데스를 사랑하는 것과 꼭 같은 이치였다. 한마디로 말하면, 미친 짓.

“정말 내가 모르는 사람이야? 아닌 것 같은데.”

“뭐가 아니야? 넌 진짜 모르는 사람이야.”

“이거 왜 이래. 내가 그 사람, 맞춰봐?”

뭔가 아는 듯한 뉘앙스 팍팍 풍기며 춘지가 콧잔등을 씰룩거린다. 아주 자신만만한 얼굴. 민예는 그저 기가 막힐 따름이었다. 한준을 대체 자기가 어떻게 알아맞힌다고. 말이 돼야지.

“그 사람, 키 크지?”

“……어.”

“잘생겼고.”

잘생기기야 강동원 뺨치지.

“그런데.”

“양복이 아주 잘 어울리는 사람 아니야? 말이 별로 없고 무뚝뚝하고. 근데 또 은근히 자상하잖아.”

뭐임? 진짜 좀 비슷하네. 민예는 맹한 눈으로 춘지의 얼굴을 돌아봤다. 머릿속이 순식간에 복잡해졌다. 춘지가 한준을 어떻게 알고 있는 것인지, 진짜 알고나 하는 소린지 헷갈렸다. 한준과 알고 있을 리가 없는데. 아무리 생각해도 공통분모가 없는데 어떻게 된 거지?

“난 언니 편이야.”

춘지가 갑자기 생글거리며 민예의 옆구리를 파고들었다.

“언니랑 그분, 잘되길 바란다고. 되게 어울리거든.”

“네가 어떻게 알아? 어울리는지 안 어울리는지.”

"내 눈치가 왕캡이잖아. 진즉부터 분위기가 묘하게 돌아가고 있다는 걸 알고 있었어. 그러다가 지난번, 파스타 가게에서 멍하게 전화만 뚫어져라 보고 있을 때 완전 감을 잡아버렸지. 그때부터였지? 자꾸 그분이 신경 쓰이기 시작한 거."

"어……."

너무나 정확하게 꿰뚫고 있어서 부인할 수가 없었다. 민예는 춘지를 빤히 내려다보았다. 정말 춘지가 한준을 알고 있는 걸까?

"그래서 고백은 했어? 좋아한다고, 만나고 싶다고 고백했어?"

"아니……."

"내 보기에 그분은 여자가 적극적으로 대시해야 할 것 같은데. 절대 먼저 나설 분이 아니잖아. 언니가 먼저 좋아한다고 고백해야 하지 않아?"

"그, 그럴 처지가 아니야. 아직은."

그에게 고용되어 문신혁 교수의 마음을 열심히 돌리고 있다는 말은 쏙 빼고 민예는 둘러댔다. 고백을 하더라도 나중에, 고용인과 고용주의 관계에서 벗어난 이후에 하고 싶다는 게 민예의 생각이었다. 지금은 용기도 안 나고, 반응도 없고…….

"언니 처지가 어때서 그래? 예쁘고 늘씬하고, 나이도 그분에 비하면 영계잖아. 자신감을 가져. 그분도 언니한테 조금쯤은 마음이 있을 거야. 그러니까 자꾸 여지를 남기는 거 아니겠어?"

“그, 그런가?”

생각해 보니 아주 말이 안 되는 말도 아닌 것 같다. 고맙다고, 잘 자라고 인사해 준 것부터가 너무나 이례적인 일이고 쇼크였다. 그런 간지러운 말은 지금껏 단 한 번도 해준 적이 없는데, 갑자기 했다는 건 어느 정도 마음이 기울어서일 수도 있었다.

“공개적으로는 못 사귀더라도 비밀스럽게는 되지 않을까? 마음만 통한다면야 뭘 못해?”

“아직 그분 마음은 몰라. 자기 마음을 잘 표현하지 않는 사람이라서.”

“그러니까. 언니가 먼저 마음을 내보여야지. 아까도 말했지만 그분이 은근히 깐깐하고 고지식한 면이 있어서, 여자 쪽에서 먼저 고백하기 전까진 절대로 자기 마음 표현 못해.”

“고백을 어떻게 하라는 거야……?”

“찾아가서 고백해. 그게 너무 민망하고 부끄러우면, 선물 같은 걸 보내든지. 퀵서비스 있잖아. 집 주소 알아다가 배달을 시켜. 거기다 메시지를 동봉하고. 그럼 뭔가 그쪽에서도 반응을 하지 않겠어?”

“선물을 보내라고?”

조심스럽게 물으며 민예는 이쪽저쪽 눈동자를 숙삭 굴렸다. 어쩐지 한준의 반응이 상상되어지는 것 같았다. 버럭 화를 내고, 짜증을 부리면서 메시지를 갈기갈기 찢어버리는 격한 반응. 당장 전화가 오는 거 아니야? 어디서 이런 가당치도 않은 짓을 하느냐며, 넌 고용인이고 난 고용주라며, 함부로 기어오르지 말라고, 또다시 이딴 우스꽝스러운 편지를 보내오면 당장 해고일 줄 알라며.

"분명히 그분, 언니한테 넘어온다."

춘지가 만면에 미소를 띠고 말했다. 민예는 씁쓸한 얼굴로 중얼거렸다.

"뭘 믿고 그렇게 호언장담이야?"

"그분도 남자일 거 아니야. 언니처럼 예쁘고 날씬한 여자가 자길 좋아한다는데, 어떤 남자가 목석처럼 아무 반응 안 보이겠냐? 자신감을 가져, 언니. 언니는 남자들의 로망이야. 청순가련형 얼굴에 문근영 뺨치게 순수하고 맑은 눈망울, 길고 풍성한 비단결 머리, 쭉쭉빵빵 늘씬한 허리. 언니를 거절할 남자는 아마 없을 거야. 걱정 마."

"그만 하지. 심하게 거북살스럽다."

청산유수, 줄줄 나오는 칭찬 다발에도 불구하고 민예는 뚱한 얼굴로 춘지를 찔러보았다. 자신이 예쁘다는 건 이미 잘 알고 있는 사실이지만, 사랑이 어디 예쁜 얼굴만으로 다 되는 건가? 그는 외모에 혹할 사람이 아니다. 만약 그랬다면 그는 지금쯤 민예의 노예가 되어 있어야 한다. 그가 민예를 뽑은 것이 예쁘기 때문이 아니었던가. 그건 그도 민예가 예쁘다는 걸 인정한다는 뜻이다. 그런데도 그는 민예를 구박하고 윽박지르기 일쑤였다.

"예쁘다는데 왜? 기분 나빠?"

"말이 안 되니까. 앞뒤가 안 맞잖아. 네 말대로라면 예쁜 여자들은 짝사랑할 필요도 없는 거 아니야. 세상 모든 남자들이 다 좋아할 테니까. 근데, 그렇게 따지면 난 예쁜 축에도 못 드는 거거든. 난 짝사랑을 하고 있으니까."

"그거야 아직 모르는 거 아니야? 그분 마음이 어떤지."

"물어보나 마나야. 그쪽은 나한테 털끝만큼의 관심도 없어."

심란한 마음으로 민예는 한숨을 푹 내쉬며 중얼거렸다. 혹시라도 한준도 자신을 좋아하는 게 아닐까 싶어 전화 연락을 기다리고 있는 자신이 너무나도 한심스러웠다.

"내가 그분을 사로잡는 확실한 방법을 알려줄까?"

난데없이 춘지가 민예의 축 처진 어깨를 흔들며 속살거렸다. 민예는 '아, 뭐야' 하며 전혀 관심 없는 척 심드렁하니 고개를 돌렸다. 하지만 저절로 열리는 귀는 어찌할 수가 없었다. 한준을 사로잡는 확실한 방법이라니. 그딴 게 있을 리 없다는 걸 잘 알면서도 혹시나? 하게 되었다.

"고백만 하면 뭘 해. 남자를 제대로 낚으려면 수를 써야지."

"그게…… 뭔데?"

"키스를 하란 말이야. 키스를. 그분, 되게 고지식해서 키스 한 방이면 무너져. 무서워하지 말고 눈 딱 감고 한 번 저질러."

"뭐?"

민예는 한심스러운 답을 내놓은 춘지를 돌아보며 인상을 팍 썼다. 겨우 그게 남자를 사로잡는 '수'였단 말인가? 말도 안 돼.

"사람들 시선이 무슨 대수야? 내가 좋아하는 사람을 쟁취하게 되는 일인데. 용기 내서 시도해 봐. 언니를 바라보는 그분의 시선이 확 달라질걸?"

춘지는 완전 기대감 충만한 표정으로 속닥거렸다. 정말로 두 사람이 잘되길 바라는 사람마냥. 진짜로 이한준이랑 아는 사이일까? 뭔가 이상한데. 또 얘기 들어보면 맞는 것도 같고. 새삼 알쏭달쏭해하며 민예는 퉁명스럽게 대답했다.

"미안, 황춘지. 나 이미 그분이랑 키스해 봤어."

"헉. 뭐? 정말?"

쭉 찢어진 눈을 훌쩍 키우며 춘지가 펄쩍 뛴다. 놀랄 만도 하지. '이한준과 키스'는 '이한준과 사랑'만큼이나 어울리지 않는 부조합의 극치니까.

"그, 그래서? 키스하니까 교수님이 뭐라셔?"

"뭐?"

난데없는 교수님 소리에 민예는 춘지를 이상한 눈으로 바라봤다. 갑자기 웬 교수님 타령?

"무슨 반응이 있었을 거 아니야. 뭐래? 어땠어?"

"무슨 소리를 하는 거야, 너?"

"언니, 진짜 대단하다. 완전 강심장이야. 어떻게 교수님한테 키스할 생각을 다 했어? 난 그렇게까지 진도가 나간 줄도 모르고……."

"무슨 얘기를 하는 거야? 왜 자꾸 사장님한테 교수님이라고……. 가만, 너 혹시?"

민예는 황망한 얼굴로 춘지를 돌아봤다. 춘지가 지금까지 누굴 염두에 두고 말했던 건지 알 것도 같았다. 키 크고 잘생겼고 무뚝뚝한 성격에, 슈트가 잘 어울리는 사람. 하긴 그런 남자가 어디 한둘이겠냐. 어쩐지—

민예는 한숨을 푹 내쉬며 한심스러운 눈으로 춘지를 향해 혀를 찼다.

"미안한데, 너 헛다리 짚었어."

제9장 Losing Your Way

　다음날 오후, 사흘 만에 겨우 사무실에 들른 그는 책상 위에 놓인 선물 꾸러미를 발견하고 멈칫했다. 하늘하늘한 분홍색 포장지에 레이스가 감긴 꾸러미는 누가 봐도 여성적인 취향이었기 때문에. 그와는 전혀 어울리지 않는 물건. 그의 취향에 대해 잘 아는 사람이라면 절대 이런 물건을 선물로 보내오지 않았을 것이다. 눈살을 찌푸리며 한준은 천천히 레이스 상자를 집어 들었다. 뒤따라 사무실 안으로 들어서던 현성이 그 모습을 보곤 씩 웃는다.

　"오늘 오전에 회사로 배달되어 온 물건입니다."

　"회사로? 누가 보낸 건데?"

한준은 출처도 없는 상자를 이리저리 돌려보며 무덤덤하게 중얼거렸다. 가벼운 걸 보니 돈다발 따위는 아닌 것 같았다. 보안 차원에서 어쩔 수 없이 먼저 뜯어보았던 현성은 쿡 웃음을 흘렸다.

"안에 보낸 이의 카드가 있습니다."

"카드?"

한준은 한 손에 든 비교적 가벼운 꾸러미를 물끄러미 내려다보았다. 누군지 모르지만 꽤나 정성을 들여 포장을 한 것 같았다. 고급스러운 포장지와 리본, 완벽에 가까운 꼼꼼한 테이핑이 감히 찢어버리기 아까울 정도였다. 어차피 쓰레기가 될 것에 이렇게 정성을 들인 이가 누군지 한심스러울 지경이다. 한준은 귀찮은 듯 꾸러미를 깔끔하게 둘러싸고 있는 포장지를 대충 슥 훑고는 포장지를 찢기 위해 손을 들었다.

"……."

하지만 잠시 멈칫하던 그의 손길은 곧 상자를 책상 위로 던지듯 내려놓고 말았다. 포장지에는 손도 대지 못한 채. 그는 까칠하기 이를 데 없는 목소리로 현성에게 지시했다.

"풀어봐."

잠시 후, 깔끔하게 테이핑만 뜯어내는 꼼꼼함을 자랑하며 단박에 포장지를 벗겨낸 현성이 네모나고 길쭉한 상자를 한준 쪽으로 조심스레 밀었다. 한준은 선뜻 상자를 열어보지 못하고 잠시 가만히 내려다보았다. 핑크빛 여성스러움이 잔뜩 묻어나던

포장지, 하늘거리는 적갈색 레이스 리본이 자꾸만 그를 저어하
게 만들었다. 이런 걸 자신에게 보낼 사람은 이 지구상에 딱 한
명밖에 없을 거란 생각에.

"열어드릴까요?"

현성이 조심스럽게 물어오자, 한준은 그제야 고개를 들었다.
그리곤 됐다는 듯 손을 슬쩍 들고는 그 손으로 천천히 상자를
열기 시작했다.

"이건……."

상자의 뚜껑이 열리고, 그의 입에선 나지막한 혼잣말이 흘러
나왔다. 상자 안에는 와이셔츠와 넥타이가 얌전히 누워 있었다.
그와 전혀 어울리지 않을 것 같은 산뜻한 핑크빛 넥타이와 검은
빛에 가까운 짙은 자주색 와이셔츠였다.

"뭐지?"

"와이셔츠와 넥타이잖습니까."

현성이 가볍게 웃으며 대답했다. 이걸 누가 보냈는지, 어떤
메시지를 동봉했는지 이미 알고 있는 현성으로선 아주 흥미진
진한 상황이었다. 그의 장난기 섞인 반응이 불편했는지, 즉시
한준이 날카로운 시선을 날렸다. 찔러보는 그의 시선에 현성은
어깨를 움츠려야 했지만, 더 이상의 질문이나 추궁은 날아오지
않았다. 그는 이미 하얀 카드에 정신이 팔려 있었다.

"……."

카드를 집어 든 그는 냉철하고 서늘한 시선 그대로 카드를 읽

기 시작했다. 숨 막힐 정도로 답답한 침묵이 이어졌다. 현성은
한준의 표정을 유심히 살피며 조용히 입을 다물었다. 그가 어떤
반응을 보여줄지, 현성은 내심 기대하고 있었다. 한데 한참이
지나고 카드에서 시선을 뗀 한준이 갑자기 재킷을 벗으며 불쑥
물어왔다.

"어그러진 일정은 어떻게 됐지?"

한 치의 동요도 느껴지지 않는, 평소 그대로의 모습. 툭, 힘없
이 카드가 책상 위로 떨어졌다. 현성은 의아한 얼굴로 카드를
멍하게 바라보았다. 그사이 한준은 재킷을 벗어 옷걸이에 걸고
와이셔츠 소매 단추를 풀고 있었다. 현성은 의아한 심정을 얼른
수습하고는 사무적인 어조로 대답하였다.

"모두 조정해 놓았습니다. 어제 일자 서림그룹 최 회장님과의
식사 약속은 내일 저녁으로 미뤄졌고요. 오늘 약속되어 있던 한
석재 씨와의 점심은 모레 점심으로 변경되어졌습니다. 나머지
약속들도 모두 촘촘히 조정해 놓았으니 그 점은 염려 마십시
오."

"박은신 쪽은?"

"다행히 그쪽과는 아직 약속을 정해놓은 게 아니라서요. 사정
애길 하고 나중으로 미뤄졌습니다."

"그쪽, 최대한 빨리 시간 잡아봐. 기분이 영 찜찜해."

"네."

"그만 일 봐."

현성이 고개를 숙이며 짧게 대답하자, 한준은 동동 소매를 말아 올리며 책상 앞에 앉았다. 책상 위에는 여전히 황당한 선물 박스가 덩그러니 내돌려져 있었다. 한준은 쓸데없는 물건 던지듯 집어 들어 바닥으로 떨어뜨리곤 의자를 잡아당겨 책상에 몸을 붙였다. 평소의 전투적인 일벌레 모습 그대로 되돌아온 듯하다. 꾸러미 떨어지는 소리에 눈살을 찌푸리면서도 현성은 아무 말 하지 않고 밖으로 나갔다.

탁. 현성이 나가고 문이 닫히자 한준은 손에 들고 있던 서류를 툭, 책상 위로 떨어뜨렸다. 시선은 여전히 서류 위에 머물러 있었지만 글씨들은 하나도 머릿속에 들어오지 않고 어른어른 눈앞에서 춤을 추고만 있었다. 휴, 한숨을 내쉬고 그는 가만히 바닥을 내려다보았다. 자신이 내던져 놓은 선물 박스는 아무렇게나 바닥에 떨어진 채 방치되어 있었다.

한준은 가만히 그것을 바라보다 몸을 굽혀 박스를 집어 들었다. 책상 위에 박스를 놓고 그 안에 들어 있는 카드를 꺼내 든 한준은 천천히 의자 등받이에 몸을 기대었다. 반으로 접힌 카드를 훌쩍 연 한준은 동글동글 흡사 광수체 같은 글자들을 다시 한 번 읽어 내려갔다.


그 시각, 정말로 충동적으로 일을 저지른 민예는 핸드폰을 쥔 채 안절부절못하고 있었다. 이미 특급으로 붙인 선물 꾸러미가 사무실에 도착했을 거라고 생각하니 자연스레 응가 마려운 강아지처럼 초조불안 모드가 되어버렸다. 어떻게 반응해 올까 떨리고 궁금해, 정말로 죽을 것 같았다. 하지만 그것도 잠시. 시간이 지나도 여전히 잠잠한 핸드폰은 민예를 비참함의 구덩이 속으로 밀어 넣고 있었다. 메시지까지 동봉해서 보냈는데, 그는 너무나도 고요했다.

"인간적으로 너무한 거 아니야? 선물을 받았으면 인사 정도는 기본이지. 아무 연락도 없는 건 무슨 경우람."

교정 벤치에 앉아 민예는 제 휴대폰을 째려보며 중얼거리고 있었다. 새까만 액정은 거울이 되어 민예의 시무룩한 표정을 고스란히 보여주고 있었다. 휴우— 기나긴 한숨이 터져 나오는 그녀였다.

"내가 그 포장지 하나 사려고 얼마나 싸돌아다녔는데."

휙, 그의 거친 손길 한 번에 비참하게 찢겨질 포장지를 고르기 위해서 대형 문구점, 서점 등을 세 시간이나 싸돌아다녔다. 옷이야 그가 좋아하는 백화점 명품관에 들러 색상 골라 재깍 사면 그만이었지만 포장은 달랐다. 비록 금세 벗겨지고 찢겨지고, 한 번 사용된 후 쓰레기통에 버려질 테지만 포장만큼은 진짜 정성을 들이고 싶었다. 선물이니까. 마음을 담아 보내고 싶었으니까.

"근데 왜 아무 말이 없냐고. 왜—"

민예는 발을 동동 구르며 울상을 지었다. 마음이 짓밟혔다고 생각하니 속이 상했다. 어차피 선물을 보냈던 건 조금이라도 마음을 표현하고 싶어서였을 뿐, 그가 자신의 마음을 받아주길 기대했던 게 아니었건만. 그럼에도 서운하고 마음 쓰렸다. 그냥 선물해 줘서 고맙다고, 딱 한마디만 해주면 좋은데. 그래도 상관없는데. 그 정도면 아주 작은 희망이라도 품고 좋아하는 마음을 이어나갈 수 있는데…….

"좀 더 직접적으로 언급하지 그랬어. 난, 당신 사랑하게 된 것 같다. 나 어떠냐? 마음에 있으면 콜!"

어느새 다가온 춘지가 민예의 속을 벅벅 긁으며 쓸데없는 농지거리를 해댄다. 요 앞 테이크아웃에서 사온 커피를 양손에 들고 그녀는 민예의 옆에 딱 들러붙어 앉았다. 춘지가 커피 잔을 내밀어오자 민예는 속상한 얼굴로 그녀를 마주 보면서도 가만히 커피를 받아 챙겼다.

"커피나 먹고 속 차리라는 거니?"

"미쳤어? 그깟 일로 포기하게. 아니, 포기가 돼? 포기할 거야?"

춘지가 고개를 들이밀며 추궁하듯 묻는다. 민예는 춘지를 찔러보며 입술을 삐죽거렸다. 포기한단 말이 선뜻 나오지 않는 걸 보니 아직 그 단계까진 안 갔나 보다. 춘지는 씩 웃으며 민예의 어깨를 툭 쳤다.

"걱정 마. 연락 올 테니까. 끝내주게 예쁜 여자가 자길 좋아한다는데, 아무 감정이 안 생긴다는 게 말이 돼?"

"넌 사장님을 몰라."

민예는 가망없다 생각하고 있었다. 이 시각까지 아무 연락이 없다는 건 아무 감흥이 없다는 뜻이니까. 진짜, 춘지 말대로 너무 헐렁하게 고백한 걸까? 좀 더 직설적이고 솔직하게 말했어야 했나? 퇴원 축하한다, 앞으론 건강 잘 챙겨라, 이 정도로는 좋아한다는 표현이 될 수 없는 걸까? 꼭 '이 안에 너 있다' 라든가, '뭐 타는 냄새 안 나요?' 같은 닭살 멘트를 날려야 알아챌 수 있는 걸까?

"그 사람은 뭐, 남자 아니야? 남자가 다 똑같지."

"보통 남자는 아니야, 우리 사장님."

"언니가 하는 말만 들으면 그 사장이란 사람, 꼭 괴물 같아."

"맞아. 딱 괴물 같은 사람이야, 그 사람."

"언니 취향도 참 독특하다. 왜 그런 사람을 좋아하는데?"

그러게. 왜 그런 사람을 좋아할까? 만날 화만 내고 윽박지르고 복종하라 강요만 하는 사람을. 절대로 좋아하기 힘든 사람이라고 생각할 때마다 난데없는 말로 사람 감정 흔들어놓는 묘한 사람. 그녀에겐 아파트에 자동차까지 다 줘가며 챙기면서 정작 자신은 끼니조차 때우지 못하다가 쓰러지기까지 한 사람…….

"엇? 전화 온다."

뚱하게 있는 그녀의 어깨를 춘지가 요란하게 후려치며 소리친다. 정말로 휴대폰이 울리고 있었다. 민예는 훌쩍 두 눈을 크게 뜨고 춘지를 돌아봤다. 춘지의 쪽 째진 눈도 민예를 향하고 있었다. 드디어 선물 보낸 효과가 오는 모양. 입질이구나!

"언니, 파이팅."

춘지가 활짝 웃으며 주먹을 불끈 쥔다. 민예는 떨리는 마음으로 고개를 끄덕이곤 심호흡을 했다. 그가 뭐라고 말해올지 너무나 기대가 되어서 숨이 제대로 안 쉬어졌다. 아, 떨린다. 떨려. 민예는 긴장되는 손바닥을 치마 위로 마구 닦아내곤 천천히 핸드폰 폴더를 열었다. 그리고 발신자의 이름을 확인하곤 깜짝 놀라고 말았다.

9시가 다 되어가는 시각까지 서류를 검토하던 한준은 들고 있던 펜을 툭 서류 위로 던지고, 피곤한 머리를 손으로 쥐었다. 지끈거리는 관자놀이를 매만지며 한준은 눈을 감았다. 아직 몸이 제 컨디션을 찾지 못한 상태라 그런지 피곤함이 너무 쉬이 몰려오고 있었다. 오전엔 아예 일을 하지 않았고 오후에도 겨우 서너 시간 집중한 것뿐인데. 이런 식이면 절대 산더미처럼 쌓인 일을 오늘 내로 해결하지 못할 것이다. 다 끝내야 하는데…….

한준은 갑자기 몰려오는 피로감을 견디며 천천히 눈을 떴다. 절로 컴퓨터 모니터와 쌓여 있는 서류철 사이로 시선이 쏠렸다. 흰 카드가 삐죽 나와 그의 시야를 어지럽혔다. 윤민예의 카드. 너무나 의외였던 선물. 그를 한순간 멍하게 했던 글귀들.

무표정한 얼굴 위로 씁쓸한 미소가 스쳐 지나갔다. 인정하기는 싫지만, 그녀의 카드를 읽는 순간 그는 모든 사고가 정지되어 버린 듯 할 말을 잃어버렸다. 단순한, 별 의미 없는, 그저 퇴원을 축하한다는 인사치레성 인사말일 뿐이었는데. 머리가 띵해지는 것 같았다. 지금까지 한 번도 느껴보지 못했던 새로운 감정이었다. 그래서 어찌해야 할 바를 몰랐고, 그건 지금도 마찬가지였다.. 그는 천천히 손을 내밀어 문제의 그 카드를 쥐었다. 이미 외워 버린 글귀를 읽기 위해 그는 다시 한 번 카드를 펼쳤다.

〈퇴원 축하합니다. 앞으론 아프지 마세요.〉

앞으로 아프지 말라는 말이, 자꾸 눈에 걸렸다. 이걸 손 글씨로 직접 썼던 그녀는 어떤 마음이었을까 생각하니 가볍게 넘길 수가 없었다. 그냥 바닥으로 처박아두거나, 쓰레기통으로 내던지거나, 현성더러 가지라고 줘버려도 될 것이었는데. 그럴 수가 없었다, 차마.

"그렇게 말했는데도……."

한입거리도 되지 않으니 까불지 말라고, 그는 이미 경고했었다. 고용인과 고용주의 관계. 그 이상이 되는 건 그가 원치 않은 일이었다. 진심으로 한 충고였고 협박이었으며 바리케이드였다. 절대 자신의 영역 안으로 들어오려 하지 말라는. 선을 넘어오는 즉시, 넌 잡아먹힐 것이라는. 한데도 그녀는 행보를 멈추지 않았다. 보란 듯이 선물을 보내오고 걱정하는 글을 적어 보냈다. 그의 마음을 흔들어놓고 있는 것이다. 그날 잠시 통화해 준 것 때문에 이러는 모양인데…….

"골칫덩이 같으니."

한준은 손에 있던 카드를 내려놓고 핸드폰을 집어 들었다. 아무래도 이대로 가만히 놔둬선 안 될 것 같았다. 불러다 놓고 따끔하게 한마디 해줘야 할 듯했다. 너 따위 상대하고 있을 만큼 한가하지도, 여유롭지도 않다고. 그날의 통화는 날 걱정해 주는 네 마음을 거절할 수 없어서 잠시 받아준 것뿐이라고. 말 그대로 잠시였을 뿐, 계속해서 그렇게 대해줄 거라고 생각한다면 큰 오산이라고.

[여보세요?]

"너……!"

한데 한참 만에 겨우 전화를 받은 그녀의 목소리는 심상치 않았다. 고통에 찌들어 있는데다가 작게 헐떡이기까지 했고, 배경으론 음악 소리까지 잔잔하게 깔려 있었다. 통화가 되자마자 속사포로 쏘아 말하려던 한준은 멈칫하던 말을 멈추고 인상을 찌푸렸다.

"너 거기 어디야?"

[어? 사, 사장님! 어, 어쩐 일로……?]

"술집이냐?"

[에? 어, 예…….]

망설이더니만 결국엔 그렇다고 실토하고 마는 그녀. 뒤이어 매섭게 추궁하는 그에게, 그녀는 육하원칙 따윈 절대적으로 무시하며 횡설수설 설명해 대기 시작했다.

[실은 아까 교수님 전화번호로 연락이 와서요. 술집에 계시는데 정신을 못 가눈다고, 좀 모시고 가달라고 술집에서 전화를 했더라고요. 그래서 오긴 왔는데 교수님께서 몸을 못 가누세요. 아, 나더러 어떻게 하라는 건지. 너무 무거워 가지고 제가 어떻게 못하겠어서요. 지금 깨실 때까지 기다리는 중이에요. 방금 화장실로 달려가셔서 다 토하시고, 제가 지금 정신이 없거든요? 조금 있다가 다시 전화드릴게요.]

"어디야?"

짜증이 확 몰려오는 걸 느끼며 한준은 거칠게 물었다. 그녀의 무질서한 설명 따윈 더 이상 들어보지 않아도 사정을 알 것 같았다. 멍청하게, 또 남자에게 휘둘려 술집까지 찾아간 게 틀림없었다. 그렇게 말해줬는데도 또, 또 이런 일을 만들다니. 정말 윤민예, 사람 미치게 하는 덴 탁월한 재능이 있는 것 같다.

"귀 없어? 거기가 어디냐고."


그로부터 정확히 30분 후. 약속 하나는 칼처럼 지키는 타입 그대로, 그는 정확히 자신이 약속한 시간에 모습을 드러냈다. 그가 오길 기다리며 출입문만 뚫어져라 바라보고 있던 민예는 위풍도 당당하게 걸어 들어오는 훤칠한 남자를 발견하고 벌떡, 자리에서 일어났다.

몇 달 만에 보는 것인데도 불구하고 민예는 그를 금세 알아볼 수 있었다. 재킷도 없이 흰 와이셔츠만 걸친 채 들어서는데도 그는 강렬한 오라를 뿜어내듯 사람들의 시선을 단번에 주목시키고 있었다. 살이 빠져 예전보다 더 선이 날카로워져 좌중을 압도하는 기도 함께 세진 것 같았다. 그러나저러나, 민예의 눈엔 살이 빠졌다는 사실만 부각되어 왔지만.

"오셨어요?"

다가오는 한준에게 민예는 슬쩍 인사를 했다. 그리곤 자동으로 떠오르는 미소를 숨기기 위해 고개를 푹 숙였다. 그가 여기까지 왔다는 사실이 그녀로선 정말 의미심장하게 다가왔다. 일단은 그가 메시지를 읽고 자신의 마음을 알아차렸다고, 그리고 그 마음을 받아들이는 쪽으로 가닥을 잡은 게 분명하다고, 그녀는 생각했다. 그러지 않고서야 여기까지 직접 이렇게 납시었을 리가 없었다. 천하의 이한준이 아닌가. 그는 민예를 돕기 위해 손수 움직일 타입이 절대 아니었다. 직접적으로 선물에 대해서 언급하지는 않았지만, 분명히 감동을 받은 것이다.

민예는 천천히 고개를 들어 이쪽으로 다가오는 한준을 바라보았다. 묘한 기대감으로 가슴이 두근거렸다. 물론 '사랑하고 있었다'와 같은 직접적인 고백은 아예 기대조차 하지 않는다. 원래 이한준이 달콤하고 절절한 고백과는 거리가 먼 사람이라는 건 그 누구보다도 민예가 더 잘 알고 있으니까. 하지만 그에 준하는 표현은 해주지 않을까? 이렇게 한달음에 달려와 준 것도 어느 정도의 답은 되겠지만, 그래도 무언가 한마디쯤은 해줄 거라 민예는 믿어 의심치 않았다. 그가 사랑과는 전혀 무관한 듯한 심히 무표정한 표정으로 자신을 향해 걸어오는 모습을 보면서도. 하지만 그가 코앞까지 다가와 떨어뜨린 말은 '사랑'도 '그에 준하는 표현'도 아니었다.

"꼴좋군."

"에?"

기대감으로 빛나던 그녀의 눈동자가 급히 크게 떠졌다.

"한심하긴."

충격적인 말을 내뱉은 한준은 싸늘한 눈으로 신혁과 그녀를 번갈아 보았다. 신혁은 술에 취해 정신을 잃은 듯 테이블 위에 널브러진 채였다. 너저분한 술집, 그 한가운데에서 제정신이 아닌 상태로 쓰러져 있는 남자. 그리고 그 옆을 지키는 여자. 정말 한심함의 극치를 달리는 장면이라, 그는 생각했다. 역겨울 정도로 마음에 안 드는 상황에 욕지기가 나올 것만 같았다. 한준은 얼이 반쯤 나간 사람처럼 자신을 멍하게 바라보고 있는 민예를 뒤로하고, 거침없이 가게 종업원을 찾았다.

현실감 없게도 상황은 빠르게 전개되었다. 쓸모없는 인간을 바라보듯 그녀를 훑어본 한준은 가게 종업원과 몇 마디 얘기를 주고받더니, 다시 민예를 향해 다가왔다. 그사이 종업원이 분주

하게 움직이기 시작했고, 멍하게 그 광경을 지켜보는 동안 한준
은 훌쩍 가까이 왔다. 그는 테이블 위에 놓인 계산서를 챙기며
민예 쪽은 아예 돌아보지도 않은 채 말했다.

"따라와."

어딜 따라오라는 건지에 대해선 아무런 언급도 없이 그는 곧
바로 뒤를 돌아 걷기 시작했다. 기대했던 반응, 말, 행동은 전혀
없이. 이런 현실이 믿어지지 않아 민예는 멍해질 수밖에 없었
다. 머릿속이 복잡해졌다. 정리가 안 된 서랍 속처럼 가닥을 잡
을 수가 없었다. 아무리 생각해도 이해가 안 되어서 정신을 차
릴 수가 없었다. 선물과 메시지를 봤다면 저렇게까지 쌀쌀맞게
나오진 못할 텐데. 아직 못 봤나? 그럼 여긴 왜 왔어? 비서님도
없이 혼자 여길, 왜? 모든 게 미스터리였다.

"정신을 어디다 두고 다녀? 따라오란 말 못 들었어?"

잠깐 생각에 잠겼을 뿐이었는데, 그새 계산을 마친 한준이 민
예의 코앞에까지 와 있었다. 지갑에 카드를 넣고 재킷 윗주머니
에 꽂아 넣는 그의 표정은 여전히 무표정이었다. 도대체가 그
속을 알 수가 없어 민예는 답답해졌다. 선물 봤냐고, 메시지 읽
었냐고, 묻고 싶은 마음은 굴뚝인데 차마 용기가 안 나 묻지도
못하고. 민예는 아랫입술을 희미하게 잘근거리며 뚱하니 물었
다.

"교수님은 어떻게 하고요?"

"왜? 야산에 버리기라도 할까 봐 겁나?"

뭔가요. 지금 그게 농담이라고 하는 건가요? 웃기지도 않고, 감동도 없고. 이건 뭐, 민예는 어처구니없는 얼굴로 한준을 쏘아봤다. 두 눈이 저절로 치켜올라 가 그를 찔러보게 되었다. 안개 속처럼 희미하게 뿌연 그의 속내가 너무나도 답답했다. 뭐가 이리 복잡한 건지. 좋으면 좋다, 싫으면 싫다, 말을 하면 될 것 아닌가. 누가 싫다는 사람 억지로 잡나? 내가 그렇게 구질구질해 보여? 확, 이 자리에서 고백해 버릴까 보다.

"걱정 마. 얌전히 모시라고 했으니까."

그녀의 도끼눈을 다른 뜻으로 받아들인 듯 그가 싸늘하게 이죽거렸다. 그러는 중 어느새 테이블로 달려온 종업원들이 신혁을 떠메기 시작했다. 한준이 종업원들에게 도와달라고 부탁했던 모양이다.

결국, 민예는 너덜거리는 한숨을 내쉬곤 의자 위에 놓여 있는 가방을 집어 들었다. 확 고백해 버릴 자신도 없고, 선물과 메시지를 보았는지 한준에게 물어볼 용기도 없고. 이런 자신이 한심하고 우스워서 속으로 신세한탄만 죽어라 하고 있었다. 그런 와중이니, 누군가 자신의 뒤를 밟기 시작했다는 사실을 눈치 챈다는 건 거의 불가했다.


그의 자동차는 길거리에 불법 주차되어 있었다. 금세 나올 거라 작정한 듯 아무렇게나 주차해 놓았던 모양인데, 그가 술집에 들어갔다 나온 단 몇 분 사이에 자동차는 낯 뜨겁고 민망한 업소 명함으로 덕지덕지 도배가 되어 있었다. 어이없어하며 차례차례 자동차 사이사이 곳곳에 끼워진 낱장 광고지를 제거하려니, 한준이 저벅저벅 이쪽으로 다가오는 게 느껴졌다. 그는 문신혁을 자동차 뒷좌석까지 무사히 배달(?)을 마친 종업원들에게 팁을 건네주고 오는 중이었다.

운전석 앞에 멈춰 선 한준은 와이퍼에 끼워진 낱장 광고지를 빼내 짜증스런 시선으로 내려다보았다. 그리곤 저쪽 끝에서 열심히 광고지를 거두고 있는 민예를 한 번 찔러본다. 마치 지금 겪고 있는 짜증스러운 일들이 모두 그녀의 탓인 것마냥. 흥청망청거리는 혼탁하고 저질스러운 거리에 서 있게 된 것도, 술 취한 동생의 남자를 집까지 데려다줘야 하는 상황에 처한 것도, 자동차를 도배해 놓은 지저분한 광고지를 제거하게 된 것도 모두 그녀의 탓이었다. 언제나 그렇듯 오늘도 그녀는 그를 미친 듯이 자극하고 있었다.

"비서님은 근데, 왜 안 왔어요? 항상 함께 다니시지 않나요? 이번에도 전 두 분이 같이 오실 줄 알았는데."

그가 험악한 얼굴로 광고지를 내려다보는 게 보이자, 민예는 냉큼 아무거나 생각나는 대로 질문을 하였다. 광고지 안의 헐벗은 여인들을 그가 보았다고 생각하니 낯이 보통 뜨거운 게 아니었다. 갑자기 온몸이 간지러워지면서 주변의 모든 소음들이 사그리 사라져 버리는 것 같았다. 막 어색하고 민망하고 가슴이 졸여져서, 어떻게든 그의 정신을 다른 곳으로 분산시켜야겠다는 마음이 간절해졌다.

"괜히 와달라고 했나? 저는 비서님이 안 계신 줄 몰랐거든요. 저 혼자서도 충분히 감당할 수 있었는데, 괜히 귀찮게 해드린 것 같아서 죄송스럽네요. 말씀하시지 그러셨어요, 비서님 안 계신다고. 진짜 괜찮았는데. 조금만 더 있으면 교수님도 깨셨을 거고, 그럼 별문제없이 집까지 갈 수 있었을……."

"잔말 말고 차에 타."

열심히 주절거리고 있는데, 갑자기 그가 코앞에 불쑥 나타난다. 1초라도 빨리 광고지를 다 수거하기 위해 신나게 움직이고 있던 민예는 순간, 우뚝 걸음을 멈추었다. 놀란 토끼마냥 두 눈을 크게 뜨고 민예는 그를 올려다보았다. 그는 손에 네모난 광고지를 든 채로 민예를 깔아보고 있었다. 입술이 심하게 뒤틀려 있는 그의 모습은 흡사 악당 같았다.

"네가 뭐라고 했든 난 왔을 거다."

"아…… 예."

하여튼 몇 달이 지났는데도, 이 다크포스는 고대로구나. 어쩜 변하질 않니. 이래서야 어디 분위기가 잡히겠나? 좋아한다는 말은 입도 벙긋 못하겠다.

"타."

무서운 무표정 그대로 그가 명령을 내린다. 그리곤 저벅저벅 걸어 자동차 운전석으로 곧장 향했다. 슥 둘러보니, 자동차는 벌써 낯 뜨거운 광고지들이 산뜻하게 제거되어 있었다. 민예는 손에 들려 있는 광고지들을 길가에 세워진 쓰레기통에 밀어 넣고는 신나게 달려 조수석에 올라타기 위해 문을 열었다.

그리고 발견했다. 상자를.

그녀가 정성스레 포장하고 선물했던 바로 그 상자 꾸러미가 조수석 좌석 위에 놓여 있었다. 아무렇게나 헤집어진 채로. 마치 쓸모없는 쓰레기처럼 취급되어진 채로. 민예는 충격을 받아버렸다.

"뭐 해? 빨리 타지 않고."

한준이 느리게 눈동자를 굴려 그녀를 찔러봤다. 뻔히 이 상자가 민예에게 어떤 의미인지 다 알고 있는 표정이었다. 민예는 꼼짝하지 않고 그를 바라봤다. 이게 뭐냐고, 어떻게 받아들여야 하는 거냐고 묻는 듯 그녀의 눈빛은 절박했다.

"치우고 타."

한준이 민예를 똑바로 보며 중얼거렸다. 아무렇지도 않게. 무감각하게. 마치 상대방의 간절한 마음을 비웃기라도 하듯. 민예의 눈빛은 점차 어두워졌다. 이제 조금씩 알 것 같았다. 그가 무슨 의도로 이러는 건지.

민예는 아무 감정도 섞이지 않은 무덤덤한 얼굴로 주섬주섬 꾸러미를 챙겼다. 신혁이 뒹굴고 있는 뒷좌석 바닥으로 꾸러미를 던져 놓고 가만히 조수석에 착석하는 그녀는 상처받은 얼굴도, 슬퍼하는 얼굴도, 괴로워하는 얼굴도 아니었다. 오히려 덤덤하고 태연했다. 뭐, 어차피 크게 기대하지도 않았으니 아쉬워

할 것도 없다고 생각했다. 원래 어떤 사람인지 뻔히 아는데, 갑자기 그가 바뀔 거라 생각하는 것도 우습고 바보 같은 일이었다. 그는 절대로 사랑 따위 하지 않을 사람 아닌가.

잠시 잠깐 좋은 사람 흉내를 냈던 게다. 몸이 아프니 마음도 약해져서 아주 잠깐 빈틈이 생겼던 거다. 그렇게 생각할 것이다. 그게 맞을 거다, 아마도. 하지만…….

'괘씸해.'

아주 못되지 않았는가. 싫으면 싫다고 말로 하면 되지. 꼭 대놓고 보냈던 선물을 무시하고 싶을까? 그렇게까지 해서 상대의 마음을 아프게 해야 되나? 잔인하게 사람 자존심을 깔아뭉개면서까지? 그렇게 하지 않으면 뭐, 안 떨어질 줄 알고?

웃기시네. 사람을 뭘로 보고.

나도 어디 가면 빠지지 않는 퀸카이거든요? 댁 같은 사람한테 목매달면서 안달복달하지 않아도 나 좋다는 사람, 무진장 많다고요. 사람 진짜 감정 상하게, 정성 들여 선물한 물건을 아무렇게나 내팽개치고. 아우, 존심 상해. 내가 어쩌다 이한준을 좋아하게 되어가지고 이런 수모를 겪는지. 내, 다시는 이 남자한테 눈길을 돌리나 봐라.

'성을 간다, 성을 갈아.'

아웅다웅, 지키지도 못할 결심을 혼자 열심히 하고 있는 사이 차는 부드럽게 출발했다. 신혁의 집이 어딘지 이미 알고 있는 듯 그는 민예의 도움 없이도 잘 찾아갔다. 그동안 민예는 꾹 입을 다물고 있었고, 그 역시 별로 얘기하고 싶지 않은 듯 말을 걸지 않았다.

숨 막히는 침묵을 가로질러 한참 만에 신혁의 집 앞에 도착한 그들은 역시 아무 말 없이 각자 차에서 내렸다. 한준은 뒷좌석 문을 열고 쓰러져 있는 신혁의 몸을 잡아당겨 단번에 들쳐 멨다. 서로 덩치가 엇비슷해 꽤 무거울 텐데도 끙 소리 한 번 내지 않고 계단을 오른 그는 신혁을 집까지 무사히 데려다놓았다.

"와주셔서 감사합니다. 조심해서 가세요."

원룸 건물에서 빠져나오자마자 민예는 한준에게 다가가 꾸벅 인사를 건넸다. 학생이 선생님에게 인사를 하듯 너무나 예의 바르고 깍듯한 모습에 한준의 눈빛은 단박에 살모사보다도 더 예리해졌다. 또 거슬리기 시작한 것이다. 반항기라곤 전혀 느껴지지 않는, 완벽한 고용인의 자세임에도 불구하고 거슬렸다. 아주 많이. 그는 그 어느 때보다도 더 차가움이 뚝뚝 묻어나는 목소리로 명령했다.

"타."

"전 괜찮습니다. 집이 이 근처라서 걸어가면 돼요."

"타라면 타. 괜한 객기 부리지 말고."

고개를 숙이고 눈도 내리깐 채인 민예는 미간을 꿈틀거리며 솟구치는 짜증을 다스렸다. 됐다는데 왜 자꾸 타라는 거야. 짜증나게. 성질 같아선 마구 쏘아붙여 주고 싶지만, 그러면 또 잔소리만 한 바가지 들을 게 빤한 일. 오늘은 더 이상 간섭받거나 지적당하고 싶지 않았다. 민예는 두 눈을 꾹 감고 치미는 성미를 짓누르며 최대한 방글거리는 말투로 대답하였다.

"괜찮으니까 그냥 가세요. 저도 오늘은 좀 걷고 싶어서 그래요."

하지만 날아온 대답은,

"네가 뭘 하고 싶은지 궁금하지 않아. 타."

아이쿠. 미치겠네. 아니, 됐다는데 왜 자꾸 타라는 거야. 됐다고요. 됐다니까? 괜찮으니까, 그냥 얼른 가버리라고요.

"번거롭게 왜 그러세요? 그냥 가셔도 된다는데 굳이……."

"네가 애초에 차를 가지고 왔다면 이렇게 번거로워지진 않았겠지."

그가 잔뜩 날이 선 채 그녀의 말을 가로막았다. 잔뜩 윽박지르는 그 말투에 민예는 저도 모르게 반항기가 넘실거리는 눈망울을 천천히 들어버렸다. 예상했던 대로 한준은 그녀를 무섭게 찔러보고 있었다. 아주 레이저가 나오겠네, 레이저가. 그렇게 안 봐주셔도 되거든요? 지금도 충분히 고통스럽고 괴롭다고요. 명색이 그것도 고백이라고 한 건데. 무참히 거절당하고도 아무렇지도 않으면, 그게 사람이겠습니까?

"네. 죄송합니다, 그건. 저도 알아요. 제가 괜히 사장님을 번거롭게 했다는 거."

그땐 당신이 내 마음을 받아주는 건 줄 알았습니다. 한마디로 깨방정을 떤 거죠. 혼자 설레발쳐서 정말 죄송합니다.

"그래서 더 이상은 번거롭게 해드리지 않으려고요. 집도 가깝고, 혼자 걸으면서 생각할 것도 있고. 그래서 그냥 저 혼자 걸어가려고 합니다. 사장님은 이제 사장님 갈 길 가시면 됩니다."

최대한 성미를 눌러 참고 공손히 얘기한 것이었다. 거짓말 하나 보태지 않은 진실이었고, 이 정도의 참을성을 보였다면 그도 받아들을 거라고 생각했다. 한데, 그것은 그녀만의 착각이었다.

"경고했을 텐데. 조심하는 게 좋을 거라고."

저벅, 한준이 긴 보폭으로 한 걸음 성큼 다가왔다. 갑작스러운 그의 움직임에 민예는 흠칫 놀라 고개를 뒤로 젖혔다. 큰 키의 그가 그녀의 코앞까지 다가와 블랙홀처럼 까마득한 시선을 쏟아부었다. 섬뜩한 기분이 일순간 엄습해 와 민예는 꿀꺽 마른 침을 삼켰다.

"무, 무슨 말씀이세요?"

"너. 날 좋아해?"

그는 무서울 정도로 잠잠한 목소리로 물어왔다. 냉랭한 썩소를 띠운 채. 기습적인 그의 물음에 민예는 두 눈을 휘둥그레 떴다. 너무나 놀라고 당황스러워 아무 말도 할 수가 없었다. 그런 그녀를 향해 그는 가차없이 입술을 놀렸다.

"내가 어쩌주길 바라지? 가져줄까?"

전혀 예상치 못한 물음에 민예의 온몸은 충격으로 얼어붙었다. 그녀의 머릿속에는 그의 중얼거림만 둥실둥실 떠돌아다녔다. 가져줄까? 가져줄까? 가져줄……? 멍하게 그를 올려다보는 그녀의 얼굴은 점점 사색이 되어가고 있었다. 그런 그녀의 얼굴을 훑으며 한준은 비열하게 입술을 비틀었다. 그리고 마치 소원이라면 가져주겠다는 듯 거칠게 손을 뻗어 민예를 품 안으로 끌어당겼다.

"아앗!"

짧은 비명 소리와 함께 그녀는 순식간에 그의 품 안으로 딸려 들어왔다. 단번에 몸과 몸이 겹쳐졌고, 입술과 입술이 겹쳐졌다. 허름한 원룸촌 뒷골목, 제 기능을 상실한 지 오래인 가로등 아래였다.

제10장 **겁쟁이랍니다**

순전히 겁만 줄 생각이었다. 더 이상 다가오지 말라고, 다가오면 데일 거라고, 너만 다치게 될 거라고 경고만 해줄 참이었다. 자신의 곁을 얼쩡거리는 윤민예를 멀리 쫓아 보내고 싶었다. 자꾸만 맴돌며 자신의 견고했던 마음을 흔들기 시작한 그녀였기에. 절대적으로 위험한 존재가 되기 전에 단단히 겁을 줘 곁에서 떨어뜨려 놓을 생각이었다. 하지만 막상 덮친 그녀의 입술은 달콤한 늪처럼 그를 휘어잡아, 그의 의도를 퇴색시켰다.

부릅뜬 시야로 그녀의 커다란 눈이 살포시 감기는 게 보였고, 다음 순간 그녀의 입술이 스르르 열렸다. 마치 잠겨 있던 자물쇠가 풀리듯, 미지의 세계로 통하는 신비의 문이 열리듯. 그녀는 스스로 입술을 열어주었다. 그녀를 먹어버릴 듯 입을 벌리고 있던 한준의 입속으로 그녀의 따뜻한 숨결이 스며들어 왔다. 조심스럽게 혀끝을 밀고 들어오는 그녀는 두려움이 없어 보였다. 그녀의 손이 넝쿨처럼 엉켜오기 시작했고, 예기치 못한 상황 속에 내던져진 한준은 당황했다.

그녀의 말랑함에 안주하고 싶은 충동이 강렬하게 그를 사로잡았다. 그녀의 따스함에 속절없이 휘말리고 싶은 절박한 욕망이 고개를 들기 시작했다. 이건 계산이 빗나가도 너무 많이 빗나간 상황이다. 그가 키스하면 윤민예는 도망을 쳐야 했다. 그게 맞다. 그녀는 그의 키스를 두려워해야 했고, 자신을 한낱 유희의 대상쯤으로 취급한 그를 밀어내며 저주해야 마땅했다. 이렇게 그를 순순히 받아들일 게 아니라. 이렇게 오히려 더 적극적으로 다가올 게 아니라.

쿵. 그녀를 피해 뒷걸음질을 치다 그가 반대편 담벼락에 부딪쳤다. 곧 뒤이어 그녀의 몸이 부드럽게 덮쳐 오자, 담벼락에 부딪친 아픔보다 수십 배는 더 독한 고통이 피어나기 시작했다. 죽을 것 같다. 온몸을 달구는 지독한 열기에 불에 타는 것 같은 아픔이 밀려온다. 이 고통에서 벗어나기 위해서는 그녀를 떨쳐내야 했다. 귀찮게 엉겨와 들러붙는 속물 덩어리라며, 차갑고 가차없이 밀어내야 했다. 한데, 머리와는 달리 그의 손가락 마디마디에는 힘이 들어가고 있다. 그녀를 안은 손은 더욱 견고하게 그녀를 끌어안고 있는 것이다.

그녀는 그를 어두운 담벼락에 밀어붙인 채로 힘껏 입술을 빨아들였다.

그는 신음하며 격하게 숨을 몰아쉬었다. 정신이 혼미해지는 가운데, 그의 머리카락 안으로 그녀의 손가락이 소용돌이치며 들어왔다. 동시에 그녀의 고개가 스르르 옆으로 기울어지자, 한준은 자신도 모르게 그녀를 쫓아 따라갔다. 만족스럽게 웃으며 그녀는 부드럽게 그를 빨아 당겼다. 마치, 말 잘 듣는 아이에게 상을 내리듯. 그리곤 그의 목을 두르고 있던 팔을 부쩍 좁혀 더 가까이 다가왔다.

난공불락처럼 단단했던 이한준의 성(城)은 서서히 무너져 내리고 있었다. 조금씩 파괴되어 괴멸되고 있다는 걸 그조차도 느끼고 있었다. 그는 진심으로 이 순간, 그녀를 원했다. 그녀의 몸에 자신을 파묻고 그녀의 부드러움에 둘러싸이고 싶었다. 그녀의 품에서만큼은 아무것도 생각하지 않아도 될 것 같았다. 꼬여들어가는 일도, 골치 아픈 집안 소사도, 이 품에서라면 고민하지 않아도 될 것만 같았다. 편안히 그녀가 주는 안락함에 빠져 허송세월을 해도 즐거울 것 같았다.

미친 생각이다.

박천희, 서림그룹, 그리고 이번 프로젝트가 얼마나 중요한지 모르지 않으면서 이런 생각을 하고 있다는 건 제대로 미친 것이었다. 발등에 떨어진 불 때문에 몇 년을 공들여 추진해 온 프로젝트를 날리게 됐는데, 안락함이나 찾고 있다니. 지금 그는 이런 쓸모없는 감정에 치우칠 여유가 없다. 박천희가 더 이상의 장난을 치지 못하도록 서둘러 박은신과의 결혼을 추진해야 했다. 한나의 일도 최대한 빨리 마무리 짓고 서림그룹과의 혼사를 서둘러야 한다. 안전하게 프로젝트를 따내기 위해선 그게 최선의 방법이었다. 그에게 시급한 건 프로젝트의 완성이지 이런 하찮은 개인 감정 따위가 아니었다.

"사장님……."

입술을 가만히 댄 채로 그녀가 속삭였다. 부드럽고 다정하게 그의 머리카락을 쓰다듬으며. 그 느리고 규칙적인 손길에 미치도록 후끈하게 들끓던 감정이 차분히 내려앉았다. 서서히, 느리게. 조련사에게 길들여지고 있는 야생마가 된 기분으로 그는 천천히 고개를 들었다. 조금씩 입술과 입술이 떨어지고, 그 대신 시선과 시선이 허공에서 부딪쳤다.

맑고 투명한 눈동자가 그를 바라보고 있었다. 순수함과 부드러움을 머금고. 그를 이해하는 눈빛이다. 지금까지의 과오는 모두 용서해 주겠다는, 포용력 짙은 시선이다. 그가 자신에게 저질렀던 무수한 무례와 거친 언행이 지금 이 순간만큼은 싹 잊힌 모양이다. 자신을 유린한 사람을 완전히 믿어버리고 있다니. 멍청한 윤민예, 세상이 그렇게 호락호락한 줄 아는 것인가?

"사실은 저……."

격정적이었던 키스를 증명하듯 붉게 부푼 입술에 수줍은 미소가 떠올랐다. 그녀가 무슨 말을 할지 그는 끝까지 듣지 않아도 알 수 있었다. 한준은 거칠고 세차게 그녀를 밀어냈다.

"사장님을 좋……!"

그의 품 안에 안겨 있던 민예는 단번에 뒤로 밀려났다. 귀찮게 들러붙는 동네 거지 떨쳐 내듯 냉정하기 짝이 없는 손길. 당황한 듯 민예가 그를 바라봤다. 다행히 그 순간, 전화벨이 울려왔고, 한준은 서둘러 주머니에서 전화를 꺼내 들며 민예를 등졌다.

"이한준입니다."

그의 뒷모습을 바라보며 민예는 빙긋 웃음을 띠었다. 그리고 가만히 입술에 손을 대고 방금 전 느꼈던 격정적이고 휘몰아치던 감정을 떠올려 보았다.

처음이었다, 이런 키스는. 그녀는 지금껏 이렇게 깊고 열정적으로 키스를 해본 적이 없었다. 키스를 하면서 이토록 흥분한 적도 없었고, 키스를 하면서 더 하고 싶다는 기분을 느껴본 적도 없었다. 한준과 처음 해보는 키스도 아니었는데 어떻게 이럴 수가 있을까. 그녀는 모든 게 놀랍고 신기하기만 했다.

"무슨 소리야? 그래서."

등을 돌린 채 전화를 받고 있는 그가 가시 박힌 목소리로 상대를 윽박지른다. 막 키스를 끝낸 사람의 목소리로는 절대 들리지 않는 억양이다. 하여간 참 자기를 잘 숨기는 사람이다. 아마 그는 어떤 상황에서든 포커페이스를 유지하는 게 가능한, 세상에서 몇 안 되는 사람일 것이다. 누구 앞에서든 흔들림이 없고 자신의 감정 흐름마저도 철저하게 숨길 수 있는, 철저하게 계산된 사람. 이한준은 바로 그런 사람이었다.

하지만 미안합니다. 이젠 이 윤민예 앞에선 안 통해요, 이한준 씨. 당신은 날 좋아하고 있어. 어떻게 아느냐고? 그야 키스를 하면서 느꼈으니까. 당신은 키스할 때만큼은 자신의 감정을 숨기지 못해. 순순히 인정하라고, 이젠. 날 좋아하고 있다고.

"……뭐라고? 그걸 지금 말이라고 해?"

민예가 근거있는 자신감으로 뿌듯해하는 걸 아는지 모르는지, 그는 목소리를 더욱 키우며 소리쳤다. 무슨 일인지 상당히 급한 일이 생긴 것 같다.

"도대체 네들 뭐야? 경호원이 어떻게 표적을 놓쳐? 그 조그만 애 하나 못 지키고, 도망가게 놔뒀다는 게 말이 돼?"

경호원과 통화를 하는 모양이다. 표적을 놓쳤다는 소릴 들으니, 문제가 꽤 심각하게 느껴진다. 무슨 일일까?

"그딴 변명 다 필요없고. 당장 찾아와. 당장 찾아 내 앞에 대령해, 지금 당장."

살벌하기 짝이 없는 뇌까림으로 상대를 섬뜩하게 만들더니, 그는 한 손으로 넥타이 자락을 거칠게 풀어헤쳤다. 그는 전화를 끊고 민예 쪽은 돌아보지도 않은 채 빠르게 걸어 차체를 돌아 운전석에 올라탔다. 사태가 돌아가는 추이를 보아, 그도 지금 당장 사건 현상으로 달려가는 듯하였다. 쿵, 차 문이 닫히고 자동차가 곧이어 시동이 걸리자 민예는 차가 안전하게 출발할 수 있도록 뒤로 물러섰다. 슬그머니 빠지는 모양새. 끝내야 할 얘기가 아직 남아 있었지만, 지금은 때가 아닌 것 같았다. 그들 사이의 문젠 급한 일 먼저 해결하고 난 뒤에 다시 얘기해도 늦지 않다고, 그녀는 생각했다.

하지만 그때다. 그대로 출발해 떠날 줄 알았던 차의 문이 다시 벌컥, 열렸다. 안쪽에서 그의 머리가 불쑥 튀어나오더니 훌쩍 긴 몸이 밖으로 나왔다. 그리곤 성큼성큼 민예에게로 다가와 그녀의 팔을 덥석 쥐었다.

"따라와."

"저, 전 됐어요. 급한 일이 생긴 것 같은데, 전 그냥 걸어갈게요."

그에게 끌려가듯 딸려가며 민예가 말했다. 하지만 그는 이미 조수석까지 곧장 걸어가 문을 열고 있었다.

"타."

"급한 용무 보러 가시는 거 아니에요? 전 택시 탈게요. 저는 걱정하지 마시고……."

"잔말 말고 타라면 타!"

갑자기 그가 고함을 버럭 질렀다. 깜짝 놀라 민예는 하던 말을 멈추고 입을 다물었다. 큼지막한 눈동자가 놀람을 가득 담고 그를 빤히 올려다봤다. 머리끝까지 분노가 치밀어 오른 상태였던 한준의 머릿속은 그녀의 눈과 마주치자마자 새하얗게 변해 갔다. 정말 미치겠다. 욕지기가 치밀어 오른다, 빌어먹게도. 그는 이를 악물고 살벌하게 뇌까렸다.

"말했지? 두말하는 것 싫다고. 반박하는 거, 허락 않는다고."

"전 그냥 사장님이 급하신 것 같아서……."

"타. 타라면 타. 내가 타라면 넌 그냥 타면 되는 거야. 잔소리 하지 말고. 알아?"

"……."

민예는 꿀 먹은 벙어리처럼 꼼짝 않고 서서 그를 바라봤다. 마치 '왜 이래? 이해를 못하겠네' 하는 얼굴이다. 이해를 못하겠는 건 한준 쪽도 마찬가지. 그도 자신이 왜 이렇게 민예에게 과잉 반응을 보이는지 이해 못하고 있었다. 그녀만 보면 짜증이 솟구쳤다. 마음에 안 드는 것투성이고, 감정 조절도 쉬이 되지 않는다. 게다가 방금 전의 키스는…….

"앓느니 죽겠다."

한준은 짜증스러운 듯 머리카락을 쓸어 넘기며 손수 민예를 차 안으로 밀어 넣었다. 마치 짐짝을 밀어 넣는 듯 꾸역꾸역 거친 손길에 떠밀려 그녀는 차 안에 올라타고 말았다. 물건 취급 받았다는 데에 기분이 상할 만도 하건만 전혀 그렇지 않은 듯 민예는 다시 운전석으로 돌아와 차를 출발시키는 한준을 조심스럽게 돌아보며 물었다.

"안 급하세요?"

"급해."

한준은 그녀 쪽은 돌아보지도 않은 채 무뚝뚝하게 대답했다. 민예는 소리없이 피식 웃었다. 아마 무지하게 급한 일이 생겼는데도 그녀를 먼저 집까지 데려다 주겠다고 나서는 이 남자, 은 근 귀엽다는 생각이 들었다. 그 이유는 들어보지 않아도 빤했 다. 바로 이 몸을 좋아해서. 걱정되니까. 자기 손으로 직접 집까 지 바래다줘야만 마음이 놓여서. 그래서 급한 일도 뒤로 미루고 민예를 먼저 데려다 주려는 게 아니겠는가?

확실했다, 그의 마음은. 키스도 그렇고, 여기까지 와준 것도 그렇고. 지금 하는 행동까지 모두 종합해 본 결과, 결론은 나왔 다. 그는 민예를 좋아하고 있다. 그 명제가 아니면, 지금 벌어지 고 있는 이 모든 일들이 절대 해명되지 않는다. 그는 민예를 좋 아하면서도 자신의 감정을 인정하지 못하고 있는 것이다. 바보 같이.

"그런데 왜 절 먼저 데려다 주시는 건데요? 괜찮다는데, 굳이 그러시는 이유가 뭐예요?"

이렇게 물은 건 다 그를 위해서였다. 잘 생각해 보라고, 자기 마음이 어딜 향하고 있는지 고민해 보고 성인답게 현명한 결론 을 신속히 내려보라고. 며칠 고민은 하겠지만 결국은 그도 인정 하게 될 거라고, 민예는 생각하고 있었다. 한데, 의외로 대답은 곧장 날아왔다.

"누가 널 먼저 데려다 준대?"

응? 데려다 주는 게 아니라고? 민예는 고개를 돌려 그의 옆모 습을 바라봤다. 그 순간, 쉬이익— 낯익은 아파트가 자동차 창 문 너머로 스쳐 지나갔다. 그녀가 거주하고 있는 아파트 단지였다. 민예는 약간 당황한 얼굴로 다그치듯 물었다.

"그럼 지금 어딜 가는 거예요?"

그녀의 물음에, 그는 무겁게 대답했다.

"내 집."

*

그의 집은 컸다. 건물 자체는 아담하니 적당했지만 유독 정원이 넓었다. 앞마당과 뒷마당까지 합하면 족히 200평은 될 것 같았다. 도심 속에 이런 멋진 정원이 숨겨져 있다는 사실만으로도 사뭇 가슴이 두근거리고 감동스러워져 민예는 두 눈을 휘둥그레 떠야 했다. 놀라는 그녀를 뒤로, 그는 느슨하게 이어진 계단을 따라 탁탁 빠르게 올라가기 시작했다. 진짜 많이 급한 일인가 보다. 일행도 챙기지 않는 걸 보면.

"어서 와."

현관문이 열리고 현성이 한준을 맞았다. 상황이 상황이니만큼 잔뜩 긴장된 얼굴로 그는 빠르게 집 안으로 들어오는 한준에게 한나의 상태를 알렸다.

"지금 방에서 꼼짝하지 않고 있어. 많이 다쳐서 병원에 가야 될 것 같은데……."

막 몸을 돌리며 한준을 따라가던 현성은 하던 말을 우뚝 멈추었다. 현관에 누군가가 머뭇거리며 서 있다는 것을 불현듯 느낀 것이었다. 한준은 혼자 온 게 아니었다.

"민예 씨?"

뒤를 돌아본 현성은 두 눈을 둥그렇게 떴다. 현관문을 등지고 어색하게 서 있는 여자는 분명히 그가 아는, 윤민예가 확실했다. 그녀가 여기 웬일일까? 현성은 의아한 얼굴로 민예에게 다가갔다. 그러는 사이, 한준은 퉁퉁퉁퉁 소리를 내며 이층 계단을 오르고 있었다. 한나를 보기 위해 서두르는 모양새다.

"여기서 뭐 해요? 어떻게 된 거예요?"

들어오라는 손짓을 하며 현성이 물었다. 민예는 이쪽저쪽 집 안 내부를 둘러보며 조심스럽게 발을 디뎠다. 어둡고 칙칙한 분위기의 아파트와는 달리 이곳, 집은 꽤나 밝고 온화해 보였다. 심플하고 모던한 느낌의 가구나 색상 때문만은 아니었다. 사람의 온기 같은 게 느껴진달까. 사람 사는 냄새가 난다. 누군가 꼼꼼히 집 안을 살피고 돌보고 있는 것 같았다.

"그렇게 됐어요, 비서님."

"사장님이 아까 민예 씨를 만나러 간 거였어요?"

"……교수님 때문에 잠깐요."

교수님 소리에 현성의 눈빛이 금세 어두워졌다. 문신혁 때문에 난 사단을 생각하면 지금도 가슴이 철렁해서다. 이한나, 그 골칫덩이가 세 명이나 되는 경호원들을 따돌리고 집 밖으로 나갈 줄 그 누가 알았겠는가. 일주일 가까이 집 안에 꼼짝없이 갇혀 있을 때도 거의 체념한 듯 반항 한 번 하지 않던 그녀였다.

경호원들이 안심하고 경계가 느슨해질 때까지 기회를 엿보고 있었던 게 틀림없었다. 그게 아니면 며칠 전 누군가에게 받았다는 선물을 빼앗겨 버려서인지도. 그녀는 선물받은 구두와 열쇠고리를 붙들고 한참을 오열했다고 했다. 그 때문에 뭔가 낌새를 느낀 한준이 선물을 빼앗아두라고 명했었고.

"근데 사장님한테 무슨 일 생겼어요?"

민예가 엄청 궁금하다는 듯 조심스럽게 묻는다. 현성은 씁쓸하게 웃으며 고개를 끄덕였다.

"생겼었죠. 그것도 아주 심각한 일이."

"심각한 일이요? 무슨 일인데요?"

"사장님 문제가 아니라 사장님 동생 문제예요."

"사장님한테 동생이 있었어요?"

약간 의외라 민예는 두 눈을 크게 뜨고 물었다. 이런 반응이 너무나 익숙해서 현성은 그만 씩 웃고 말았다. 대부분의 사람들처럼 민예도, 사장에겐 피를 나눈 혈육이 없을 거라 생각한 모양이었다. 솔직히 그 점은 현성도 인정했다. 차갑고 냉정하기만 한 한준과 가족이란 단어는 서로 너무 어울리지 않고 어색했다. 하지만 그것은 그저 겉모습이 만들어낸 허상일 뿐, 진실은 아니다.

"있죠. 이한나라고, 아주 속 썩이는 여동생."

현성은 고개를 절레절레 흔들며 혀를 쯧쯧 찼다. 엄청 말 안 듣는 동생인가 보다, 생각하며 민예는 고개를 주억거렸다.

“사이가 안 좋나 봐요?”

“아주 어렸을 때 부모님을 잃고 쭉 서로 의지하며 지내오던 남매였는데, 요즘 사이가 많이 벌어졌어요. 동생 하나 있는 게 고집이 보통 센 게 아니어서요. 알잖아요, 사장님도 세신 거. 둘 다 세니까 불꽃이 팍팍 튀기는 거예요. 옆에 있으면 마음 졸일 때가 한두 번이 아닙니다.”

“다른 가족은 없으세요?”

“사장님 부모님께서 일찍 돌아가셨거든요. 혈육이라곤 한나, 하나뿐이에요.”

응? 한나?

‘가만! 한나라면……?’

민예는 미간을 찌푸리며 현성을 뚫어져라 바라봤다. 머릿속 에선 벌써 영화 ‘Splash’의 한 장면과 함께 ‘이한나’, ‘이한준’ 이란 글자들이 둥실둥실 떠돌아다니기 시작했다.

“사장님 여동생 이름이, 이한나예요?”

“네? 아, 네.”

민예의 뜨악한 표정을 멀뚱하니 내려다보며 현성이 대답했 다. 그게 뭐 잘못됐냐는 듯. 물론 잘못됐다. 잘못돼도 한참 잘못 됐다. 그녀의 머릿속에 이한나는 문신혁의 여자이고, 자신이 신 혁과 이어줘야 할 인물이었기 때문에.

“혹시 그 아이, 저희 학교 다녀요?”

“그런데.”

그렇단다. 헉, 안 돼.

"프, 플루트 전공?"

"그걸 민예 씨가 어떻게 알아요?"

아악— 뭐야. 진짜 그 이한나가 이 이한나란 말이야? 신혁이 사랑하고 있는 그 여학생이 한준의 동생이었다고? 그럼 뭐야, 문제의 여인 '■' 도 이한나라는 게 되잖아. 지금까지 그럼 뭐 했던 거? 찢어놓아야 할 사람을 붙여놓으려고 안간힘을 썼던 거야? 타깃 '■' 가 이한나였고, 이한준은 동생과 신혁의 사이를 찢어놓으려고 했던 거였어?

머릿속이 하얘지기 시작했다. 현성을 처음 만났을 때, 이 일을 수락하고 신혁에게 접근하기 시작했을 때, 신혁이 한나를 거절하고 아파했던 때의 일들이 차례대로 슥슥 뇌리를 스쳐 지나갔다.

'왜 생각지 못했지?'

이한나, 이한준. 이름이 딱 남매스럽다고 느꼈으면서, 왜? 수려한 외모에서 풍기는 귀티와 고급스러운 이미지가 서로 너무나도 똑 닮아 있는데, 왜? 왜 두 사람이 실제로 남매일 거라곤 전혀 예측 못했던 걸까? 바보 같았다. 자신이 너무나 바보 같아서 당장이라도 혀를 깨물고 죽어버리고 싶은 심정이었다. 한 번이라도 의심해 볼 걸. 어지럼증을 느끼며 민예는 희미하게 비틀거렸다.

"얘, 현성아. 얼른 한나 방에 좀 들어가 봐라. 저러다 무슨 일

나지 싶다.”

띵한 머리를 부여잡고 있는데, 이층으로 통하는 계단 쪽에서 사람 소리가 났다. 누군가가 계단 중간쯤에 서서 현성을 부르고 있었다. 민예가 어떤 상태인지 전혀 눈치 채지 못한 듯 현성은 조그맣게 입으로 각주를 달았다.

“우리 어머니이세요. 함께 산다고, 전에 말했죠?”

“네······.”

“잠깐만 소파에 앉아서 기다리고 있을래요? 난 좀 올라갔다 올게요.”

현성이 민예의 어깨를 톡톡 두들기며 빙긋 웃었다. 희미하게 고개를 끄덕이곤 민예는 불안한 눈을 들어 이층을 올려다보았다. 이미 현성의 어머니는 이층으로 사라진 후였다. 뒤이어 계단을 오르는 현성을 멍하게 바라보고 있자니, 거실에는 덩그러니 그녀 혼자만이 남겨지게 되었다.

민예는 천천히 걸어 소파에 엉덩이를 걸쳤다. 이층에선 옥신각신, 큰소리가 오고 가는 중. 얼핏 문 교수의 이름까지 언급되는 것 같자, 민예는 아랫입술을 꽉 깨물었다. 지금까지 자신이 했던 짓이 자신의 임무를 거스르는 일이었다고 생각하니, 죽고 싶었다. 자신이 동생과 신혁을 엮어주려고 안간힘을 썼다는 걸 알면, 사장은 어떤 반응을 보일까?

‘넌 죽었다, 윤민예.’

그는 절대로 가만히 있지 않을 것이다. 돈까지 주고 고용한 사람이 허튼짓이나 하고 앉아 있었으니. 그 성미에 가만히 두겠나? 벼락을 치겠지. 머리가 얼마나 나쁘면 그럴 수 있냐고 호통을 날리겠지. 어쩌면 지옥불가마니에 주렁주렁 매달아놓고 미친 고문을 할지도. 도대체 어쩌다가 그런 짓을 하게 된 거지? 왜 '■'와 이한나가 동일 인물일 거란 생각을 못한 거야? 물어보기라도 할 걸. 혹시 이한나라는 사람, 아느냐고 질문이라도 해볼 걸. 그럼 이렇게까지 일이 꼬이진 않았을 거 아니야. 이제 어떡하냐. 한준에게 어떻게 설명하지?

"비켜! 네가 뭔데 내 앞을 가로막아? 돈 받고 일하는 주제에 감히!"

조마조마, 가슴 졸이며 앉아 있는데 위에서 앙칼진 여자의 목소리가 사납게 울렸다. 민예는 잔뜩 졸아 촉각을 곤두세웠다.

"현성 오빠도 마찬가지야. 우리 오빠와 환상의 짝꿍이잖아. 오빠가 시키는 건 뭐든지 다 하는 거 아니었어? 할 짓 다 해놓고 왜 새삼스레 이래? 날 걱정해 주는 척하지 마. 역겨워."

한나, 그녀였다. 그녀는 새까만 양복을 입은 두 명의 경호원들을 밀치며 계단을 내려오고 있었고, 그 뒤를 현성과 그의 어머니가 따르는 중이었다. 한준과 얘기 도중 화가 나 자리를 박차고 나오는 모양이었다. 피는 못 속인다더니, 성질머리가 오빠랑 똑같네. 쯧쯧……

"그런 말이 어디 있니? 오빠가 널 얼마나 위하는데."

"아줌마도 한통속인 거 다 알아요. 오빠가 죽으라면 죽는시늉까지 할 거잖아요. 하지만 그거 알아요? 오빠 아빠가 아니에요. 오빠 아빠처럼 남 도와주고 인정 베풀 줄 아는 사람이 아니라고요. 돈으로 제 배 불리는 데만 급급해 하나밖에 없는 동생도 시장에 내다 팔 인간이죠."

"이한나."

현성이 한나를 제지했다. 하지만 한나는 현성을 곁눈질로 바라보며 기분 나쁜 미소를 지을 뿐이었다. 이미 이 집 식구들에게 정나미가 다 떨어져 버린 이후라 그런지 이죽거림이 저절로 나왔다.

"못 들었어? 우리 오빠가 하는 소리 못 들었냐고. 입 닥치고 선보라잖아. 오빠 내가 누굴 좋아하고 무슨 생각을 하는지 안중에도 없단 말이야! 근데 왜 나한테만 이래. 왜 나한테만 참으라는 거야? 날 숨도 못 쉬게 꽁꽁 묶어놓은 사람은 오빤데 왜 나만 참아야 하는 거냐고. 왜?!"

핏대 선 눈을 부릅뜨고, 한나는 고함을 치며 부들부들 떨었다. 두 주먹을 불끈 쥐는 그녀의 모습을 사람들은 침울하게 지켜보고 있었다. 가만히, 방관자의 눈빛으로. 어느 누구 하나 그녀의 편을 들어주려 하지 않는다. 한나는 분노에 몸을 떨며 날카롭게 소리쳤다.

"나갈 거야. 이 집에선 단 한순간도 살 수 없어. 나갈 거라고. 나가 버릴 거야!"

그리곤 휙 몸을 돌려 계단을 내려가기 시작했다. 발바닥에 유리가 박혀 피가 흐르고, 그래서 절뚝거리고 있었지만 그건 문제가 안 되었다. 지금 당장 이 집을 나가는 게 그녀에겐 병원에 가는 것보다 더 간절하고 긴박한 일이었다. 숨이 막혀서, 여기선 도저히 살 수가 없었다. 도저히 여기선……!

"이러지 마, 제발. 병원에 가야 된다니까."

현성이 팔을 붙들었지만 한나는 거칠게 팔꿈치를 흔들어 그의 손을 떨쳐 냈다. 피가 질질 흐르는 두 발이 아프지도 않는지 그녀는 거침없이 계단을 내려갔다. 아무도 함부로 제지하지 못하는 가운데, 한나는 나선형 계단을 돌아 단숨에 거실까지 내려왔다. 그리고 엉거주춤 일어선 채 자신을 바라보고 있는 웬 여자를 발견했다. 낯이 익다 싶어 멈칫, 걸음을 멈춘 한나는 상대 여자를 무례할 정도로 빤히 바라보았다.

"아, 안녕하세요?"

잔뜩 굳은 얼굴로 여자가 인사를 건네오자, 머릿속을 번뜩 스치는 게 있었다. 열쇠고리. 자신이 신혁에게 선물했던 곰돌이 열쇠고리. 그것을 흔들며 웃던 여자.

"당신."

"……."

"여기 어쩐 일이에요?"

놀란 눈을 하고 한나가 물었다. 민예는 아무 말도 못하고 그 자리에 서버렸다. 꾹 입까지 다물고. 바로 그때, 이층 쪽에서 거만하고 고압적인 남자의 목소리가 후둑 떨어졌다.

"내가 고용한 사람이다."

한나가 휙, 세차게 고개를 쳐들었다. 나선형 계단이라 거실 응접실 쪽에선 누군지 얼굴을 확인할 수는 없었지만 민예는 알 수 있었다. 한준이 내려오고 있다는 걸. 퉁, 퉁. 느리고 느린 그의 걸음걸이가 집 안 가득 울리고 있었다.

"오빠가…… 오빠가 저 사람을 왜?"

"문신혁에게서 널 떼어내기 위해서였지."

일순 한나의 눈이 커다래졌다. 벌겋게 실핏줄이 여기저기 뻗힌 눈동자 위로 습기가 금세 떠올랐다. 그녀는 아직 모습을 보이지 않는 한준을 향해 소리쳤다.

"미쳤구나. 드디어 돌았어. 어떻게 그딴 짓을 나한테 할 수가 있어? 오빠 맞아?"

"널 위해서였어. 너도 알 거다."

"날 위한다면서, 내가 좋아하는 사람에게 여자를 붙여?"

"착각하지 마. 문신혁은 널 사랑하는 게 아니야. 네 돈과 배경을 사랑하는 거지. 너보다 더 잘난 여자가 있으면 언제든지 널 배신할 수 있어."

"함부로 말하지 마. 오빠가 교수님에 대해서 뭘 알아?"

"저 여잘 봐!"

어느새 계단을 내려온 한준이 한나의 앞에 우뚝 섰다. 그는 와이셔츠 소매를 걷어 올린 팔로 쭉 뻗어 민예를 지목했다. 너무나도 갑작스럽고 힘찬 손길에 민예도 놀라고 현성도 놀라고,

심지어 한나마저 놀랐다. 모두의 시선은 자동으로 민예에게 쏟아졌다.

"저 여자가 방금까지 누구와 있었는지 알아?"

그가 한나를 똑바로 보며 소리쳤다. 순간 민예의 심장이 쿵 내려앉았다. 이거였구나. 이거였던 거야, 날 집으로 데리고 온 이유. 민예는 덜덜 떨려오는 입술을 꽉 다물어 짓눌렀다. 이대로라면 비명이 터질 것만 같았다. 믿을 수 없는 상황을 부인하고파 미친 듯이 괴성을 지르고 싶어졌다.

"거짓말……."

한나가 떨리는 목소리로 중얼거렸다. 오빠를 바라보는 그녀의 눈에는 금세 눈물이 가득 고였다.

"받아들여. 저 여자가 바로 문신혁이 널 사랑하지 않는다는 증거니까."

"아니야. 거짓말이야."

"정 못 믿겠다면, 저 여자에게 물어보든지."

한나의 시선이 민예에게로 돌아왔다. 민예는 기를 쓰고 입술을 깨물며 버텼다. 그 어떤 말도 이 자리에선 할 수가 없었다. 사실이 아니란 말도, 오해라는 말도, 한준이 꾸며낸 일에 자신마저 속았다는 말도. 그래서 가슴이 찢어질 것처럼 아프다는 말도.

쇼크였다. 사랑하는 사람 때문에 힘들어하는 동생에게 잔인하게 구는 그의 모습이, 그러기 위해서 자신을 이용하고 있는 이 상황이 모두 다 충격적이었다. 어떻게 이럴 수가 있지? 이건 너무 잔인하다. 무서울 정도로.

"아니야. 아니야, 아니야……."

민예의 창백한 얼굴을 멍하게 바라보며, 한나가 주르르— 바닥에 주저앉았다. 넋이 나간 듯 그녀는 의미없는 말만 되풀이하며 훌쩍거렸다. 동생의 무너지는 모습을 무덤덤하게 지켜보던 한준은 잠시 후, 현성을 향해 눈짓을 했다. 한나를 병원에 데리고 가 조치를 취하라는 뜻이 담긴 눈짓이었다. 현성은 고개를 끄덕이곤 멀대처럼 서 있기만 한 경호원들을 이끌고 한나를 부축했다. 저항할 힘을 잃은 한나는 두 남자에게 거의 들려 나갔다.

"꿔다 놓은 보릿자루처럼 서 있지 말고 따라와."

한나가 나가고, 비로소 몸을 돌려 민예를 바라본 한준이 한 말이었다. 이미 그는 현관문을 향해 걸어가는 중이었다. 민예는 오히려 차분해진 목소리로 말했다.

"혼자 갈게요."

걷던 그가 걸음을 멈추었다. 민예는 현관문을 향해 걸었다. 침묵을 지키던 그는 민예가 그의 옆을 스치고 지나갈 때쯤 입을 열었다.

"혼자 가게 내버려 둘 거였으면 여기까지 데려오지도 않았어."

"저도 마찬가지예요. 사장님이 절 이런 식으로 이용할 줄 알았다면 여기까지 오지도 않았을 거예요.”

그를 비난하는 듯한 그녀의 말에 한준이 미간을 찡그렸다.

“왜 화를 내지?”

“왜 화냈냐고요? 누가요, 제가요?”

신발을 신기 위해 몸을 돌며 그녀는 그를 마주 보고 생긋 웃었다. 절대로 화내는 게 아니라는 듯. 하지만 그딴 속임수에 속아 넘어갈 한준이 아니었다. 그는 또다시 반항기가 잔뜩 떠올라 있는 그녀의 눈동자를 날카롭게 찔러보았다.

“어차피 네 역할은 이런 거였어. 내가 그 많은 돈을 왜 너한테 쏟아부었다고 생각해?”

“아, 네. 역할. 알죠, 아주 잘 알죠.”

민예는 고개를 끄덕이면서 심하게 방긋거렸다. 더욱 불쾌해진 한준은 한 발자국 앞으로 성큼 다가가며 거칠게 속삭였다.

“아는데 반응이 왜 이래?”

“왜요? 제 반응이 어때서요? 전 사장님 각본대로 다 잘해냈다고 생각하는데요. 한나 씨도 속이고 교수님도 무너졌어요. 보셨죠? 술 취해 인사불성되신 거. 학교에도 소문이 짜하게 났대요. 웬 여학생과 사귄다고. 친구들이 그러더라고요. 이만하면 엄청 잘해낸 거 아닌가요? 약속했던 6개월보다도 훨씬 빨리 일을 끝냈잖아요. 전 제 역할에 충실했어요. 돈 받은 값을 제대로 한 것 같아 저도 기분 좋아요. 이게 제 반응인데, 뭐 잘못됐어요?”

민예는 어깨를 으쓱하며 쾌활하게 지껄였다. 물론 실제 기분은 전혀 쾌활하지 않은 게 분명했다.

"내가 데려다 준다고 했잖아."

"혼자 갈 수 있어요."

"데려다 주겠다는데, 왜 굳이 혼자 가겠다는 거야?"

"사장님이야말로 혼자 가겠다는데, 왜 절 굳이 데려다 주시려는 건데요? 전 도저히 이해가 안 돼요."

민예가 중얼거리며 황당하다는 듯 웃음을 지어 보였다. 심히 삐딱한 그녀의 모습에 한준의 눈빛은 한층 더 어두워졌다.

"아무 사이도 아니잖아요, 우리. 사장님 말씀대로 돈으로 엮인 사이라고요. 사장님이 절 돈으로 고용했고, 그 대가로 전 사장님이 지시하신 역할을 아주 충실히 이행했어요. 두 연인 사이를 완전히 망쳐 놨죠. 제가 봤을 땐 둘 다 폐인이 되지 싶네요."

떨떠름한 표정, 비아냥거리는 눈매, 이죽거리는 입술. 그녀는 그를 비웃고 있었다. 무겁게 그는 물었다.

"내게 충고하는 거냐?"

"감히 제가 사장님께 충고를요? 말도 안 되죠. 충고할 마음도 없고 그럴 처지도 아닙니다, 전."

민예는 말을 마치고 똑바로 그를 올려다봤다. 한준의 냉랭하면서도 고요한 눈동자가 민예를 잡아먹을 듯 강렬하게 주시했다. 얄궂게도 그녀의 입술을 보는 순간, 아득했던 그러나 그 어떤 키스보다도 더 강렬했던 그 키스가 떠올랐다.

"그럼 뭐야? 충고가 아니면, 이러는 이유가 뭐지?"

"제가 뭘요? 그냥 집에 가겠다는 건데."

"장난해? 내가 바래다주겠다고 했잖아."

"그럴 필요 없다고, 저도 말했는데요."

"왜 갑자기 싫다는 거냐고, 내 말은."

그가 어금니를 지그시 사리물고 말했다. 슬슬 짜증이 나는 게 틀림없었다. 민예는 지긋지긋한 말장난을 이제 그만 접기로 하고 크게 심호흡을 했다. 그리고 그의 눈동자를 독한 눈으로 바라봐 주었다.

"이제야 주제 파악이 됐거든요."

"뭐?"

한준의 미간이 흔들렸다.

"단순한 호의를 관심이나 애정으로 여기게 될까 봐, 그래서 그래요."

"……."

"전화로 고맙다고 말해줬을 때, 그때부터였을 거예요. 사장님도 인간미라는 게 있구나, 하고 생각했어요. 못된 말로 제 자존심을 뭉개고 시궁창에 처박았던 적이 수도 없이 많았지만, 실은 마음속으론 절 걱정했던 거라고. 마음은 안 그런데 겉으로만 나쁜 척하는 것뿐이라고. 천성적으로 속마음 드러내는 게 익숙하지 않아서 그런 거라고. 걱정하고 챙겨주는 거 드러내 놓고는 도저히 간지러워서 못하는 성격이라, 그래서 그러는 거라고 생

각했어요. 겉으론 차갑고 무서워 보이지만 실은 마음이 참 따뜻
한 사람이구나, 하고 생각했어요. 그래서 사장님을 좋아하게 됐
고요."

그녀가 고백했지만 그는 아무 말도 하지 않았다. 이미 다 알
고 있었던 듯. 그저 가만히 그녀를 지켜볼 뿐이었다.

"알아요. 저 혼자 한 착각이라는 거. 아까 사장님이 동생 분한
테 하시는 말씀 듣고, 정신이 번쩍 났어요."

그가 침묵을 지키는 가운데 민예가 아주 공손히 고개를 수그
렸다.

"제 위치를 확실히 깨닫게 해주셔서 고마워요. 앞으론 그런
착각 같은 건 절대 하지 않을 것 같아요."

"……."

"그럼 가보겠습니다."

고개를 들고 민예가 말했다. 한준은 아무 대답 없이 가만히
민예를 바라보고 있었다. 굳은 시선으로 그녀는 한준을 똑바로
한 번 바라봐 주곤 단정한 동작으로 뒤를 돌았다. 신발을 신고
밖으로 나서는 그녀는 유령처럼 고요하고 안개처럼 차분했다.
단호한 뒷모습을 바라보며 한준은 가만히 서 있었다.

"한준아."

민예를 삼킨 현관문을 멍하니 응시하는 그를 미애가 가만히
불렀다. 뭐에 홀린 듯 몽롱한 얼굴로 그는 미애를 돌아봤다. 그
녀는 둘 사이에 오고 간 대화를 모두 들어버린 듯 안타까운 얼

굴로 한준을 보고 있었다. 마치 당장 달려가 민예를 붙잡으라는 듯 미애의 눈빛은 간절했다. 담담하게 그녀의 시선을 받아내며 한준은 고개를 숙였다. 핏, 허탈한 웃음이 입가를 스치듯 지나 갔다.

그는 조용히 몸을 틀어 방으로 들어갔다.

제11장 미끼에 물렸다

이틀 후, 한준의 차는 서울 근교의 작은 레스토랑 주차장으로 천천히 미끄러져 들어서고 있었다. 외관상으로 보아 레스토랑은 형편없이 허름하고 추레했다. 아무리 후하게 점수를 줘도, 여당의 유력 중진의원의 딸이자 여류사업가인 박은신이 출입하는 곳이라곤 전혀 생각할 수 없었다. 물론 바로 그 때문에 약속 장소가 정해진 것이겠다. 박은신은 한준과의 오늘 만남을 은밀히 진행했다. 특히 박천희에게만큼은 어떤 일이 있어도 비밀에 붙이려고 했었고, 덕분에 눈에 뜨이고 화려한 장소가 아닌 시내에서 멀리 떨어지고 후미진 곳, 낡고 노후한 이 레스토랑이 약속 장소로 낙점된 것이다.

자동차에서 내린 한준은 이가 빠진 레스토랑 간판을 뚫어져라 바라보며 차분히 옷매무새를 가다듬었다. 박은신이 무슨 얘길 어떻게 해올 것인지 몇몇 예상 가능한 시나리오들을 떠올리는 그의 두뇌는 아주 빠르게 돌아가고 있었다.

"어떻게 됐어?"

현성이 뒤따라 내렸다는 걸 감지한 한준이 물었다. 여전히 그의 시선은 레스토랑에 머물러 있었고, 그의 신경은 박은신에게 집중되어 있었다.

"거의 결정이 되었답니다. 퇴출 쪽으로 가닥을 잡은 것 같습니다."

방금 전까지 정보통과 연락을 하고 있던 현성이 흡족할 만한 결과를 내어놓았다. 교수 문신혁이 대학의 임용 심사에서 탈락했다는 정보였다. 레스토랑을 뚫어져라 바라보고 있던 한준의 입가에 냉정한 미소가 감돌았다.

"틀림없어?"

"별다른 변수가 없다면요."

"자멸하는군."

"문신혁 씨 본인에겐 개인적인 루트를 통해서 이미 통보가 되었다고 합니다. 정식적인 절차를 밟기 전에 그리하는 게 그쪽 관행이랍니다. 배려겠죠. 받아들일 시간을 주려는."

그래서였군, 술에 잔뜩 취해 쓰러졌던 건. 이틀 전의 일을 떠올리며 한준은 싸늘히 비웃었다. 그땐 그도 술에 취한 문신혁을 보면서, 조금쯤은 한나를 사랑했었나 보다고 생각했었다. 한나를 잊지 못해 방황하는 건가 보다, 라고. 그리 생각하니 극심했던 적개심이 저절로 누그러지기도 했었는데, 그게 실은 임용 심사에서 탈락했기 때문이라니. 그저 코웃음만 나올 뿐이었다.

"자업자득이겠지. 그래, 원인이 뭐야? 실력은 그래도 좀 있다고 하지 않았나?"

"학내에…… 떠도는 루머가 크게 작용했다고 합니다."

"루머?"

내내 레스토랑을 뚫어져라 바라보던 한준이 처음으로 휙, 고개를 돌렸다.

"아무래도 총각 교수다 보니…… 가르치는 여학생과 좋지 않은……."

"그래서 뭐야? 윤민예와의 루머 때문이라는 거야?"

"그, 그게 그러니까……."

"됐어. 나중에 얘기해."

현성이 머뭇거리며 말문을 잇지 못하자, 한준이 짜증스레 가로막았다. 오늘따라 유난히 망설이며 주저하는 현성의 말투가 마음에 들지 않았다. 윤민예가 언급된 것도 심기 불편하고.

그날 그렇게 그의 집을 당당히 박차고 나간 윤민예는 간덩이가 부었는지 이틀 동안 아무 소식도 없었다. 날마다 꼬박꼬박 보내오던 보고 메시지도 끊고 두문불출하는 중. 어디까지 기어오르는지 두고 보고는 있으나, 그녀의 그런 태도가 썩 기분 좋은 것은 아니었다.

'건방진 윤민예.'

한준은 미간을 찡그리곤 빠르게 레스토랑을 향해 걷기 시작했다. 주머니를 푹 양쪽 호주머니에 집어넣은 채였다. 현성은 한준의 뒷모습을 바라보며 긴 한숨을 토했다. 당연히 루머의 주인공이 윤민예라고 여기는 한준에게 어떻게 사실을 전해야 할지, 그는 아주 암담했다. 민예가 아니라 한나라는 걸 알면 그 성격에 가만있지 않을 것이다. 대학 이사진 중 서림그룹의 안방마님도 포함이 되어 있어서 이번 일에 대해 서림 측에서도 아주 소상히 알고 있을 거란 사실을 알게 되면 더욱 펄펄 뛸 것이다.

"미치겠네."

현성은 근심이 가득 든 얼굴로 단정하게 빗어 넘긴 앞머리를 긁적긁적 흩뜨렸다.


한편, 박은신은 레스토랑 안에서 굳은 얼굴로 앉아 이한준을 기다리고 있었다. 원래 시간 약속은 단 1분, 1초도 헛되이 쓰지 말라는 아버지의 훈육 탓에 정확하게 지키는 편이었으나, 오늘 만큼은 20여 분이나 먼저 도착해 그를 기다리고 있었다.

초조했다.

이한준이 자신이 내민 카드를 어떻게 받아들일지, 그 속마음을 전혀 가늠할 수 없으니 불안하고 마음을 졸일 수밖에 없었다. 물론 그는 아버지인 박천희 의원을 몹시 존경하고 따르는 것처럼 보인다. 기꺼이 사위가 되겠다고 나서는 것만 보면 충분히 그리 보일 수 있는 문제다. 하지만 그를 몇 번 만나보고 난 지금엔 생각이 달라졌다. 이한준은 생각했던 것보다 훨씬 교활하고 영리한 사람이었다. 박천희와 맞설수록 손해 보는 쪽은 자신이라는 사실을 알 정도로. 무모하지 않게, 자신의 이익을 최대한 챙기기 위해 그는 은신과의 결혼을 택한 것이었다.

'결혼……'

하지만 두 번 다시 결혼할 마음이 그녀에겐 없었다. 아니, 사랑하는 사람이 아닌 필요에 의해 꼭 해야만 하는 결혼은 절대 할 수 없었다. 그녀가 사랑하는 사람은 오로지 한 사람뿐이다. 전남편. 너무나 사랑했고, 그래서 가족을 버리면서까지 선택한 남자. 그녀는 집을 뛰쳐나가 그와 함께 도주해 외딴 섬에서 결혼까지 하고 살림을 차렸었다. 하지만 불과 6개월 만에 다시 끌려 집으로 돌아와야 했다. 그리고 이어진 강제 이혼…….

그 후 3년이 지났다. 박천희는 은신이 번듯한 남자와 다시 혼인하길 바라고 있었다. 이한준이라는 재계의 신성. 잘나가는 회사의 젊고 유능한 사장이다. 박천희가 자기 사람으로 흡수하고 싶어할 정도라면, 분명히 능력도 출중하고 야망도 적당히 가지고 있는 최고의 남자일 것이다. 하지만 은신은 그와 결혼할 수 없었다. 왜냐하면 결혼만큼은 절대 아버지 뜻대로 하게 둘 수 없으니까. 절대 자신의 인생에서 들러리가 되는 멍청한 짓을 저지르고 싶지 않으니까.

"오래 기다리셨습니까?"

묵직하고 조용한 목소리가 들려왔다. 혼자만의 생각에 빠져 있던 은신은 번쩍 정신을 차렸다. 천천히 고개를 든 그녀는 차분히 유리잔을 테이블 위에 내려놓았다. 그리고 빈틈없이 날카로운 그녀 특유의 어조로 말했다.

"아니에요. 나도 방금 도착했어요. 앉으세요."

여유롭게 고개를 끄덕이며 한준이 자리에 앉았다. 박은신은 늘 한준 앞에서 감정없는 사무적 태도로 일관하고 있었지만, 바로 그 점이 그를 오히려 편안하게 한다. 적어도 그녀는 질척이는 감정 따위로 남자를 피곤하게 하지 않으니. 누구처럼 신경 쓰이게 하지도 않고, 귀찮은 일을 만들지도 않는다. 사업상 만나는 사람마냥 적절한 선에서 예의를 지켜주고 서로의 이익을 탐색하는 것 외엔 머리 복잡할 일이 하나도 없는, 아주 편리한 존재인 것이다. 박은신과의 결혼이 꼭 나쁘지만도 않다고 생각하는 것도 바로 그 때문이다. 그녀와의 결혼은 이한준 인생 최대의 투자였다.

"놀랐습니다. 갑자기 연락을 하셔서."

그는 마실 것을 주문한 후 천천히 운을 뗐다. 은신은 전혀 정감이 가지 않는 미소를 입가에 띠고 눈썹을 씰룩였다.

"내가 좀 참을성이 부족해요. 성격이 급하기도 하고."

"중요한 일이란 생각이 드는군요."

"생각하기에 따라 다르겠죠. 하지만 내겐 아주 중요한 일입니다. 꼭 이한준 씨께서 듣고 현명한 답을 주셨으면 좋겠어요.”

“……그렇습니까? 그럼 시간 낭비하지 말기로 하죠.”

이런저런 얘기로 시간 끌지 말고, 곧바로 본론으로 들어가자는 말이었다. 은신은 생각보다 빨리 얘기를 털어놓아야 할 상황에 놓인 채 바짝 긴장했다. 이제부터 자신이 제시할 카드를 이한준이 받아들일 것인가에 대해서는 여전히 확신이 없는 상태였다. 아무리 생각해도 그라면 결혼을 선택할 확률이 훨씬 더 높을 것만 같아 불안했다. 그게 회사의 미래를 위해 가장 안전하고 확실한 방법일 테니까 말이다. 휴, 소리나지 않게 조용히 숨을 고르며 은신은 천천히 비장하게 중얼거렸다.

“당신을 돕겠어요.”

결전의 한마디가 떨어졌으나, 한준은 별다른 반응을 보이지 않았다. 그저 가만히 그녀를 지켜보고 있을 뿐. 뒤이어 다른 보충된 설명을 기다리는 듯. 순간적으로 은신은 어디서부터 어떻게 얘기를 꺼내야 할지 막막해져 버렸다. 불안하게 눈동자를 굴리며 입술을 잘근거리는 은신을 조용히 응시하던 그는 잠시 후, 이윽고 입을 열었다.

“대단히 난데없는 말이군요. 도대체 그게 무슨 말입니까? 자세히, 좀 더 이해가 가능하도록 다시 설명해 보시죠.”

“난데없는 말이란 거 나도 알아요. 하지만 우리 솔직해지죠. 이한준 씨가 날 만나는 거 사업 때문이잖아요.”

“부인하지 않겠습니다.”

그가 입가를 씰룩 움직이며 말했다. 웃음기라곤 찾아볼 수 없는 싸늘한 움직임이었다. 심장이 서늘해지는 것을 느끼며 은신은 단전에 힘을 주었다. 어쩌면 받아들여 줄지도 모른다고, 아니, 꼭 받아들여 줄 거라고 확신했던 이틀 전을 떠올리며. 그는 분명히 협력해 줄 것이다. 그도 사랑 없는 결혼을 원하지는 않을 테니.

"아버지가 당신과 날 가지고 게임을 벌이고 있다는 걸 모르진 않을 겁니다."

"바보가 아니고서야 모를 리 없죠."

"내가…….'

은신은 사뭇 비장한 얼굴을 들어 그를 똑바로 바라봤다. 자신의 의지가 얼마나 단단한지 눈을 통해서 보여주려는 듯.

"당신에게 그 사업권이 떨어지도록 도와주겠어요."

그녀의 진지한 선언에 한준의 입가에 서려 있던 조롱기가 천천히 가셨다. 그녀가 비록 판이 큰 사업을 벌이고 있는 건 아니지만 박천희라는 백그라운드와 입김, 사회적 위치를 고려했을 때 전혀 불가능한 일이 아니란 걸 알기 때문이었다. 이런 딜이라면 흥미가 저절로 돋워지는 그다. 한준은 빠르게 물었다.

"대신 바라는 게 있겠죠. 뭡니까?"

역시 장사꾼답게 그는 기브 앤 테이크의 룰을 정확히 이해하고 있었다. 은신은 사무적인 미소를 지으며 조용히 자신의 요구 조건을 말하였다.

"결혼하는 척해주세요."

"결혼하는…… 척?"

"실질적인 절차를 모두 밟아줬으면 해요. 양가 부모님도 만나고, 예식장도 잡고, 예물도 고르고, 예복도 맞추고. 그런 모든 것들을 천천히 착실히 이행해 줬으면 좋겠어요. 우리 부모님께서 전혀 의심하지 않도록."

"그게 도대체 무슨 의미가 있죠? 그렇게 해서 당신이 얻는 게 뭡니까?"

조용히, 하지만 예리하게 그가 추궁했다. 은신은 천천히 시선을 내리깔며 입을 꾹 다물었다. 모든 걸 털어놓을 순 없었다. 빨리 그의 동의를 얻으려면 당연히 속내를 다 털어놓아야 한다는 걸 알면서도. 아직은 그가 누구의 편을 들어줄지 알 수 없었다.

"시간이요. 당신은 내게 시간을 벌어줄 수 있어요. 무언가를 시도해 볼 수 있는 귀중한 시간. 내 어리석음을 되돌릴 수 있는, 시간 말이에요."

"그 시간이 영원하지 않다는 건 이미 알고 있겠죠. 모든 것이 탄로났을 때, 되돌아올 후폭풍은 감당할 수 있겠습니까?"

"그건 각자의 몫이겠죠. 물론 내 부모님과 내 상황은 내가 감당할 겁니다."

은신은 또릿한 시선으로 그를 바라보며 말했다. 아직도 사랑하고 있는 그 남자를 되찾아올 수 있는 시간, 은신은 그게 필요했다. 어리석음으로 인해 망쳤던 자신의 인생을 다시 되돌릴 시간이 너무나도 절실했다. 원치 않는 이혼을 강요받고, 그 강요에 굴복하여 사랑을 놓치고만 어리석음. 사랑을 놓치고 후회하면서도 지난 3년 동안 철창에 갇힌 인형처럼 강요받는 삶에 적응하며 살아왔던 어리석음. 그 어리석은 시간들을 다시 되돌려야만 했다.

"이한준 씨도 나와의 결혼을 피해왔다는 거 알아요. 단순히 내가 이혼한 경력이 있는 연상이라는 것 외에, 결혼에 적극적이지 못한 필연적 이유가 있다는 것도요. 도와주세요."

"나에 대해서 꽤 많은 걸 알고 있는 말투로군요."

절박한 마음으로 도움을 요청하는 은신을 향해, 그가 한쪽 눈썹을 치뜨며 비웃었다. 한껏 조롱하는 미소였다. 은신은 좀 더 단호하게 입매를 굳히고 또렷이 그를 마주 봤다. 그리고 얼마 전, 그의 뒤를 밟고 있던 정보원으로부터 들은 얘길 떠올렸다.

"사랑하는 사람이 있다고 들었어요."

"뭐라고요?"

"부인하지 않으셔도 돼요. 불쾌해서 하는 말 아니니까."

"내게, 사랑하는 사람이 있단 말입니까?"

"미안해요. 우연히 알게 됐어요."

정보원의 말에 의하면, 이한준은 한밤중에 여자와 술집에 있었고 뒤이어 길에서는 키스까지 했다고 했다. 매섭고 서늘하기가 한겨울 칼바람 같은 사람이 그랬다는 사실에 솔직히 은신도 놀랐었다. 하지만 정보원으로부터 제공받은 사진은 확실했다.

재킷 없는 차림에 머리카락을 잔뜩 헝클어뜨리고 어두운 골목 길에서 여자와 찰싹 붙어 키스를 하는 그는 전혀 딴사람 같았다. 지금까지 서로 만나면서 그가 자신에겐 단 한 번도 보여주지 않았던 모습이라고 생각하니 은신은 확신하게 되었다. 한준이 자신의 일을 도와줄 거라고.

"흥미롭군요. 나도 모르는, 내가 사랑하는 사람이라니."

한준이 싱긋 웃어 보이며 말했다.

"숨기셔야 한다면 그러세요. 믿어드릴게요."

"이것도 전략인 겁니까?"

"모든 게 전략이죠. 어차피 당신과 나, 피차 전략적으로 상대를 만나고 있었던 거 아닌가요?"

한준의 얼굴로 의중을 알 수 없는 묘한 웃음기가 스쳐 지나갔다. 이제 조금 흥미가 생긴 모습이었다. 은신은 본격적으로 그를 공략하기 위해 조금 구부리고 있던 허리를 빳빳이 폈다. 한준은 느긋한 자세로 그녀를 물끄러미 바라보고 있었다.

"난 이한준 씨도 이 결혼을 원치 않을 거라고 생각해요. 내 말은, 진심으로 말이에요. 우린 서로 만나고 있었지만 아까 말한 대로 전략적으로 단순히 만남을 지속시키고 있었을 뿐이었죠. 서로의 진심은 각자 다른 곳에 둔 채로."

은신의 말에 지그시 웃고 있는 그의 표정이 어딘지 모르게 어두워졌다. 진심. 그 단어가 심히 거슬리는 듯 미간마저 찌푸리고 있었다.

"당신이 내 일을 도와준다면 나 역시 무슨 일이 있어도 당신
이 그 사업을 수주할 수 있게끔 도와주겠어요. 아버지를 구워삶
든 로비를 하든."

"그건."

한참 침묵하던 그가 입을 열었다.

"내가 당신을 믿어야 하는 이유가 못 되는 것 같습니다만."

"난 약속은 지키는 사람이에요."

"난 확실치 않은 일에는 발을 담그지 않는 사람입니다."

"날 믿지 못하겠으면 계약서를 쓰고 공증을 받죠."

"모험을 싫어하기도 합니다."

"이건 모험이 아니라……."

다급해진 그녀가 그의 단호함을 붙들고 늘어지려 했다. 한준
은 그녀의 말을 가차없이 잘랐다.

"모험입니다. 사업을 확실히 수주할 수 있게 해준다는 아무런
보장이 없으니, 당연히 내겐 모험인 일이죠."

"난 할 수 있어요. 그걸 이한준 씨도 알잖아요?"

"사업에는 많은 변수가 따르죠. 당신이 아버지의 말에 꼼짝
못하고 휘둘리는 인형이란 걸 아는데, 어떻게 믿을 수 있겠습니
까?"

그는 재킷 단추를 천천히 여미며 은신을 싸늘하게 비웃었다.
더 이상 앉아 그녀의 말을 들을 필요가 없어졌다는 듯 그만 일
어서겠다는 듯. 그의 제스처에 은신은 더욱 절망스러워졌다. 그

녀는 더욱 적극적으로 주장했다.

"하지만 이건 달라요."

"다르지 않습니다. 내겐."

"이한준 씨, 이건 내 인생이 걸린 문제예요."

"당신 인생에 내 인생까지 걸고 싶지 않다는 게, 내 최종 결론입니다."

말을 마치고 그가 일어섰다. 정말 가는 건가? 이대로……? 그녀는 멍해졌다. 당연히 이 일에 적극적으로 매달릴 남자가 왜 이토록 단호하게 거절해 버리는지 이해가 안 갔다. 그는 그 사업을 수주하길 원했고 그녀는 그것을 들어줄 능력이 충분했다. 또, 그에겐 사랑하는 여자가 있었고 그녀 역시 그렇다. 그렇다면 모든 건 완벽하지 않나. 그녀는 그렇게 여겼었다. 서로 윈윈할 수 있는 전략이라고 판단했었단 말이다.

"차라리 아버지에게 맞서십시오. 그럼 믿어보죠."

일어선 그가 앉아 있는 그녀의 정수리를 꽂아보며 중얼거렸다. 은신이 조용히 시선을 들었다. 시든 꽃처럼 파리해진 그녀는 착 가라앉은 목소리로 대답했다.

"내 아버지가 어떤 사람이란 거 알잖아요."

그는 픽 웃었다.

"역시 당신은 박 의원의 적수가 못 되는군."

조롱 섞인 그의 말에 은신의 두 눈이 훌쩍 치켜떠졌다. 매섭고 날카로운 그녀의 시선이 제법 비장했다. 하지만 각오만으로 모든 일이 해결되지는 않는다. 박은신은 가망이 없었다. 그녀를 믿고 일을 벌인다는 건 지금보다 더 위험천만했다. 한준은 분노가 지글거리는 은신의 눈을 똑바로 찔러보며 다시금 반대 의사를 확실히 했다. 그리곤 시간만 낭비했다는 짜증스러움을 달고 휙, 몸을 돌려 출입문으로 걸어나가기 시작했다.

그로부터 세 시간 후.

그는 거칠게 차 문을 열고 한 발을 내딛고 있었다. 몇 달 만에 다시 찾은 대학가 거리를 훑으며 한준은 입술을 비틀었다. 다시 이곳을 찾게 될 줄 그는 꿈에도 몰랐었다. 그는 부글부글 끓는 속내를 진정시키며 천천히 호프집 입간판을 찔러 보았다. 첫날, 그녀가 자신에게 키스했던 바로 그 장소였다.

빌어먹을 윤민예. 한준은 이젠 자연스러운 문장이 되어버린 혼잣말을 중얼거리며 차 문을 쿵, 소리나게 닫았다. 윤민예가 다시 여기로 왔다면, 절대로 가만두지 않을 거라고 다짐하고 있었다.

"형은 여기서 기다려. 내가 들어가서 데리고 나올게."

차에서 막 내린 현성이 많이 초조한지 평소 하지 않던 말실수를 한다. 호칭에 대해선 한 번도 이렇게 오락가락해 본 적 없는 현성이었는데. 개의치 않고 한준은 고개를 가로저었다.

"됐어. 내가 들어갈게."

"그래도……."

　이런 일을 한준이 직접하겠다고 나서는 게 못내 마음에 걸려 현성은 다시 한 번 설득하기 위해 입을 열었다. 하지만 이미 한준은 현성을 지나쳐 걸어가고 있었다. 현성은 한숨을 푹 내쉬었다. 어쩌다 일이 이렇게 됐는지 알 수가 없었다. 불과 몇 시간 전 현성과 한준은 박은신을 만나기 위해 근교에 나가 있었다. 한준이 박은신과 긴한 얘길 나누고 있을 때, 현성은 어머니로부터 전화를 한 통화 받았다.

　"여자 옷이며 구두며 별의별 것들이 다 들어 있더라. 보낸 이에 윤민예라고 쓰여 있던데 이 여자, 혹시 전에 집에 왔던 그 애 아닌가 싶어서 전화했다. 그 여자애, 맞지?"

　전미애는 막 집에 배달된 물건을 받아 들고 전화를 걸어왔다. 민예가 그동안 일하면서 제공받아 온 물건들을 죄다 한준에게 보냈다는 소식이었다. 당연히 현성은 대수롭지 않게 생각했다. 일이 끝났으니 모든 게 제자리로 돌아가는 건 당연한 게 아니겠는가. 한준과 민예 사이에 무슨 일이 있었는지 전혀 모르는 그로서는 가볍게 치부할 수밖에 없었다. 하지만 현성은 곧, 자신이 뭔가를 놓쳤다는 것을 깨달았다. 소식을 듣자마자 반응하는 한준의 모습은 보통의 이한준과 거리가 있었다. 둘 사이에 무슨 일이 있었던 게 틀림없다는 생각이 들 만큼, 한준의 모습은 특별했다.

　소식을 듣자마자 한준이 제일 먼저 향한 곳은 아파트였다. 하지만 이미 아파트는 텅 비어 있었고, 주차장에는 한준이 당분간 쓰라며 주었던 승용차가 그대로 서 있었다. 승용차 위에 뽀얗게 내려앉은 먼지를 손바닥으로 훑던 한준의 표정을, 현성은 영원히 잊지 못할 것 같았다. 그 살벌한 표정 안에는 오만 가지의 감정이 녹아내려 있었다. 분노, 답답함, 짜증, 심지어 배신감. 그리고 딱히 뭐라 정의 내릴 수 없는 그 무엇까지도.

　둘은 곧장 그녀가 전에 살던 집으로 찾아갔다. 하지만 그 집에서도 그들은 민예를 찾을 수 없었다. 그녀가 지내던 방은 이미 오래전에 매물로 내놓아져 있는 상태. 그녀는 아파트로 들어오기 전 이미 방을 뺀 것이었다. 한준은 즉각, 경호팀에 연락해 그녀를 수소문했다. 집도 절도 없이 맨몸으로 사라진 그녀를 찾기 위해 그는 혈안이 되어버렸다. 그러고도 도저히 가만히 있을 수 없었는지, 지금 이곳까지 달려온 것이다. 전에 일하던 곳이니, 혹시 이곳으로 와서 다시 일하기로 한 게 아닐까 해서였다.

　한준이 호프집 문을 열고 들어가자 저녁 장사 준비로 동분서주하던 직원들이 그를 돌아보았다. 한준의 눈이 차분히 그들을 훑었다. 모두 남자 종업원이고 여자 종업원은 단 한 명뿐이었으나 민예는 아니었다.

　"저희 영업 시작은 5시부터인데요."

　남자 직원 한 명이 한준에게 다가오며 말을 걸었다. 한준은 그 말을 무시하고 뚜벅뚜벅 안으로 걸어 들어가기 시작했다. 네

댓 명의 직원들이 서로 시선을 주고받으며 수군거리더니, 한 명이 급하게 다가와 그의 앞을 가로막았다.

"저기요. 누구신데……?"

한준은 키가 작은 어린 알바생을 가볍게 밀치고 곧장 검게 드리워진 통로로 들어갔다. 서너 개의 룸이 마련되어 있는 통로를 따라 그는 계속 걸었다. 끝자락 어디쯤엔 분명 주방 같은 곳도 있을 터. 한준은 제 두 눈으로 똑똑히 이곳에 민예가 없다는 걸 샅샅이 확인해야 했다.

"왜? 싫어?"

사람 목소리가 난 건 그때였다. 굵고 걸걸한 남자 목소리였다. 한준은 멈칫 걸음을 멈추었다.

"왜 대답을 못해? 싫으면 싫다고 해."

살짝 굽어진 통로 건너편에서 누군가가 대화를 나누고 있었다. 한준은 천천히 다시 걷기 시작했다.

"잘리고 싶진 않나 보지? 왜? 그만둘 땐 그렇게 뻔뻔하고 당당하더니. 흥, 그땐 남자 새끼 하나 잘 물었다 했겠지. 버림받으니까 기분 어때?"

한준의 걸음이 다시 멈추어졌다.

"넌 그런 거 아니라고 말하고 싶겠지만, 내 눈은 못 속여. 네가 뭘 하고 돌아다니다 왔는지 다 안다고. 그 반반한 얼굴로 남자야 잘 꼬셨겠지. 하지만 그게 어디 오래가겠어? 난 네가 이 꼴로 다시 돌아올 줄 이미 알고 있었다, 이 말이야. 지난번에 대신 전화 받던 놈이 그놈이지? 거영물산 사장.”

더 들어보나마나 남자가 지금 누굴 상대하고 있는지 그는 알수 있었다. 한준은 뚜벅뚜벅 모퉁이를 돌았다. 덩치가 산처럼 큰 남자가 여자를 앞에 두고 마음껏 멸시하고 있었다. 고개를 살짝 수그린 여자는 민예였다. 그녀는 호프집의 유니폼을 날씬하게 차려입은 채로 덩치 큰 남자 앞에 서서 온갖 모욕을 다 견뎌내고 있었다.

“허! 꿈도 크지. 거영물산 사장씩이나 되신 분이 너 같은 계집 앨 데리고 살겠냐? 네 주제를 알아야지, 주제를.”

“내 주제가 어때서. 당신보단 낫거든? 힘없고 약한 사람들 등쳐 먹고, 상대적으로 약한 여자들 겁박하는 당신보단 나아. 그리고 거영물산 사장이 뭐? 내가 그 사람이랑 살려고 여길 그만둔 줄 알아? 뭘 알고나 말해야지. 아우, 진짜.”

민예는 고개를 한껏 숙인 채 입술을 힘껏 놀려 중얼거렸다. 물론 절대적으로 상대방이 들을 수 없게끔 아주 작은 목소리로. 하여간 지배인 성격 더러운 건 알아줘야 한다. 어째 몇 달이 지난 지금까지 하나도 달라진 게 없냐. 그동안 사람이 좀 된 줄 알았더니만.

“넌 호프집에서 서빙이나 하는 계집이야. 술집 계집이면 술집 계집답게 굴어.”

“술집에서 서빙하는 사람이 뭐? 서빙하는 게 죄냐? 서빙하는 것도 술집 계집이란 소릴 들어야 해? 당신, 미친 거 아니야? 여성인권위에 제소를 당해봐야 정신을 차리지? 응?"

진짜 마음 같아선 딱 때려치우고 싶은 심정이다. 왜 세상엔 이렇게 거지 같은 사람들이 판을 치는 것일까? 왜 그녀의 주위엔 이런 머저리 같은 남자들만 있는 것일까? 비관하고 싶은 마음. 하지만 어쩌겠나? 돈도 모두 돌려줘서 빈털터리인데다, 당장 묵을 곳이 없었다. 지배인이 받아주지 않았다면 딱 거리에서 노숙할 판. 당분간 이곳에서 일을 하면서 방도 알아보고 돈도 벌고, 하는 수밖에 없었다.

아, 그런데 도저히 더 이상은 지배인의 잔소리를 못 듣겠다. 도대체 왜 이렇게 들들 볶는 거야? 뭐가 그리 못마땅해? 이럴 거면 왜 받아줬는데? 혹시 들들 볶으려고 일부러 받아줬나?

"어디서 도도하게 날 거절해? 네가 뜨거운 맛을 봐야……!"

피해 의식 장난 아니다. 누가 누굴 거절했다고. 자기가 언제 대시하기라도 했나? 좋아한다는 말, 듣지 못했거든요. 언제 고백하셨어요? 그런 말은 입도 벙긋 하지 않아놓고서, 왜 이제 와서 자기 마음을 안 받아줬다고 강짜를 부려? 부리긴. 진짜 사이코는 여기 있었네. 아우, 답답해.

"너 누구야?"

한참 침 튀기며 열변을 토하고 있던 지배인이 갑자기 목소리를 착 내리깐다. 말투가 180도로 바뀌는 것 같자, 민예는 불쑥 고개를 쳐들었다. 지배인이 우락부락한 얼굴로 저쪽을 보고 있었다. 그녀의 등 너머, 홀로 통하는 입구 쪽. 자동으로 민예는 휙 뒤를 돌아봤다.

"그 여자 주인."

헉. 이한준이잖아! 저, 저 사람이 여긴 어떻게……? 왜 왔는데?

"주인이라고?"

지배인이 특유의 살기 띤 얼굴을 씰룩거리며 물었다. 한준의 밑도 끝도 없는 발언에 코웃음을 치는 모습이었지만 정작 한준은 별다른 느낌이 없는 듯 뚜벅뚜벅, 잘, 이쪽으로 걸어오고 계셨다. 지배인을 똑바로 바라보면서. 민예는 한준과 지배인의 얼굴을 조용히 번갈아 돌아봤다. 지배인의 눈엔 조폭 출신 특유의 자신감과 예리함이 떠올라 있었다. 간만에 몸 좀 풀어보겠다고 작정이라도 한 듯 꽤 흥미로워하는 그 모습에 민예는 아주 식겁해 버렸다.

이거 이거, 이러다가 사람 하나 패 죽이겠네. 대판 싸움이 나서 누구 하나—누군지는 언급하지 않아도 뻔한—실려 나가는 광경이 어른거리자 민예는 활짝 웃는 얼굴로 냉큼 사장을 향해 다가갔다. 이럴 땐 자존심이고 뭐고 꽁무니 빼는 게 상책이다.

"아, 여기 어쩐 일이세요? 저한테 아직 볼일이 남으셨나요?"

"……"

한준이 거만하기 짝이 없는 얼굴로 민예를 쏘아봤다. '얘, 왜 이래?'라고 생각하는 게 표정에 아주 적나라하게 드러나 있다. 너무 활짝 웃었나. 민예는 과하게 벌어진 입술을 약간 오므리며 눈꼬리를 휙 치켜떴다. 그리곤 이리 뒹굴, 저리 뒹굴, 눈동자를 마구 굴리며 얘기하기 시작했다. 눈으로. 표정으로.

'나가요. 나가서 얘기해요.'

"뭐 하는 거냐?"

신나게 안면 근육을 움직이며 생쇼를 했건만. 그는 민예의 말을 전혀 못 알아듣고, 마치 미친 아이 내려다보는 듯한 한심한 시선으로 그녀를 보고 있었다. 하여간 참 센스 없어. 이런 감각 없는 남자가 뭐가 좋다고⋯⋯. 너도 참 한심하다, 윤민예. 민예는 한숨을 푹 내쉬곤 고까운 시선으로 그를 올려다봤다.

"여긴 어떻게 알고 오셨어요?"

"그건 알 거 없고. 너, 지금 여기서 뭐 하는 거냐?"

"보면 몰라요? 일하잖아요."

"여기 일은 이미 그만두지 않았어? 그만두라고 했잖아, 내가."

"계약⋯⋯."

계약 얘길 하자니, 지배인이 뒤에서 도끼눈을 뜨고 이쪽을 지켜보고 있다는 사실이 훅 떠오른다. 딱히 죄가 되는 일은 아니지만, 어쩐지 지배인이나 다른 사람이 한준과의 계약에 대해 알게 되는 건 싫은 그녀다. 민예는 냉큼 한준의 어깨를 잡아끌고 빠르게 걷기 시작했다. 갑작스러운 그녀의 행동에 한준이 어이없는지 인상을 들입다 쓰며 묻는다.

"이건 또 뭐냐?"

"가만있어요. 맞아 죽기 싫으면."

민예는 속살거리며 더욱 걸음을 재촉했다.

"뭐?"

"야, 어디 가?!"

뒤에서 지배인이 거칠고 우악스럽게 소리쳤다. 민예는 뒤도 돌아보지 않고 손을 번쩍 들며 소리 높여 대답했다.

"잠깐 얘기 좀 하고 올게요!"

"너, 지금 내가 저 사람한테 맞을까 봐 피하게 해주는 거냐?"

한준이 코웃음을 치며 비아냥거린다. 민예는 그를 째려보며 같이 코웃음을 쳐주었다.

"꿈 깨세요. 일이 복잡해질까 봐 그러는 거거든요? 괜히 얽혀서 경찰서 들락거리기 싫어서요. 아시겠어요?"

"너, 이리 안 와? 누가 나가도 된대? 확 잘라 버린다. 이리 와. 당장 이리 와!"

뒤통수에서 지배인이 발악을 해대기 시작한다. 꼴에 자존심은 있어서, 쫓아오진 못하고 당장 자기 코앞에 대령하라고 엄포를 놓는다. 아우, 안 그래도 짜증나는데 저 인사는 대체 왜 저러냐. 짜증이 확 솟구치자 민예는 걸음을 멈추고 확 고개를 돌려 그를 쏘아봐 주었다.

"그럼 그냥 자르세요!"

"뭐, 뭐라고?"

자른대서 자르랬더니 또 엄청 당황하는 지배인. 예상치 못한

공격을 받은 듯 아주 뻥져 있다. 민예는 한준의 팔을 잡아끌고 더욱 빠르게 걸어 복도를 빠져나왔다. 홀로 들어서니 동료 종업원들이 모두들 한준과 민예를 쳐다본다. 이미 복도 바깥까지 지배인의 괴성이 터져 나오고 있었다. 민예는 뛰다시피 그곳을 빠져나왔다.

"여긴 도대체 왜 오셨어요?"

바깥으로 나오자마자 민예는 그의 팔을 힘껏 뿌리치며 쏘아붙였다. 진짜 궁금하다. 그가 왜 왔는지. 일은 다 마무리되지 않았나? 이미 문신혁과 한나가 헤어지는 것은 기정사실이 된 후이니, 더 이상 그녀가 할 일은 없다. 그래서 그동안 돈을 받아 쓰던 통장과 도장, 자동차, 그외 부수적으로 제공받았던 물건들을 모두 돌려주고 깨끗이 아파트를 비웠던 것이다. 그건 아주 당연한 수순이었다.

물론 모든 일이 성공적으로 마무리되었을 때, 그가 꽤 두둑한 성과급과 함께 스크린에 데뷔할 수 있도록 힘써주겠다고 말했었지만 그건 이젠 아무래도 상관없었다. 사랑하는 두 남녀의 사이를 망쳐 놓고도 돈을 받는다는 건 양심이 허락지 않았다. 어차피 성과급을 받을 만큼 썩 일을 잘한 것도 아니고. 두 사람을 이어주려 애썼다는 사실만으로도 이번 일은 실패였다.

"몰라서 물어?"

"몰라서 묻죠, 그럼. 택배 못 받으셨어요? 제가 물건들은 다 보냈는데."

"뭔가 단단히 착각하고 있는 것 같은데, 윤민예. 아직 안 끝났
어."

"안 끝나다니요? 뭐가요?"

자긴 도저히 모르겠다는 듯 민예가 척 가슴 앞으로 팔짱을 끼
며 도전적으로 묻는다. 코웃음이 나올 만큼 같잖은 모습이다.
지배인이라는 남자 앞에서 꼼짝 못하고 수모를 당하고 있었던
주제에. 끽소리 못하도록 콱 짓눌러 밟아 뭉개 버리고 싶은데,
그래서 절대로 반항하지 못하도록 눌러주고 싶은데, 그런
데…….

"한나 씨랑 교수님은 이제 끝난 것 같던데요. 회생 불가능, 더
이상 재기하기 힘들 것 같던데. 뭐가 끝나지 않았다는 거예요?"

딱히 떠오르는 말이 없다. 그녀의 말에 아무런 반박도 할 수
가 없어서 말문이 딱 막힌다. 그녀의 말대로 한나와 신혁은 다
시 재회할 가능성이 거의 없었다. 한나는 신혁을 단단히 오해한
채 며칠째 집 안에 틀어박혀서 꼼짝을 하지 않고 있었고, 문신
혁은 조만간 학교에서도 퇴출될 것이다. 우연히라도 만날 일이
전혀 없을 것이고, 만나게 되더라도 두 사람이 다시 불붙는 일
은 일어나지 않을 것이다. 상황이 종료되었다는 뜻. 미끼는 제
역할을 톡톡히 해내고 사라진 것이다.

한데 찜찜하다. 놓아줘야 하는데 놓아주기가 싫다. 더 이상
쓸모가 없는 미끼는 버려야 마땅한데, 그걸 알고 있으면서도 그
럴 수가 없었다.

윤민예가 다른 곳에서 다른 일을 하면서 다른 이의 지시를 받고, 다른 이를 위해서 일하는 모습은 상상할 수가 없다. 아니, 상상하고 싶지도 않다. 윤민예는 언제나 그의 소속이었다. 그의 밑에서 일하는 사람이고, 그의 간섭과 지시를 받아야 하는 사람이고, 그를 위해서만 일해야 한다. 이리 오라면 와야 하고, 저리 가라면 저리 가야 한다. 늘 그의 뜻대로 움직여야 하고 그것마저도 허락을 맡아야만 가능하다. 지금까지 그가 쭉 윤민예에게 강조하며 세뇌시키다시피 해 교육시켰던 룰이 바로 그것 아니었던가? 그런데 이제 와서 그녀를 놓아주어야 한다고 생각하니…….

"아― 혹시 보상 문제 때문에 그러세요?"

험악한 표정으로 생각에 잠겨 있는 그의 시야로 민예의 반짝 뜬 두 눈망울이 들어왔다. 대답을 못하고 가만히 서 있는 그를 대신해 그녀가 제멋대로 그의 마음을 넘겨짚고 있었다.

"그거라면 괜찮아요. 돈도 필요없고 영화 출연 그딴 건 기대도 하지 않으니까 신경 쓰지 마세요. 어차피 약속한 대가를 받을 만큼 완벽하게 처리한 것도 아니라서, 별로 받고 싶지 않네요. 받을 자격 없어요."

"영화에 출연할 수 있는 기회를 걷어차겠다는 거냐?"

뜻밖의 말에 한준이 두 눈을 가늘게 좁혀 뜬다. 윤민예가 이 일을 맡기로 한 게 바로 그 영화 출연 때문이니 당연히 놀라울 수밖에 없는 것이다.

"솔직히 아깝지 않은 건 아니에요. 제 나이도 있고, 지금까지의 성과로 봤을 땐 제 힘으로 유명해지긴 힘들 것 같아서요. 이번 기회가 아니면 영원히 엑스트라 배우로 남겠구나 싶어서 조금 망설여지긴 했어요. 하지만 뭐, 깨끗이 포기하기로 했어요. 나중에 후회할 수도 있겠지만, 양심을 파는 것보단 나을 것 같아요. 긍정적으로 생각하려고요. 남의 힘으로 유명해지면 그게 얼마나 가겠어요? 제 힘으로 오디션 봐서 당당하게 합격하는 게 훨씬 제 자신에겐 도움이 될 것 같아요. 그러니까 그런 건 걱정 마시고……."

"그런 걱정 안 해. 내가 할 일 없이 네 걱정이나 하고 있을 사람으로 보여?"

하이고야, 말 한 번 참~ 예쁘게 하신다. 어쩌면 저렇게 한마디 한마디 꼴 뵈기 싫게 하실까? 같은 말이라도 좀 둥글게 둥글게 순화시켜서 말할 순 없나?

민예는 두 주먹을 불끈 쥐고는 그를 야려 보았다. 원래 그런 사람이라는 거 모르는 바는 아니지만 좀 너무한다. 자기한테 좋아한다고 고백까지 한 여자한테 꼭 이러고 싶을까? 끝까지 이미지 따윈 개나 줘버리고 폭탄男, 허세男으로 남고 싶을까?

"아, 예. 그러시겠죠. 그럼……."

민예는 질끈 이를 사리물고 심히 가식적인 미소를 얼굴 가득 지어 올렸다. 안녕히 가시라고, 이젠 다 끝났으니 바이바이 하자고 말할 셈으로. 한데 블링블링하게 웃고 있는 그녀의 얼굴

위로 그가 툭 내뱉은 말은 결단코 '바이바이'와는 거리가 멀었다.

"넌 참 건방져."

엥? 이건 또 무슨 자다가 봉창 하이킥하는 소리람. 민예는 방글거리는 얼굴을 금세 굳히고 그의 입술을 뚫어져라 바라봤다.

"말했을 텐데. 넌 아무런 결정권이 없어. 내가 시키지 않는 일은 절대로 할 수 없다는 거, 아직도 모르겠어?"

"무슨 말씀이세요?"

"공증까지 받은 계약서에 명시된 거다. 네 마음대로 거절할 권리 없어."

"돈 안 받는 거 때문에 이러세요? 그거, 사장님한테 더 이익 있는 거잖아요. 돈 안 받겠다니까요? 그런 계약, 그냥 파기해도 된다고요. 전 아무런 이의도 없으니까……."

"건방지게 이래라저래라 하지 마. 지시를 받아야 할 사람은 너지, 내가 아니야."

"아니, 제가 됐다는데 왜……?"

"이거냐? 내 돈을 거부하는 대신 네가 선택한 게."

그가 그녀의 말을 가로막더니, 호프집 건물을 훑으며 빈정거렸다. 아니, 이게 뭐 어때서? 호프집에서 일하는 게 뭐가 어때서 이런 반응인 건가? 이게 무슨 불법이야, 비양심적인 일이야? 엄연히 신성한 노동이고, 그녀는 온전히 노동의 대가를 받는 것뿐이다. 그런데 뭐? 뭐가 어때서 그런 시선으로, 그런 말투로 사람을 깔보는 건데?

"저기요."

"지배인이 널 아끼는 것 같던데? 아주 많이."

막 반박하려고 입을 여는데, 이번엔 좀 더 불쾌한 뉘앙스의 말을 터뜨리신다. 아껴? 아주 많이? 이건 또 무슨, 해괴망측한 소리야?

"사장님!"

"왜? 잠이라도 자재?"

헉. 이, 이 남자 말하는 꼴을 보게. 잠이란다. 지금 또 날 이상한 여자 취급한 거지? 그런 거지? 꽃뱀이네 뭐네 하더니만, 그 버릇 개 못 주고 또 이런 말폭탄을 날리는 거지? 훅 열이 뻗쳐 민예는 두 번 생각하지 않고 팔짱을 풀어 휙, 강한 스매싱을 날렸다.

'짝!'

살 떨리는 소리가 귀청을 울리며 희열감이 급상승했지만, 안타깝게도 그건 환청. 현실은 시궁창. 허우적거리며 날린 그녀의 팔은 곧바로 그의 커다란 손아귀에 잡혀 퍼드덕거려야 했다.

"이 씨. 이거 안 놔요? 놔요, 놔!"

"맞나 보지?"

버둥거리는 그녀를 내려다보며 그가 비열하게 비아냥거렸다. 아, 미치겠네. 하고 싶은 대로 못하니, 피가 거꾸로 솟는 것만 같았다. 목 끝까지 치미는 울분에 가슴까지 먹먹해지려고 했다.

눈물이 솟구치려고 하자 민예는 더욱 눈을 부릅뜨고 버텼다. 유치하게, 청승맞게 그의 앞에서 우는 짓은 절대로 하지 않을 생각이었다. 이건 그녀가 지키고 싶은 마지막 자존심이다. 한준 때문에 가슴이 멍들었다는 걸, 상처받아 허덕이고 있다는 걸 절대로 내보일 수 없었다.

어차피 그런 상처들, 다 부질없는 것이 아닌가. 그는 절대로 자신처럼 쥐뿔도 없는 여자를 사랑할 수 있는 남자가 아니란 걸, 민예는 알고 있다. 못 잊고 괴로워할수록 아프고 힘겨운 사람은 자신뿐이라는 것도. 이한준은 절대로 돌아봐 주지 않을 거라는 것도. 그래서 모든 걸 포기하면서까지 깔끔하게 정리했고, 이젠 다 끝이 났다고 생각했다. 이렇게 코앞에 나타나서 성질만 돋우지 않는다면 절대로 그를 떠올리는 바보짓은 하지 않았을 것이다.

"당신이 무슨 상관인데? 내가 어디서 무슨 일을 하든 뭘 하고 살든, 이젠 상관없잖아. 왜 나타나서 이 난리야? 왜 사람을 마음대로 평가해서 기분 나쁘게 하는데?"

"당신?"

"그래, 당신. 왜? 아직도 사장님이라고 부를까 봐? 웃기지 마세요. 난 이제 당신 밑에 일하던 그 윤민예가 아니야. 당신한테 굽실거리면서 구박받을 이유, 하나도 없다고. 당신한테 이유없이 비난받을 이유, 절대 없다고. 알아?"

"……"

"당신 같은 사람이 주는 돈 절대 안 받아. 목에 칼이 들어와도 안 받아. 동생까지도 자기 사업에 이용하려는 파렴치한. 자기 이익을 위해서 서로 애틋하게 사랑하는 연인도 잔인하게 찢어 놓는 냉혈한. 가슴에 온기라곤 한 톨도 없고, 동정심이라곤 아예 찾아볼 수도 없는 인간. 당신 그런 사람이잖아. 그렇게 해서 모은 돈이잖아. 그런 돈을 받느니, 차라리 거지가 돼서 구걸을 하고 말지."

"그래서."

꼼짝없이 소름 돋을 정도로 무서운 눈으로 민예를 노려보며, 그녀의 비난을 올곧이 다 들어 넘기고 있던 그가 갑자기 입을 열었다. 등골이 오싹해질 만큼 나직하게 울리는 저음에 민예는 마치 겁박을 당한 듯 훌쩍 놀라, 흠칫 떨었다.

"어쩌겠다는 거냐? 끝까지 내 돈을 거절하고, 이곳에서 계속 일하겠다는 거냐?"

"왜요? 무슨 문제 있어요?"

나 떨고 있니? 속으로 중얼거리면서도 민예는 한 치의 망설임도 없이 맞섰다. 받아야 할 돈을 포기하는 게 뭐 어때서? 그게 불법이야? 아니잖아. 돈이 굳었으니 오히려 좋아해야지. 왜 이렇게 쫓아와서 귀찮게 하는 거야, 대체? 진심으로 그녀는 아무 문제없다고 생각했다. 그가 오싹하기 짝이 없는 미소를 비열하게 지어 올리기 전까지는.

"난 이래서 고용인을 믿지 않아. 절대 계약서 없이 사람을 쓰지 않지.”

“에? 그게…… 무슨 말이에요?”

급격히 밀려드는 불안감을 느끼며 민예는 빠르게 중얼거렸다. 그는 아주 싸늘하게 그녀를 비웃으며 한쪽 눈썹을 씰룩 움직였다.

“네 뜻대로 하려면, 넌 지금까지 내가 제공했던 돈의 세 배를 물어줘야 한다는 소리다.”

그리곤 기겁하는 민예의 손목을 더욱 세차게 그러쥐며 속살거렸다.

“어때. 이젠 돈 받을 마음이 생겼어?”

제12장 속고 속이고

세상에 이런 경우가 다 있을까? 받기 싫은 돈을 억지로 받게 생겼으니, 이건 해외토픽감이다. 게다가 안 받으면 계약 위반으로 소송까지 걸겠다고 하니 해외토픽이 아니라 우주토픽감 아닌가? 꼬투리 잡을 게 없어서, 이젠 별 우습지도 않은 일로 태클을 거는 이한준이다. 아이쿠, 무서워라.

결국 민예는 한준의 집으로 거의 끌려가다시피 했다. 죄인처럼 호송되어진 차 안에서 내내, 그녀는 돈 받을 때까진 절대 도망 못 간다는, 거의 협박에 가까운 소릴 들어야 했다. 그렇게 붙들려 들어간 집 안에는 현성의 어머니, 전미애가 기다리고 있었다. 자신을 보자마자 활짝 웃으며 반기는 미애가 민예의 눈엔 무서운 교도관보다도 더 무서웠다. 도대체 왜 자길 저렇게 과하게 반기는지 그녀는 이해가 안 되었다. 그냥 손님에게 인사하는 수준이 아니라, 숫제 이건 여왕님 행차에 환호하는 백성님 같으시다.

"당분간 여기서 지내게 됐으니까, 손님방 아무거나 하나 내주세요."

"어머, 그래? 정말 잘 왔어요. 반가워요!"

미애는 손님방을 내주라는 한준의 말에 또다시 격하게 환호하며, 다시 회사에 들어가 봐야 한다는 한준을 걱정 말라며 열심히 다독여 보낸다. 그리곤 그가 집을 나가는 모습을 마치 잘난 외아들 바라보듯 뿌듯한 시선으로 보더니, 현관문이 닫히자마자 휙 몸을 돌려 민예를 신기한 눈으로 들여다보았다.

"환영해요, 아가씨."

그녀가 자신을 환영하고 있다는 건 굳이 말하지 않아도 알 수 있었다. 얼굴에 환.영. 하고 글자가 새겨져 있는 듯 표정이 너무나 밝았으니까. 도대체 이 알 수 없는 얄랑 구리구리한 상황은 뭐다? 군식구가 하나 늘었는데 뭐가 저리 좋다고? 민예는 억지로 웃으면서도 이해가 안 돼 인상을 찌푸려야 했다.

"잘 부탁드립니다, 아줌마……."

"무슨 소리. 내가 더 잘 부탁드려야지."

"에?"

내가 더 잘 부탁드려야지? 이건 또 무슨 소리? 아주머니가 왜 나한테 잘 부탁드린다는 건가? 민예는 의아했지만 뭐라 묻거나 해명하기도 전에 미애는 그녀의 어깨를 붙들고 어딘가로 이끌기 시작했다.

"따라와요, 방까지 안내해 드릴게."

정체불명의 말, 근거를 알 수 없는 친절을 베풀며 미애는 민예를 방까지 안내해 주었다. 전에 왔을 때도 느꼈지만, 이 집의 구조는 상당히 특이하고 인상적인 구조였다. 이층으로 향하는 계단은 나선형으로 빙빙 돌며 올라가게 되어 있고, 거실 두 면은 커다란 전면 유리, 천장은 무진장 높은 데다가 계단 뒤쪽으로는 그리 길지 않은 복도가 있다. 복도로 들어서면 벽의 양 사이드로 방문이 하나씩 붙어 있는데, 그녀가 안내되어진 방은 그중 왼쪽 방이었다.

"이 방을 써요. 방이 좀 좁긴 한데, 그래도 혼자 쓰기엔 무리가 없을 거예요."

"감사합니다."

"뭘. 그럼, 한준이 올 때까지 편히 쉬어요."

미애는 민예를 방 안으로 꾸역꾸역 밀어 넣더니, 친절한 인사를 남기고 사라졌다. 거의 떠밀려 방 안으로 들어온 민예는 어리둥절한 얼굴로 쿵, 닫히는 방문을 멍하게 바라봤다. 뭐가 이러는지. 마치 이상한 나라의 엘리스가 된 기분이다. 이해할 수 없는 분위기에 이해 안 되는 말. 아무리 생각해도 미애는 뭔가 착각하고 있는 듯 보였다. 한준의 손에 끌려왔으니, 한준의 여자쯤으로 여기는 거 아닐까?

"아— 몰라, 몰라, 몰라. 뭐가 이렇게 복잡해."

민예는 두 팔을 쫙 벌리고 침대 위로 풀썩 드러누워 버렸다. 세 배나 되는 돈을 물어내라 윽박지르니 여기까지 오긴 왔는데, 모든 게 다 부질없게만 느껴졌다. 그냥 안 받겠다는데, 안 받겠다면 안 주면 되는 거지. 뭘 또 위약금을 내라는 거냐. 위약금을 내라는 이한준이나, 내란다고 무서워 벌벌 떠는 자신이나, 웃기고 유치한 건 매한가지인 것 같았다. 하지만 어쩌라고, 돈이 없는걸. 지금까지 쓴 돈만 해도 어마어마한데, 그 돈의 세 배를 물어내라면? 모르긴 몰라도 그녀는 개인 파산 신청을 내야 할지도 모를 일이었다.

"아악—"

괴로운 마음에 괴성을 내지르며 민예는 홱 몸을 뒤집었다. 주먹을 쥐고 침대 매트리스를 팡팡 소리나게 내려치며 고함을 지르니, 답답했던 마음이 조금은 가라앉는 것도 같다. 하지만 아무리 그래도 답이 나올 리는 없고. 민예는 그저 몸을 뒤틀며 '내 팔자야' 만 앵앵거릴 뿐이었다.

그러나 곧, 절대로 찾아올 것 같지 않은 평온이 침실을 휘감았다. 참 속도 편하지. 방금 전까지 그렇게나 안달복달하고 괴로워했으면서. 언제 그랬냐는 듯 민예는 침대 위에 퍼질러 뻗어 있었다. 거짓말처럼 잠잠해진 침실. 민예는 침대에 엎어진 채 코오— 코고는 소리를 내며 잠 속으로 쑥쑥 빠져들고 있었다.

얼마나 지났을까. 잠깐 사이 깜빡 잠이 들어버린 민예는 시끄럽게 울리는 전화벨 소리에 번쩍 눈을 떴다. 처음 보는 문양의 벽지가 눈에 들어오자, 민예는 자리에서 벌떡 일어나 두리번두리번 방 안을 훑었다. 침이 흘러내려 찝찝해진 입가를 손바닥으로 슥 닦고 있자니, 여기가 어디인지, 뭣 때문에 왔는지 순식간에 기억이 났다. 그새 잠이 들었었네. 어젯밤에 잠을 설쳐서인가? 무진장 피곤하다.

"아, 죽겠다."

띵한 머리를 긁적거리며 민예는 침대 위에 널브러져 있는 핸드폰을 주섬주섬 챙겼다. 전화를 걸어온 이는 문신혁이었다. 신혁과는 이틀 전, 만취한 그를 집에 데려다 준 이후 한 번도 연락하지 못했었다. 그날 이후 너무나 힘든 일들이 연속적으로 일어나서 그에게 연락해 볼 경황이 전혀 없었다.

"교수님?"

[이번엔 받네? 아까는 안 받더니만.]

"알바를 시작했거든요. 일하느라고 전화를 못 받았어요. 근데 웬일이세요, 지금 이 시간에? 아직 학교세요?"

[아니, 집. 술집 일에 대해 고맙단 말을 하려고. 힘들었지? 그럴 생각이 아니었는데, 어쩌다 종업원이 너한테 전화를 걸어서. 정말 미안하게 됐다.]

으. 미안하단다. 미안하게 된 사람이 누군데. 쿡쿡, 양심이란 놈이 옆구리를 찔러와 민예는 허둥지둥 대꾸했다.

"무, 무슨 말씀이세요. 제가 해드린 게 뭐 있다고."

[아니야. 너, 나한텐 많은 힘이 됐어. 비록 네가 바라는 대로 결정 내릴 순 없었지만 고맙게 생각하고는 있다. 이건 정말이야.]

으, 찔린다. 찔려도 너무 많이 찔린다. 너무 찔리고 민망해 고개가 저절로 숙여진다. 벼룩도 낯짝이 있지, 어떻게 교수님한테 이런 말을 듣고 앉아 있니? 윤민예, 너 양심이란 게 있어? 넌 교수님과 한나의 사이를 찢어놓기 위해 발악을 하던 애야. 사랑하는 두 사람을 갈라놓은 장본인이기도 하고. 알아? 이한준한테 돈까지 받았잖아.

혼자 미친 듯이 자책하고 있는데 그가 갑작스러운 말을 꺼낸다.

[실은, 나 내일 아침 일찍 시골로 내려가. 지금 짐 꾸리는 중이다.]

"네? 그게 무, 무슨……?"

[학교 그만뒀어. 이번 학기 나머지 강의는 다른 교수님께서 대신해 주실 거야. 다른 학생은 몰라도, 너한텐 미리 알려줘야 할 것 같아서 전화했어.]

"하, 학교를 그만두셨다고요? 아니, 왜요? 교수님이 왜 학교를……?"

놀라는 그녀의 귓속으로 상상외의 답변이 날아왔다. 문신혁이 재임용에서 떨어졌다는, 정말 말도 안 되는 말이었다. 다른 건 몰라도 실력 하나는 대단해서 그가 탈락할 거라곤 전혀 생각하지 못했던 민예는 즉각 이 일에 다른 사람의 입김이 개입되었을지도 모른다는 의구심에 몰입하기 시작했다.

"도대체 무슨 이유였는데요? 뭣 때문에 탈락하신 건데요?"

[여러 가지 이유가 있었겠지. 그런 건 이제 나한테 중요하지 않아. 그냥 기꺼이 받아들이기로 결정했어. 깨끗하게 승복할 거다.]

말도 안 돼. 어떻게 이런 일이? 그 누구보다도 실력을 인정받고 있고, 또 학생들에게도 상당한 지지를 받고 있는 그가 재임용에서 탈락했다는 건 그야말로 쇼킹이었다. 누군가 장난을 치지 않고서는 절대로 이런 일이 일어날 수 없는 것이다. 그리고 이런 일을 할 사람은 그녀가 아는 한, 단 한 사람뿐.

이렇게까지 해야 했을까? 꼭 이렇게 한 사람의 인생을 망가뜨려 놓아야 하는 걸까? 이미 다 끝났는데 너무하잖아. 너무 심하잖아. 사랑하는 여자까지 빼앗아놓고, 이젠 그것도 모자라 학교에서 내쫓기까지 하다니. 정말 한준은 문 교수가 재기불능의 상태가 되기를 바라는 걸까? 그래야 직성이 풀리는 걸까? 한나를 사랑하는 게 그렇게까지 큰 죄인 건가?

"교수님, 이대로 물러서시면 안 돼요. 다른 건 몰라도 학교 일은 교수님 천직이라고 하셨잖아요. 아무 이유도 없이, 이해할 수 없는 이유로 학교를 그만둬야 한다는 건 있을 수도 없어요."

[그렇게 말해주니까 기운이 좀 난다.]

강력하게, 거의 울부짖으며 소리쳤지만 신혁은 희미하게 웃기만 했다. 절대 학교에 문제 제기를 할 것 같진 않은, 너무나 무르고 힘없는 반응이었다. 민예는 허탈해졌다. 가슴속에 뻥, 구멍이라도 난 듯 허해졌다. 머리가 텅 비어버린 듯 멍해지고 가슴은 사포로 문지르는 듯 싸했다. 이건 정말 부당한 일이라고, 신혁이 이렇게까지 되면 안 된다고 정신없이 생각하고 있었다. 너 때문이야. 다 너 때문이란 말이다. 머릿속에서 섬뜩한 악녀 한 명이 속삭이는 착각에 빠져 민예는 울상을 지었다.

[부탁이 하나 있는데, 한나 말이야. 멀리서라도 당분간은 네가 좀 지켜봐 줘. 무모한 구석이 있는 녀석이라 무슨 짓을 할지 몰라.]

"……."

[너한텐 항상 부탁만 하게 되는 것 같다. 고맙고, 미안해. 공부 잘하고, 브라운관에서 널 꼭 만날 수 있길 바란다. 지금에야 하는 얘기지만, 아버지가 강요해서 사는 인생은 네 것이 아니야. 네가 하고 싶은 일, 꼭 해. 나중에 후회되지 않도록.]

"교수님……."

[잘 있어. 기회가 되면 다시 연락할게.]

"교수님!"

전화는 금세 끊겨 버렸다. 한나를 부탁한다는 말을 남기고. 브라운관을 통해 만나자는 말을 남기고. 민예는 너무나 허탈하고 괴로운 마음에 두 손에 얼굴을 격하게 파묻었다. 울고 싶어졌다. 어쩌다가 일이 이 지경까지 됐는지, 모든 게 후회스러워졌다.

이런 일을 애초에 맡는 게 아니었는데. 스타가 되고 싶다는 허황된 생각 따위는 처음부터 갖는 게 아니었는데. 그 우습지도 않은 욕심 때문에 모든 게 다 헝클어졌다. 민예의 생활도, 교수의 인생도, 한나의 사랑도 다 망가졌다. 도저히 손을 쓸 수가 없을 만큼. 처음부터 다시 시작하고 싶어도 그럴 수 없을 만큼. 도대체 이 죄를 다 어떻게 갚지?

민예는 죽고 싶을 만큼 괴로워졌다.


그날 저녁, 그가 귀가한 시간은 8시쯤.

미애는 그가 이리 일찍 들어오는 게 흔한 일이 아니라며 호들갑을 떨었다. 그게 다 민예 때문이라 생각하는 눈치다. 역시 미애가 자신을 한준의 여자쯤으로 여기고 있는 것 같다고 생각하면서도 민예는 아무 반박도 못했다. 이미 신혁과의 통화 이후 기력이 빠른 속도로 소진된 데다가 대놓고 '전 이한준의 여자가 아닙니다'라고 말할 수도 없는 노릇이라 그저 현관문 앞에 서서 그가 들어올 때까지 대령하고 서 있는 미애를 우중충하게 지켜볼 수밖에 없었다.

"한나는요?"

현관문을 열고 막 집 안으로 들어선 한준은 들어오자마자 아주머니에게 무뚝뚝하게 말을 건넸다. 머리는 어질어질, 손끝 하나 까딱할 기력조차 남아 있지 않은 상태에서도 '한나'라는 단어에는 자동 반응, 정신이 번쩍 드는 것 같았다.

"여전하지 뭐. 제 방에서 꼼짝도 하지 않고 있어."

"……."

"내일은 병원에도 가봐야 할 텐데 큰일이야. 웬 고집이 그리 센지."

"형 닮았죠. 닮긴 누굴 닮았겠어요?"

미애의 말에 현성이 눈살을 찌푸린다. 한준은 아무 대꾸도 하지 않고 저벅저벅 거침없는 발걸음으로 들어섰다. 계단 아래에 몸을 숨긴 채 우두커니 서 있던 민예는 그의 등장에 흠쩍 놀라 온몸을 긴장시켰다. 자동으로 부동자세가 되는 그녀를 보고도 그는 별 반응을 보이지 않고 가볍게 지나쳐 갔다. 길가에 서 있는 우체통을 보는 듯 참으로 무심한 시선으로. 민예는 안도의 한숨을 내쉬면서도 찌릿 그의 뒤통수를 째려봐 주었다. 사람을 무시해도 유분수지, 진짜. 저렇게 무시할 거면서 왜 데리고 왔어? 사람 기분 나쁘게. 인상을 팍 쓰며 민예는 조심스럽게 고개를 쳐들어 이층을 올려다봤다.

'그나저나 한나라는 아이는 괜찮은지 모르겠네.'

걱정이 됐다. 분위기를 보아하니 아직 신혁을 못 잊고 있는 모양인데. 얼마나 괴로우면 아픈 다리의 치료도 거부하고 방 안에서 꼼짝을 하지 않고 있을까 싶으니 마음이 무거웠다. 지금이라도 모든 게 다 오해라고 밝히면 참 좋을 텐데. 그럼 모든 게 원점으로 되돌아갈 수 있을 게 아닌가. 두 사람이 서로 마음껏 사랑할 수 있게 될 것이다. 신혁도 기운을 차리고 새롭게 시작

하겠지. 적어도 모든 걸 포기하고 시골로 돌아가려 하진 않을
것이다.

물론 그렇게 되면 민예는 한준에게 죽을지도 모른다. 그 수많
은 말폭탄에 짓눌려 압사할지도 모를 일이다. 하지만 지금 마음
으론, 이렇게 양심에 허덕이며 괴로워하기보다는 차라리 이한
준의 협박을 듣는 게 훨씬 덜 괴로울 것 같다. 이젠 내성이 생긴
건지 어쩐 건지. 이한준의 잔소리쯤은 한 귀로 듣고 한 귀로 흘
려 버리면 되지, 싶은 게. 아무리 이한준이라도, 설마 죽이기야
하겠나?

"민예 씨."

멍하게 넋을 놓고 생각하는 민예를 현성이 툭 치며 일깨운다.
깜짝 놀란 민예는 허공을 날아다니던 정신을 붙들고 현성을 올
려다봤다.

"무슨 생각을 그리 골똘히 해요?"

현성이 빙긋 웃으며 물었다. 물론 그의 질문에는 사실대로 대
답해 줄 수가 없다. 이한준의 계획을 모조리 수포로 되돌리려는
발칙한 계획을 세우고 있었다는 걸 어떻게 말해줄 수가 있겠나?

"아, 뭐. 그냥. 오셨어요?"

"편히 쉬었어요?"

"그럭저럭…… 이요."

"있는 동안에는 편하게 지내요. 뭐, 아예 그냥 눌러사는 것도
괜찮고요."

헉, 무슨 그런 농담을. 행여 그런 말도 안 되는 소리는 다신 하지 맙시다. 돈을 억만금을 줘도 절대 한준과 살진 않을 테니. 미쳤어? 내가 왜? 민예는 상상만 해도 끔찍한 농담을 던지고 유유히 사라지는 현성의 뒷모습을 향해 '으웩' 하고 구역질하는 시늉을 해 보였다. 그리고 막, 넙치 버금가게 입매를 축 끌어내리고 살랑살랑 고개를 내젓는데 불쑥 등 뒤에서 미애가 말을 걸어온다.

"민예 양, 손 씻고 와."

앗, 깜짝이야.

"밥 먹어야지."

뒤를 돌아보니, 모나리자보다도 더 인자한 미소를 짓고 자신을 바라보고 있는 미애가 보였다. 괜히 찔리고 놀라, 민예는 쏜살같이 달려 제 방으로 들어왔다. 혹시나 '으웩' 하는 모습을 보았으면 어쩌나 걱정이 되었지만, 곧 그딴 우려는 순식간에 날려 버렸다. 뭐 어때? 그게 솔직한 심정인걸. 이한준과 계속 함께 사느니 차라리 지옥불구덩이에서 삼천 년을 썩는 게 더 나을 것이다. 민예는 입술을 삐쭉거리며 한쪽 벽에 붙어 있는 욕실을 향해 다가갔다.

손을 씻으면서 한나에 대한 계획을 좀 더 세부적으로 세울 생각이었다. 사실 한준을 생각하면 굳이 이렇게까지 해서 얽히고 싶진 않다. 빨리 시간이 가서 사태가 진정되고, 일이 다 끝나면 그가 주는 돈만 받아 챙긴 다음 인연을 끊고 싶은 마음이 솔직한 심정이었다. 같이 살면서 날마다 마주치는 것도 짜증나고, 길가에 서 있는 우체통보다도 더 무관심한 존재로 취급되어지는 것도 짜증나고, 무시하면서도 끝까지 붙들고 있으려는 그의 악랄함도 짜증났다. 얼른 이 집에서 벗어나서 그에게 딱 관심을 끊고 싶었다. 진심으로 그랬지만, 그렇다고 모든 걸 무시한 채로 편하게 호의호식할 수는 없는 노릇이었다. 한준의 손에 죽을 때 죽더라도, 사람의 도리는 지키고 싶었다.

이건 교수에 대한 의리이자 사회정의 구현을 위한 양심의 발로다. 돈은 어차피 한 번 포기했던 것이니 못 받아도 상관없다. 돈보다도 더 중요한 게 사람이 사람답게 사는 것 아닌가. 하루를 살더라도 마음 편히, 양심껏 살고 싶다.

'너무 비장한가?'

민예는 킥 웃으며 욕실 문을 열었다. 힘껏, 아주 힘껏. 전혀 망설이지 않고. 그리고 두 눈을 훌쩍 키우고, 입을 커다랗게 벌린 채로 비명을 지르기 시작했다. 욕실 안에는 그가 있었다. 이한준이.

벌거벗은 채로.

비명은 절대 오래 지속되지 못했다. 한준의 커다란 손이 즉각 튀어나와 그녀의 입을 막았기 때문이다. 한 손으로 뒤통수를 부여잡고 다른 한 손은 입을 막아버린 그는 민예를 가슴 근처로 확 잡아당겨 꼼짝 못하게 옭아맸다. 민예는 회동그라져 이미 반쯤 튀어나와 버린 눈동자를 굴려 그를 올려다봤다. 그는 험악한 얼굴로 그녀를 내려보고 있었다.

"미쳤어? 아주머니라도 놀라 달려오면 어쩌려고 비명을 질러?"

민예는,

"왜, 왜, 왜 내 방 욕실을 쓰는 거예요?"

라고 물었지만 그녀의 말소리는 그의 손바닥에 짓눌려 오물오물, 한낱 웅얼거림으로밖에 흘러나오지 않았다. 그나마도 곧바로 그가 더욱 짓눌러 꽉 틀어막는 통에 아무 소리도 내지 못하게 되어버렸지만. 물론 그렇다고 해서 민예가 항의를 멈추는 일은 없었다. 그녀는 계속해서 블라블라 뭔가를 말하려고 했다. 그의 손바닥 아래에서. 나오는 소리는 고작 '읍읍읍'이 전부인데도 불구하고.

한준은 두 손으로 붙들고 있는 그녀의 얼굴에 제 얼굴을 바짝 들이댔다. 그리곤 눈을 바짝 치켜뜨고 야비하리만치 차갑게 입술을 놀렸다.

"아무 소리도 내지 마. 아무 말도 하지 마."

"……."

"난 지금 이 상황을 아무에게도 알리고 싶지 않아. 그러니까 호들갑 그만 떨어. 네가 우리 집 구조에 대해서 전혀 모르는 모양인데, 이 집은 방 두 개 사이에 욕실 하나가 붙어 있어. 내가 네 욕실을 마음대로 침범한 게 아니란 말이야."

"에?"

전혀 몰랐다는 듯 그녀의 눈이 더욱 커졌다. 아주머니가 깜빡 놓치고 설명해 주지 못한 모양이다. 그는 떨떠름한 표정을 짓고는 입술을 비틀었다.

"무슨 상상을 했던 거냐? 설마 내가 일부러 네 욕실을 쓰고 있었다는, 말도 안 되는 착각을 했던 건 아니겠지?"

민예의 눈 밑 근육이 슬쩍 움직여 위로 올라갔다. 속마음 들켜 무색하니 딴엔 웃어보려고 하는 것 같은데, 그래 봤자 그녀가 얼마나 놀란 상태인지는 훤히 보였다. 겨우 욕실에서 남자와 마주친 것으로 놀라 기절하기 직전이라니, 코웃음이 나지 않을 수가 없다. 이런 주제에 무슨 남자를 유혹해 보겠다고. 연예인 지망생이라며. 산전수전 공중전까지 다 겪은, 중견 엑스트라라며. 한때 심야 케이블 TV에서 인기리에 방영되었던 19세 관람 불가 드라마에 출연한 경력도 있다며.

"네가 이런 앤 줄 알았으면 처음부터 고용하지 않았을 거다."

그가 중얼거리자, 민예가 눈썹을 밀어 올렸다. 무슨 뜻이에요, 묻는 듯. 하지만 그녀의 질문에 대답하고 싶은 마음은 추호도 없다. 한준은 차갑게 미소를 지어 보이며 시크하게 중얼거렸다.

"이제부터 입에서 손을 뗄 테니, 비명 같은 거 지르지 마."

"알았어요. 잽싸게 튀어나갈게요. 나도 그다지 여기 있고 싶지 않거든요?"

민예는 그의 손바닥에 짓눌린 입술을 최대한 움직여 오물거렸다. 발음이 뭉개져 '읍읍읍' 으로 나올 게 빤했는데도 정말 열심히 대꾸해 주었다. 지금 이 순간 이렇게 대답하는 데라도 정신을 쏟고 있지 않으면 민망해 죽을지도 몰랐다.

가슴이 쿵쾅쿵쾅, 죽을 만큼 빠르게 뛰었다. 그의 몸에서 뿜어져 나오는 열기가 피부를 데우고 시야를 가득 메운 그의 새까만 눈빛이 뚫어져라 쏟아져 내려, 그냥 숨이 턱턱 막혔다. 욕실 안에서 벌거벗은 남자와 그것도 이한준이랑 함께 있다고 생각하니 얼굴이 화덕모드가 되어 화끈거리기 시작했다.

뭐가 이래— 어쩌다 이한준이랑 이런 시추에이션에 빠진 거냐고. 아, 진짜 돌겠다. 왜 아줌마는 이런 중차대한 사실을 안 알려준 거야? 왜 하필 이한준이랑 같은 욕실을 쓰게 만든 거냐고. 진짜 애인인 줄 알았던 거야, 뭐야? 이럴 줄 알았으면 이한준이랑 아무 사이 아니라고 말하는 건데. 좀 입장 우스워져도 사실대로 말했으면 이런 일은 안 생기는 건데!

"나가."

자꾸만 아래쪽으로 향하려는 시선을 그의 눈에 고정하고, 치열한 전투 자세를 취하고 있는 그녀를 향해 그가 입을 열었다. 그와 동시에 몸이 돌려졌고, 민예는 그의 손에 등 떠밀려 엄청나게 순식간에 욕실 밖으로 밀려났다.

"앞으론 남이 샤워할 때 기웃거리지 마라."

쿵, 문이 닫히기 직전에 그가 한마디 날렸다. 하여간 말 한마디를 곱게 못하지. 꼭 사람 비위를 건드려야 직성이 풀리시나?

민예는 뒤를 돌아 꽉 닫힌 방문을 째려보았다. 이럴 줄 알았으면 좀 더 대담하게 한 번 훑어봐 줄 걸 후회가 된다. 아깐 당황하고 놀라서 그럴 생각은 꿈도 못 꿨지만 얄밉게 지껄이는 그를 봐주려니 배알이 꼬인다. 두고두고 꼬투리 잡아 약 올릴 수 있는 절호의 기회였는데. 아깝게 됐네.

"기웃거린 거 아니거든요. 사장님 침실과 욕실이 붙어 있었다는 사실을 몰랐을 뿐이라고요. 그리고 이게 어떻게 사장님 욕실이에요? 엄밀히 말하면, 사장님과 저의 욕실이죠."

"사장님? 아까 낮엔 '당신'이라고 잘도 부르더니. 왜 갑자기 다시 '사장님'이 된 거냐?"

닫힌 문 너머에서 그가 히쭉 비웃는 게 느껴졌다. 문이 가로막혀 있어서 그의 얼굴을 확인할 순 없었지만 생생히 느낄 수 있었다. 배알의 뒤틀림이 좀 더 심해지자 민예는 아예 몸을 돌려 욕실 문을 노려보았다.

"사장님이 화나게 하셨잖아요. 일하고 있는데 다짜고짜 찾아와서, 이상한 소리 해대고. 그런 상황에 눈이 안 뒤집힐 여자가 몇이나 되겠어요?"

"네가 연락 끊고 잠수 타지만 않았어도 널 거기까지 찾아가는 일은 없었을 거다."

"제가 언제 연락 끊고 잠수 탔다는 거예요? 전 그냥 일하느라 잠시 전화를 못 받았을 뿐이에요."

"그랬겠지. 내가 사준 물건과 통장, 자동차, 아파트까지 전부

비우고."

"그게 왜요? 뭐가 잘못됐는데요? 일이 끝났으니 다시 돌려 드리는 건 당연하다고 생각했는데."

"넌 아직 내가 지불하기로 했던 돈도 받지 않았어."

"받고 싶지 않았어요. 지금도 그건 마찬가지고."

"내가 전에도 말했던 것 같은데. 그런 건 순수하고 착한 게 아 니라, 멍청하고 맹한 거라고. 넌 일을 마쳤어. 충분히 잘. 그렇 다면 받아야 할 몫을 챙겨야지."

멍청하고 맹하다는 부분에서 살짝 발끈하던 민예는 곧바로 미간을 찌푸리며 고개를 갸웃거렸다. 앞부분은 비난인데, 뒷부 분은······.

"넌 내가 어떤 사람인지 몰라. 내가 어떤 마음을 먹고 있는지 도 모르고, 어떤 결정을 내릴지도 몰라. 당연히 모든 게 확실해 질 때까지 내게서 떨어지면 안 되지. 손에 쥔 게 아무것도 없는 상태로 달아날 게 아니라. 날 협박하든, 나한테 매달리든, 무슨 수를 써서라도 네가 이룬 일에 대한 대가를 챙겨야 해. 그게 네 가 살길이다."

이거 충고인가? 무슨 충고가 이래? 자기를 협박해서 돈을 뜯 어내라고 충고하는 사람이 어디 있나? 있을 수 없는 일이었다, 민예의 상식으로는. 뭘 어쩌라는 건지 민예는 곧바로 묻고 싶어 졌다. 하지만 뭐라 묻기도 전에 욕실 안에서는 세찬 물소리가 들려오기 시작했다. 결국 민예는 생각이 복잡해진 채 그대로 방을 나와야 했다.

식사가 차려진 주방으로 들어서니, 미애 아주머니가 큰 쟁반
에 접시를 놓고 있는 모습이 눈에 들어왔다. 식탁에 올려놓은
것과 같은 반찬을 따로 준비하는 것으로 보아 누군가의 식탁을
따로 준비하는 모양이었다. 민예는 가만히 다가가 반찬 놓는 아
주머니를 거들었다.

"이건 누구 것이에요?"

"응? 아, 이거. 이건 한나 식사예요. 발을 다쳐서 거동이 좀
불편하거든요. 그래서 끼니때마다 식사를 따로 준비해서 올려
주고 있어요."

아, 참. 한나를 깜빡 잊고 있었다. 어떻게 그녀를 신혁과 다시
이어줄 것인가, 머리 싸매고 생각하기로 했었는데.

"이거 제가 가져갈게요, 아주머니."

민예는 밥상이 다 차려진 쟁반을 들며 방긋 웃었다. 쟁반을
보니 갑자기 아이디어가 번뜩였다. 신혁과 한나를 다시 이어주
려면 일단은 한나에게 자초지종을 설명하는 게 우선. 그러려면
그녀를 만나야 했다.

"안 도와줘도 괜찮아요. 내가 할게요. 어차피 이게 내 일인걸
뭐."

마음에 안 들게도 미애가 점잖게 사양한다. 이 아주머니는 아
무래도 민예의 일을 방해하기 위해 미래에서 파견된 터미네이

터인가 보다. 왜 이렇게 안 맞는 거야? 이럴 땐 그냥 못 이기는 척 양보해 주셔야죠, 아줌마.

"아니에요. 하는 것도 없이 밥상 받기 민망해서 그러는 거니까, 봐주는 셈치고 저한테 맡겨주세요."

"험한 꼴 당하지 싶어서 그래요. 한나가 요즘 좀 예민해 있거든요."

"알아요. 괜찮아요."

민예는 고개를 끄덕이며 쟁반을 단단히 챙겼다. 미애가 걱정스러운 눈빛으로 바라보았지만, 민예는 개의치 않고 서둘러 이층 계단을 올랐다. 머릿속엔 빠르게 세워진 작전을 다시 한 번 되새기고 있었다. 한준과 현성이 샤워를 마치고 옷을 갈아입을 동안 가족들 몰래 한나에게 모든 사실을 털어놓는 것. 아무리 생각해도 이번 작전은 급조한 것치고 괜찮은 것 같다. 뭐, 한나가 얌전히 자신의 말을 들어줄지는 미지수이지만. 발까지 다쳤다는데 설마 어디로 튀기야 하겠는가. 일단 신혁의 소식을 듣게 되면, 한나도 얌전해질 것이다.

불이 꺼진 이층 거실에서 한나의 방을 찾기는 아주 쉬웠다. 방문이 살짝 열려 있었고, 그 안에서 불빛이 새어 나왔기 때문에. 민예는 냉큼 다가가 똑똑, 노크를 했다. 안에선 아무런 대답도 나오지 않았다. 민예는 잠시 기다리고 있다가 용기를 내 문을 밀고 안으로 들어갔다.

"안 먹어요."

이불 속에서 한나가 웅얼거렸다. 단식투쟁 중이신가. 이래 봤자 달라지는 건 하나도 없을 텐데. 그 독한 이한준 씨가 눈 하나 깜짝할 것 같아요? 동생이 되어서 오빠를 이렇게 모르나. 민예는 쯧쯧, 혀를 차며 탁자에 쟁반을 내려놓고 섰다.

"먹어야 기운 차리죠."

그녀의 말에 이불 속 어깨가 움찔하는가 싶더니 갑자기 휙, 이불이 젖혀졌다. 한나는 넘치는 기백으로 상체를 일으키더니 믿을 수 없다는 듯 민예를 바라봤다. 얼마나 울었는지 그녀의 얼굴은 퉁퉁 부어 있었다.

"다, 당신이 여기 어쩐 일이야? 왜 왔어? 무슨 낯짝으로 여기까지 왔어?"

"할 말이 있어서요."

"당장 꺼져. 당장!"

한나는 몸을 부르르 떨며 손가락으로 방문을 가리켰다. 누가 이한준 동생 아니랄까 봐 아주 파르르 떤다. 성격 급하고 물불 안 가리는 성질 머리는 아무래도 유전인가 보다. 민예는 한나가 더 흥분하기 전에 얼른 손가락을 입에 대고 '쉿—' 소리를 냈다.

"뭐 하는 거야?"

한나의 눈 밑이 덜덜 떨었다. 분노가 목구멍까지 차오르는 모습에 민예는 또다시 양심이 찔리는 걸 느꼈다. 괜한 사람들을 힘들게 했다는 생각이 그녀를 착잡한 심경으로 몰아넣었다. 그나마 이렇게 사실대로 말할 수 있게 되어서 얼마나 다행인지.

늦었지만, 늦게나마 이런 결정을 내린 스스로를 향해 민예는 칭
찬과 격려를 아끼지 않았다.

"지금부터 내가 하는 얘기, 잘 들어요."

혹여 일어날지도 모를 일에 대비해 등 뒤를 경계하며 민예는
조심스럽게, 그리고 나지막하게 속삭였다.

"당신이 알고 있는 건 모두 가짜예요. 내가 지금 하는 얘기가
진실이니까 믿어줘요. 알았죠?"

다행히 한나는 더 이상 소리를 지르거나 욕지기를 지껄이진
않았다. 미친 여자 바라보듯 보긴 했지만. 뭐라도 던지거나 해
코지를 할 수도 있다고 생각했는데 생각보다 얌전한 반응이라
생각하며 민예는 한시름 놓았다. 마음이 놓이자, 민예는 지금까
지 있었던 일들에 대해 가감없이 설명하기 시작했다.

예상대로 한나의 반응은 격했다. 모든 사실을 알고, 그녀는
두 손에 얼굴을 묻고 펑펑 울어버렸다. 자신 때문에 신혁이 그
런 처지에 처했다면서 몹시도 괴로워했다. 그녀 역시 교수 재임
용 건의 배후에 한준이 있다고 여기는 것 같았다. 그가 신혁을
따로 만나 한나와 헤어질 것을 강요한 적이 있다는 사실을 전해
듣자니, 민예 역시 그 생각을 굳힐 수밖에 없었다.

정말 굉장한 동생 사랑이다. 자기 동생을 위한답시고 한 사람
의 인생까지 망쳐 놓다니. 문신혁에게 교수직이란 인생, 그 자
체였다. 과거이자 현재이고, 미래였단 말이다. 그런 사람을 아
무 이유 없이 물러나게 하고 싶었을까? 사랑을 잃고 고통에 허

덕이던 그는 모든 의욕을 상실한 채 시골행을 택했다. 그가 언제 다시 세상으로 나올 수 있을지에 대해서는 그 누구도 모른다.

이런 상황을 너무나도 잘 알고 있는 듯 한나는 당장 그를 만나야 한다며 자리를 박찼다. 그를 찾아가 시골행을 말려야 한다며 발버둥치는 그녀를 민예는 꽉 안아주었다.

"아프잖아요. 이 몸으로 어딜 간다고 그래요?"

"안 돼요. 가야 돼요. 내가 아직도 교수님을 사랑한다는 걸 보여줘야 해요. 못 가게 말려야 한다고요."

"오빠가 알면 가만있지 않을 거예요. 이 다리로는 몰래 빠져 나갈 수도 없잖아요. 일단은 아픈 다리를 먼저 치료하는 게 우선이에요. 다 나은 다음에, 내가 교수님 시골집이 어딘지 수소문해 볼게요."

"아니요. 난 지금 가야겠어요. 지금 교수님을 만나야 한다고요. 지금이 아니면 안 돼요! 제발, 언니가 도와줘요. 네?"

"제, 제가요?"

이건 좀…… 난감한 일이다. 보아하니 옆에서 부축을 해줘도 겨우 한 걸음 뗄까 말까 한 몸 상태인데. 이 몸으로 한준의 눈을 피해 집을 나간다는 건 불가능했다. 절대로 못한다. 조금만 이성적으로 생각해 보면 바로 결론이 나는 문제인데…….

안타깝지만 지금의 한나는 이성이란 게 아예 상실된 상태인 것 같다. 누구처럼 고집도 무진장 세서 아무리 설득하려 해도

먹혀들어 가지가 않았다. 지금 그녀의 귀엔 그 어떤 말도 들어
오지 않을 것이다. 오직 문신혁을 만나야 한다는 일념만이 머릿
속에 꽉 들어차 있어, 씨알도 안 먹혔다. 결국 민예도 지쳐 더
이상의 설득은 무의미하다고 결론 내리고 말았다.

"어쩔 수 없죠. 그렇게 원하는데, 그럼 가는 수밖에. 해보자고
요. 나도 최대한 도울게요."

"정말요?"

달리 방법이 없는데 어쩌겠나. 일을 벌인 건 자신이니 수습도
자신이 해야 한다고 민예는 생각했다. 일단 가족 모두가 잠이
든 새벽에 움직여야 했다. 집만 몰래 빠져나가면 콜택시가 있으
니, 교수님의 집까지 가는 덴 걱정이 없었다. 거동이 불편한 한
나를 위해 민예는 함께 나서주기로 했다. 한준이 알면 난리가
나겠지만, 어차피 그건 이미 각오하고 벌인 일이다. 민예는 작
정을 하고 한나를 똑바로 바라봤다.

"좀 일찍 나서죠. 새벽 4시 어때요?"

한나는 그 어느 때보다도 눈을 반짝이며 속삭였다.

"전 좋아요. 상관없어요."

이리하여 작전은 그날 12시를 넘긴 새벽, 비밀리에 감행되었
다. 민예는 새벽까지 잠을 자지 않고 버티다가 핸드폰 알람이
울리자마자 옷을 챙겨 입었다. 소리없이 문을 열고 방에서 빠져
나와 다시 문을 닫는 데까지 걸리는 시간은 무려 5분. 코앞에 이
한준이 떡하니 잠을 자고 있을 거라고 생각하니 저절로 긴장이

되었다. 민예는 그가 깨지 않도록 조심하며 살금살금 복도를 빠져나왔다.

이층 계단을 오르기 시작할 때까지 복도는 아무 이상이 없었다. 평소처럼 잠잠. 민예는 이층 계단 중간에 서서 캄캄하고 고요해 음침하기 짝이 없는 복도를 내려다보고 천천히 가슴을 쓸어내렸다. 그리곤 걱정을 한시름은 던 상태로 조용히 한나의 방으로 향했다. 하나, 그녀가 한나의 방으로 들어가고 얼마 후, 쥐 죽은 듯 고요하던 복도에는 사람의 기척이 나기 시작했다.

복도에 헐렁한 트레이닝복 바지와 셔츠만 걸친 한준이 나타난 것이다. 쭉 지금껏 침실에서 밀린 일을 처리하고 있던 그는 잠시 물을 마시러 나오는 길이었다. 일에 열중한 나머지 바깥에서 무슨 일이 벌어지고 있는지도 전혀 모르고 있었던 그는, 아무런 의심 없이 평소처럼 소리없이 복도를 걸어나왔다. 거실에 불을 켜고 주방으로 들어가 물 잔을 꺼내 차가운 얼음물을 따라 마시는 데까지 걸린 시간은 겨우 몇 분. 손에 컵을 들고 막 주방에서 나오던 한준은 멈칫, 걸음을 멈추고 고개를 뒤로 젖혔다. 이층으로 통하는 계단에 뾰족, 사람 발이 보였다. 낯익은 슬리퍼를 발견한 그는 가만히 물었다.

"한나니?"

발의 주인공은 대답이 없었다. 한준은 주머니에 넣어두었던 손을 조용히 꺼냈다.

"새벽에 뭐 하는 거냐?"

“…….”

“들어가 자라.”

엄격한 듯 무심한 듯, 특유의 무감각한 목소리로 한마디 하더니, 그는 거실의 불을 꺼버렸다. 동생이 들어가 잘 거라고 믿어 의심치 않은 듯. 그리고 그가 복도를 걸어 들어가자, 계단 중간에서 잔뜩 긴장하고 숨어 있던 한나와 민예는 안도의 한숨을 내쉬었다. 이제 한준은 방에 들어가 자던 잠을 잘 것이고, 복도는 캄캄하고 고요한 평소의 상태가 될 것이다. 그의 방과 현관문은 꽤 멀리 떨어져 있으니 들킬 염려가 거의 없다고 보면 되었다. 민예는 승리의 깃발이 눈앞에서 펄럭거리는 환영을 보며 두 주먹을 불끈 쥐었다. 역시 신은 우릴 버리지 않았어. 운명은 ‘善’의 편이다, 퐈이야!

소리없이 파이팅을 외치며, 민예와 한나는 서둘러 계단을 내려가기 시작했다. 한나가 아픈 상태라 민예가 먼저 두어 계단 내려와 한나의 팔을 잡아 무사히 내려올 수 있게끔 도와주어야 했다. 하지만 막 계단을 내려와 한나의 팔을 붙잡으려 손을 뻗는데…….

“윤민예.”

한준의 목소리가 날아들었다.

제13장 낚시의 끝

순간 한나와 민예는 완전히 얼어버렸다. 한준이 어두운 곳에 숨어서 이쪽을 관찰하고 있었다고 생각하니 소름이 오싹 끼쳤다. 하마터면 들킬 뻔하지 않았나. 그나마 휘어 돌아가는 계단 구조상, 지금은 민예의 종아리만 들킨 상태였다. 민예는 재빠르게 한나를 향해 팔랑팔랑 손짓을 했다. 얼른 안전하게 위로 더 올라가 있으라고. 하지만 다친 다리로는 절대 쉽지 않은 일. 한나는 허둥지둥 정신없이 벽을 잡고 위로 올라가려고 애를 썼다.

"대체 거기 숨어서 뭐 하는 거냐?"

헉. 뭔가 이상하다고 느꼈는지 그가 갑자기 저벅저벅, 걸어오기 시작했다. 이미 코앞까지 다가온 듯 자못 크게 들리는 그의 목소리에 민예는 반사적으로 계단을 뛰어 내려갔다.

"사, 사장님!"

사람이 궁지에 몰리면 무슨 짓을 못해. 멍청하게 가만히 있다가 둘 다 들키느니, 차라리 이렇게 된 거 민예 혼자 장렬히 희생하는 게 나았다. 혼자서 밖으로 나가려면 힘은 들겠지만, 오빠에게 덜미가 잡혀 아예 못 가느니 혼자라도 일단 나가서 후일을 도모하는 게 현명한 선택이었다. 밖으로 나가기만 하면 대기하고 있을 택시를 타면 되고, 그러면 교수님의 집까진 문제없이 갈 수 있을 테니 이번 일의 관건은 집에서 바깥까지 한준에게 들키지 않고 어떻게 잘 나가느냐였다. 이 계단 앞을 벗어나는 게 가장 우선인데…….

"뭐 하는 거냐니까?"

어둠 속에서 한준이 재차 추궁해 왔다. 민예는 '에라, 모르겠다' 의 심정으로 무작정 배시시 웃기 시작했다. 어떻게든 되겠지.

"그, 그냥요. 생각할 게 있어서 이리저리 돌아다니다가……."

"생각할 것?"

어둠 속에서 그녀의 이가 허옇게 번쩍이자 한준은 인상을 잔뜩 썼다. 민예는 스리슬쩍 계단 쪽을 흘낏거리며 더욱 환히 웃었다. 아주 수상쩍게.

"사, 사장님에 대한 거예요."

"나?"

한준이 되물었다. 뭔가 이상하다고 느낀 듯한 그의 반응에 민예는 두 번 생각하지 않고 덥석 그의 어깨를 붙들었다. 어찌나 세게 붙들었던지, 그가 들고 있던 물 잔이 흔들릴 정도였다. 이 젠 진짜 나도 모르겠다. 될 대로 되라지.

"이렇게 만난 김에 우리, 얘기나 하죠."

"얘기?"

"그럼요. 얘기요, 얘기. 안 잡아먹을 테니까 조금만 저랑 얘기해요. 제가 궁금해서 잠을 못 자겠어서 그래요. 원래 궁금한 게 있으면 못 참거든요. 저, 잘 아시잖아요. 사장님도."

방긋방긋 웃으며 민예는 헛소리를 종알거렸다. 그리곤 열심히 그를 잡아끌고 복도 안으로 들어가기 시작한다. 터무니없이 막무가내인 그녀의 행동이 이상하다고 느끼면서도 너무 황당해 한준은 눈살을 찌푸리며 그녀를 내려다보았다. 그리곤 정말로 미심쩍은 얼굴로 중얼거린다.

"너 설마, 미친 거냐?"

푸홋, 계단 위에서 두 사람의 행각을 엿보고 있던 한나는 예기치 못한 한준의 발언에 웃음을 터뜨리고 말았다. 물론 아주 작은 소리였고, 이미 한준이 몸을 돌려 저만치 걸어가고 있던 터라 그가 눈치 채는 일은 벌어지지 않았지만. 한준의 말이 이렇게 웃기게 들리는 건 처음인 것 같았다. 저리 가라고, 어딜 만지냐고, 버럭 화를 낼 줄 알았더니. 한나는 피식 웃고는 천천히 발을 떼기 시작했다. 이미 그와 민예는 방으로 들어간 후였다.

"뭐야? 할 얘기란 게."

얼떨결에 민예의 방에 들어오게 된 한준은 불친절함의 극치를 달리는 말투로 퉁명스럽게 물었다. 민예의 행동이 너무 어색하고 이상해서, 자꾸 마음이 찜찜해졌다. 솔직히 이렇게 살랑살랑 꼬리를 흔들며 자신의 비위를 맞추는 윤민예, 의심스럽고 적응 안 된다. 불과 몇 시간 전까지만 해도 자신을 향해 날을 세우던 그녀가 아니었던가. 게다가 지금 그녀는 마치 그를 못 나가게 하려는 듯 방문을 지키고 선 채다. 이상하다. 보통 이상한 게 아니라 아주 많이 이상하다.

"그게……."

"무슨 얘기할까 지어내는 중이냐?"

무심하게 그녀를 훑으며 그는 아무 예고도 없이 불쑥 물었다. 마치 그녀의 속을 다 꿰뚫고 있다는 듯 정곡을 콕 찌르는 그의 말에 민예는 헉, 속으로 숨을 들이켰다. 눈치 하나는 진짜 빨라. 무서워서 말을 함부로 못 꺼내겠다. 민예는 꼴깍 침을 삼키곤 빙긋 억지웃음을 지었다.

"그게 아니라, 쉽게 꺼낼 수 있는 말이 아니라 그래요. 좀 민망하고 어색하고…… 그러네요."

겨우 아슬아슬 핑계를 대고 헤헤, 웃고 있자니 빈정거리듯 비웃는 말이 날아왔다.

"이렇게 날 끌고 와놓고?"

내숭 그만 떨지, 하는 표정이다. 나름 그녀를 도발하는 말이었지만, 민예는 반대로 안도의 한숨을 쉬었다. 이 정도로 반응해 주는 게 어딘가 싶어서. 민예는 그가 이렇게 순순히 방까지 따라와 줄 거라곤 기대도 하지 않았다. 저리 비키라며, 당장 방을 박차고 나갈 걸 예상했었는데. 이만하면 나름 성공이 아닐까? 물론 한나가 완전히 집을 빠져나가기 위해서는 아직 좀 더 그를 붙들어놓아야 했다. 다리가 불편한 그녀는 아직 계단도 채 내려오지 못했을 테니. 어떻게 한다? 무슨 얘길 꺼내서 이한준을 이 방에 묶어놓지?

"결심할 땐 쉽게 느껴졌었는데, 막상 말을 하려니까 망설여지네요."

"무슨 얘긴데?"

물 잔을 기울이며 그가 물었다.

"아, 저, 그게……."

"뜸 들이지 말고 얘기해. 피곤하니까."

"피곤하세요? 아, 그럼 거기 앉아서 들으세요. 좀 오래 걸릴지도 모르니까 쉬면서. 예?"

마치 기다렸다는 듯이 침대 쪽을 가리키는 윤민예. 한준의 눈매가 점점 얇게 좁혀졌다. 처음엔 그냥 이상하다고만 느꼈는데, 이젠 확실히 수상쩍었다. 한밤중에 숨어 집 안을 돌아다니고, 횡설수설하는 것도 모자라 방으로 그를 끌어들이기까지 하지 않았나. 다른 건 몰라도, 방으로 그를 끌어들인 건 윤민예스럽지 않은 일이었다.

"싫음 말고요."

한준의 기분을 눈치 챘는지 민예는 곧장 말을 고쳤다. 침대를 가리키던 손도 냉큼 허리 뒤로 숨기고. 너무나 어색한 그 행동에 한준은 결심한 듯 빠르게 중얼거렸다.

"셋 셀 동안 얘기해. 안 하면 나간다. 하나."

"엇! 너무 빨리 세잖아요."

짧은 타이밍에 민예가 항의를 했지만 한준은 더 빠르게 다음을 카운트했다. 아예 기다려 줄 의사 자체가 없는 듯.

"둘."

"그런 게 어디 있어요?"

"셋."

공지했던 대로 '셋'과 동시에 그의 다리가 움직였다. 민예는 그의 앞을 다급히 막으며 소리쳤다.

"안 돼요."

하지만 그는 민예의 몸을 밀치며 방문 쪽으로 성큼 다가서기 시작했다. 이대로 그가 나간다면 한나와 마주칠 게 뻔했다. 그럼 모든 게 수포로 돌아가고 말 것이다. 에잇, 나도 모르겠다. 민예는 두 눈을 찔끔 감고 그의 가슴팍을 두 팔로 와락 감아버렸다. 그리곤 얼굴을 그의 가슴에 묻은 채 큰소리로 외치고 말았다.

"사랑해요! 사장님을 사랑해요!"

라고…….

'오 마이, 셧더뻑.'

민예는 자신의 어이없는 발언에 두 눈을 찔끔 감고 욕설을 쏟아냈다. 미친 거 아니야, 윤민예? 어쩌자고 사랑한다고 말을 해? 이 사람이 뭐라고 말할지 몰라서 말했어? 뻔하잖아. 네깟게 사랑이 뭔지나 아냐며 비웃거나, 난 유치한 사랑 놀음에는 흥미없다며 딱 자르거나, 네까짓 것이 좋아할 만큼 값싼 사람 아니라며 거드름을 피우거나. 셋 중 하나다. 이한준에 대해서라면 이젠 거의 통달 수준이니 안 봐도 비디오. 그런데 어쩌자고 하필 이런 핑계를 골랐니. 아무리 진심이라지만 이건 아니지. 쪽팔리게 이게 뭐야―

기나긴 침묵이 이어졌다.

한준은 두 팔을 양옆으로 벌린 채 얼어붙어 있었다. 경악스러운 얼굴로 자신의 가슴팍에 얼굴을 묻고 있는 윤민예를 가만히 내려다보고 있었다. 그녀는 가쁜 숨을 들이쉬었다 내쉬기를 반복하며 꼼짝 않고 있었다. 마치 그의 반응을 살피는 듯. 한참 동안 놀란 마음을 추스를 수 없었던 한준은, 잠시 후 무겁게 입을 열었다.

"난 너 싫어."

"……."

무미건조한 그의 목소리는 마치 사형 선고처럼 우뚝 떨어졌다. 갑작스럽고 뜬금없는 이 고백을 그가 순순히 받아들일 거라 생각했던 것도 아니었는데, 그녀는 순간 멍해졌다. 망나니의 칼에 목이 잘려 나간 듯 커다란 충격과 고통이 몸을, 정신을 휘감아왔다. 뭐 이런 말이 대수라고. 그가 자신을 싫어한다는 건 이미 알고 있는데도 가슴이 아파왔다.

정말 유난스러워. 유난스럽다, 너. 이한준이 이렇게 말할 줄 몰랐어? 몰라서 이렇게 충격을 먹어? 민예는 스러지기 일보 직전인 마음을 간신히 추스르고, 스르르 그의 가슴을 감고 있던 팔을 풀었다. 그는 가만히 민예가 하는 양을 지켜보고 있었다. 그의 시선을 마주하는 게 두려워 민예는 고개도 들지 못한 채 담담히 그에게서 벗어났다. 그리곤 별로 큰 충격이 아니라는 듯 어깨를 으쓱했다. 그럴 줄 알았어요, 라는 듯.

한데 그때 그가 다음 말을 던졌다.

"귀찮아서 싫어."

즉각 민예의 미간이 확 접혔다. 뭐? 귀찮아? 내가 뭘 어쨌다고?

"신경 쓰여. 그래서 짜증나."

신경을 왜 쓰는데. 너님이 괜히 쓰신 거잖아요. 난 한 번도 날 신경 써달라고 말한 적 없거든요? 돈도 됐다고, 영화 같은 거 안 찍어도 된다고, 제발 신경 꺼달라고 말했는데. 그건 어디로 흘려듣고 이런 말도 안 되는 말씀을 하세요? 정말 너님의 궤변은 알아줘야겠습니다. 와우. 브라보! 올레—

"네가 손해 볼까 봐 신경 쓰이고, 남에게 이용당할까 봐 걱정돼. 마음 상할까 봐, 혹시라도 누구에게 해코지라도 당할까 봐

하루 종일 전전긍긍하게 된다고."

"네?"

끔벅끔벅. 민예는 놀란 나머지 고개를 번쩍 들고 커다란 두 눈을 깜짝거렸다. 그런 그녀는 아랑곳 않고 그는 계속 말을 이었다.

"너 따위 신경 쓰지 않으려고 해도 저절로 그렇게 돼서 짜증나. 그래서 귀찮아."

"……!"

"네가 싫어. 귀찮게 하니까. 자꾸 신경 쓰게 만들어서. 너, 버리고 싶다. 멀리 쫓아버리고 싶어. 내가 볼 수 없는 곳으로."

"사, 사장님……."

이 남자, 지금 뭐래. 무슨 소릴 하는 거야? 민예는 머리가 어지러워지는 것을 느끼며 숨을 격하게 들이쉬었다. 아무리 오해하지 말자고, 그가 하는 말 액면 그대로만 받아들여야 한다고 열심히 되뇌고 또 되뇌어봤지만 이건 너무나 확실했다. 신경 쓰지 않으려 해도 자꾸 누군가가 신경 쓰이는 거. 걱정할 필요 없는 사이인데도 자꾸 걱정되는 거. 그래서 하루 종일 일이 손에 안 잡히고 안절부절못하는 거. 그게 다 무엇 때문이겠는가?

사랑이다.

그는 지금 민예에게 사랑을 고백하고 있는 것이다. 한데, 불행하게도 그는 자신이 사랑에 빠졌다는 걸 전혀 모르는 눈치다. 아니면 알면서도 부정하고 있는 것이거나. 참 초딩 같은 고민하고 있다, 이한준. 왜 좋아하면서 좋아하는 걸 인정 못하는데? 누가 못하게 말린다고. 해. 사랑, 해. 하란 말이야. 마음껏, 누구 눈치 보지 말고 사랑하라고.

와글거리는 정신에 민예는 뚫어져라 한준을 바라보며 불쑥 대답해 버리고 말았다.

"안 가요."

"뭐?"

그가 날카롭게 반문한다. 그러든지 말든지.

"안 갈 거예요, 전. 사장님이 가라고 멀리 쫓아도 안 갈 거예요."

"윤민예, 너……."

"아까 충고하셨잖아요. 절대로 떨어지지 말고 들러붙으라고."

어디서 이런 뻔뻔스러움이 나오는 것인지, 민예는 스스로도 놀라 내심 혀를 내둘렀다. 하지만 뭐? 자기가 어쩔 건데? 안 가겠다고 버티면 별수 있겠나? 이제 그녀도 막 나갈 거다.

한준 때문에 받았던 상처를 생각하면 지금도 억장이 무너지는 민예다. 좋아하는 사람한테서 무시당하고 괄시받고 구박받는 기분, 그도 조금은 느껴봐야 한다. 느껴봐야 정신을 차리지. 그래야 한 번 살다 가는 인생, 사랑만 하고 살다가 가도 짧고 아깝다는 걸 깨달을 게다. 두고 보라고, 이한준 씨. 내가 꼭 당신한테서 사랑한다는 말, 듣고 말 테니까.

"뭔가 손에 넣을 때까진 절대로 떨어지면 안 된다고. 그게 제가 살길이라면서요."

"그래서 뭘 어쩌겠다고……."

"귀찮게 할 거예요. 신경 쓰이게 할 거고, 사장님 눈앞에 계속 어른거릴 거예요. 그래도 사장님은 절 쫓아내지 못하실걸요?"

민예는 생긋 웃으며 두 눈을 깜빡거렸다. 어디 마음대로 해보십쇼, 라는 듯. 한준의 눈빛은 단박에 위험스런 빛을 발했다. 미간이 찌푸려지고 입매가 좀 더 딱딱하게 굳어진다. 이쯤 되면, 예감할 수가 있다. 그가 말폭탄을 날릴 시간이 왔다는 걸.

까불지 말라고, 넌 한입거리조차 되지 않는다고, 되지도 않는 협박을 날리실 게다. 그래서 그녀가 지레 겁먹고 떨어지게 만들겠지. 놀라고 상처받을 때까지 쉴 새 없이 매서운 말을 퍼부어대 또다시 민예가 달아나도록 만들 것이다. 하지만 이번엔 소용없다. 그 수법, 너무 많이 써먹어서 이젠 다 읽혀진다.

"너……."

민예는 막 입을 열기 시작한 한준의 팔을 덥석 붙잡았다. 그리고 발끝을 힘껏 세워 그의 입술에 키스해 버렸다.

"……!"

쿵, 두툼한 카펫 위로 머그잔이 떨어졌다. 너무나 당황한 나머지 그가 손에 들고 있던 컵을 놓친 것이었다. 민예는 빙그레 웃으며 더욱 저돌적으로 그를 향해 돌진했다. 한준은 균형을 잃고 침대 위로 쓰러졌다. 출렁거리는 그의 몸 위로 그녀 역시 떨어졌다.

"윤민예……!"

분노인지 흥분인지, 알 수 없는 격함이 물씬 묻어나는 외침이 그의 혀끝에서 흘러나왔다. 민예는 그의 발칙한 혀끝을 성큼 입 안에 머금었다. 이제부터 기나긴 새벽 동안, 그녀는 그를 고문 할 생각이었다. 케이블 드라마에 요부 역으로 딱 한 번 출연했 던, 그 화려하고도 짧은 경험을 십분 살려서.

✳

전화벨이 요란하게 울렸다. 깊은 수면의 늪에서 허우적거리 고 있던 민예는 무거운 눈꺼풀을 끌어 올렸다. 온몸이 뻐근하고 피곤해서 도무지 일어나고 싶은 기분이 아니었다. 왜 이렇게 피 곤하지? 몸은 또 왜 이렇게 무거운 거야. 공사판 막노동이라도 하고 난 다음날 같다. 민예는 더듬더듬 머리맡을 더듬으며 얼굴 을 찡그렸다. 손에 뭐가 잡히는 것 같았다.

"머리카락?"

잡히라는 핸드폰은 안 잡히고 이게 뭐야? 머리카락이라니, 그딴 게 침실에 있을 이유가 없잖아. 누가 옆에서 자지 않고서 야.

"……!"

순간 민예의 눈이 번쩍 뜨였다. 당황스럽게도 다 생각이 나버렸다. 어젯밤 무슨 일이 있었는지…….

"언제까지 잡고 있을 거냐?"

차마 고개를 들지 못하고 꼼짝없이 누워만 있는데, 낯익은 목소리가 머리 위로 뚝 떨어진다. 이한준, 그였다. 지금 그녀는 이한준의 머리카락을 잡고 있는 것이었다. 민예는 여전히 고개를 침대 바닥에 처박은 상태로, 냉큼 그의 머리에서 손을 뗐다.

"미, 미안요."

"뭐가."

"아니, 뭐, 그냥…….."

안 그러려고 해도 목소리가 저절로 기어들어 간다. 어젯밤 양귀비도, 황진이도 울고 갈 만큼 대담하고 적극적으로 그를 유혹하던 윤민예는 도대체 어디로 갔는지 그녀는 스스로도 모를 지경이었다. 어젯밤 무슨 일이 있었는지 생생히 다 기억이 나니, 그냥 마냥 두 볼이 불타올랐다. 어쩌다 거기까지 갔는지. 절대로 그럴 의도가 있었던 게 아니었는데. 그냥 살짝 애만 태우게 해줄 생각이었는데……!

"처리해."

스멀스멀 팔을 끌어내리는데, 갑자기 그가 뭔가를 손에 쥐어준다. 차가운 감촉에 흠칫 놀라 겨우 고개를 든 민예는 그것이 한준의 휴대폰이라는 것을 알아차렸다. 전화기는 아까부터 계속해서 울리고 있었다. 아까부터 끊겼다 다시 울리고, 끊겼다 다시 울리고, 벌써 세 번째 울리고 있는 중. 처음엔 귀찮아 벨이 저절로 끊기기를 기다리던 한준도 이제는 더 이상 들어줄 수가 없는 모양이었다.

"이걸 왜 저더러……?"

주눅이 팍 든 얼굴로 민예는 물었다. 여전히 한준의 눈을 똑바로 쳐다보지 못하고 있었다. 그런 그녀에게 그는 참 성의없게도 대답한다.

"시끄러우니까."

누가 그걸 모르나.

"누군데요?"

"몰라."

그리곤 몸을 휙 틀어버린다. 더 이상의 질문은 받지 않겠다는 듯. 하여간 참 구제불능이다. 꼭 이렇게밖에 표현이 안 되는 걸까? 속마음은 전혀 안 그러면서 왜 저렇게 말을 무뚝뚝하게 해? 마음에 안 든다. 뜨거웠고 그만큼 자상하고 배려심 넘쳤던 어젯밤의 모습을 떠올리니 더욱 못마땅하다.


"조금만 참아. 행복하게 해줄게."


그가 그렇게 속삭였었다. 믿을 수 있나? 믿어지나? 아마 그 누구도 상상 못했던 일일 것이다. 그의 입에서 그런 말이 나올 줄은, 그녀조차 몰랐었다. 하지만 놀랍게도 그의 정체는 늑대의 탈을 쓴 양이었다. 침대에서의 그는 너무나 온순했고 다정했고,

눈물이 나올 정도로 부드러웠다. 아프다는 걸 내색하지 않아도 귀신처럼 알아냈고, 힘겨워할 때마다 체온을 나누며 꼭 껴안아 주었다. 덕분에 어젯밤은 꽤 낭만적이고 뜻 깊은 경험으로 채울 수 있었다. 물론 키스만큼이나 격렬하고 감도 높은 경험은 아니었지만. 한데 아침이 되니, 이럴 수가. 180도로 바뀌었네. 하여튼 묘한 남자다. 미워하고 싶은데 절대로 미워할 수가 없는.

"여보세요. 이한준 씨 핸드폰입니다."

시키는 대로 그녀는 전화를 받았다.

"여보세요? 이한준 씨 핸드폰인데, 누구세요?"

한데 전화를 걸어온 상대는 묵묵부답. 계속해서 답이 없자 민예는 눈살을 찌푸렸다. 누군지 모르지만 다른 사람이 전화를 받는 통에 당황한 게 틀림없었다. 누구지? 여잔가? 자연스럽게 궁금하게 되는 그녀다.

"뭐야?"

몸을 모로 세우고 잠을 청하고 있던 한준이 고개를 돌려왔다. 민예는 어깨를 으쓱하고, 찜찜한 마음으로 그에게 전화기를 내밀었다. 얼핏 한준의 입가에 웃음기가 스쳤다. 마치 그녀가 무슨 생각을 하고 있는지 모조리 다 알아버린 듯 매우 흥미진진한 미소이다. 칫, 완전 치사하셔.

"이한준입니다."

미소와는 정반대로 그는 무미건조하고 사무적인 목소리로 전화를 받았다. 너무나 익숙한 억양, 어조, 어투. 저 말투에 기가 죽어 꼼짝하지 못했을 때가 있었는데. 민예는 이젠 먼 옛날처럼 느껴지는 그때의 기억을 떠올리며 천천히 침대 위에 팔을 눕히고 그 위에 고개를 기댔다. 이런 말투라면 상대가 여자라도 별문제 없겠다 싶었다. 어차피 그 여자는 한준에게 아무 의미도 없는 사람일 테니까.

"그러죠."

전화는 아주 짧게 끝이 났다. 별로 길게 통화하고 싶지 않은 듯 한준이 일부러 얘기를 짧게 끊어버린다는 느낌이랄까. 빠르게 의견의 일치를 보고 그는 곧바로 휴대폰을 접어 어디론가 던져 버렸다.

"누구예요?"

"훼방꾼."

민예의 질문에 대답을 하는 둥 마는 둥하더니 그가 갑자기 힘껏 그녀를 품 안으로 끌어당겼다. 콩, 민예의 이마가 한준의 맨가슴에 부딪쳤다.

"아야. 뭐 하는 거예요?"

"가만히 있어라. 잠 좀 자자."

황당하게 중얼거리더니, 한준은 품 안에 들어온 민예가 푹신한 베개라도 되는 양 끌어안고 편안하게 두 눈을 감아버린다. 깜박깜박, 두 눈을 연달아 감았다 뜨며 민예는 눈동자를 휙 치떴다. 품 안에 갇힌 이 상태로는 그의 얼굴을 확인할 수 없었지만 느낌으로 알 것 같았다. 그가 긴장감을 풀고 있다는 걸. 마음을 놓고 있다는 걸. 어쩐지 기분이 좋아진다. 그가 마치 세찬 비바람을 피해 둥지를 찾아 날아온 어린 새처럼 느껴져서.

민예는 그가 지금보다 더 편안해졌으면, 행복해졌으면 좋겠다고 생각하며 가만히 그의 어깨를 감싸 안았다.

＊

새벽에 한나가 사라졌다는 걸 알아챈 사람은 다행히 미애 아주머니뿐이었다. 한나가 며칠째 방 안에 틀어박혀 나오지 않고 있었기 때문에, 아무도 그녀가 아침 식사 시간에 나타나지 않은 것을 이상하게 여기지 않았던 것이다. 민예는 기상하자마자 미애 아주머니를 틀어잡고 사정 얘기를 했다. 한나가 너무 안쓰러워서 도와줄 수밖에 없다고 얘기하자, 그녀는 걱정이 태산처럼 밀려오는지 오만상을 찌푸리며 한숨을 땅이 꺼져라 내쉬었다.

"한준이가 가만있지 않을 텐데. 크게 화낼 거예요. 어쩌자고 민예 양은 그런 짓을……."

민예는 모든 책임을 지겠다며 당분간만 모르는 척 눈감아달라고 했다. 한준이 먼저 알아채기 전에 자진해서 사실을 설명할 거라고, 그러면 크게 화내는 일도 없을 거라는 말로 미애를 열심히 안심시켰다. 다행히 미애는 그러마고 약속을 해주었고, 문제는 이렇게 잘 무마가 되는 건가 싶었다. 일이 이상하게 꼬여 자진납세하게 되기 전까진.

그날, 한준은 늦은 아침을 마치고 갑자기 일이 있어서 나가봐야 한다고 말했다. 토요일이고 회사 출근도 딱히 할 필요 없는 날인데 어딜 나가겠다는 건지, 당연히 민예는 행선지가 궁금해졌다.

"어딜 가려고요?"

민예가 묻자 미애와 현성이 동시에 척, 고개를 돌려 그녀를 돌아봤다. 갑자기 분위기가 썰렁해지면서 다들 한준의 눈치를 보기 시작하는 것으로 보아, 대강 그들이 놀라는 이유를 알 것도 같았다. 지금까지 한준의 일정에 이런저런 토를 단 사람이 한 명도 없었던 게지. 하지만 뭐? 어디 가냐고 묻지도 못해? 가족인데. 민예는 아무 잘못도 없다는 듯 빤히 한준을 바라봤다.

"너, 나 좀 보자."

좀 보잔다. 보자면 뭐, 무서워할 줄 알고? 민예는 쌩하니 찬바람을 일으키며 주방을 나가는 그를 태연히 뒤따라갔다. 아무래도 엄청난 구박이 쏟아질 것 같았지만 상관없었다. 이젠 뭐 그러려니 하고 들을 참이다. 어차피 더 이상 기분 나쁘지도 않다. 속마음은 따로 있으면서 괜히 저러는 거다 생각하니, 이젠 그냥 귀엽다.

"착각하는 것 같아서 하는 말인데."

막 그의 방으로 들어가 방문을 닫자, 그가 등을 보인 채 입을 열었다. 예상했던 대로 흘러가는 모양새다.

"너와 난 그저 자는 관계일 뿐이야. 넌 내 인생에 끼어들 권리가 없어. 함부로 내 일에 왈가왈부하지 마."

아, 자는 관계? 네네, 잘 알고 있습니다. 굳이 붙이자면 진짜 그런 관계이겠네요. 빈정거려 주고 싶은 걸 민예는 꾹 참았다. 어차피 진심이 아닌 말에 괜히 기분 나빠하면서 힘 뺄 필요 없었다. 대신 아주 똑똑 여문 목소리로 차갑게 현실을 일깨워 주었다.

"사장님 인생에 끼어들 생각 전혀 없는데요."

일순 그의 등줄기가 움찔한다. 민예가 이렇게 나올 줄 전혀 몰랐었나 보다. 그랬겠지. 인생 책임지라고 울고불고 매달릴 줄 알았겠지. 하지만 이한준 님아, 그건 이미 유행 지나도 한참 지난 드라마 스토리거든요. 요즘 여자들이 어디 매달립디까? 사방천지에 남자들이 깔리고 깔린 마당에.

"제 인생 건사하기도 바쁜데, 제가 왜 남의 인생까지 끼어들려고 하겠어요? 아무리 오지랖이 넓어도 그건 저도 감당이 안 돼서 사양하고 싶네요. 어쩌다 그런 오해를 하셨어요? 설마 어디 가냐고 물은 것 때문에 그러세요? 그건 그냥 물어본 건데."

그의 고개가 반쯤 꺾어졌다. 뭔가 못마땅한 기색이 역력한 그의 표정에, 민예는 히쭉 웃으면서 은근한 말투로 물었다.

"근데 우리, 정말 자는 관계 맞아요? 그거 현재 진행형인데."

그의 고개가 휙 뒤로 더 꺾였다. 한마디만 더 하면 목을 졸라 버릴 듯 그 기세가 아주 매섭다. 민예는 꾹 입을 닫았다. 웃음이 나오는 걸 꾸역꾸역 참으려니 뱃가죽이 당기려고 했다. 하여간 센 척하기는. 그냥 시원하게 좋아한다, 사랑한다, 말하고 인정하면 될걸. 이렇게 자존심 세우면서 쿨한 척하면 멋져 보이나? 남자다워 보이나? 노노, 이건 정말 아니라고요. 깨끗하게 두 손 들고 항복하는 게 오히려 더 쿨해 보인다니까.

"오늘 약속 말이야."

가만히 고심하던 그가 대뜸 입을 열었다. 자는 관계인 거냐고 묻는 그녀의 질문에는 아예 대답도 하지 않고. 그 문제에 대해서는 더 이상 민예도 추궁하고 싶지 않았다. 시간이 지나면 자연히 그도 인정하게 될 거란 걸 그녀는 알고 있었다. 초조해하지 않고 그냥 기다리기로, 그녀는 이미 결심했다.

"아침에 네가 받았던 전화 기억하지?"

"그분, 만나는 거예요?"

그녀의 질문에 그가 살짝, 아주 살짝 고개를 끄덕였다. 어찌나 눈에 뜨일 듯 말 듯 살짝 끄덕였는지, 하마터면 못 알아볼 뻔했다. 민예는 실없는 웃음을 흘리며 빙그레 미소 짓고 말았다. 되게 되게, 진짜 되게 되게 양순해 보여서 말이다. 이한준과 '양순함'과는 정말 심하게 거리가 먼데. 이 순간만큼은 진짜 온순하고 양순해 뵀다. 좀, 귀엽네.

"잘 다녀와요."

민예는 쾌활하게 인사를 건넸다. 그리곤 쏘쿨하게 어깨를 으쓱하고 뒤를 돌았다.

"잠깐만."

막 방을 나서려는데, 그가 그녀를 불러 세웠다. 민예는 명령에 반응하는 로봇처럼 즉각 우뚝 서서 뒤를 돌아봤다. 방긋 미소를 지으며.

"같이 갈래?"

한준은 한숨을 내쉬며 중얼거리고 있었다. 자신이 왜 이런 말을 하고 있는지 모르겠다고 생각하면서.

## 제14장 관계 정립의 필요성

그가 웬 허름한 레스토랑에서 누군가를 만나고 있을 때, 민예는 주차장 근처 벤치에 앉아 머리를 쥐어뜯고 있었다. 한나가 글쎄, 신혁과 함께 시골로 내려가고 있다는 게 아닌가! 짧게 잠깐 화해무드만 조성해 줄 요량이었던 민예에게는 그야말로 청천벽력과도 같은 소식이었다. 아니, 그냥 이렇게 가버리면 어떡해? 하루 이틀은 어찌어찌 버텨보겠지만 그 이상은 숨길 수 없는 일이 아닌가? 꼬리가 길면 밟힌다고, 조만간 한준도 한나가 사라진 걸 눈치 챌 것이다.

아, 뭐 그래, 들키는 것까진 좋다. 한나가 도망쳤고 그걸 자신이 도왔다는 사실은 민예도 그에게 이미 이실직고할 요량이었으니까. 하지만 하루 잠깐 집을 나갔다 온 것과 아예 신혁을 따라 도망을 친 것과는 얘기가 질적으로 달라진다. 민예는 길길이 날뛸 한준을 떠올리며 두 눈을 질끈 감았다.

"난 죽었어, 이제. 아흐—"

두 발을 동동 구르며 괴로워하고 있을 때였다. 갑자기 쿵, 음식점 문이 힘차게 열리며 활짝 열린 문틈으로 그가 나오기 시작했다. 엄마야. 나온다, 이한준. 벤치에 앉아 있던 그녀는 반사적으로 자리에서 벌떡 일어났다. 이미 민예의 심장은 벌컥벌컥 뛰기 시작했다. 생각 탓인지 정오의 햇살을 등에 지고 걸어오는 그는 황야의 무법자 같은 면모를 당당히 풍기고 있었다.

"왜…… 버, 벌써 나왔어요?"

기분 상하지 않게 비위를 맞추며 민예는 넌지시 물어보았다. 살짝 간만 보기 위함이었으나, 그는 심기 불편함을 만방에 알리는 살기등등한 표정으로 그녀의 코앞을 싹 무시하며 지나쳤다. 으흑, 살벌해. 아무래도 일이 잘 안 풀린 모양이시다. 이런 분위기, 좋지 않은데.

"나야."

그는 가슴을 졸이며 안절부절못하고 있는 민예를 등지고 자동차 앞에 우뚝 섰다. 그러더니 거칠게 휴대폰을 꺼내 전화를 건다. 그리곤 엄청나게 소리를 지르며 상대를 윽박지르기 시작했다.

"너 무슨 일을 그따위로 하는 거야?!"

갑작스런 그의 고함 소리에 민예는 움찔했다. 잘못한 게 있으니 겁을 안 내려야 안 낼 수가 없는 상황이었지만, 생각보다 심각해 보였다. 보통 화가 나선 절대로 고함을 치지 않는 사람인데. 도대체 무슨 일인데 이렇게까지 화를 내는 걸까? 눈에 불꽃이 튀기는 것 같다. 이런 상태에서 한나 얘길 하면 어디 하나 부러지고 말 것 같았다.

"어떻게 한나 얘길 박은신한테서 듣게 만들어. 어떻게?"

한나? 갑자기 민예의 귀가 번쩍 뜨인다. 그가 화를 내는 게 한나 문제였던 듯하다. 점점 민예의 간은 콩알만 하게 작아졌다. 설마 한나가 도주한 것을 알아버린 건 아닌가 싶어서 두려움이 식곤증만큼이나 무차별적으로 밀려들었다. 어쩌지? 어떻게 하지?

"아무리 그래도 그렇지. 그런 중대한 사안을 왜 숨겨? 그게 숨긴다고 숨겨지는 일이야? 진작 나한테 말했어야지. 그러라고 월급 주는 거 아니냐?"

숨긴다고 숨겨지냐는 소리에 또 한 번 찔끔. 마치 그녀가 한 짓을 다 알고 있는 듯 한준이 하는 말이 구구절절 그녀의 양심을 후려쳤다. 일이 벌어졌고, 그걸 나중에 다른 이로부터 듣게 되니 배신감이 크나 보다. 민예는 고개를 숙였다. 무섭긴 해도 지금 이실직고해야겠다는 결심을 굳히는 중이었다. 그나저나 대체 저, 전화 받는 사람은 누굴까? 누군데 저렇게 성질을 버럭버럭 내고……

"그만 끊어."

신경질적으로 말하고 그는 전화기를 닫아버렸다. 한준이 현성에게 이렇게 심하게 말한 건 몇 년 동안 처음 있는 일이었다. 한준이 웬만해선 이렇게 소리를 내지르지 않는 편이기도 하지만, 현성이 한준의 비위를 비교적 잘 맞춰왔었던 이유도 컸다. 하나 이번 문신혁의 일은 도저히 용납이 안 되었다. 어떻게 문신혁 스캔들의 주인공이 민예가 아닌 한나일 수가 있나. 그게 말이 되는가. 그 대학의 재단이사들 중 한 명이 바로 서림그룹의 안주인인 김명자 여사란 말이다. 거기까지도 기함할 일인데, 그 일을 박은신으로부터 듣게 됐다. 박은신도 알고 있는 얘길 멍청하게 그 자신만 모르고 있었던 것이다.

"내가 그 돈을 투자하겠어요. 어차피 서림그룹과는 사돈을 맺을 수 없게 됐으니, 새로운 자금줄이 필요하지 않겠어요?"

박은신의 말이었다. 그녀는 결혼하는 척해달라는 우습지도 않은 조건 대신 새로운 제안을 걸어왔다. 그가 사업 유치에 성공한다면 자신이 자금줄 노릇을 하겠다는 것이었다. 전혀 새로운 맥락의 제의다. 거기엔 아무런 조건도 단서도 붙지 않았다. 유일한 조건이라면 그가 사업 유치에 성공한다는 거였다. 왜 이런 제의를 하는 거냐고 그가 묻자, 그녀는 대답했다.

"이한준 씨 충고를 받아들이기로 했거든요. 아버지의 인형으로써 숨고 눈치 보면서 시간을 버는 것보다 차라리 아버지와 대적하는 게 낫겠다는 그 충고, 인상 깊었어요."

아마도, 아버지의 뜻을 정면으로 거스르면서도 실력으로 인정받고 싶은 마음이었을 것이다. 구미가 당기는 제안이긴 했다. 박은신이 아버지의 꼭두각시이긴 해도 사업 수완이며 배포가 여느 남자 사업가 못지않다는 걸 잘 알기 때문이다. 그녀는 아버지의 구멍가게 같은 작은 공장을 물려받아 단 몇 년 만에 국내 최고의 속옷 브랜드로 키워놓았다. 그 정도의 능력가라면 손을 잡고 일해볼 만하다고 생각했었다. 하지만…….

한나에 대한 얘기를 듣자마자 그는 자리를 박찼다. 계획을 열심히 얘기하는 은신을 두고 그는 곧장 레스토랑을 나와 버렸다.

"사장님……."

운전석 문을 열어젖히는 그를 등 뒤에서 민예가 불렀다. 눈치 없기는. 한준은 지금 아무 얘기도 듣고 싶지 않았다. 박은신 앞에서 개망신당한 게 아직도 분했다. 그는 짜증스레 휙, 고개를 돌렸다. 걱정 한가득 담긴 민예의 예쁘장한 얼굴이 쏙 눈에 들어왔다. 그런데 젠장…….

민예의 얼굴을 보기만 했는데도 끓어올랐던 혈압이 쏙 내려가는 것 같았다. 기막힐 일 아닌가?

"뭐야."

많이 누그러진 목소리로 그는 물었다.

"할 말이…… 있어요."

민예가 입술을 오물거리며 우물쭈물 망설였다. 붉고 도톰한 그녀의 입술을 당장 달려들어 삼켜 버리고 싶다는 생각이 아주 불쑥 쳐들었다. 무슨 굶주린 색골도 아니고. 한준은 제 자신이 못마땅해 입술을 신경질적으로 비틀었다.

"말해, 뭔지."

"한나 씨 얘기예요."

"내가 얘기 안 했던가? 내게 뭔가를 설명할 땐 누가, 무엇을, 언제, 어디서, 어떻게, 왜 했는지 간결하고 명료하게, 그래서 내가 재차 질문하는 수고를 하지 않도록 하라고."

"제가……."

육하원칙에 의거해서 새벽의 일을 설명하려던 민예는 한숨을 푹 내쉬었다. 말을 하려고 했지만 입이 안 떨어졌다. 목에 뭔가가 걸린 것 같아 '켁' 하고 마른기침까지 하게 됐다.

"뭐야?"

"아니, 저……."

"못하겠으면 하지 마."

애길 기다리는 것도 짜증나는지, 그가 휙 몸을 돌려 자동차에 올라타려고 했다. 민예는 다급하게 그를 제지했다.

"하, 할게요."

좁은 차 안에서 이 애길 할 수는 없었다. 설마 달리는 차 밖으로 그녀를 밀어버리거나 하진 않겠지만 그래도. 일단은 욱하는 그의 성미를 조금은 잠재운 이후에 차를 타도 타야 하지 않을까? 운전도 그가 하는 형편인데.

"사실 제가 한나 씨를 빼돌렸어요."

"언제, 어디서, 어떻게, 왜가 빠졌는데."

그녀의 말을 제대로 이해하지 못한 듯 그는 아직까진 별다른 반응을 보이지 않고 있었다. 더욱 초조해진 민예는 얼굴을 긁적거리며 더듬더듬 사정을 얘기했다. 그리고 모든 얘기를 마쳤을 때 돌아온 반응은 침묵이었다.

침묵. 그 어떤 분노 폭발보다 더 무서운, 그녀를 쫄게 만드는 침묵.

고개를 푹 수그리고 민예는 찔끔 눈을 감았다. 분명히 몇 초 뒤엔 고함을 버럭 지를 거라고 예상하고 있었다. 아까 전화를 붙들고 소리쳤던 것보다, 어쩌면 더 크게 화를 낼지도 몰랐다. 하지만 한참 만에 들려온 건 차 문이 닫히는 소리였다. 쿵!

민예는 번쩍 눈을 떴다. 어이없게도, 그가 차에 올라타고 있었다. 뭐야, 왜 저래? 왜 아무 말도 하지 않고? 이대로 용서하겠다는 건가? 그럴 리가. 그렇게 후덕하신 양반이 아니실 텐데, 이한준 씨는. 민예는 사태 파악이 안 되는 이 상황을 열심히 의아해하며 서둘러 조수석을 향해 걸었다. 하지만 그녀가 채 문을 열기도 전에 차는 출발해 버렸다.

"사, 사장님!"

그녀의 엄청난 고함 소리에도 불구, 한준의 차는 기세 좋게 부우웅— 굉음을 내며 사라져 버렸다. 어머머, 말도 안 돼. 어떻게 나만 혼자 두고? 그녀는 그 자리에 망연자실해진 채로 가만히 서버렸다.

"좀 무정한 사람이죠?"

"네."

어디선가 들려온 질문에 민예는 멍하게 대답했다. 무정하다뿐인가. 매정하고 잔인하고 엄청 막돼먹은 놈이지. 휴, 한숨을 쉬다 민예는 곧 퍼뜩 정신을 차렸다. 자신에게 누군가 말을 걸어왔다는 걸 그제야 깨달은 것이었다. 고개를 돌려보니 뒤엔 웬 여자가 서 있었다. 커다란 쌍꺼풀과 길게 휘어 올라간 눈매가 매력적인 삼십대 여인이었다. 민예는 그녀가 바로 방금 전 한준이 만났던 사람이란 걸 직감적으로 알아챘다. 그 말은 이 여자가 바로 오늘 아침에 전화를 걸어왔던 그 당사자라는 뜻도 되었다. 어쩐지 여자 같더라니…….

"안녕하세요? 박은신이에요."

그녀는 부드러운 미소를 지으며 손을 내밀었다. 민예는 얼떨결에 그녀의 손을 잡았다.

"윤민예입니다."

"이한준 씨 여자친구 되시죠?"

"아……."

여자친구는 아닌 것 같은데. 한준이 그러지 않았나. 그냥 자는 관계라고.

"전 이한준 씨랑 혼담이 오고 갔던 사람이에요. 지금은 깨졌지만."

"혼담이요?"

혼담도 오고 갔었던가? 그건 처음 듣는 말이었다. 한준에게 약혼녀가 있었다니, 민예는 멍하게 여자를 바라봤다. 짧게 퍼진 치마 바지에 헐렁한 면티를 걸친 민예에 비해 은신은 감색 바지 정장에 은은한 실크 블라우스를 차려입은 활동적이고 성숙한 모습이었다. 귀에는 왕방울만 한 진주 귀고리가 걸려 있었다. 부잣집 딸일 뿐 아니라 그녀 스스로 구축한 사회적 위치도 만만치 않다는 걸 민예는 알 수 있었다. 그녀는 표정부터가 아주 당당했다.

"서로의 이익에 보탬이 되겠다 싶어서 결혼해 볼까 생각했었죠. 잠시."

"이익이라고요?"

"이한준 씨는 사업을 위해서 내가 필요해요. 난 부모님으로부터 자유로워질 수 있는 방어막이 필요했고요. 서로 조건만 맞으면 맞교환할 수 있다고 생각했죠."

"결혼을…… 그렇게 결정하려고 했다고요?"

미친 거 아니야, 이 사람들? 속으로 중얼거리는 민예를 향해 은신은 빙그레 미소를 지었다. 꼭 민예의 생각을 꿰뚫고 있는 것처럼 은신은 고개를 끄덕이기까지 했다.

"하지만 결국 둘 다 본질적인 문제에 봉착했어요. 그런 거래로 이루어진 성공, 결코 오래가지 않을 거라는 걸 알게 된 거죠."

"……."

"그 결정을 내리는 데, 그쪽 분이 많은 도움이 됐어요."

"제가요?"

은신이 다시 한 번 고개를 끄덕였다. 무슨 도움이 되었다는 건지는 별로 말하고 싶지 않은 듯 입을 꾹 다물고. 민예는 점점 더 궁금해졌다. 대체 은신과 한준 사이에 무슨 일이 벌어졌었던 건지. 결혼 얘기까지 오고 갔다면 꽤 진지한 관계가 아니었을까? 아침에 전화까지 할 정도라면 더더욱.

"이한준 씨, 남자친구로선 어때요?"

불필요한 생각에 빠져 있는 민예에게 그녀가 물었다. 퍼뜩 놀라 민예가 물었다.

"네?"

"사업가로선 굉장한 사람이거든요, 이한준 씨. 불가능이 없는 사람이죠. 사업 파트너로선 최상이라고 생각해요. 하지만 솔직히 남자로선……."

별로라는 얘기겠다. 인정하긴 싫지만 딱히 틀린 말이 아니라서 뭐라 반박을 할 수 없는 말이다. 하지만 그렇다고 인정하기도 애매한 자리. 민예는 어색하게 웃고 말았다.

"그렇게까지 나쁘진 않아요."

"성격이 좀 무뚝뚝하시죠? 여자 분한테 자상하게 대해줄 타입은 아니신 것 같던데."

"무뚝뚝하긴요. 전혀, 안 그래…… 요."

거짓말을 하려니 목구멍에 뭔가가 걸리는 것 같다. 그냥 사실대로 말할 걸 그랬나. 손까지 내저으며 부인했으나 은신은 전혀 믿지 않는 듯했다. 오히려 사실을 숨기려 드는 민예가 안쓰럽다는 듯 그녀는 잔잔한 미소를 띠고 있었다. 어째 스스로가 처량해지는 기분이 들어 민예는 축, 어깨를 늘어뜨렸다.

"방금 보니까, 그냥 혼자 가는 것 같던데. 민예 씨를 두고 혼자 가버린 거 맞죠?"

"에? 아, 아니에요. 그냥 뭐가 좀 필요해서, 잠깐 사러 나간 거뿐이에요."

"그러지 말고, 타세요. 제가 댁까지 태워다 드릴게요."

"아니라니까요. 다시 올 거예요. 진짠데……."

진짜긴 개뿔. 진짜긴 뭐가 진짠가. 인정머리없는 이한준이 이 허허벌판에 그녀 혼자 놔두고 사라진 거 맞는데. 지금 상황에서는 자존심이고 뭐고, 무작정 박은신을 따라나서야 옳았다. 여차하면 어딘지도 모르는 이곳에 덜렁 혼자가 될 텐데, 자존심이 무에가 그리 중요한가. 안다, 그녀도. 아는데 왜 자꾸만 우기게 되는 건지, 스스로도 알 수가 없었다. 이렇게 그에게 버림받은(?) 상황을 인정하고 싶지 않았다. 진짜로 그가 올 거라고, 와줄 거라고 믿고만 싶었다. 어리석기는…….

"정말 괜찮겠어요?"

은신이 다시 한 번 물어왔다. 어— 말끝을 늘이며 민예는 한참을 망설였다. 머리는 '따라가라'고 지시하는데 자꾸만 말이 안 나와 머뭇거리는 것이었다. 그렇게 망설이는 그녀를 은신은 한참이나 지켜보더니, 종국엔 빙긋 웃으며 말했다.

"정 안 내키시면 어쩔 수 없죠."

그냥 가려나 보다. 안 돼! 같이 가야 되는데!

그때였다. 어디선가 붕— 폭주족을 방불케 하는 가열찬 엔진 소리가 들려왔다. 깜짝 놀라 뒤를 돌아보니, 멀리서 낯익은 자동차 한 대가 맹렬한 기세로 달려오고 있었다. 한준이 모는 자동차와 같은 종류의 자동차였다. 저게 누구야? 이한준인가?

"어머?"

은신이 빙긋 웃으며 놀랐다. 그녀는 의외라는 눈빛을 반짝이며 민예를 돌아봤다. 민예의 허풍이 실제로 구현될 줄 전혀 몰랐다는 듯. 우습지만, 그건 민예도 마찬가지였다. 말론 돌아올 거라고 했지만 실제로 그럴 거라곤, 전혀 예상 못했었다. 너무 놀라 민예는 얼빠진 얼굴로 한준의 자동차가 번개 같은 속도로 다가오는 걸 멍하게 바라보았다.

"축하해요. 제대로 길을 들이셨네요."

은신이 민예의 귓가에 고개를 기울여 나지막이 속삭였다. 길을 들였다고? 무슨 말인가 싶어 민예는 은신을 돌아봤다. 그녀는 여전히 여유있는 미소를 지은 채 민예를 바라보고 있었다.

"이한준 씨가 무너지는 걸 보니, 사랑이 얼마나 위대한지 알 것 같아요."

"무, 무너졌다고요?"

이게 다 무슨 소리람? 이한준이 어딜 봐서 무너졌다는 것인가. 또 그게 사랑의 위대함과 무슨 연관이 있는데? 자세히 묻고 싶었지만, 뭐라 대꾸할 새도 없이 한준의 자동차가 엄청난 굉음을 내며 민예의 코앞에 급정거를 했다. 그리고 희뿌연 먼지가 일어 뜨거운 타이어를 한차례 감싸 돌고 다시 가라앉을 무렵, 벌컥 자동차 문이 열렸다.

꼴까닥. 민예는 침을 삼켰다. 잘못한 게 있어서인지 긴장이 절로 되었다. 때려주러 온 건 아니겠지? 그냥 가려니 너무나 분하고 분해, 말폭탄이라도 퍼부어주려 다시 돌아온 건 아니겠지? 설마 박은신 앞에서 망신을 주려는 건 아니겠지? 짧은 몇 초의 순간에 별의별 생각들이 민예를 괴롭혔다.

드디어 열린 자동차 문 밖으로 그가 나왔다. 감정이라곤 눈곱만큼도 느껴지지 않는 무표정으로 그는 저벅저벅 걸어와 민예의 손목을 세차게 거머쥐었다. 옆에서 흥미진진하게 지켜보고 있던 은신의 눈매가 훌쩍 커졌다. 민예는 희미하게 손목을 비틀어 빠져나오려고 했지만, 다음 순간 오히려 훌쩍 끌려가고 말았다. 그가 잊고 놔두고 갔던 물건을 챙겨가듯 아무 말 없이 그녀를 잡아끌고 자동차 조수석에 휙 밀어 넣었다.

"안전벨트나 매."

운전석에 착석한 그가 명령했다. 쌀쌀맞기도 하지. 걱정되어서 다시 와줬으면서. 민예는 입술을 삐죽거리곤 창문 너머로 손을 내밀었다. 고개까지 내밀고 은신에게 손을 흔들자니, 한준의 뜨끈뜨끈한 시선이 뒤통수로 느껴졌다. 뭐, 그래 봤자 전혀 쫄 생각 없습니다만. 민예는 차분하고 여유롭게 인사할 것 다 하고, 예의 차릴 것 다 차린 후 안전벨트를 매었다. 뭐가 불만인지 찌뿌듯한 얼굴로 가만히 은신과 민예를 찔러보고 있던 그는 그녀가 안전벨트를 매자마자, 기다렸다는 듯 거칠게 차를 출발시켰다.

"근데 사장님, 정말 은신 씨랑 결혼할 생각이었어요?"

자동차가 정상 속도를 내기 시작하자, 민예는 조심스럽게 물어보았다. 딱히 추궁하거나 뭘 알아내려는 의도는 없었다. 그냥 궁금해서, 진짜 어떤 마음으로 결혼할 생각이었는지 알고 싶어서 물어본 것이었다. 어차피 분위기만 봐도 한준과 은신이 그다지 감정적인 사이가 아니라는 건 쉬이 짐작할 수 있었다. 그녀의 의도는 아주 가벼웠는데, 돌아온 그의 대답은 아무 매서웠다.

"두 사람이 언제부터 이름 부르는 사이가 됐지?"

"아까 잠시 얘기를 나눴거든요. 조금 친해졌어요."

"친해져? 네가 박은신과? 왜?"

"사람이 뭐 꼭 이유가 있어서 친해지는 건가요. 그냥 애길 하다 보니……."

가만. 민예는 하던 말을 우뚝 멈추고, 한준을 돌아봤다. 이 남자, 은근히 말을 피하네.

"결혼할 뻔했다면서요. 서로 조건이 안 맞아서 못하게 됐지만. 틀려요?"

"……."

가타부타 말도 없이 한준은 인상을 찌그러뜨렸다. 그런 얘기들이 은신과 민예 사이에 오고 갔다는 것이 무척이나 마음에 안 든다는 얼굴이다. 왜 싫은데요? 뭐 켕기는 거 있나? 혹시 예상과는 달리 아주 뜨거웠던 사이였나? 하지만 그렇다고 보기엔 두 사람 사이가 너무 사무적이었다. 박은신이 아주 쿨해서 뜨거웠다가 헤어진 이후에도 한준을 아무렇지도 않게 대할 수 있을지는 모르지만, 한준은 절대 그럴 수 있는 남자가 아니었다. 민예가 아는 한은 절대로 그리 못할 사람이다.

"조건이 뭐였어요? 난 결혼에도 조건이 필요하다고 생각해본 적이 없어서 도무지 모르겠는데. 돈인가?"

민예는 방긋 웃으며 고개를 디밀었다.

"까불지 마."

싸늘한 말이 쏟아졌다. 하지만 더 이상 이런 말들에 좌절하고 위축될 윤민예가 아니다. 그녀는 계속 물었다.

"근데 사장님은 돈이 많잖아요. 지금도 많으면서 왜 돈 많은 여자를 원해요? 좀 그렇다. 찌질하다고 생각 안 해요?"

"시끄러워."

"사장님은 능력도 출중하잖아요. 원하는 만큼 벌 수 있는 거 아니었어요? 그렇게 일을 죽기 살기로 하면서 그만큼도 못 벌어요? 꼭 돈 많은 여자의 후광이 필요한 거예요?"

"그만 해."

엄청나게 참고 있다는 듯 그가 어금니를 꽉 사리물고 뇌까린다. 골났나? 자기가 하려던 짓이 창피하긴 한가 보다. 사랑을 돈에 팔려고 했다니, 그런 어리석은 짓이 어디 있나. 결혼이 장난인가? 그 어떤 의식보다도 신성한 게 바로 결혼이다. 서로를 믿고 의지하고, 책임지기로 만인 앞에서 약속하는 것. 그것만큼 중요하고 아름다운 것이 또 있을까. 그런데 평생을 두고 맹세해야 할 그 의식을, 자신의 명예와 부를 위해서 거짓으로 치르려 하다니. 정말 천벌을 받을 일이다. 한심한 사장님. 메롱이다.

"은신 씨랑은 왜 결혼하지 않기로 했는데요? 은신 씨한테 뭐가 부족했나? 돈이에요, 아니면 배경이에요? 뭣 때문에 결혼이 파투났는데요?"

얼마 가지 못해 한준은 차를 세울 수밖에 없었다. 아주 놀려 먹기로 작정을 한 듯 민예가 자꾸만 은신의 일을 되새기고 있었다. 그만 하라는 경고를 무시하고 자꾸만 약을 올리는 그녀 때문에 짜증이 머리끝까지 솟구쳤다. 다시 돌아가 그녀를 픽업해 온 자신을 저주하고 싶을 만큼. 당장 차 밖으로 쫓아내야 직성이 풀릴 것 같았다. 그게 아니면, 주제를 알라고 따끔하게 한마디 던져 줘야 했다. 하지만 어처구니없게도 차를 세우고 민예를 돌아본 한준은 머리끝까지 들끓던 짜증스러움이 일시에 키스에 의 욕구로 변해 버리고 있음을 느꼈다.

당황스러운 일이었다. 까불지 말라고, 넌 내 결혼에 의견을 보태거나 궁금해할 자격이 없는 애라고, 그만큼 하찮은 존재이니 간섭 따윈 관두라고, 단단히 일러둘 셈이었는데. 아무 말도 할 수가 없었다. 그저 붉고 사랑스러운, 그래서 미치도록 유혹적인 그녀의 입술만이 눈앞을 어른거리는 것 같았다. 당황스러워 난처하고, 난처하니 짜증이 나고, 짜증이 나니 또 화가 났다. 이 아무것도 아닌 여자한테서 자신이 너무 많이 휘둘리고 있다는 생각에 불처럼 화가 났다. 화는 정신없이 나는데, 또 키스는 하고 싶다.

"돌겠군."

주먹을 꽉 틀어쥐고 한준은 그녀를 노려보았다. 민예는 까만 눈동자를 똑바로 들어 가만히 그를 바라보고 있었다. 자신이 지금 어떤 화학작용을 불러일으키는지 전혀 모르는 듯 그저 순박하기만 한 눈이었다. 자신이 한준의 이성을 한계점까지 몰아세우고 있다는 걸 알면 기고만장해지겠지? 맹수를 사로잡은 사냥꾼처럼 의기양양해지겠지? 그런 꼴같잖은 모습은 절대 봐줄 수가 없다. 고삐를 쥐고 주인 행세를 하려는 여자는 절대 한준의 취향이 아니다.

"해요."

점점 가늘어지고, 독기가 차오르는 한준의 눈매를 보며 그녀
가 말했다. 아주 태연한 그녀의 태도에 한준은 한쪽 눈썹을 씰
룩거렸다.

"무슨 소리야."

딱딱하고 많이 거친 그의 어조에도 불구하고, 그녀는 친절하
게 대답해 주었다. 세상에서 가장 달콤한 미소를 띠운 채로.

"키스 말이에요. 하고 싶으면 해도 돼요."

절대 취향이 아니라고, 줄기차게 우겨대던 결심이 한순간에
어디론가 날아가 버렸다. 뇌가 진공 상태가 되어버린 채 한준은
거칠게 달려들었다.

"결혼이라고요?"

웬 결혼? 갑작스러운 말에 민예는 깜짝 놀라고 말았다. 도저
히 그에게서는 들을 수 없을 거라고 여겼던 말을 이렇게 직접
듣게 되다니, 꿈인가 생신가 분간이 안 되었다. 이한준은 결혼
도 사업의 일종이라 여기는 사람이 아니었던가. 늘 결혼이란 새
로운 도약을 위한 발판이라 여기던 사람이 자신처럼 배경도 돈
도, 전혀 없는 여자와 결혼하겠다니. 도무지 믿을 수 없는 말이
었다. 농담하는 건가? 설마 장난치는 건 아니겠지? 미심쩍은 심
정으로 그녀는 그를 빤히 바라보았다.

"박은신과는 아무 관계도 아니야. 네가 아는 그대로, 사업 때문에 몇 번 만났을 뿐이야. 그것도 오늘로 끝이 났고."

"그래서 나랑 결혼한다고요? 뭔가 매치가 잘 안 되는 말 같은데요. 나랑 결혼하는 이유랑 박은신 씨랑 무슨 관계예요?"

"아무 관계도 없어. 모르겠어? 관계없다는 걸 말하려던 거야."

"그럼 결혼은 갑자기 왜 하려는 건데요?"

궁금하다, 솔직히. 결혼에 대한 철학이 아주 분명한 그가, 왜 그 철학과 전혀 맞지 않은 자신과 결혼을 하려는 것인지. 좋아하고 사랑하면서도 '너와는 그저 자는 관계야' 라고 선을 긋는, 짤없는 그가 갑자기 왜 이렇게 나오는지 그녀는 너무너무, 정말 미치도록 궁금했다.

"너, 내가 싫어?"

그가 찌릿, 민예를 째려보더니 쌀쌀맞게 물었다. 민예는 당연히 고개를 가로저었다. 싫기는커녕 너무나도 사랑하는걸. 단지 그가 갑자기 결혼 애길 꺼내는 이유가 궁금할 따름이었다. 하지만 그는 별로 얘기해 주고 싶지 않은 듯, 딱 잘라 말했다.

"좋아. 그럼 빠른 시일 내로 날짜를 잡도록 하지."

"네?"

'하자' 도 아니고, '하지' 다. 날짜를 자기 혼자 잡아서 일방적으로 통보하겠다는 심사인 것이다. 뭐야, 이 남자? 민예는 절대 그럴 수는 없었다. 결혼이란 그렇게 간단히 처리할 수 있는 문제가 아니라고, 분명하게 말하고 싶었다. 하지만…….

"넌 아무것도 안 해도 돼. 내가 다 알아서 할 테니까."

심히 독단적인 말 한마디만 남긴 채 그는 철컥 문을 열고 차 밖으로 나가 버렸다. 기가 막히고 코가 막히게도, 단 몇 초 만에 결혼 얘기가 일단락되어 버린 것이다. 프러포즈도 없이. 민예는 어처구니없는 표정으로 냉큼 차에서 내렸다. 그녀가 내리길 기다렸는지, 그는 그녀가 차에서 내리자마자 리모컨을 눌러 도어를 잠그곤 대문 앞으로 걸어가기 시작했다.

아무런 거리낌도 설렘도 느껴지지 않는 저 행동!

민예는 당황스러움과 기막힘을 넘어 화가 나려고 했다. 프러포즈는커녕 아예 대답도 안 기다리는 저 태도는 뭐냐고. 당연히 너는 나와 결혼하고 싶겠지' 라는 거야, 뭐야?

"우린 자는 관계라면서요."

불끈 화가 나, 민예는 그의 넓은 등을 쏘아보며 불쑥 내뱉었다. 하지만 그는 별로 놀라지도 않은 듯 뒤도 돌아보지도 않은 채 벨을 누르며 말했다.

"부부도 자는 관계야."

"그런 뜻이 아니잖아요. 부부가 단순히 잠만 자는 관계라면 사람들이 왜 굳이 결혼하겠냐고요. 그건 사장님도 마찬가지 아니에요?"

"이한준."

그가 어깨 너머의 그녀를 돌아보곤 중얼거렸다.

"앞으론 그렇게 불러. 아내한테서까지 사장님이라고 불리고 싶지 않으니까."

제멋대로 명령해 놓고, 대문이 열리자 그는 기세도 당당하게 저벅저벅 정원 안으로 걸어 들어갔다. 완전 뻔뻔해. 민예는 너무나 어이가 없어서 할 말을 잃어버렸다. 이렇게 황당한 일은 세상에 태어나서 처음 겪는 그녀였다. 이 세상의 사랑을 이룬 무수한 커플들 중 이렇게 일방적이고 막무가내에 우격다짐 식으로 결혼했다는 커플 얘긴 들어본 적이 없었다. 이건 인류 역사상 최악의 프러포즈였다.

말도 안 돼. 이렇게 결혼한다는 게 있을 수 있는 일이야? 민예는 뿌드득 이를 갈고는 맹렬히 그를 쫓아갔다. 그리곤 열심히 따라잡아 그의 앞에 우뚝, 가로막고 서버렸다. 그리곤 여전히 자신이 뭘 잘못하고 있는지 전혀 모르는 이한준을 향해 암팡지게 따졌다.

"저랑 결혼하고 싶은 이유 세 가지만 대보세요. 그럼 생각해 볼게요."

"뭐? 생각해 봐?"

이게 무슨, 낙타가 바늘구멍 통과하는 얘기냐는 듯 그가 픽 웃으며 되물었다. 역시 그는 민예가 당연히 결혼을 받아들일 것으로 여겼나 보다. 왜? 자기가 그렇게 잘났다고 생각하나? 기분이 확 상하는 민예다.

"왜 웃는데요? 난 뭐, 생각해 보면 안 돼요?"

"날 좋아한다고 했잖아."

"좋아하는 거하고 결혼하는 거하곤 엄연히 다른 문제죠. 좋아한다고 다 결혼하나요? 그럼 난 이미 강동원이랑 결혼했겠네."

"그걸 지금 농담이라고 하는 거냐?"

"그러니까 대보시라고요. 나랑 결혼하려는 이유, 세 가지."

적어도 세 가지는 있겠지. 설마 아무 생각 없이 결혼하겠다고 하진 않았을 거야. 민예는 절대 이대로는 물러서지 않겠다는 듯 결심이 단단히 선 얼굴로 그를 노려보았다. 그가 하는 말, 토시 하나도 놓치지 않겠다는 양. 그런 그녀를 무심히 훑더니 그가 피식, 비웃듯 한쪽 입술을 치켜올린다.

"세 가지까지 말할 필요 못 느끼는데. 너랑 결혼하는 이유는 단 한 가지야."

하, 한 가지?

"내가 하고 싶으니까."

쨍그랑— 귓가로 접시 깨지는 환청이 들려왔다. 확 깬다, 진짜. 너무너무 확 깬다. 달콤하게 사랑을 속삭여 주지는 못할망정 사람 마음에 스크래치는 내지 말아야지. 어떻게 이런 말을 할 수가 있나. 이건 이한준의 필살기, 상대방을 누르고 자신의 우위를 과시할 때 자주 쓰는 말이 아닌가. 절대 낭만적인 프러포즈 현장에서 나와서는 안 될 말이었다. 나름 이것도 프러포즈 이겠거니, 이한준이니까 이렇게밖에 표현하지 못하는 거겠거 니, 생각해 보려고 무진 노력하고 있던 그녀의 마음은 산산조각이 나고 있었다. 에이 씨.

"난 안 해요."

그가 막 자신을 스쳐 지나가려 하자, 민예는 다부지게 선언했다. 이렇게 허무하게 이 순간을 날려 버리고 싶지 않았다. 절대로 이렇게 결혼하진 않을 것이다. 진짜, 제대로 된 프러포즈를 받아내고 말겠다. 사랑한다는 고백까진 아니더라도 그 증거만이라도, 받아낼 작정이었다. 사랑한다는 증거도 내보이지 않는 남자와 어떻게 결혼을 하냐고요. 이건 마지막 남은 윤민예의 자존심이었다.

"뭐?"

"안 한다고요. 사장님은 결혼을 하고 싶으신가 본데, 전 아니거든요. 안 할래요."

"장난치지 마. 별로 웃기지 않으니까."

그가 아주 고요히 중얼거렸다. 너무 고요해서 온몸이 오싹해지기까지 한다. 그럼에도 민예는 방긋 웃으며 귀엽게 두 눈을 파드득거렸다.

"그럴 리가요. 전 지금 그 어느 때보다도 진지한걸요. 농담, 아니에요."

"너, 지금 자는 관계로 만족하고 싶다는 뜻이냐?"

"좋아하면 잘 수도 있는 거죠. 그러다 싫어지면 헤어지는 거고. 거기에 만족이란 말이 왜 들어가요? 좀 거슬리네요. 제가 사장님한테 무진장 매달리는 것처럼 들리잖아요. 그리고 솔직히

말해, 아직 우리는 자는 관계도 아니잖아요. 그냥 한 번 '잔' 관
계지."

"그냥 한 번 '잔' 관계?"

"네."

깜찍하게 그를 약 올리고 민예가 방긋 웃었다. 무슨 생각인
건지, 한준은 살벌하기 그지없는 얼굴로 냉랭히 썩소를 흘렸다.
그리곤 흘낏 주위를 훑고는 나른한 어조로 중얼거렸다.

"모르나 본데 난 지금 이 자리에서도 증명해 보일 수 있어. 우
리가 '자는' 관계라는 걸."

"⋯⋯!"

사람 뜨악하게 하는 재주도 참 가지가지다. 어떻게 이렇게 무
서운 소릴 하니. 민예는 주변을 훑으며 파르르, 입술을 떨었다.
그의 집은 모서리를 기준으로 나누어진 두 면이 전면 유리로 되
어 있어, 만약 이 자리에서 그가 뭔가를 증명해 보이겠다고 나선
다면 충분히 가능했다. 게다가 민예를 밟아 누르기 위해서라면
뭐든 할 사람이니 그는 누가 보든 전혀 개의치도 않을 것이다.

"자는 관계든 아니든. 하여간 난 지금 결혼할 생각이 전혀 없
어요. 나이도 아직 어리고, 아직 이뤄야 할 꿈도 있어요. 이렇게
결혼해 버리고 나면 아무것도 못하게 될 거 아니에요. 그건 절
대 안 되죠. 제가 여기까지 어떻게 버텨왔는데."

"나와 결혼하면, 넌 대한민국 영화계에서 내로라하는 투자가
한 명을 스폰서로 두게 되는 거야."

"전 사장님 같은 타입 싫어해요. 사람 무시하고 돈이 최고인 줄 알잖아요. 그런 사람이랑 한평생 어떻게 살아요? 게다가 사사건건, 참견하기 좋아하잖아요?"

"참견?"

"한나 씨 말이에요. 아니, 동생이 누굴 사랑하든 말든 무슨 상관? 서로 사랑하면 그만 아닌가? 왜 자기 사업 일으키자고 동생을 희생시켜요? 그리고 반대하면 자기가 나서서 반대할 것이지, 왜 애먼 사람을 끌어들여요? 못된 일, 자기는 차마 못하겠으니까 남 시켜서 하려는 거잖아요. 그거 엄청 비열한 짓이거든요? 전 그런 사람이랑은 절대 결혼 못해요. 안 해요. 너무 싫어요."

너무 심했나. 진짜 결혼하고 싶지 않은 건 아닌데. 스물여섯 살이 결혼하기 너무 어리다고 생각한 적도 없고, 결혼해 버리고 나면 아무것도 못하게 될 거라고 여겨본 적도 없다. 한준이 돈만 아는 철면피라는 선입견은 이미 버린 지 오래이고, 한나에 관해서도 어느 정도는 이해하고 있었다. 어려서부터 한나를 친딸처럼 여기며 키워왔다는데 당연히 아무에게나 시집보내고 싶지 않겠지. 그 마음, 너무나도 잘 안다. 그 문제에 대해선 이젠 별로 비난하고 싶지도 않았다.

그러게 솔직하게 사랑한다고 고백하지. 그럼 이런 비난 퍼부을 리도 없을 텐데. 기꺼이 그의 사랑을 받아들이고 결혼한다고 말할 텐데.

"그 말을 믿을 거라고 생각하나 보지?"

"진짜, 전 사장님이 싫다니까요."

이렇게 두 눈을 부릅뜨고 힘주어 '네가 싫어'를 외칠 일도 없을 텐데. 하여튼 매를 벌어요, 매를. 남자들은 참 미련해.

"새벽에 날 사랑한다고 고백했던 사람. 너 아니었어? 사랑하는 사람을 싫어할 수도 있나 보지?"

"왜 자꾸 그 문제랑 결혼이랑 자꾸 결부시켜요? 엄연히 다른……!"

"같아."

민예의 말을 싹둑 자르며 한준이 다시 계단을 오르기 시작했다. 더 이상의 실랑이는 무의미하다는 듯. 이대로 낭만적인 프러포즈는 물 건너간 건가? 사랑 고백 따윈 흐지부지되는 건가? 아, 짜증나. 말도 안 되잖아, 이건. 어떻게 이런 일이 나한테 일어날 수 있어? 사랑하는 사람한테 사랑 고백도 못 받고 반강제적으로 결혼하게 된다는 게 말이 돼?

'안 되지, 당연히.'

절대로 이대로는 못 물러난다. 무슨 일이 있어도, 듣고 말 테다. 낯 뜨겁고 오그라드는 '사랑해'는 못 듣더라도 그에 준하는 말은 꼭! 꼭! 듣고 말겠다. 민예는 두 주먹을 불끈 쥐고 저만치 계단을 오르고 있는 한준을 향해 버럭 소리를 쳤다. 그가 단박에 걸음을 멈추도록.

"그럼 사장님은요!"

그가 우뚝, 걸음을 세웠다. 민예는 천천히 계단을 오르며 재차 물었다. 아주 당돌하게.

"사장님은 절 사랑하세요?"

"……."

그는 아무 대답도 없이 그 자리에 그대로 서 있었다. 민예는 계속 계단을 오르며 말을 이었다.

"사장님은 결혼도 조건이 맞아야 하는 주의잖아요. 결혼이 하고 싶으셨다면, 적당한 조건의 여자를 찾으셔야 하는 거 아니에요? 예를 들어 박은신 씨 같은. 아름답고 머리도 좋고 돈도 많은 것 같던데. 그런 여자를 원하는 거 아니었어요? 사장님, 원래 그런 사람이잖아요."

"맞아. 난 그런 사람이야."

민예가 자신의 옆에 서자, 한준은 그녀를 조용히 돌아보며 말했다. 민예는 그를 빤히 바라봤다. 그의 마음을 알아내려는 듯. 그 알 수 없는 속마음에 무엇이 들어 있는 알고 싶어 죽겠다는 듯. 하지만 그의 눈빛은 희뿌연 안개로 뒤덮인 듯 캄캄하기만 하다.

살포시 부는 바람을 맞으며 두 사람은 한동안 서로를 바라본 채로 오롯이 서 있었다. 아무 말도 하지 않고, 그 어떤 움직임도 없이. 마치 바람의 정령이 두 사람 주위를 맴돌며 보이지 않는 운명의 끈으로 칭칭 묶어놓고 있는 듯 그들은 꼼짝할 수가 없었다. 오직 서로를 바라보는 것만이 그들이 할 수 있는 유일한 일이었다. 이윽고 민예가 입을 열었을 때는, 그녀의 목소리가 탁하게 젖어 있었다.

"나한텐 아무것도 없어요."

"……."

"돈도 없고 집안도 변변찮아서, 사장님 출세에도 아무런 도움
이 안 되는 사람이에요."

"알아."

"이런 저여도 좋아요? 사랑해요?"

"아니."

그가 즉각 대답했다. 한 치의 망설임도 없이.

"난 사랑 같은 거 안 해. 체질상 못하는 사람이야."

역시 어쩔 수 없는 건가. 민예의 눈빛은 단번에 시들었다. 별
로 큰 기대를 걸었던 것도 아니었는데도, 어깨가 축 처졌다. 너무
나도 실망스러워 한숨이 절로 나왔다. 그의 진심이 아니란 걸 아
는데, 초딩처럼 쓸데없이 자존심 세우며 사랑이 아니라고 우겨대
는 거라고 생각하면서도 솔직히 좀 섭섭했다. 이렇게까지 얘기하
면 사랑한다고 말해줄 줄 알았는데. 기분이 우울해지고 낙담이
되어 민예는 스르르 고개를 떨어뜨렸다. 어쩌다 이런 사람을 좋
아하게 되어서는. 네 팔자도 참 기구하다, 윤민예. 씁쓸하게 입맛
을 다시는데, 그때 갑자기 그가 한마디 더 덧붙여 왔다.

"그냥 네가 필요해."

민예는 번쩍 고개를 들었다.

"네가 없으면 안 되겠어."

“……?”

“네가 출세에 도움이 안 되는 거 알아. 아는데, 그래도 네가 필요해. 네가 내 옆에 있어줬으면 좋겠어. 어차피 넌 내 거잖아. 도망가지 마. 거절해 봤자 내가 널 놔주는 일은 없을 테니까.”

뭐래, 사랑 따윈 체질상 못한다면서. 그런 건 절대 안 한다면서. 지금 자신이 하는 말이 사랑 고백이란 걸 정령 이한준은 모르는 걸까? 민예는 멍해지고 말았다. 너무 놀라고 좋아서 말도 못 이을 정도다.

“난 이기적이라서 내게 필요한 건 뭐든 놓치지 않거든.”

매정하게 냉기가 뚝뚝 떨어지는 말투로 그가 말한다. 참 싹수 없게도 얘기한다. 이런 프러포즈를 받은 사람은 아마 우주유일 윤민예뿐일 듯. 하지만 민예는 씩 웃고 있었다. 웃다 뿐인가. 너무 좋아서 눈물이 다 나올 것 같다. 이 정도면 충분했다. 다른 사람이 아닌 이한준이니까, 자기 마음 제대로 표현 못하고 항상 까칠하고 무섭게 구는 이한준이니까. 그에게서 이 정도까지 들었다는 건 기적이었다. 민예는 가만히 한 발자국 그에게 다가가 달콤한 목소리로 속삭였다.

“그거 아세요? 세상에는 모든 여자들이 행복해야 할 세 가지 순간이 있어요.”

“뭐?”

그가 인상을 썼다. 좋아한다면서 결혼만은 절대로 못하겠다고 버티더니, 갑자기 이번엔 무슨 헛소리인가 싶은 모양이다.

"임신했을 때, 첫 경험 했을 때, 프러포즈 받았을 때."

그녀가 아주 친절하고 나긋한 어조로 속삭였다. 한준은 뚱한 얼굴로 그녀를 내려다보더니 불쑥, 참으로 불친절하게 한마디 내던졌다.

"이 순간이 전혀 행복하지 않는단 걸 말하고 싶은 거냐?"

머리는 좋으시네. 민예는 속으로 콧방귀를 뀌며 중얼거렸다. 반지도 없고 사랑 고백도 없는데, 행복할 리가 없잖아요. 안 그래요, 사장님?

"사랑한단 말을 듣고 싶다면……."

"아니요. 아니에요."

민예는 그가 아무 소리도 못하게끔 아예 말문을 막아버렸다. 그가 무슨 말을 하려는지 굳이 들어보지 않고서도 다 알 수 있다. 사랑한다는 말은 절대 못한다고 하겠지, 체질상. 그런 핑계를 댈 수 있게 빌미를 제공해 주고 싶은 생각은 추호도 없었다. 대신, 이제부터 그녀는 이한준이 자기도 모르는 사이에 사랑을 고백할 수 있게 기회를 줄까 한다. 그는 고백하는 줄도 모르고 고백하게 될 것이다. 온 인생을 통틀어 오직 민예만을 사랑한다고. 지금까지 그가 갖고 있는 모든 이념을 180도로 뒤바꿔 놓아도 좋을 만큼, 그녀를 사랑한다고. 그렇게 고백하게 될 것이다.

"사랑한다는 말, 그런 거 다 필요없어요. 안 들어도 돼요. 대신 한 가지만 저를 위해서 해주세요. 오직 저를 위해서 참아주셔야 해요."

"뭔데?"

불길한 기분에 휩싸인 채 그가 물었다. 민예는 여전히 귀엽고 사랑스런 얼굴로 샤르르 녹아버릴 것처럼 웃고 있었지만, 그는 그게 더 불안했다. 도대체 무슨 짓을 하려고 이렇게 뜸을 들이는지 아주 많이 궁금했다.

불길처럼 치밀어 오르던 화까지도 싹 가라앉게 만드는, 치유력 100%의 윤민예표 미소가 천천히 이쪽으로 다가오고 있었다. 그녀는 천사처럼 밝은 얼굴로 천천히 손을 들어 그의 흐트러진 머리카락을 가만히 쓸어 넘겨주었다. 그녀의 손길이 닿는 피부 곳곳이 새 세포가 생성되는 듯 펄떡거리기 시작했다.

"안 해주시면 절대, 목에 칼이 들어와도 결혼은 못해 드려요. 아셨죠?"

터무니없이 달콤한 목소리로 민예는 협박 아닌 협박을 늘어놓는다. 그럼에도 한준은 얼이 나간 채 꼼짝도 하지 못하고 있었다. 그의 뺨을 훑고 내려오는 그녀의 손길이 곧 느릿느릿 그의 목줄기를 스쳐 더 아래로 향했다. 그는 온몸이 딱딱하게 굳어버리는 것을 느끼며 다급히 중얼거렸다.

"뜸 들이지 말고 말하지."

"음……."

대놓고 뜸을 들이며 그녀가 씩 웃었다. 그리곤 아예 차분히 그의 넥타이를 고쳐 매주고 옷매무새까지 다정하게 손뵈주었다. 차 안에서 격하게 키스했던 흔적이 한준의 옷차림 곳곳에 배어 있었다. 부끄럽지만 뭔가 뿌듯한 느낌이 들어 민예는 눈가를 찡긋거리며 웃었다. 그리고 아주 사뿐히, 그의 넓은 어깨에 두 손을 올렸다.

기다란 속눈썹 아래로 그의 새까만 눈동자가 그녀를 삼켜 버릴 듯 강렬하게 내려다보고 있었다. 그 눈을 마주하며 민예는 뒤꿈치를 살짝 끌어 올렸다. 그리고 그의 귓가에 속삭였다.

"한나 씨와 교수님 사이를 허락해 줘요."

제15장 It's You

이 주일 후, 한나와 신혁이 돌아왔을 때 한준은 떨떠름한 얼굴로 그들을 맞이했다. 마음 같아선 절대 집 안에 들이고 싶지 않은 두 사람이었으나 한준에겐 선택의 여지가 없었다. 절대 결혼하지 않겠다고 버티던 민예가 유일하게 결혼 조건으로 내세운 것이 바로 이들의 결혼 승낙이었으니까. 무슨 놈의 결혼 조건에 남의 결혼 여부가 들어가는 건지. 도저히 이해할 수 없고, 이해하고 싶지도 않은 일이었지만, 결국 그는 그 조건을 받아들였다.

"한나 씨!"

민예는 집 안으로 들어서는 한나를 무척이나 반가워했다. 다행히 그동안에도 치료를 게을리하지 않았는지 한나의 두 발은 멀쩡해져 있었다. 나중에 들은 얘기지만 신혁은 한나를 병원까지 날마다 업고 다니면서 치료에 매진했다고 했다.

"민예 언니! 아응— 언니, 이렇게 만나니까 너무 좋아요!"

이러고 있다. 겨우 이 주 만에 만나는 주제에, 남들이 보면 적어도 이십 년 정도는 떨어져 지냈던 것처럼 호들갑을 떤다. 한준은 떨떠름하게 입맛을 다시며 뒤따라 들어오는 신혁과 인사를 나누었다. 그다지 썩 반갑진 않았지만 이미 한 식구로 받아들이기로 결정을 했으니 이제는 좋게 봐주려 노력하는 수밖에 없었다. 도대체가 이게 무슨 짓인지…….

이렇게 결정 내리도록 종용한 민예도 우습지만, 이렇게 휘둘려 버린 자신도 우스웠다. 정말 맥없이 허락해 버리지 않았나. 겨우 결혼이나 하자고, 모든 걸 다 뒤엎었다니 믿어지지 않았다. 현실처럼 느껴지지도 않았다. 자신이 저지른 이 모든 일들이 내일 아침이면 끝나 버릴 한낱 꿈처럼 느껴졌다. 그래서인가. 그는 윤민예에게 더욱 집착하게 되었다. 자신을 다른 사람으로 만들어 버리는 윤민예가 싫고 귀찮았지만, 그것보다 더 많이 간절하게 찾게 되었다. 어쩌면 이미 그는 윤민예에게 중독이 되어버린 건지도 모르겠다.

"나랑 얘기 좀 하시죠."

한준은 본격적으로 수다를 떨기 시작하는 두 여자를 흘낏 보고는 신혁을 향해 말했다. 결혼을 승낙하는 대신 약조 받아놓을

게 몇 가지 있었다. 민예가 했던 것처럼, 그 약조를 단단히 받아 놓기 전까진 절대로 한나를 내줄 수 없었다.

"왜요? 무슨 애길 하려고요?"

"오빠, 설마……!"

영문 모르는 한나와 민예가 펄쩍 뛰며 한준을 돌아봤다. 마치 여린 생명체를 잡아먹으려는 잔인한 괴물 바라보는 듯하다. 같잖지도 않군. 한준은 두 여자의 반응은 신경도 쓰지 않은 채 신혁에게 고갯짓을 했다. 제 방으로 따라 들어오라는 그의 신호를 신혁은 눈치있게 알아챘다. 한준은 신혁과 함께 방으로 들어가기 위해 몸을 틀었다.

"사장님."

민예가 쪼르르 달려와 그의 팔을 붙들고 늘어졌다. 최근 그녀가 새로 개발한 애교 필살기다. 예쁜 얼굴을 찡그리고 응석 섞인 목소리에 아련한 눈망울로 빤히 올려다보며 애원하면 세상 모든 남자들이 홀딱 넘어갈 것만 같다. 물론 그 속에 이한준이란 냉혈한도 포함되어 있다.

"무슨 말을 하려고 그래요? 또 막 헤어지라고 윽박지르실 건 아니죠? 허락해 주기로 했으면서. 그랬잖아요. 네?"

이거란 말이지. 이 애교 섞인 '물고 늘어짐' 에는 한준처럼 감정 메마른 사람마저 속수무책으로 무너지고 만다. 나사 하나 풀어진 놈처럼 뭐든지 다 들어줘 버리게 되는 것이다. 그것도 나중에 정신이 들었을 땐 십중팔구 후회하게 되는 일들을. 이런 그의 상태를 민예가 몰라서 다행이지, 만약 알게 된다면 어떤 사태가 일어날지 생각만 해도 끔찍하다. 한준은 조용히 아무 대답 없이 그녀의 턱을 한 손에 쥐고 짧게 입을 맞추었다.

"죽이진 않을 테니까 걱정 마."

"헤어지라고 압력 넣으면, 알죠?"

"안 넣어."

깜찍한 협박에 저절로 미소가 흘러나와 한준은 씩 웃으며 그녀를 그윽하게 내려다보았다. 인정사정없는 사업가 이한준의 눈빛이라고는 절대 보기 어려운 따스하고 다정한 시선으로. 어느 날 미애가 보고도 깜짝 놀라 감동하고 말았던 바로 그 눈빛이었다.

"헤이, 거기 두 사람—"

바로 그때, 뒤에서 갑자기 한나의 쾌활한 목소리가 들려왔다.

"결혼하기 전에 호칭부터 바꿔야 할 텐데. 사장님이 뭐예요? 사장님이."

뒤를 돌아보니 한나와 미애 아주머니가 생글생글 웃으며 보고 이쪽을 보고 있었다. 이미 다 알고 있다는 듯 음흉하기 그지없는 얼굴들이다. 아무래도 벌써 미애가 한나에게 결혼 소식을 말했나 보다. 비밀인 것은 아니지만 어쩐지 머쓱해지는 한준이다.

"두 사람 결혼한다면서요? 사실이에요?"

"사실이지 않고. 한준이 눈을 보면 몰라? 아주 푹 빠졌잖아."

"언제부터 그런 사이가 된 거예요? 나 때문에 가까워진 거 아니에요? 싸우다가 정들었나?"

"에이, 내가 말했잖아. 그전부터 수상했다니까."

"뭐야. 그럼 민예 언니 때문에 우리 결혼도 허락해 준 거 아니에요? 오빠, 그런 거야?"

"물어보나마나지. 딱 답이 나오지 않아?"

한준을 놀려먹으려고 작당이라도 한 듯 한나와 미애는 주거니 받거니 짓궂은 농담을 해댔다. 민예는 킥킥 웃으며 한준을 방 안으로 밀어 넣었다. 이대로 가만히 있다가는 두 여인네들의 표적이 되어 밤새 시달릴 것만 같았다. 이 정도의 시달림쯤은 융통성과 유머 감각으로 중무장한 이 윤민예 혼자서도 충분히 감당할 자신이 있었다. 민예는 한나와 미애를 둘러보며 활짝 웃었다.

"자, 자. 모든 질문은 저에게!"

한참 뒤, 방에서 나온 신혁의 표정은 그다지 나쁘지 않았다.

내심 진땀을 흘린 것도 같았지만, 그 정도쯤은 이미 각오하고 왔을 터이니 가볍게 패스했을 것이다. 나중에 안 사실이지만, 한준은 신혁에게 결혼을 위한 몇 가지 전제 조건을 제시했다고 한다. 삼 년 내에 전임교수가 될 것, 그전엔 한준네 집에 들어와 살 것, 한나가 졸업하기 전까진 아기를 갖지 말 것. 그 세 가지가 지켜지지 않으면 절대 결혼을 허용할 수 없으며, 결혼하고 나서도 계속 지켜지지 않을 시엔 가차없이 이혼 절차를 밟게 하겠다는 으름장이었다. 불쌍한 신혁은 한준의 이기적인 조건을 기꺼이 받아들였다고 했다. 왜냐면 한나를 너무나 사랑하니까.

이러한 남자들만의 비밀 얘기를, 신혁은 외부에 발설할 생각이 전혀 없는 듯했다. 방에서 나오자마자 들러붙어 한준이 무슨 말을 하더냐고 물어대는 가족들의 공세에 신혁은 끄떡도 하지 않았다. 입을 꾹 다물고 별 얘기 아니었다고만 말하는 그를 가족들은 더욱 붙어서 안달복달하였다. 시끌벅적한 분위기 속에서 민예는 물끄러미 한준의 방문을 쳐다보았다. 닫힌 방문에서 한준이 나올 법도 한데 그런 기미가 전혀 없었다.

민예는 내심 불안해졌다. 혹시 마음 상했을 법한 일이라도 있었나 싶어서 조금 걱정이 되었다. 사람들은 한준에 대해 전혀 신경 쓰지 않았지만 민예는 안다. 그도 사람이라 상처받을 때도 있고 우울해질 때도 있고 마음 아파할 때도 있다는 걸. 어릴 때부터 노상 어른 노릇만 해와 속마음 드러내는 게 어색하고 낯 뜨거워 숨기는 것뿐이었다. 사랑한다는 말 한 번 제대로 못하고 쩔쩔매는 모습을 볼 때마다 민예는 그가 안쓰러워진다. 뭐라 자꾸 표현해 보려고 노력하는 것은 같은데, 그게 잘 안 되니 그 자신도 답답한 모양이었다.

그저 사랑한다는 말, 한마디면 다 표현되는 것을……

"잠깐만요."

민예는 가족들에게 양해를 구하고 자리에서 일어났다. 한나와 미애가 민예를 두고 놀려댔다. 낭군님 챙기러 가는 거냐고,

벌써부터 그러면 한준의 버릇은 절대 못 잡는다고 충고도 날렸
다. 민예는 소리없이 웃으며 한준의 방문을 열었다. 요샌 노크
도 없이 그의 방에 불쑥불쑥 들어가기도 하는데, 그럴 때마다
한준은 한소리씩 해댔다.

“여기가 네 방이냐?”
“네 집이야? 이젠 아주 제멋대로네.”
“내 말은 아주 귓등으로도 안 듣지?”
“야, 윤민예.”

그의 이러한 타박들에 민예는 예전처럼 발끈하지 않는다. 그
가 딱히 도발하려 한다거나 그녀를 비난하려고 하는 말이 아니
란 걸 알기 때문이었다. 불쑥 들어오는 그녀 때문에 그저 민망
해서 하는 소리였다. 표정을 보면 답이 딱 나온다. 그는 화가 나
면 침묵을 지키다가 자리를 떠버리지, 이런 허여멀건 말씨름 따
위 하지 않는다.
“왜 왔어? 가서 놀지.”
등을 보이고 서 있던 그는 확인해 보지도 않고 민예가 들어오
는 걸 알아챘다. 그의 방에 노크도 없이 들어와도 용납되는 사
람은 딱 한 사람뿐이라.
“당신 없으니까 심심해요.”
한준이 눈썹을 찡그리며 뒤를 돌아봤다. 민예가 뒷짐을 지고

방긋 웃고 있었다.

"당신? 언제부터 날 그렇게 부르기로 한 거냐?"

"지금부터요."

"누구 마음대로."

"내 마음대로죠. 남편한테 당신이라고 부르는 건 당연한 거잖아요."

"남편?"

그를 남편이라 부르는 건 지금 이 순간부터 그의 프러포즈를 받아들이겠다는 말이었다. 한준이 눈살을 더욱 찌푸렸다. 마치 엄청나게 기분이 나쁘다는 듯 마음에 안 든다는 듯. 찌뿌듯한 그 모습에도 민예는 전혀 기분 나쁘지 않았다. 그가 실은 엄청 기뻐하고 있다는 것을 잘 알기 때문이다. 그는 지금 괜히 밸 없는 사람처럼 보일까 봐 표정 관리하고 있는 중이었다. 일부러 웃지 않기 위해 인상을 쓰는 것이다. 하여간 이한준 덕분에 심리학자 다 된 윤민예 되시겠다.

"한나가 오니까 재깍이군. 내가 결혼하자고 할 땐 절대 안 된다고 못을 박더니."

"약속은 약속이니까요."

"심술이 올라오려고 하네."

"그래 봤자 결혼은 할 거잖아요."

"너무 자신하진 마. 나도 남자고, 남자들은 다 믿을 만한 존재가 못 돼."

"또 협박이시네?"

입술을 삐죽거리면서도 민예는 그에게 다가갔다. 두 팔을 벌려 그의 가슴을 안으며 그의 등에 기대니 따스한 그의 체온이 고스란히 전해져 오는 느낌이다. 민예는 살포시 눈을 감고 가만히 속삭였다.

"이젠 좀 포기할 때도 되지 않았어요? 이제 곧 아내가 될 사람인데, 나한테 꼭 무서운 사람처럼 보이고 싶어요?"

"네가 날 무서워한다고? 금시초문인데."

그가 낮은 목소리로 농담을 건네자 킥, 하고 민예는 웃음을 터뜨렸다. 사실 처음부터 쭉 그가 무섭지 않은 것은 아니었는데, 어쩌자고 그렇게 간덩이가 배 밖으로 나온 사람마냥 행동했었는지 지금도 스스로가 의문스러웠다. 처음엔 그래도 그의 비위를 맞추기 위해 애썼던 것 같은데. 어느 순간부턴 그냥 막 나갔던 것 같긴 하다.

"그러니까 포기하시라고요. 다른 사람 앞에선 몰라도 내 앞에서만큼은 좀 긴장을 풀어요. 나, 당신 안 잡아먹어요."

"이젠 네가 날 협박하는 것 같다?"

"협박이 아니라 위로입니다만."

"위로? 무슨 위로?"

자신은 전혀 위로받을 일이 없다는 듯 그가 코웃음을 쳤다. 민예는 가만히 손바닥을 넓게 펴 그의 가슴팍을 부드럽게 쓰다듬었다. 다 알고 있다고, 당신 마음쯤은 이제 아무리 꽁꽁 숨겨도 다 알아채고 있다고, 부드러운 손길에 실어 말하고 있었다. 이젠 진짜 부처님 손바닥 안이라니깐요, 이한준 씨. 그녀는 빙 긋 웃으며 그의 등에 입술을 댔다. 쪽 소리가 나도록.

"혼자가 아니라는 위로요. 이젠 내가 옆에 있으니까 혼자 이렇게 우두커니 방 안에 있는 거, 하지 마요."

"이게 어때서. 외로워서 이러는 거 아니야."

역시나. 우기기 대장답게 이한준 씨, 또 우긴다.

"혼자 있는 게 좋아서, 라는 말 안 되는 소리 하시려거든 제발 셧 더 마우스. 마음이 허전해서라는 거 다 아니까 괜한 허세 부리지 마세요."

"허전하지 않다니까."

"또 고집이다. 자꾸 이러면 나도 가만히 안 있어요. 내가 어떤 사람이란 거 잘 알죠? 한다면 해요. 사장님도 저한텐 안 되니까? 결국 한나 씨 일도 다 내 뜻대로 됐잖아요."

"제대로 협박이군. 아주 협박을 입에 달고 사는구나, 너."

어처구니없다는 듯 그가 헛웃음을 날린다. 그러든지 말든지, 민예는 그의 가슴을 더욱 세게 껴안으며 웅얼거렸다.

"각오하라는 거죠. 앞으로 날 모시고 살려면 좀 더 솔직해져 야 할 거예요."

"각오는 네가 해야 할 것 같은데. 방은 대체 언제 옮길 거냐?"

하이고야, 또 방 얘기다. 요즘 그는 각방 쓰는 게 의미가 없다 며, 아예 그녀의 짐을 모두 자신의 방으로 옮겨와야 한다고 주장하고 있었다. 하지만 그게 어디 말이 되는 얘기인가? 단둘만 사는 것도 아니고, 가족들이 버젓이 함께하는 집에서 결혼도 하지 않은 처자가 외간 남자와 한방을 쓴다는 게. 이건 아무리 생각해도 수긍이 안 되는 제안이었다.

"그건 이미 얘기 끝난 거 아니었어요? 결혼하기 전엔 절대 안 된다고 했을 텐데요."

"내 프러포즈를 받아준 건 너야. 그럼 결혼 확정이잖아."

그게 뭐요. 그래 봤자 아직 결혼한 게 아닌데, 어쩌라고요. 민예는 입술을 삐죽거리며 고개를 들었다. 넓고 탄탄한, 하지만 참 고집스러운 등이 그녀의 시야를 가득 메우고 있었다. 세상풍파를 다 가려줄 것 같은 바람직한 등이기도 하지만, 소통 안 되는 벽 같기도 하다. 남자는 초반에 잡아놔야 여생이 편안하다는데. 이렇게 말을 안 들어먹어서야, 내가 이래가 살겠나?

"프러포즈 받아줬다고 다 결혼하는 거 아니거든요."

뭔가 억울하다는 생각이 드니 괜히 한 번 우겨본다. 사실 말이야 바른 말이지, 프러포즈 받고서도 얼마든지 깨질 수 있는 게 남녀 사이가 아닌가. 프러포즈 받아줬다는 사실 하나만으로 결혼을 확정 짓고 뭔가를 강요하는 것 자체가 우스운 일이었다. 하지만 이 융통성 없는 남자는 히쭉 웃더니 음습한 목소리로 묻는다.

"지금 억지 부리는 거냐?"

"억지가 아니라 사실을 말하는 거거든요. 결혼해 주겠다고 말

은 했지만, 그거야 어디까지나 내 마음이 변하지 않는다는 전제
하에서나 가능한 거죠. 사랑은 원래 변하는 거잖아요?"

"변한다고?"

심하게 착 가라앉은 목소리가 무겁게 울렸다. 섬뜩할 정도로
느리고 차분한 울림이 그의 등줄기를 타고 손바닥까지 울려왔
다. 동시에 그의 등이 딱딱하게 굳는 것이 느껴지자 민예는 꼴
깍 침을 삼켰다.

"너, 지금 내 앞에서 네 마음이 변할 수도 있다고 말하는 거야?"

이 궁지에 몰린 듯한 분위기는 뭐지? 민예는 슬그머니 손가
락을 풀어 그에게서 떨어졌다. 싸한 분위기가 아주 무섭다. 설
마…… 화난 건 아니겠지?

"저, 저기……."

"내가 제일 싫어하는 사람이 어떤 사람인 줄 알아?"

그가 픽, 가볍게 웃으며 몸을 돌렸다. 싸늘한 냉기가 코끝을
스륵 스치는 느낌에 민예는 저도 모르게 부르르 몸을 떨었다.
완전 화났나 보다…….

"배신하는 사람이야."

"화, 화났어요? 난 그냥 장난으로……."

"화났어."

그녀의 말을 싹둑 자르며 그가 성큼 앞으로 다가왔다. 다리와
다리가 교차로 겹칠 수 있을 만큼 아주 가까이. 민예는 너무 당
황하고 놀라서 그의 눈가에 스치는 장난기를 볼 수 없었다. 그는

무섭도록 냉정한 시선으로 민예를 싸하게 내려다보았다. 그리곤
천천히 민예의 블라우스 컬러에 손가락을 걸었다. 잔뜩 긴장한
채 이한준의 차가운 눈동자만 뚫어져라 보고 있던 그녀는 그가
무슨 짓을 계획하고 있는지 전혀 눈치 채지 못하고 있었다.

"아주 많이."

그 순간이었다. 갑자기 민예의 블라우스 자락이 우두둑 소리
와 함께 세차게 잡아 뜯겼다. 민예는 비명을 지르며 펄쩍 뛰었다.

"뭐 하는 거예요?"

하지만 이미 블라우스 단추들은 단번에 뜯겨진 채로 어딘가
로 흩어져 사라진 후였다. 블라우스 자락이 훤히 벌어진 건 물
론이고. 너무나 놀라 옷자락을 서둘러 여몄지만 한준이 그대로
보아 넘겨줄 리는 없었다. 그는 커다란 손을 뻗어 윤민예의 작
은 머리를 한 번에 감싸더니 휙, 거칠게 끌어당겨 키스했다. 무
차별적으로 퍼부어지는 키스에 초죽음이 되기 전, 민예는 간신
히 소리쳤다.

"아씨, 뭐예요? 비싼 옷인데!"


다음날, 그녀가 눈을 뜬 시간은 정오를 넘긴 오후 1시. 그녀는
그의 침대에 누워 축 늘어져 있었다. 엄청 오래 잔 것 같은데도,
온몸이 피곤해서 눈이 제대로 안 떠졌다. 간신히 기운을 내고
눈을 깜빡거려 보자니, 낯익은 조명기구와 익숙한 벽지가 시야
에 들어왔다. 이 방의 주인인 한 남자의 환영과 함께.

민예는 저도 모르게 씩, 미소를 띠었다. 이한준의 임자는 전생의 업보가 많은 여자일 거라고 투덜댔던 때가 엊그제 같은데, 이제는 그의 침대에 누워 그와 사랑하는 장면을 떠올리고 있다니. 내가 전생에 업보가 많았던 건가?

"말 되네."

혼잣말을 중얼거리며 그녀는 빙긋이 웃었다. 이런 식으로 갚아야 할 전생의 업보라면 얼마든지 짊어지고 나아갈 수 있다고 생각하면서. 찌뿌듯해 아프기까지 한 몸을 겨우 움직여 자리에서 일어난 민예는 쭉, 기지개를 켜며 주위를 살폈다. 방에는 그의 흔적이 전혀 없었다. 말도 없이 회사에 나갔나 보다. 오늘은 일요일인데…….

물론 그는 요새 엄청 바쁘다. 일요일에도 쉴 틈이 없을 정도로. 새 프로젝트 때문에 여기저기 만나야 될 사람들도 많고, 로비해야 할 사람들도 많고, 거기다가 필요한 자금줄을 잡기 위해 동분서주 눈코 뜰 새가 없다는 게 현성의 말이었다. 오늘은 좀 쉬어도 될 텐데, 혼잣말을 중얼거리며 민예는 천천히 옷가지를 주워 입었다. 바닥에 떨어진 속옷을 하나하나 몸에 걸치고, 막 블라우스에 팔을 끼운 후 단추를 잠그려는데…….

"나, 참."

단추가 없다. 어제 단추를 와락 잡아 뜯어버리는 신공을 발휘하셨던 탓이다. 그때는 어찌나 깜짝 놀랐던지. 진짜로 화내는 줄 알고 가슴이 콩닥콩닥 뛰었더랬다. 부처님 손바닥처럼 그의 속내를 다 꿰고 있는 줄 알았는데, 아무래도 수양이 덜 됐나 보다. 그 남자한테 그렇게 앙큼한 구석이 있을 줄 누가 알았겠나.

아무래도 일부러 그런 것 같다는 생각이 든다. 각방을 쓰게 되면 이럴 때 불편하다는 걸 알려주고 싶었던 게지. 머리깨나 쓰신 거겠지만, 그래도 그녀는 그가 백날 불편하게 만들어도 끝까지 각방을 고수할 것이다. 민예는 고집스럽게 밀고 나갈 것임을 다시 한 번 결심하고, 그의 드레스룸으로 들어갔다.

블라우스가 쓸모없게 되었으니, 그의 셔츠라도 걸쳐야겠다고 마음먹은 것이다. 침실 안쪽에 마련된 드레스룸에는 그의 양복과 드레스 셔츠, 타이들이 가지런히 쌓여 있었다. 성격대로 깔끔하고 깨끗하게 잘. 색깔별로 천장까지 이단으로 빼곡히 걸려 있는 드레스 셔츠 옷걸이 사이를 걷고 있자니 서늘한 향기가 코끝을 스치는 기분이 들었다. 그의 몸에서 풍기는 특유의 향취.

"음, 좋네."

그녀는 변태처럼 향을 맡으며 미소를 지었다. 어쩐지 그의 영역에 들어와 천막을 치고 있는 기분이 들어서 아주 흡족해졌다. 마치 라이온 킹이 된 것 같달까. 거칠고 살아남기 힘든 밀림 왕국을 제패한 듯 아주 의기양양하고 뿌듯해진다. 뭐, 이런 기분 가질 만큼 대단한 일을 하긴 했다. 천하의 말폭탄, 이한준을 손아귀에 쥐었으니. 요즘은 그를 쥐고 흔드는 재미가 아주 쏠쏠하다. 민예는 콧노래까지 흥얼거리며 열심히 셔츠들을 뒤적거렸다.

"어?"

하지만 어느 순간 그녀의 콧노래는 뚝 중단되었다. 수많은 셔츠들 사이에서 유난히 눈에 띄는 화려한 색상의 물건이 떡하니 자리하고 있었다. 민예는 얼이 빠진 얼굴로 멍하니 중얼거렸다.

"이게 뭐야?"

"발레 영화?"

민예가 놀라고 있는 사이, 우리의 이한준 씨는 주방에 있었다. 일어나자마자 집에 아무도 없다는 걸 깨달은 그가 혼자 점심상을 차리기로 작정한 것이다. 솜씨 좋은 미애가 국도 끓여놓았고 밑반찬도 충분해서 딱히 그가 해야 할 음식은 없었지만, 뭐라도 하나 손수 만들어야겠다는 생각에 개중 쉬운 김치찌개를 끓이고 있던 중이다. 한데 막 레인지를 끄고 보글보글 끓는 찌개 냄비를 들어 식탁 가운데에 올려놓는 순간, 전화가 걸려왔다.

"발레 영화를 만들겠다고?"

한준과는 막역한 사이인 영화감독, 박찬혁이다. 새 영화를 기획하고 있다는 소식을 자랑스럽게 알려오는 그는 자기 영화에 투자해 달라는 청을 에둘러서 말해왔다. 뭐, 좋다. 그는 찬혁의 영화를 아주 좋아했고 찬혁은 언제나 일정한 성공이 보장되는, 일명 흥행 보증수표 감독이니까. 하지만 발레를 소재로 영화를 만들다니……?

[어. 독특한 발레 영화를 한 번 만들어볼까 해. 기대하라고.]

예술영화가 영화계에서 기피하는 3D 소재 중 하나라는 걸 뻔히 알고 있을 텐데도, 여전히 박찬혁의 말투는 자신감에 가득 차 있었다. 세계 무대에서 작품 세계를 인정받고 있으니 당연히 자신만만할 수밖에 없겠지만, 역시 발레 영화라는 점은 한준을 찜찜하게 만들고 있었다. 왜 하필 발레 영화인 건가? 토슈즈와 함께 딱 달라붙는 타이즈가 절로 떠올라 한준은 눈살을 찌푸렸다. 찬혁이 발레 영화를 만들 거란 걸 미리 알았더라면 절대 그는 민예 애길 꺼내지 않았을 것이다.

[아 참, 얼마 전에 말한 그 여배우 말이야. 키가 어떻게 된다고 했지? 165cm라고 했나?]

"어, 뭐. 그 정도."

한준은 대충 얼버무렸다. 그는 민예가 발레 영화 따위 싫다고 말해주길 간절히 바라고 있었다.

[그럼 적당하네. 요새 여배우들, 너무 키가 커서 말이야. 그 배우, 언제쯤 볼 수 있지? 한 번 테스트를 해봤으면 좋겠는데. 여주인공이 아직 미정이라서. 야, 남자주인공 누가 캐스팅됐는지 물어봐.]

"누가…… 됐는데?"

[김남기!]

한준의 눈썹이 불길하게 꿈틀거렸다. 잘생기고 키 크고, 그래서 인기 상종가를 달리고 있는 남자 배우의 얼굴이 불쑥 떠올랐다. 최근 사극에서 엄청난 카리스마를 발휘해 대한민국 여자들의 마음을 통째로 훔쳤다고, 연일 언론에 보도되고 있는 바로 그 배우의 얼굴은 한준도 알 것 같았다.

[어때? 죽이지?]

"어, 뭐."

[개, 된 애야. 발레 때문에 몇 달 정도 합숙 훈련 해야 할지도 모르는데 그래도 출연해 주겠대. 요즘 같은 때 이런 스타가 어디 있냐.]

"합숙 훈련?"

[아무래도 필요하지 않겠어? 리얼리티를 살리려면.]

그녀가 합숙 훈련을 한다는 건 일정 기간 한준과 떨어져 있어야 한다는 뜻이었다. 한준은 미약하게나마 남아 있던 망설임을 거뜬히 던져 버렸다. 절대 안 된다. 윤민예가 착 달라붙은 발레복을 입고 사람들 앞에서 춤을 추는 것도 용납 안 되고, 김남기의 품에서 웃는 모습도 용납 안 되고, 자신과 떨어져 합숙 훈련을 떠나는 것도 절대 용납할 수 없다. 결론은 이 영화는 민예가 출연하면 안 되는 영화라는 것이다.

"어, 근데 박 감독. 그 여배우 건 말인데……."

하나, 결심을 굳히고 막 민예의 애길 꺼내려는 찰나였다. 갑자기 뒤에서 윤민예 목소리가 불쑥 튀어나왔다.

"이한준 씨, 여기서 뭐 해요?"

한준이 고개를 뒤로 꺾었다. 주방 입구에는 잠에서 막 깬 듯 부스스한 모습의 윤민예가 그의 셔츠를 걸친 채 가만히 서 있었다. 한준이 대한민국 영화계의 거장과 모종의 뒷거래를 펼치고 있는 줄 전혀 모르는 듯 아주 순진한 미소를 띤 채였다. 하지만 한준을 놀라게 한 건 민예가 자신의 셔츠를 걸치고 있다는 사실도, 뒷거래 장면을 들켰다는 당혹감도 아니었다.

"너, 그거 어디서 났어?"

[뭐라고?]

한준이 매섭게 묻자, 전화기 속에서 박 감독이 대구한다. 그제야 자신이 핸드폰 송화구에 입을 댄 채 말하고 있다는 걸 깨달은 한준은 서둘러 전화를 끊었다. 지금 영화가 중요한 게 아니었다. 민예는 그가 꽁꽁 숨겨놓았던 상자를 모조리 다 찾아내 들고 있었다. 찾아낸 것도 모자라 그걸 입고 있기까지.

"그야 당신 옷 방이죠. 당신이 거기다가 숨겨놨잖아요."

민예가 다 안다는 듯 생글생글 웃는다. 이런, 빌어먹을. 한준은 망연자실한 얼굴로 천장을 노려보았다. 이걸 들키는 일이 생길 줄은 정말 몰랐었다.

"세상엔 완전범죄란 게 없는 거거든요. 언제든 진실은 다― 밝혀지게 된다고요, 이한준 씨."

"선물받은 물건 챙겨놓은 게 무슨 범죄라고. 그거 네가 나한테 선물한 거야. 기억 안 나?"

이한준, 속으론 낭패라 생각하면서도 겉으론 태연히 잘도 말씀하신다. 하지만 이번만큼은 민예도 절대 속아 넘어가지 않을 작정이다. 이렇게 버젓이 증거까지 손에 들어왔는데, 더 이상 뭘 더 의심하고 망설이겠는가? 민예는 방긋 미소를 띤 채로 천천히, 한 걸음 한 걸음 그에게 다가갔다. 손에는 그의 말대로 민예가 한준에게 선물해 준 물건이 들려 있었다. 선물 상자. 상자 안에는 포장지, 카드, 넥타이까지 모두 어느 것 하나 소홀히 다뤄진 거 없이 잘 정돈되어 얌전히 들어 있었다.

"내가 준 선물을 버릴 것처럼 굴었잖아요. 죄는 그것으로도 충분하거든요?"

"난 버린다고 말한 적 없어."

"말한 적은 없지만 그럴 것처럼 행동했어요. 내가 상처받게 하려고 일부러 그런 거잖아요."

"그건 네 착각이야. 난 그럴 것처럼 행동한 적……."

절대 그런 적 없다고 말하려는 거다. 굳이 들어보지 않아도 이젠 아주 빠삭하게 알 것 같다. 그가 무슨 생각을 하는지, 무슨 말을 어떻게 할는지. 민예는 끝까지 우겨대는 그를 얄미운 듯 찔러보며 콕, 정곡을 찔러주었다.

"솔직히 말해봐요. 당신, 그때 이미 날 좋아했던 거죠?"

"뭐?"

무슨 말도 안 되는 소리냐는 듯 되물었지만, 순간 한준은 할 말을 잃고 있었다. 아니라고 부인해야 하는데 입이 떨어지지 않았다. 사실이니까. 그는 이미 모르는 사이 그녀에게 사로잡혀 있었다. 어쩌면 그녀에게 다시 한 번 기회를 주겠다고 나섰을 때부터 이미 빠져 버렸었던 것인지도 모르겠다. 아니, 그녀가 처음 다가와 말을 걸었을 때부터 그녀에게 사로잡혀 버린 것인지도.

“그런데도 아닌 척한 거야. 그렇죠? 자기 마음 들킬까 봐 더 날 괴롭히고 못되게 굴었던 거잖아요. 내 말, 틀려요?”

“…….”

“왜 그랬어요? 좋아했으면서 왜 나한테 그렇게 못되게 굴었어요?”

천천히 다가오며 그녀가 물었다. 영리하게 반짝이는 눈이 이젠 더 이상 속지 않겠다고 선언하는 듯 당당했다. 그는 말없이 손을 뻗어 그녀의 흐트러진 머리카락을 쓸었다. 그리고 모든 게 자신이 없었다고 말하면 민예는 뭐라고 할지, 잠시 생각했다. 꽉 짜인 틀 속에서 자신의 욕구를 자제하고 한 가지 목표를 향해서만 달려온 그에게, 민예의 존재는 일종의 위협이었다. 그녀로 인해 모든 것이 다 허물어져 버릴 것 같았다. 본능적으로 그걸 그는 느낄 수 있었다.

“난 원래 못된 남자야.”

“칫, 겁쟁이면서 허세는.”

그의 말을 절대로 믿지 않는 듯 민예가 씩 웃는다. 미소는 참 잔잔했다. 말로 표현하지 않아도 다 알고 있다는 무언의 위로였다. 한준은 그녀의 콧잔등을 엄지로 문지르며 빙그레 웃었다.

“못되고 겁도 많은가 보지.”

“못되고 겁도 많고, 연기도 잘해요. 어쩜 나보다도 더 연기를 잘하냐. 어젠 정말 배우인 나도 깜빡 속였잖아요.”

“앞으론 더욱 정신 바짝 차려야 할 거야. 계속 속지 않으려면.”

“나도 한 번 속지, 두 번은 안 속거든요? 날 속이려면 좀 더 고난위도의 스킬이 필요할 거예요?”

“두고 보면 알겠지. 속는지 안 속는지.”

“두고 보자는 사람, 하나도 안 무서운데.”

약을 올리려는 듯 민예가 방긋 웃으며 고개를 갸웃거렸다. 그리곤 발꿈치를 훌쩍 들어 그의 입술에 쪽, 소리가 나도록 입을 맞추고 그의 어깨를 토닥토닥 두들겨 주었다. 마치 잘해보라는 듯.

“연구 많이 해봐요, 이한준 학생.”

그러더니 손으로 그의 엉덩이를 톡톡 두들기기까지.

“무슨 짓이야?”

한준의 눈이 부릅떠진다. 당장이라도 기함할 듯한 표정을 보니, 그는 지금까지 누군가로부터 엉덩이를 맞아본 적이 단 한 번도 없는 게 분명하다. 어릴 때부터 부모 노릇을 해왔던 그이니 어쩌면 당연한 일. 하지만 뭐가 어때서? 어차피 내 건데. 앞으론 이런 일도 아주 익숙해질 거예요, 학생. 속으로 생각하며 민예는 킥킥 웃었다.

“아— 냄새 좋다. 이거 뭐예요? 김치찌개 같은데.”

어처구니없어하는 그의 표정을 싹 무시하고 민예는 열심히 딴청을 피웠다. 식탁에는 이미 밥상이 다 차려 있었고, 그 한가운데에는 보글보글 아주 군침 도는 냄새를 풀풀 풍기는 찌개가 올라와 있었다. 아주머니 솜씨인 것 같은데, 이상하게 사람들이 없다. 민예는 식구들을 찾아 두리번거렸다.

"밥상만 차려놓고 어디 가셨지? 비서님도 안 보이네."

"문 교수를 오늘 저녁에 초대하기로 했어. 그래서 장 보러 가신 거고. 현성인 외출. 한나도 주말이라 데이트 갔고."

"그럼 지금 집에 아무도 없다는……?"

휙, 민예는 깜짝 놀라 고개를 틀어 한준을 돌아봤다. 집에 아무도 없고 한준 혼자뿐인데 밥상이 떡하게 차려져 있다는 건, 엄연히 이 밥상을 차린 이가 한준이란 뜻이었다.

"이거 당신이 차린 거예요? 이걸 다?"

"별로……."

한준의 눈동자가 사방으로 굴러다니기 시작했다. 뭔가 변명거리를 생각하는 게 틀림없었다. 저 민망해하는 모습을 보라지. 민예는 놀라고 말았다.

"정말…… 당신이 요리한 거예요?"

"이런 게 무슨 요리라고."

"정말이구나?!"

거의 비명을 지르다시피 그녀가 소리를 쳤다. 이게 그렇게 놀랄 일인가? 한준은 너무 심하게 놀라며 반기는 민예의 모습에 눈살을 찌푸렸다. 너무 놀라니 오히려 기분이 나빠지려고 했다. 민예의 눈에 비친 자신의 모습이 어떤 모습인지 대충 감이 잡혀서다.

"완전 의외예요. 이런 면이 있는지 전혀 몰랐어요, 난."

민예가 두 눈을 휘둥그레 뜨며 붕붕 뜰 것 같은 말투로 외쳤다. 그러더니 힙합 뮤지션들처럼 온몸을 흐느적거리며 손을 내민다. 아무 생각 없이 손바닥을 툭 치니, 이번엔 반대로 손바닥을 뒤집고 내민다. 한준은 기막혀서 그만 너털웃음을 흘리고 말았다. 그러면서도 손바닥을 대주니, 그녀는 짝 소리가 나게 내려치곤 와락 안겨왔다.

"완전 짱, 짱. 최고. 내가 얼마나 감격한지 알아요? 난 진짜 당신한테 이런 면이 있는 줄은……"

한도 끝도 없이 중얼거리는 그녀의 수다를 들으며 한준은 나른하게 미소를 지었다. 이제까진 썩 좋은 평가를 받지 못했을지 모르겠지만, 앞으론 개선해 나갈 수 있을 것 같단 생각이 들었다. 김치찌개 한 가지만으로도 이렇게나 감격하는 아내를 두었으니 미래가 아주 밝다. 한준은 두 손을 들어 그녀를 꼭 껴안으며 조용히 중얼거렸다.

"나는 말이야. 열여섯 살 때부터 가장 노릇을 해왔어."

그녀가 열심히 떨던 수다를 멈추고, 뾰족이 고개를 들었다.

"하루아침에 부모님이 돌아가시고, 일곱 살짜리 어린 여동생과 단둘이 남았는데 우릴 거두려는 친척이 없더라고."

한준은 그녀의 머리를 한 팔로 감고 쪽 입술을 맞췄다. 이런 고백은 그 누구에게도 한 적이 없어서 쑥스러웠으나 그녀에게만큼은 말하고 싶었다. 다른 사람에게는 몰라도 윤민예, 미래의 아내에게만큼은 자신이 어떤 사람인지 알려줘야 할 것 같아서.

"처음엔 여기저기서 데려가려고 했지. 아버지가 남겨놓은 재산이 꽤 됐었거든. 우리 남매를 길러준다는 조건으로 그 돈을 맡아 관리할 수 있다고 생각했나 봐. 그래서 우릴 차지하려는 친척들 사이에 쟁탈전이 벌어지기도 했어. 난 한나와 나 자신조 차 지킬 수도 없었지.”

“당연하죠. 당신은 그때 고작 열여섯 살이었잖아요.”

“그때 결심했어. 무슨 일이 있어도 내 가족, 내 사람은 내가 꼭 지킬 거라고. 그러기 위해선 힘있는 자가 되어야 했고, 그러 려면 돈이 필요했어.”

민예는 그의 등을 쓰다듬어줬다. 아파도 혼자 끙끙 앓고, 힘 들어도 누구에게 내색할 수도 없었을 그를 생각하니 가슴이 아 파왔다. 열여섯 살이면 누가 뭐래도 아직 어린 나이다. 부모 밑 에서 한껏 사랑받고 어리광 부릴 나이에 그런 일을 당했으니 오 죽했을까. 돈밖에 모르는 차가운 인간이 된 건 어쩌면 당연한 일인지도 모를 일이었다. 하지만 이젠 그도 각오해야 할 것이 다. 민예는 절대로 떨어지지 않을 테니까. 아무리 귀찮아해도, 지겨워졌다고 쫓아내도 민예는 절대로 꿈쩍하지 않을 것이다. 악착같이 그의 곁에 붙어서 절대로 안 떨어질 것이다. 그래서 그가 단 한순간도 외롭지 않게 할 것이다. 왜냐하면 그녀는 그 의 소속이니까. 그의 사람, 그의 것, 그의 일부분이니까.

민예는 그의 품에 더 깊이 안겼다. 진짜 그의 것, 소속, 일부 분이 되기라도 하려는 듯. 서른두 해 동안 텅 비어 있던 차가운 그의 마음을 이젠 자신이 채워주겠다고 다짐하고 있었다. 다시 는 그가 혼자 외롭게 고립되지 않도록 그의 곁을 지킬 거라고 생각했다.

"다른 건 몰라도, 윤민예."

빙그레 웃으며 아주 뿌듯하고 감정 잡힌 얼굴로 그의 품을 사수하고 있는 그때였다. 방금 전까지 아스라이 부드럽게 속삭이던 그의 목소리가 갑자기 시크하게 돌변했다. 뭔가 심하게 깬다는 느낌이 들어서 민예는 퍼뜩 고개를 들었다. 잘생긴 이한준은 그대로인데, 얼굴에 전에 없이 뻔뻔스러운 미소가 떠올라 있다.

"넌 내가 지켜줄게. 지키는 건 자신있거든."

어쭈구리. 이런 말은 또 어디서 배웠대? 은근히 귀엽단 말이야. 민예는 씩 웃으며 슬쩍 엉덩이를 빼고 달아날 만발의 태세를 갖췄다. 그리고 고개를 쭉 내밀어 아이 어르듯 도리도리까지 하며 민예는 한준의 두 볼을 쭉 늘어뜨리기 시작했다.

"아이구, 그래쪄요? 우리 아기— 귀여워 죽겠네~"

"윤민예."

한준의 표정이 급어두워진다. 아싸— 민예는 타이밍도 절묘하게 그의 손에서 미끄러지듯 쏙 빠져나가 주방을 뛰쳐나가기 시작했다. 으르렁거리듯 표정마저 험악해진 한준이 그녀의 뒤를 따랐다. 곧 유치하기 짝이 없는, 하지만 연인들만의 특권인 '나 잡아봐라' 게임이 시작되었다.

에필로그

"그렇게 맛있냐?"

폭설이 내릴 것만 같은 우중충한 겨울, 어느 날. 편의점 탁자에 민예와 얼굴 맞대고 앉은 한준은 진심으로 궁금하다는 듯이 진지하게 물었다. 한준은 두 팔꿈치를 탁자에 대고 신기한 물건 바라보듯 아내를 관찰하고 있었다. 아까부터 호호, 열심히 입김을 불며 라면을 게걸스레 먹어대는 민예는 마치 삼 일 밤낮을 굶은 사람처럼 처참해 보였다. 그 뜨거운 걸 씹지도 않고 목구멍으로 넘기면서도 민망하지도 않은지, 그녀는 헤벌쭉 웃으며 고개를 세게 끄덕였다.

"응. 진짜 맛있어."

"후회 안 해?"

"무슨 후회? 자기랑 결혼한 거?"

딴엔 애교랍시고 농담을 건네는 민예다. 하나도 우습지 않은 걸. 떨떠름한 얼굴로 한준은 그녀를 찔러봤다.

"이 영화 하겠다고 나선 거."

"그건 왜 묻는데? 내가 후회하는 것 같아서?"

전혀 후회하지 않는 씩씩한 모습으로 그녀가 물었다. 사실 후회는 한준이 하는 중이었다. 갖은 애교를 다 떨면서 하게 해달라고 조를 때 딱 잘라 거절했어야 했는데. 그녀의 부탁을 거절하지 못하는, 그 몹쓸 병 때문에 결국 민예를 이 꼴로 만들었다는 생각이 들었다. 물론 이 꼴이라 함은 합숙이랍시고 집 떠나 고생 아닌 고생을 사서 하고 있는 지금의 윤민예의 몰골을 말하는 것이다. 연습실에서 몇 주째 발레 교습을 받고 있는 그녀는 발이 아파 제대로 걷지도 못했다.

잠깐의 쉬는 시간에 맞춰 그녀를 만나기 위해 찾아온 한준은 전보다 훨씬 해쓱해진 민예의 얼굴을 보고 충격을 받았다. 얼마나 힘들었으면 살이 다 빠지나. 게다가 하루 온종일 차가운 마룻바닥에서 연습을 해서인지 감기까지 걸려서 콜록거렸다. 거기에 팔자에 없는 발레를 뒤늦게 배우느라 온몸이 안 쑤시는 데가 없다는 하소연까지 듣고 나니 버럭 화가 나려고 했다. 영화를 시키겠다고 데려가서 애를 이렇게 혹사시켰다고 생각하니, 감독 녀석을 향한 욕설이 절로 나왔다. 마음 같아선 그냥 이대

로 짐을 싸 집으로 데려가고 싶었지만, 걱정하는 한준에게 민예
는 씩씩하게 괜찮단다. 참 나.

"주연도 아니잖아."

"주연이 아니어도 어디야, 대사도 엄청 많은데. 내 주제에 이
것도 과분해."

"이렇게 고생하면서 꼭 출연해야 되냔 말이지, 내 말은."

민예의 머리카락을 귀 뒤로 넘겨주며 한준이 말했다. 새까맣
게 타는 한준의 마음을 아는지 모르는지, 민예는 정말 답답할
정도로 쾌활하게 웃으며 넉살을 늘어놓는다.

"다 이러면서 배우는 거지. 연기도 늘고 경력도 쌓이고. 처음
부터 이렇게 호된 작품 만났으니까 오히려 용기가 생겨. 앞으론
그 어떤 배역도 다 소화해 낼 수 있을 것 같다니까. 완전 자신감
충만. 이러다가 나 세계적인 배우가 되면 어떡하지? 그럼, 우리
자기랑 떨어져 있는 시간이 많아질 텐데."

"까분다."

"걱정 마. 난 튼튼하니까."

그러고 또 배시시 웃는다. 한준은 도저히 미워할 수 없는 아
내를 향해 쓰게 한소리 했다.

"누가 걱정한다고. 안 해, 그런 거."

"에이— 왜 이러실까. 얼굴에 다 써져 있는데. 다 알아, 한준
씨 마음이 어떤지."

퍽이나. 어디 근사한 곳에라도 가서 뭐든 든든하게 먹여주고

싶은 그의 마음도 모르고, 겨우 편의점에 끌고 와 라면 사달라고 조른 주제에 뭘 안다고.

"이거 먹고 괜찮겠어?"

"그럼, 그럼. 내가 이게 얼마나 먹고 싶었는데. 살찔까 봐 밤엔 먹지도 못하고. 아— 오늘따라 유달리 먹고 싶은 거야. 알지? 이런 날씨엔 딱 라면을 먹어야 한다는 거."

"더 든든하게 김밥이라도 먹을래?"

"아, 됐어. 너무 많이 먹어도 훈련에 지장 있어. 배가 빵빵하면 호흡곤란 온다고."

딴엔 우스갯소리라고 한 건지 제 혼자 말하고 혼자 깔깔 웃는다. 한준은 한숨을 푹 내쉬며 물었다.

"잘 때 이불은 잘 챙겨 덮는 거야?"

"음."

"토시는. 안 빠뜨리고 착용하지?"

"당근."

"연습실에 꼭 점퍼 챙겨가. 땀 안 흘릴 땐 감기 걸리기 십상이니까. 알지?"

엄동설한에 합숙하겠다고 나서는 그녀에게 목도리를 감아주면서 주워섬겼던 말들을 그가 또 되풀이했다. 그땐 민예도 차마 발이 안 떨어졌었다. 그의 참견이 귀찮다 말하면서도 마음으론 얼마나 가슴이 찡했던지. 그 마음은 지금도 마찬가지. 비록 지금 그의 앞이라 아무렇지도 않은 척 웃고 있지만 아마 그가 돌아가고 나면, 또 밤에 혼자 훌쩍거릴 게 뻔했다. 벌써부터 코끝이 시큰거려지려고 하자 민예는 그에게 마음에도 없는 타박을 늘어놓았다.

"알았어. 그만 좀 해. 누가 보면 남편이 아니라 아빤 줄 알겠네."

"걱정되니까 그렇지. 얼굴이 이게 뭐냐? 북한 어린이들처럼."

그는 라면 국물 묻은 그녀의 입가를 닦아주면서 손바닥으로 볼을 살금살금 쓰다듬었다. 차갑게 얼어붙은 볼이 그의 손바닥 밑에서 몽글몽글 추위를 푼다.

"글쎄, 자기 걱정이나 하시라고요. 자기 얼굴도 안 좋거든요?"

민예가 입술을 쭉 내밀고 퉁명스럽게 말했다. 그러곤 호로록, 라면 가닥을 빨아 먹었다. 뜨겁지도 않은지 참 허겁지겁 잘도 먹는다. 그러게 아기나 갖자니까, 웬 영화를 하겠다고. 어휴—

"내가 뭘."

그가 무뚝뚝하게 말했다. 하지만 그도 아내를 합숙소로 보내놓고 하루도 제대로 쉬지 못했었다. 결혼한 지 겨우 6개월 만에 떨어져 지내게 되어서인지 그는 잠도 제대로 못 이뤘다. 결국 예전 총각 시절 생활 패턴으로 돌아가 허구한 날 일만 해대기 시작했고, 그것 때문에 가족들 걱정이 이만저만 큰 게 아니었다. 다들 목이 빠져라 민예를 기다리는 것도 다 그 때문이다. 한준은 민예가 돌봐주지 않으면 막 사는 타입이라서.

그도 그럴 것이, 지난 달 지지부진 일 년 가까이 끌어오던 국책사업의 사업권이 그에게 떨어졌다. 박은신과의 결혼을 거부하고 사업권을 반쯤 포기하고 있었던 터라 그 기쁨도 배로 컸다. 워낙 많은 기업들이 뛰어들어 접전을 펼쳤고 그래서 한 치 앞도 내다볼 수 없는 안개 속 정국이었으나 그 상황은 오히려 오랫동안 사업을 준비해 왔던 한준에게 유리하게 작용되었다. 자금이 달린 게 유일한 걱정거리였으나 최근엔 여러 곳에서 투자하겠다는 제의가 들어오고 있어서 한시름 돌리는 중이었다.

"당신도 요새 힘들지?"

민예가 어쩐지 마누라 같은 말투로 묻는다. 한준은 늘 하던 대로 허세를 떨었다.

"전혀."

"힘들어 보이는데 뭘."

"안 힘들어."

"엄살도 좀 부리고 그래 봐. 사람이 어째 만날 괜찮대. 그러다가 또 쓰러져서 사람 기함하게 하지 말고 아플 땐 아프다고 말해, 좀."

"너나 조심해. 쓰러지면 혼날 줄 알아."

괴팍한 이한준 씨. 걱정도 참 희한하게 하신다. 쓰러지면 죽을 줄 알아, 아프면 혼나, 등등 그의 협박 시리즈는 무궁무진하다. 처음엔 들을 때마다 식겁했던 협박도 이젠 웃으면서 듣는다. 아— 이렇게나 날 사랑하는구나, 하고.

"난 누구처럼 밥 굶고, 잠 안 자고, 일만 미친 듯이 하는 사람 아니거든요?"

"난 괜찮아."

걱정도 팔자다, 하는 얼굴로 그가 툭 던지듯 말했다. 하여간 늘 이렇지. 자기가 무슨 트랜스포머인 줄 안다. 절대로 죽지 않는, 다치지 않고 아프지 않는 철인이라고 생각하나 보다. 그래서 절대로 몸 관리 따윈 따로 하지 않는 그다. 그런 무심함 때문에 고통받는 건 민예. 그녀는 그의 건강 걱정 때문에 하루 24시간, 일주일 스케줄, 한 달 일정표를 모조리 꿰고 관리해 주곤 했었다. 지금은 비록 이렇게 떨어져 있어서 해주고 싶어도 못해주지만. 그래도 긴한 일들은 지금도 전화로 꼭꼭 알려주고 체크하긴 한다.

'그런 주제에, 무슨.'

아무튼 허풍 하나는 최고예요. 얄미워 죽겠다는 듯 민예는 그를 째려봤다.

"진짜 괜찮아? 나 없이도?"

"응——"

더 이상 길게 대꾸해 줄 가치조차 없다는 듯 그가 가볍게 대답하고 만다. 이거, 이거 군기가 많이 빠지셨네. 나 없으면 절대 안 된다고 할 때가 엊그제구만. 어떻게 벌써 이렇게 해이해질 수가 있지? 심술 난다, 좀. 민예는 두 눈을 얇게 좁혀 뜨고는 은근한 목소리로 물었다.

"진짜 내가 없어도 아무렇지도 않아?"

“그렇다니까.”

“난 안 괜찮은데. 당신은 그렇다고?”

“안 괜찮다니? 어디가? 어디 아파?”

안 괜찮다는 말이 어디 아프다는 말로 들렸나 보다. 그가 단박에 놀란다. 그럼 그렇지. 그래야 이 윤민예의 노예, 이한준이지. 킥, 웃으며 민예는 까딱까딱 손가락을 흔들었다. 이리 잠깐 가까이 와보라는 일종의 명령. 한준은 시키는 대로 순순히 얼굴을 들이밀었다. 민예는 그의 귀에 대고 아주 뻔뻔스럽게 중얼거렸다.

“입술이.”

“뭐?”

“입술이 아프다고요. 요기.”

한준이 퍼뜩 고개를 틀어 아내를 돌아봤다. 민예는 두 눈을 말갛게 뜨고 순진하게 깜빡거리고 있었다. 손가락으로 자신의 입술을 가리키며. 마치 불순한 의도 따윈 전혀 없다는 듯 아주 순수한 얼굴이었다. 하지만 한준의 뇌가 그녀의 말을 순수하게 받아들였을 리는 만무하다. 단번에 라면 국물 묻은 지저분하고 털털한 그녀의 입술은, 뜨겁고 붉게 달아올라 섹시한 입술로 둔갑하고 말았다. 물고 핥으면 금세 단물이 줄줄 나올 것 같은, 정말로 상큼한 입술이었다…….

“다 먹었으면 빨리 일어나.”

머리가 어질어질해지는 것을 느끼며 한준은 자리에서 벌떡 일어났다. 계속 그녀의 입술을 보고 있다가는 무슨 일을 저지를 지 자신할 수 없었다. 허나, 민예는 느긋하게 딴소리를 해댄다.

"아직 시간 좀 있어. 좀 더 있다가 가도 돼."

싱글싱글 웃기까지. 눈앞이 붉은색으로 핑글핑글 돌기 시작하자, 한준은 민예를 억지로 일으켜 세웠다.

"그냥 가자고. 일어나."

"앗, 뜨거. 뭐 하는 거야?"

뜨거운 국물을 마시고 있던 민예가 펄쩍 뛴다. 그가 건드린 바람에 라면 그릇이 흔들려, 빨간 라면 국물이 입술 위를 한껏 적셔 버렸다. 뜨거운 게 갑자기 덮쳐 놀랐는지 민예가 그를 돌아보며 항의했다.

"이거 봐봐요. 아우, 뜨거워."

테이블에 놓여 있던 휴대용 티슈를 뽑으며 민예가 조잘댄다. 결혼 후, 6개월 동안 지겹도록 들어온 잔소리가 시작되었지만 한준은 아내를 빤히 바라보고 서 있었다. 아무래도 진지한 고찰이 필요할 듯싶었다. 칠칠맞게 흘린 음식물을 휴지로 닦고 있는 아내의 모습에 왜 이렇게 흥분이 되는 건가에 대한. 이런 미스터리한 문제에 대해선 학문적 연구가 필요했다. 화학적인 요인이 있을 것이다, 분명. 사람의 뇌로는 제어하지 못하는, 이해할 수도 없는 그 어떤 것. 그게 아니면 지금 이 상황은 설명이 안 된다.

한준은 차분히 아내의 손에서 라면 그릇을 빼앗아 탁자에 내려놓았다. 그리곤 휴지로 얼굴을 문지르며 닦아내고 있는 그녀의 턱을 한 손으로 확 그러쥐었다. 척, 그녀의 고개가 이쪽으로 돌려졌고 자신의 입술과 일직선상이 되었다. 각도와 구도가 키스라는 행위를 하기에 적합하도록 딱 맞춰졌다. 너무나도 퍼펙트하게.

"한준 씨?"

왜 그러냐는 듯 민예가 두 눈을 동그랗게 떴다. 한준은 아무런 설명 없이 곧바로 고개를 끌어내렸다. 그녀의 입술을 허겁지겁 삼키기도 전에 혀가 먼저 마중 나와 그녀를 핥는다. 게걸스럽게 덮치고 나선 단 한숨도 놓치지 않겠다는 듯 치밀하고 세심하게 애무하고 어르며, 완벽하게 그녀의 입술을 점령해 나아가기 시작했다.

민예는 한준에게 사로잡힌 채 신음 소리조차 내지 못하고 두 눈만 크게 뜬 채 꼼짝하지 못하고 있었다. 혹 누군가에게 들키면 어쩌나 두려운 게 틀림없었지만, 한준은 개의치 않았다. 한겨울 쌀쌀한 편의점은 고즈넉했고, 카운터를 보는 아르바이트 학생은 손난로 앞에서 꼼짝도 하지 않고 있으니까. 학생이 이쪽은 거들떠도 안 본다는 사실을 한준은 알고 있었다.

"맛있네."

한참 만에 겨우 입술을 뗀 한준이 허스키한 목소리로 중얼거렸다. 라면 국물로 얼룩져 있던 그녀의 입가는 이미 깨끗하게 닦여 있었다.

"넌 원래 맛있었지만."

민예는 입술을 손으로 댄 채 두 눈만 깜빡거리고 서 있었다. 정말이지, 한준의 키스는 언제나 당해도 설렌다니까. 적응이 무진장 안 된다. 저돌적인데 너무나 감미로워서 머리가 아찔해지고 다리는 힘이 쭉 빠져 버린다. 그냥 머릿속에 '키.스.'란 두 글자만 딱 새겨져 아무 생각도 할 수 없게 만들어 버리는 것이다. 지난 6개월 동안 수천 번도 더 해봤는데, 왜 할 때마다 매번 이 상태가 되는 것인지 민예는 아직도 알 수가 없었다.

"아프지 마."

그가 씩 웃으며 말했지만, 민예는 아무 말도 귀에 안 들어왔다. 멍하게 그를 바라보며 그냥 웃었다.

"눈이 계속 오네."

한준이 유리벽 바깥쪽을 흘낏 보더니 대수롭지 않게 중얼거렸다. 그리곤 민예의 손을 쥐었다.

"내 차로 갈래?"

오늘은 아무래도 폭설이 내릴 것만 같다.

민예는 고개를 끄덕이곤 한준이 잡아온 손을 꼭, 더욱 꼭 잡았다.

*The End*

　1년여 동안 갖고 있던 글이 드디어 제 손을 떠났네요. 햇수로 3년이 지나는 동안, 글 쓰는 스타일도 달라지고 생각도 마인드도 많이 바뀌어서인지, 고치면서 꽤나 애를 먹었습니다. 틀 자체가 달라지기도 했고 주인공의 캐릭터도 180도 바뀌어서, 연재 당시 재미있게 읽으셨던 분들은 약간 당혹스러울 수도 있을 것 같습니다. 하지만 원래 이야기 자체가 무거운 진행이 아니었으니 아예 밝게 읽는 것도 괜찮지 않을까 생각해 봅니다.

　'미끼' 를 소재로 한 이 글은, 원래 '교수님과 미끼' 가 주인공인 이야기였습니다. 구상 단계에서부터 호프집, 웨이트리스, 그리고 '미끼' 가 되어주면 거액을 주겠다고 제안하는 한 남자가 있었습니다. 이 스토리의 주역은 교수님과 미끼, 즉 문신혁과 민예였죠. 하지만 이야기는 엉뚱하게 뒤집혔습니다.

구상했을 때와는 전혀 다른 구조가 된 건 바로 이한준이라는 인물 때문이었습니다. 이 냉철하고 인간미라곤 눈곱만큼도 없는 인물은 예전부터 쭉 제 머릿속에 상주하며, 제 소설의 몇몇 주인공들에게까지 조금씩 영향을 미쳤던 이인데, 참 느낌이 묘한 남자입니다. 무서운데 만만하고, 재수없는데 귀엽고, 미운데 고맙고. 어쩌면 동생을 불행의 구렁텅이에서 빼내기 위해 한 여자를 미끼로 밀어 넣는다는 설정 자체에서부터, 그의 성향이 드러나지 않았나 싶습니다. 구상을 하면 할수록 문신혁보다는 이한준이 더 끌려서, 결국엔 주인공을 교체했습니다. 선수가 교체되니 몇 년간 시놉시스 노트에 잠들어 있기만 하던 이야기가 자연스럽게 활자화되더군요. 그리고 이렇게 여러분들 앞에 선을 보이게 되었고요. 부디 재미있게 읽으셨으면 좋겠고, 한준과 민예가 서로의 안에서 행복할 거라 믿어 의심치 않으셨길 바랍니다.

2009년은 유난히 시간이 빨리 가지 않았나 싶습니다. 아직도 저는 2008년과 2009년을 헷갈려 하는데요. 마치 제 머릿속에서 2009년 한 해가 통째로 사라져 버린 것 같은 기분이 들 때가 간혹 있습니다. 내가 무엇 무엇을 했을 때가 작년이었던가, 재작년이었던가, 진심으로 고민해 생각하게 된달까요? 그만큼 한 것도 없이 한 가지만 매달려서 살아온 것 같기도 합니다. 또 2010년을 저 나름대로 재도약, 내지는 변신, 혹은 발판의 원년으로 삼겠다 마음먹고 쭉 매진해 왔었는데, 막상 2010년이 되고 보니 약간 우습다는 생각도 들어요. 세월이 이렇게 무상한가 싶고. 그래서 결론은? 네, 지금부터 저의 '재도약의 원년' 은 2015년이라는 겁니다. (먼 산을 바라본다)

소설 출간을 위해 애를 써주신 청어람 출판사, 유 팀장님, 수희 씨. 정말 많이 감사드리고요. 연재 때 읽으시고 응원주신 분들께도 일일이 다 말씀 못 드리지만 감사해요. 함께 활동 중이신 수진님, 희진님, 승연님 , 곁에 있어주신 것만도 힘이 됩니다. 고맙고요, 이 한님도 어서 힘내서 완결 갑시다. 엄마, 아빠! 함께 있어드리지 못해서 죄송스럽고 보고 싶고, 안타까워요. 걱정 많이 되니까 건강 잘 챙기시고 아프지만 마셔요. 2美, 이 시기만 넘기면 다 좋아질 것 같으니까, 힘들겠지만 조금만 힘내서 파이팅합시다. 아자 아자!

그리고 이 책을 읽으시는 분들, 새해 운수 대통하시고 마음 부자, 행복 부자, 사람 부자 되세요. 더불어 돈벼락도 맞으면 좋겠죠? 솔로이신 분들은 로맨스소설 남자 주인공만큼이나 멋진 늑대 한 마리 포획하시길 바랍니다. 지금까지 읽어주셔서 감사드립니다.

2010. 1.

100년 만의 한파에 졸지에 종합병원 차리게 생긴,

홍윤정 드림.

행히 그동안에도 치료를 게을리하지 않았는지 한나의 두 발은 멀쩡해져 있었다. 나중에 들은 얘기지만 신혁은 한나를 병원까지 날마다 업고 다니면서 치료에 매진했다고 했다.

"민예 언니! 아응— 언니, 이렇게 만나니까 너무 좋아요!"

이러고 있다. 겨우 이 주 만에 만나는 주제에, 남들이 보면 적어도 이십 년 정도는 떨어져 지냈던 것처럼 호들갑을 떤다. 한준은 떨떠름하게 입맛을 다시며 뒤따라 들어오는 신혁과 인사를 나누었다. 그다지 썩 반갑진 않았지만 이미 한 식구로 받아들이기로 결정을 했으니 이제는 좋게 봐주려 노력하는 수밖에 없었다. 도대체가 이게 무슨 짓인지…….

이렇게 결정 내리도록 종용한 민예도 우습지만, 이렇게 휘둘려 버린 자신도 우스웠다. 정말 맥없이 허락해 버리지 않았나. 겨우 결혼이나 하자고, 모든 걸 다 뒤엎었다니 믿어지지 않았다. 현실처럼 느껴지지도 않았다. 자신이 저지른 이 모든 일들이 내일 아침이면 끝나 버릴 한낱 꿈처럼 느껴졌다. 그래서인가. 그는 윤민예에게 더욱 집착하게 되었다. 자신을 다른 사람으로 만들어 버리는 윤민예가 싫고 귀찮았지만, 그것보다 더 많이 간절하게 찾게 되었다. 어쩌면 이미 그는 윤민예에게 중독이 되어버린 건지도 모르겠다.

"나랑 얘기 좀 하시죠."

한준은 본격적으로 수다를 떨기 시작하는 두 여자를 흘낏 보고는 신혁을 향해 말했다. 결혼을 승낙하는 대신 약조 받아놓을

제15장 It's You

이 주일 후, 한나와 신혁이 돌아왔을 때 한준은 떨떠름한 얼굴로 그들을 맞이했다. 마음 같아선 절대 집 안에 들이고 싶지 않은 두 사람이었으나 한준에겐 선택의 여지가 없었다. 절대 결혼하지 않겠다고 버티던 민예가 유일하게 결혼 조건으로 내세운 것이 바로 이들의 결혼 승낙이었으니까. 무슨 놈의 결혼 조건에 남의 결혼 여부가 들어가는 건지. 도저히 이해할 수 없고, 이해하고 싶지도 않은 일이었지만, 결국 그는 그 조건을 받아들였다.

"한나 씨!"

민예는 집 안으로 들어서는 한나를 무척이나 반가워했다. 다